DREAM BUSTER 드림 버스터

DREAM BUSTER
드림 버스터

1

미야베 미유키 지음 | **김소연** 옮김

손안의책

모든 D·P에게——

Good Luck and Godspeed!

DREAM BUSTER

CONTENTS

◆

셴
행성 '테—라'에 사는
열여섯 살의 소년.
지구인의 꿈속으로 도망친
흉악범을 쫓는 현상금 사냥꾼,
드림 버스터.

마에스트로
고아였던 셴을
어릴 때부터
키워준 양부모.
드림 버스터의
스승이기도 하다.

프롤로그 Jack In

DREAM BUSTER

1

여덟 살 때의 겨울, 크리스마스이브의 일이었다. 미치코는 화재를 보았다. 불은 바로 이웃집의 부엌에서 났는데, 낡은 2층짜리 목조건물이었고 건조한 시기이다 보니 불길은 잔혹하다 싶을 정도로 빠르게 번졌다.

당시 미치코 가족이 살던 시영 아파트는 자그마한 콘크리트 상자 같은 건물로, 미치코의 집 401호는 4층 모퉁이에 자리하고 있었다. 베란다로 나가 아래를 내려다보면 아파트의 좁은 뒷마당 너머로 이웃한 집들의 지붕이 보인다. 그래서 미치코는 불이 났을 때도 북풍을 타고 흘러들어오는 연기를 견뎌내며 부모님과 오빠와 함께 베란다에 나가 타오르는 건물을 바라보고 있었다. 오빠는 재채기만 해 대었고, 아버지는 험악한 얼굴로 상황에 따라서는 우리 집도 피난해야 한다며 미치코와 오빠의 옷을 갈아입혔다. 어머니는 가장 느긋했는데, 불이 여기까지 올 리가 없잖아요, 그나저나 참 잘도 타네요, 하고 감탄하듯이 말했다.

불이 난 건물은 시로타 씨의 집으로, 미치코보다 세 살 많은 장남을 비롯해 다섯 명의 아이들이 살고 있었다. 지붕에는 여기저기 회반죽으로 보수한 흔적이 많았다. 거기에서는 종종 줄무늬 도둑고양이가 낮잠을 자고는 했는데, 초봄에는 새끼 고양이 두세 마리가 붙어 있을 때도 있었다. 미치코는 그 고양이들이 너무 귀여워서 베란다서 서서 오랫동안 쳐다보고 있어도 조금도 질리지 않았다.

시로타 씨의 아이들은 다섯 명이나 되었지만, 그중 한 명도 미치코나 미치코의 오빠와 같은 반이 되지 않았다. 그래서 학교에 같이 다니는 친구들 역시 달라, 같이 논 적도 없고 이야기할 기회도 없었다. 다만, 시로타 아주머니는 보험 외판원이어서 몇 번인가 집에 찾아온 적이 있었기에 미치코도 얼굴을 알고 있었다. 둥근 얼굴에 밝은 갈색 머리카락을 가진 작은 몸집의 아주머니였다.

어느 날, '저거 아줌마네 고양이예요? 이름은 뭐예요?' 하고 묻자, 아주머니는 찌푸린 얼굴로 끊임없이 손을 내저으며, 저건 우리 집 고양이가 아니야, 도둑고양이가 뻔뻔하게 눌러사는 거지, 그러니까 이름도 없어, 하고 대답했다.

"눌러살 뿐 아니라 매년 제멋대로 우리 집 처마 밑에 새끼를 낳아대서 속상하구나. 빨리 어디로 옮겨 버려야 할 텐데."

시로타 아주머니가 돌아가자 어머니가 무서운 얼굴로 미치코를 노려보며, 너 고양이를 기르고 싶다는 소리는 하지 마라, 우리가 사는 아파트에서는 그런 것은 금지니까, 하고 꾸짖었다.

미치코는 얌전히 꾸지람을 들었지만, 마음속으로는 시로타 씨네 고양이가 정말로 어딘가에 '버려진다면' 주워 와서 몰래 길러야겠다고 결심했다.

학교 옆에 있는 통조림 공장 뒤가 좋을 것이다. 학교 갈 때 지나다니는 길이고 빈 나무 상자가 잔뜩 뒹굴고 있으니까, 그것으로 고양이 집을 만들어 주면 된다고 생각했다. 새끼 고양이가 많이 태어나도 나무 상자는 많이 있으니까 괜찮았다.

시로타 씨 집에 불이 난 것은 그로부터 겨우 며칠 뒤의 일이었다. 그래서 더더욱 미치코는 화재에 대해 똑똑히 기억하고 있었던 것이다. 솔직히 말하자면 시로타 씨네 가족보다 고양이가 훨씬 더 걱정되었다.

높은 베란다에서 화재 상황을 관찰하면서, 어머니는 아버지에게 시로타 씨가 가출했기 때문에 아이들도 많은데 아주머니 혼자서 돈을 벌고 있다는 것, 까다로운 시아버지가 함께 살고 있어서 그것도 큰일이라는 설명을 해 주었다. 미치코는 아버지가 시청에 근무하고 있어서 마을 사람들에 대한 것은 뭐든지 잘 알고 있고, 그래서 그런 이야기는 어머니한테 듣지 않아도 이미 다 알고 있지 않을까 생각하고 있었다. 그러나 아버지는 흠흠 하면서 어머니의 이야기를 열심히 듣고는, 아이들은 무사히 도망쳐 나왔을까, 도우러 가는 게 좋지 않을까, 하고 중얼거렸다. 그러자, 이미 소방차가 왔으니까 아마추어가 도울 일이라고는 없다, 굳이 위험한 데 가지 말아 달라며 어머니에게 잔소리만 잔뜩 들었다.

새빨간 불꽃은 멀리서 보기에는 조금도 위험해 보이지 않았다. 투명하고 예쁜 붉은 천이 모든 창문에서 하늘하늘 펄럭거리고 있는 것처럼 보일 뿐이었다. 이윽고 그 붉은 천이 시로타 씨 집의 지붕까지 닿을 정도로 높이 흔들리며 집 전체를 감싸자 더욱더 예쁘게 느껴졌다. 그렇지만 소방차가 달려와 긴 호스로 물을 끼얹기 시작하자, 그 순간 연기가 잔뜩 솟아나며 갑자기 전부 예쁘지 않게 되었다. 그저 연기가 풀풀 나고 탄내가 진동할 뿐이었다.

부모님은 미치코와 오빠를 베란다에서 방 안으로 돌려보냈지만, 만일을 위해 아직 잠옷으로 갈아입지 말고 조금 더 기다리라고 했다.

"오빠, 시로타 씨네 고양이 피할 것 있겠지?"

미치코의 질문에 오빠는 완전히 바보 취급하는 얼굴로, "그딴 거 내가 알 게 뭐야"라고 차갑게 말했다. "그리고 피할 것 있는 게 아니라, 피할 수 있겠지, 하고 말하는 거야."

오빠는 벌써 화재에 흥미를 잃은 듯이 텔레비전을 켜고 그대로 그 앞에 자리를 잡더니 계속해서 채널을 바꾸기 시작했다. 지금 생각해보면 그 무렵의 미치코 남매는 섣달 그믐날에도 그렇게 늦게까지 깨어 있었던 적이 없었다. 오빠 입장에서는 심야에 방송되는 텔레비전 프로그램을 볼 수 있는, 흔치 않은 기회였던 것이다.

오빠가 상대해 주지 않았지만, 미치코는 고양이가 걱정되어서 마음이 놓이질 않았다. 부모님은 아직 베란다 난간에서 몸을 내밀고 화재를 지켜보고 있지만, 미치코는 일단 방으로 돌아가라는 말을 들은 이상 다시 슬금슬금 나갔다간 혼날 게 분명했다. 미치코의 부모님은 말을 듣지 않는 아이에겐 매우 엄한 사람들이었다.

끙끙거리며 고민하다가 문득 깨달았다. 화장실 창문으로 밖을 내다보면 조금이나마 시로타 씨의 집 뒤쪽이 보일 것이다. 꽤 발돋움을 해야 하고 컴컴하고 춥겠지만, 다행히 아직 옷을 제대로 입고 있는 채였다. 미치코는 살그머니 화장실로 향했다. 변기 옆에 서서 창문의 손잡이를 밀어 올리고 잔뜩 발돋움을 하자, 창틀 아래쪽으로 간신히 2센티미터 정도 엿볼 수 있게 되었다.

시로타 씨의 집 뒤쪽은 좁은 골목이라서 소방차가 들어올 수 없었다. 골목길 너머에 있는 집에 사는 사람들은 도망쳐 버렸는지, 형광등 불이 그냥 켜져 있었다. 시로타 씨의 집은 무럭무럭 피어오르는 연기에 둘러싸여 있지만, 빨간 천 조각 같은 불꽃이 작게 줄어들어 불타 무너져 내리기 시작한 집의 벽 틈이나 창문 여기저기에서 심술궂은 도마뱀의 혀처럼 힐끗힐끗 나왔다 들어갔다 하고 있었다.

그때, 한층 강한 북풍이 불어와 연기를 걷어냈다. 새까맣게 탄 시로타 씨의 집이 한순간 연기의 포위에서 해방되어 무참한 모습을 드러냈다. 그때 미치코는 보았다.

시로타 씨의 집 뒤쪽의 2층, 아마 계단 위쯤 될 것이다. 작은 채광창 너머에 누군가가 있었다. 검은 사람 그림자가 분명히 보였던 것이다. 그 누군가는 춤추고 있었다. 기쁘고 즐거워서 견딜 수 없다는 듯이, 두 팔을 머리 위로 들고 흔들면서 오른쪽으로 왼쪽으로 몸을 기울이며 춤추고 있었다.

괴상한 춤이었다. 어째서 불이 난 집 안에서, 대체 누가 춤추고 있는 걸까? 논리적으로는 설명할 수 없었지만, 왠지 본능적으로는 아주 끔찍한 것을 보았다는 직감이 들어서 미치코는 얼른 눈을 떼었다.

괴로울 정도로 심장이 두근거렸다. 등은 땀으로 흠뻑 젖었고, 발돋움을 하고 있던 터라 종아리가 아팠다.

쭈뼛쭈뼛 한 번 더 발돋움을 하고 내다보니 시로타 씨의 집은 다시 연기에 덮여 있었다. 바람결에 누군가가 큰 소리로 고함을 지르는 소리가 들렸다. 무슨 말인지 알아들을 수는 없었지만 울고 있는 듯한 목소리였다.

다음 날, 졸려서 멍한 상태로 학교에 갔다. 종업식이라 2학기의 성적표를 받는 날이었다. 전교생이 집합해 있는 데서 교장 선생님이 시로타 씨 집에 불이 난 것을 이야기했고, 그때 미치코는 처음으로 시로타 씨네 할아버지와 장남과 가장 어린, 아직 유치원생인 여자아이가 죽었다는 것을 알게 되었다.

그날 밤, 저녁 식탁에서 아이들이 크리스마스이브에 켜둔 촛불이 화재의 원인이었다는 것과 시로타 씨네 할아버지라는 사람이 어머니가 '까다로운 시아버지'라고 말했던 사람과 같은 사람이라는 것을 알게 되었다.

"안됐어" 하고 어머니는 말했다. "어째서 촛불을 끄고 자지 않았을까. 역시 엄마 혼자서 아이들을 돌보다 보면 여러 가지로 신경 쓰지 못하는 부분들이 생기는 걸까?"

미치코는 몇 번인가, 화장실 창문으로 엿보았을 때 시로타 씨네 2층에서 춤추고 있는 괴상한 사람을 보았다는 이야기를 하려고 했다. 하지만 말할 수 없었다. 화장실 창문으로 내다보고 있었던 게 들키면 혼날 것이다──그런 걱정도 있었지만, 그보다 그날 보았던 것을 떠올리고 말로 설명하는 것이 훨씬 더 싫었다. 그건 마치, 황급히 꿀꺽 삼킨 맛대가리 없는 당근을 다시 토해 내서 씹는 것과 마찬가지였다. 그런 건 삼키기 전보다도 훨씬 더 기분 나쁜 맛이 될 것이 분명하기 때문이다. 절대로, 절대로 되씹는 건 사양하고 싶었다.

시로타 씨 식구들은 그 후 어디론가 이사가 버렸다. 미치코가 그들의 소식을 알 기회는 더 이상 찾아오지 않았다. 더욱이 고양이의 행방도, 안부도 전혀 알 수 없었다. 불이 난 후로 일주일쯤 미치코는 어머니의 눈을 피해서 근처를 찾아다녔지만, 붉은 줄무늬 고양이는 어디에도 없었다. 불에 타서 죽어버린 거라고 생각하고 포기하게 될 때까지, 꽤 많이 숨어서 울었다.

불탄 자리는 몇 년이나 그대로 공터로 남아 있다가, 미치코가 초등학교를 졸업할 무렵에 간신히 새집이 지어지고 먼 도시에서 낯선 가족이 이사를 왔다.

시간이 흘렀다.

미치코는 어른이 되었고, 그런 옛날의 기억은 깨끗이 잊어버렸다. 그러나 미치코 자신의 딸이 당시의 미치코와 같은 여덟 살이 된 해의 겨울, 크리스마스이브까지 일주일도 남지 않았을 때——.

그 기억, 그 추억이 갑자기 돌아왔다. 그것도 꿈이라는 형태로.

2

불타오르는 집 안에서 검은 그림자가 손을 흔들고 발을 구르며 춤추고 있다. 박자가 어긋난 폴카 같은 댄스. 주정뱅이처럼 보이기도 한다. 하지만 어쨌든 즐거운 듯이, 기쁜 듯이 스텝을 밟을 뿐만 아니라 때때로 폴짝폴짝 뛰어오른다.

미치코는 그것을 바라보고 있다. 자신은 아무래도 춤추고 있는 그 검은 그림자에서 멀리 떨어져 있는 것 같다. 어딘가 높은 곳에서 내려다보고 있는 듯한 느낌도 든다.

아주 잘 보인다. 똑똑히 보인다. 춤추는 검은 그림자가 가끔 하얀 이를 드러내며 웃고 있는 듯한 모습까지 보이는 것이다. 그래서 바라보지 않을 수가 없다. 그리고 그 검은 그림자는 미치코가 보고 있다는 것을 깨닫지 못하고 있다는 것도 알고 있다. 그래서 안도하고 있다. 들키면 안 될 것 같은 느낌이 든다.

탄내. 역겨운 냄새가 난다. 아아, 기분 나빠——그렇게 생각한 순간 잠에서 깨었다.

베갯맡의 디지털 자명종 시계를 보니 새벽 1시 22분이었다.

옆 이불에서는 마유가 이불을 차내고 만세라도 하듯이 두 팔을 위로 뻗은 채 깊이 잠들어 있다. 너무 말이 없고 얌전해서 평소에는 있는지 없는지 구분이 잘 안 가는 이 아이도, 잘 때는 다른 아이들과 똑같다. 잘 때는 엄청나게 기운차다. 미치코는 비소를 지으며 마유의 이불을 제대로 덮어 주었다.

금방 다시 잠이 오지는 않았다. 기분 나쁜 꿈을 꾸었다고 생각했다. 오늘 밤에는 서스펜스 드라마도 보지 않았고, 영화나 비디오도 한동 안 보지 않았다. 바로 며칠 전에 그 일로 남편인 사다유키와 전화로 말다툼을 한 터였기 때문이다.

"나는 혼자서 이렇게 멀리 나와 있으니까, 극장 정도는 가도 되잖 아."

"나도 마유도 영화 보러 가고 싶어. 하지만 아빠가 돌아올 때까지 만 참자고 이렇게 견디고 있다고."

"알았어. 알았어. 내가 잘못했어. 다음 주말에 집에 가면 같이 외출 하자."

중간 규모의 회사이긴 하지만, 건축회사에서 사내결혼을 한 이상 전근 생활은 각오하고 있었다. 실제로 결혼한 이후 10년 동안 이미 네 번이나 이사를 경험했다. 지금까지는 아직 해외로 발령이 나지는 않았으니 그나마 다행이다. 그래서 가구를 늘리지도 않고 쓸데없는 것은 사지도 않으며, 자잘한 장식품도 두지 않는다. 다행히 미치코는 집 안이 깔끔하게 정리된 쪽을 좋아하는 성격이라서 그런 생활도 힘들지는 않았다.

하지만 부모는 괜찮아도 아이는 또 사정이 다르다. 그래서 이번 사다유키의 이동이 내정된 시점에서, 부부는 더 이상 어린 딸을 전학시킨다는 것이 이제는 잔인하다고 생각하고 있었다. 그래서 마유의 담임선생님과 상담해 보니 그녀 역시 같은 의견을 가지고 있었다.

"마유는 조금 내성적일 뿐이지, 결코 문제가 있는 아이는 아닙니다. 하지만 요즘 아이들은 모두 시끄러울 정도로 수다쟁이고 자기주장이 강하지요. 마유에게 친구가 잘 생기지 않는 건 그 때문일 거예요. 또래 아이들과 페이스가 맞지 않는 겁니다. 그래서 저도 3학년이 되고 나서 마유에게 사이좋은 친구가 생겨 정말로 기뻤답니다. 아버님의 전근이 길어진다면 또 다르겠지만 2년 정도로 예상되신다면 —— 물론 가족이 흩어져 살아야 한다는 마이너스적인 면도 부정할 수는 없습니다만 —— 마유를 친한 친구에게서 떼어놓지 않기 위해서라도 이번 이사는 피하시는 게 좋을 듯합니다."

미치코는 그 의견을 받아들였다. 마유는 분명 내성적이며 말수가 적고 친구도 적지만, 절대로 음침한 아이는 아니다. 마유도 어릴 때부터 책을 좋아하고 그림 그리는 것을 좋아했으며, 3학년이 되고 나서 친해진 반 친구와는 항상 같이 그림을 그린다. 학교 공부도 잘 따라가고 있는 것 같고, 성적표를 보면 성적도 평균보다 높다. 그건 학교에서 아주 좋은 상태에 있다는 뜻이리라. 그것을 함부로 망치고 싶지는 않다. 마유가 입을 삐죽이며 졸라대거나, 울며불며 부모를 난처하게 만드는 아이가 아닌 만큼 더욱더.

"지금 다니는 학교에도 2학년 때 전학 왔으니까요. 게다가 마유는 선생님을 많이 따라요. 이번에는 저도 전학시키고 싶지 않습니다. 남편에게는 혼자서 이동해달라고 부탁할 생각이에요. 본인도 그럴 생각이고요."

미치코는 그렇게 말하고 담임선생님과 함께 고개를 끄덕였다.

이렇게 해서 사다유키는 봄부터 혼자서 전근 생활을 하게 되었다. 마유에게는 크리스마스와 설날이 두 번 지나고 나면 아빠가 집으로 돌아올 거라고 말해 두었다. 돌아와도 그 후에 또 다른 장소로 이동 명령이 내려올 가능성은 충분히 있지만, 그때는 또 그때 마유의 상태를 보고 부부가 의논하면 된다. 아이에게는 너무 먼 장래의 걱정이나 계획을 밀어붙여서는 안 된다는 것이 사다유키의 의견이고, 미치코도 거기에 찬성하고 있다. 아니, 그보다 그런 교육 방침은 남편과 의논해서 만들어 온 것이다.

자랑은 아니지만, 보통 사람들보다 훨씬 사이좋은 부부라고 생각한다. 찰싹 달라붙어 있는 연인처럼 사이좋은 것이 아닌, 마음이 맞는 친구나 동호회 친구 같은 느낌으로 말이다. 둘 다 영화를 좋아하고, 책을 좋아하며, 자유로운 드라이브를 좋아한다. 덕분에 부부 사이의 화제는 끊이지 않아서, 미치코는 흔히 있는 '남편과 대화가 없다'는 불평을 한 적이 없다. 언제나 어떤 일이건 둘이서 이야기하고 의논해왔다. 책이나 잡지의 구입 비용, 비디오 대여료가 가계의 부담이 되는 건 조금 힘들지만, 그것을 어떻게든 해결하는 것이 자신이 할 일이라고 생각하고 있다. 사다유키의 홀로 전근 생활이 결정되기 전에는 CS의 영화전용 채널을 계약하느냐 마느냐 하는 문제로 한참 격론을 벌였는데, 결국은 일단 하지 않고 지켜보기로 한 적도 있었다. 마유가 뭔가 배우고 싶다고 말할 때 돈이 없어서 안 된다고 포기하게 만들 수는 없다고 생각했기 때문이다. 사다유키는 5엔이라도 10엔이라도 대여료가 싼 비디오 가게를 찾기 위해 한층 더 눈을 빛내 달라고 미치코에게 말했다. 그런 건 당신이 말 안 해도 다 알아. 나한테 맡겨요. 에헴!

그런 두 사람이라, 막상 떨어져 사는 생활을 시작해 보니 예상했던 것보다 훨씬 힘들었다. 외롭다 —— 물론 그런 것도 있다. 재미없다 —— 그것도 있다. 집 안이 텅 빈 것처럼 느껴진다.

'그래서 이런 이상한 꿈을 꾼 거야.'

마음이 불안한 것이다. 경제적으로는 회사에서 단신 전근 보조금이 나오기 때문에 예전보다 조금 여유가 있을 정도지만, 사다유키의 부재는 돈으로는 메울 수 있는 게 아니었다. 그 사람도 똑같이 느끼고 있을 것이다. 그렇게 느끼고 있을 것이다. 분명 그럴 거라고 생각하고 싶다.

미치코는 몸을 뒤척이며 한숨을 쉬었다. 떨어져 있으니 그 틈새로 묘한 불신감이나 불안이 파고든다. 지금까지는 확인할 필요도 느끼지 않았던 사소한 것들을 하나하나 확인하고 싶어진다. 이런 경험은 처음이었다.

'마유도 아빠가 그리울 거야.'

이 아이는 여전히 말수가 적어서 입 밖에 내어 외로움을 호소하지는 않지만, 사다유키의 홀로 전근 생활이 시작된 후로, 특히 주말이나 연휴에 일 때문에 그가 돌아오지 못하게 되면 마유가 그리는 색연필이나 파스텔 그림에 한색이 많이 사용된다는 것을 미치코는 깨달았다.

'아빠랑 같이, 오렌지색이나 해님색의 그림을 잔뜩 그리고 싶겠지.'

마유의 머리를 살짝 쓰다듬고 나서 다시 베개를 베고 어두운 천정을 바라보다가, 미치코는 하마터면 울 뻔했다.

다음 날 밤, 또 그다음 날 밤에도 미치코는 똑같은 꿈을 꾸었다.

정확히 말하면 완전히 '똑같은' 꿈은 아니었다. 하룻밤이 지날 때마다, 꿈속의 미치코는 괴상한 춤을 추고 있는 검은 그림자에 점점 다가가고 있었다. 영화 카메라가 대상물에 다가가듯이, 미치코의 시점이 조금씩 조금씩 검은 그림자에 접근하고 있는 것이다. 물론 미치코가 원해서 그러는 것은 아니다. 클로즈업해서 보고 싶은 종류의 춤은 아니니까.

4일째 밤. 사다유키의 전근 생활이 시작된 후로 그동안 미치코는 마유와 베개를 나란히 놓고 잤다. 하지만 오늘은 아무래도 기분이 찝찝해서 좀처럼 잠자리에 들 기분이 나지 않았다. 그래서 자기 이불 위에 털썩 주저앉아 새근새근 자고 있는 마유의 얼굴을 멍하니 바라보고 있었다.

오늘은 한자 쓰기 시험에서 만점을 받은 데다, 미술 시간에 그린 그림을 선생님이 무척 칭찬해 주었다면서 마유는 평소답지 않게 이야기를 많이 했다.

──이거, 아빠한테 보여 줄 거야.

그 그림은 창가에 장식해 두었다. 주제는 '내 친구'. 사이좋은 반 친구인 기미에의 초상화다. 물론 부모는 자식을 실제보다 더 좋게 보기 마련이지만, 미치코가 보기에도 이 그림은 정말 잘 그렸다. 기미에는 몇 번 집에 놀러 온 적이 있어서 미치코도 만난 적이 있고, 이야기도 나누었다. 그 아이가 그림 속에 그대로 들어 있는 것 같았다. 당장에라도 쾌활한 목소리가 들려올 것처럼. 마유네 아줌마, 안녕하세요!

미치코는 미소 지었다. ○○네 아줌마. 나도 제법 나이 든 어른이 되어 어느새 자녀의 친구에게 그렇게 불리게 된 것이다. 바로 얼마 전까지만 해도 내가 내 친구의 어머니를 ○○네 아줌마라고 부르며 응석 부렸던 것 같은데.

그때, 엎어져 있던 카드가 팔랑 뒤집힌 것처럼 하나의 기억이 떠올랐다.

시로타 씨네 아주머니.

꽤 오래전 이웃에 그런 아주머니가 있었다. 친구네 엄마——아니, 아니다. 엄마가 아는 사람이었을까. 친척은 아니다. 우리 집에는 시로타라는 성을 가진 친척은 없다.

소형 전구의 작고 노란 불빛 아래에서 이불 위에 앉은 채로 미치코는 화들짝 손으로 입가를 눌렀다.

그렇다, 시로타 씨네 집이다. 기억났다! 붉은 줄무늬 고양이가 옥상에 있었다. 베란다에서 자주 보였다. 하얀 회벽에 빗물이 샌 지붕을 수리한 흔적이 있던 기와집. 시로타 씨네 아주머니는——그렇다, 보험 외판원이었다.

불이 난 집이다. 통째로 타 버려서 아이가 죽었다. 한 명이었는지 두 명이었는지, 같은 학교에 다니던 아이였지만 친구는 아니었기 때문에 잘 모르겠다. 하지만 시로타 씨네 집에 불이 난 건 확실하다. 나는 이 눈으로 보았다——분명히 봤단 말이야——.

화재의 광경을. 그리고 당장에라도 허물어져 내릴 것 같은 집의
연기와 열기 속에서 기쁜 듯이 춤추던 괴상한 검은 그림자를.

"완전히 잊고 있었어……."

미치코는 저도 모르게 소리를 내어 그렇게 중얼거렸다. 요즘 꾸는
기분 나쁜 꿈은 평범한 꿈이 아니다. 옛날에 보았던 광경의 재현이다.
그건 마침 마유 정도 나이였을 때, 내가 이 두 눈으로 확실히 목격한
장면이다.

갑자기 으슬으슬 추워져서 미치코는 몸을 떨었다. 서둘러 이불 속
에 파고들어 이불을 눈 밑까지 끌어올렸다.

'어째서, 왜 이제 와서, 옛날에 본 화재가 꿈에 나오는 거지?'

뭔가의 징조인 걸까. 미치코의 의식이 깨닫지 못하고 있는 몸의
안 좋은 상태를, 무의식이 과거의 무서웠던 체험을 재현하는 형태로
호소하고 있는 것일까. 그런 이야기라면 들은 적이 있다. 그런 부류의
서스펜스 영화도 있다.

'혹시 마유 아빠한테 무슨 일이 생긴 건 아닐까?'

그런 생각을 하기 시작하자 더욱더 정신이 말똥말똥해져서 잠을
잘 수가 없었다. 그리고 갑자기 불씨 걱정이 되어서, 벌떡 일어나
부엌을 점검했다. 우리 집이 아무리 주의를 한다 해도 옆집의 잘못으
로 불이 옮겨붙을 수도 있다. 옆집은 괜찮을까. 귀가 먹은 노인이
살지 않았었나──그런 생각을 하다가 또 화들짝 놀랐다.

그렇다, 시로타 씨 집에도 노인이 있었다. 할아버지다. 시로타 씨
네 아주머니의 시아버지였다. 그 사람도 화재로 세상을 떠났다.

날이 밝아오며 하늘이 희끄무레해지자, 미치코는 간신히 꾸벅꾸벅
졸기 시작했다. 잠자고 있는데도 차가운 겨울의 먼 바다를 혼자서

터벅터벅 걸어가는 것처럼 외롭고 불안했다. 그 탓인지, 꿈은 꾸지 않았지만 완전히 지친 상태로 아침을 맞이하게 되었다.

마유를 학교에 보내고 나서 곧바로, 아침 식탁을 정리하기도 전에 미치코는 친정어머니에게 전화를 걸었다.

"어머, 잘 잤니?" 어머니는 기분 좋은 목소리로 받았다. "타이밍 좋네. 내가 전화하려던 참이었거든. 너희들이 놀러 올 때 잘 수 있도록 2층에 방을 하나 늘리려고 하는데, 서양식 방이 좋니? 일본식 방이 좋니? 오늘 다시 공사 인부하고 설계사 선생님이 올 거니까 미리 상의해 둬야지."

미치코의 부모님은 오빠 부부와 같이 살게 되어 친정집을 2세대 주택으로 리모델링하려는 계획을 세우고 있었다. 그래서 진작부터 장남과 같이 살기를 바라고 있던 어머니는 무척 기분이 좋은 것이다.

"아무거나 상관없어요. 엄마가 알아서 하세요. 그거 시나코 언니하고는 상의했어요?"

시나코는 오빠의 아내다. 어머니뿐만 아니라 미치코와도 그다지 마음이 맞지 않는다.

"그 아이한테 물어볼 필요가 어딨니? 여긴 네 집이기도 한데."

"그래도 2층은 오빠네 집이잖아요."

"1층에는 그 아이들 차고를 만들 거니까 괜찮겠지 뭐."

이런 이야기는 아무래도 좋다.

"있잖아요, 엄마. 옛날에——내가 마유만 했을 때 근처에 시로타 씨네 집이 있었던 거 기억나세요?"

"시로타? 아아. 아버지 회사의."

"아니, 아니. 이웃 사람 말이에요. 아주머니가 보험 외판원이었는데. 집에 불이 나서——우리 집 베란다에서 지켜본 적이 있잖아요. 한겨울에."

이것저것 말을 늘어놓자 간신히 어머니의 기억을 깨울 수 있었다.

"아——아, 그 시로타 씨 말이구나. 응, 그래. 있었지. 꽤 오래전 이야기네."

"목조로 된 낡은 집이었던 것 같은데, 불이 난 거 내 착각이 아니죠?"

"연기가 엄청났었지. 엄마도 기억난다. 아마 그 집 아이가 불에 타서 죽었지 않았나?"

미치코는 안도했다. 역시 화재는 사실이었던 것이다.

"엄마, 시로타 씨네 아주머니랑 사이좋았어요? 우리 집에 자주 오고는 했잖아요. 나는 어려서 잘 몰랐지만."

"사이가 좋기는 뭐가 좋니. 그랬다면 훨씬 더 자세히 기억하고 있었을 거 아니냐."

"그냥 이웃 사람이었던 것뿐?"

"보험 외판원이었거든. 솔직히 말해서 자꾸 보험에 들라고 권하는 바람에 성가시기 짝이 없었어. 우리 집은 가족생명보험금을 내는 것만으로도 힘겨웠으니까."

"그래요……. 친한 건 아니었구나."

"그 아줌마도 꽤 끈질긴 사람이었어. 나는, 굳이 따지자면 그 사람이 싫었지."

단정적인 말투지만 당시에 싫었던 건지, 지금 생각해 보니 불유쾌한 사람이었다고 생각하는 것인지는 확실치 않아 보였다.

"엄마가 누구를 싫다고 하다니 신기하네."

"그래? 그 사람 매일 불평만 했거든. 동정심을 자극하려 든다고나 할까? 단지 안을 온통 돌아다니면서 불평만 해댔던 모양이야. 남편이 가출인지 실종인지 그랬는데."

"그래요. 그래서 아이들은 그 아주머니 혼자 키웠잖아요. 노인도 계셨죠, 할아버지가."

"맞아, 있었어! 시아버지였어. 그 시아버지가 또 까다로운 사람이었고, 게다가 요즘 말하는 노인성치매라고 하나? 뭐, 병원에 다닌 건 아닌 모양이었으니까 그렇게 심하지는 않았을 테지만, 하여간에 시로타 씨 부인도 꽤 힘들었을 거야. 그건 동정하지만, 그래도 그렇다고 해서 우리 집도 그렇게 보험만 잔뜩 들 수는 없잖아. 이름만 빌려주면 된다고 부탁해 온 적도 있었지만, 엄마는 그런 거 싫어하거든."

"그럼 그렇게 잘 아는 사이는 아니었네요?"

그렇게 말하며 미치코는 살짝 눈썹을 찌푸렸다. 시로타 씨네 할아버지가 노인성치매였다는 건 몰랐다. 어릴 적 일이니까 그때 들었더라도 이해하지 못해서 잊어버린 건지도 모른다.

"그런데 미치코, 너 왜 갑자기 그런 걸 묻니?"

미치코는 웃으며 말했다. "그냥요. 불이 나는 꿈을 꾸었거든요. 그래서 옛날 일이 생각났어요."

"어머나, 불이 나는 꿈? 그래서 불은 봤니? 불꽃을 봤어?"

"꿈속에서? 봤는데——."

"그럼 그거 좋은 꿈이야. 불이 나는 꿈에서 불꽃이 보이는 건 얼마 안 있어 돈이 들어온다는 징조거든."

"우리 집엔 그럴 일도 없는걸요. 보너스라면 이미 받았고."

"복권은? 네 남편은 매년 사잖아. 올해는?"

"저쪽에서 사지 않았을까? 한번 물어볼게요."

"아마 그게 당첨될 거야. 1억 엔 정도 되지 않을까. 하여간 좋은 징조야. 그런데 미치코, 좋은 꿈에 대해서는 남한테 막 떠들고 다니면 안 돼. 길몽을 도둑맞게 되니까. 엄마한테만 말하고 다른 사람한테는 말하지 마라. 아, 그리고 말이지, 설에 이쪽으로 올 거지? 그때 벽장 정리 좀 도와줘. 네 옛날 앨범이나, 단지에서 이 집으로 이사 올 때 싸 왔다가 그대로 20년이나 내버려 둔 상자 같은 게 있거든. 열어 보면 그리운 물건들이 이것저것 나올 테니까."

알았다고 대답하고 미치코는 수화기를 내려놓았다. 어머니의 목소리를 들을 때는 자연히 떠오르던 미소도, 통화가 끝나자 사라져 버렸다.

한동안 굳은 얼굴로 벽을 노려보다가, 미치코는 시로타 씨의 성이 한자로 '城田'인지 '代田'인지 '白田'인지 묻는 걸 잊었다는 사실을 깨달았지만, 다시 전화를 걸 정도의 일은 아니라고 생각했다. 무엇보다 그것을 안다고 해서 뭐가 바뀌는 것도 아니었다.

그날은 4교시 수업이라서, 마유는 급식을 먹지 않고 금방 돌아왔다. 어제와는 완전히 다르게 기운이 없어 보였다. 오늘은 기미에랑 놀지 않느냐고 물어봐도 건성으로 대답할 뿐이었다.

"왜 그래? 감기 걸렸나?"

마유는 걱정하는 미치코를 올려다보며 말했다.

"엄마. 무서운 꿈 꿔?"

미치코는 마유의 이마를 만져 보려고 뻗은 손을 도중에 멈추었다.

"무서운 꿈?"

"응."

"어떻게 무서운 꿈?"

마유는 입을 다물더니 매끈매끈한 이마에 아이답지 않은 주름을 지었다. 표현하기가 어려운가 보다.

"누가 쫓아오는 꿈이었어?"

마유는 고개를 저었다.

"몬스터나 우주인이나."

더 세게 고개를 젓는다.

"마유야, 어젯밤에 그런 꿈을 꾸었니?"

이번에는 고개를 끄덕였다. 미치코는 등줄기에 한기가 스치는 것을 느꼈다.

"혹시 그거 ──."

말을 마치기도 전에 마유가 말했다. "엄마도 나왔어."

"엄마도?" 미치코는 검지로 자신의 코끝을 가리켰다.

"응, 엄마도 마유랑 똑같이 초등학교 학생이었어."

미치코의 심장이 큰북처럼 쿵쿵 울리기 시작했다. 마유에게도 그 소리가 들리지 않을까 싶어 손으로 가슴 쪽을 눌렀다.

"마유랑 엄마랑, 손을 잡고 뛰었어. 무척 어두운 데를."

"어두운 곳이라."

"불이 타고 있어서 무서웠어."

미치코는 두 눈을 크게 떴다. 마유를 두렵게 만들면 안 된다고 생각하면서도 얼굴에 경련이 일어났다.

"마유야. 그거 혹시 화재?"

"응."

"연기가 많이 나고, 탄내 나지 않았어?"

"이상한 냄새가 났어. 괴로웠어."

"있잖아, 마유야." 미치코는 부엌 의자에서 내려서서 마유 옆에 쪼그리고 앉았다.

"엄마한테 가르쳐 줄래? 어제 그 꿈속에 검은 그림자가 나오지 않았니? 그림자처럼 검은 거. 그리고 춤을 추는 거야."

이렇게——하고 손을 파닥거리며 몸을 흔든다.

마유는 고개를 저었다. "그런 짓은 안 했어. 엄마랑 나를 막 쫓아왔어. 낄낄 웃으면서."

오싹했다. 하지만 춤을 추지 않았다면, 그 검은 그림자는 또 다른 것일지도 모른다. 우연히 엄마와 아이가 무서운 꿈을 비슷하게 꾼 것뿐일지도 모른다.

"그래, 무서웠겠구나. 마유."

"응, 하마터면 잡힐 뻔했어. 내가 넘어졌거든."

"거기서 깬 거니?"

"아——아니."

고개를 젓는 마유의 눈이, 아주 조금이지만 반짝였다——그런 기분이 들었다.

"처음 보는 오빠가 구해 줬어."

"오빠?"

"응. 이상한 옷을 입은 오빠. 나랑 엄마를 이렇게 안아 들고."

마유는 양 옆구리에 뭔가를 안아 든 자세를 취해 보였다.

"뭔가 맨홀 같은 곳으로 뛰어내렸어. 휘익 하고 떨어지는데 무섭지 않았어. 내가 같이 있으니까 괜찮다고 오빠가 그랬어. 아래에 도착하면 잠에서 깰 거라고. 그랬더니 정말 잠에서 깨고, 환해져 있었어.”

아이가 진지하게 이야기를 하고 있을 때 웃어서는 안 된다고 사다
유키는 자주 말했었다. 하지만 미치코는 하마터면 웃음을 터뜨릴 뻔
했다. 마유 녀석, 뭔가 모험 만화나 책을 읽은 모양이다. 아니면 비디
오 게임일까. 시력이 나빠지면 안 되기 때문에 집에서는 못하게 하지
만, 기미에네 집에서는 가지고 노는 모양이니까.

“그렇구나. 그럼 마유는 혹시 또 그 무서운 꿈을 꾸더라도 그 이상
한 오빠가 구해 줄 테니까 괜찮겠네.”

마유는 진지한 얼굴로 정정했다. “이상한 오빠가 아니야. 이상한
옷을 입은 오빠지.”

“아, 그래. 알았어요.” 역시 웃어 버렸다. “이상한 옷이라니, 어떤
옷인데?”

“아빠가 좋아하는 영화에 나오는 사람 같은 옷이야.”

사다유키는 액션 영화라면 뭐든지 다 좋아한다. “어떤 영화? 총을
쏘는 거? 나쁜 놈들이 잔뜩 나오는 거?”

“모두 다 말 타는 거.”

“그럼 서부극이구나!” 이번에야말로 미치코는 소리를 내어 웃었
다. “그 오빠는 서부극의 총잡이 같은 차림을 하고 있었구나! 알았어,
알았어.”

이야기를 시작했을 때보다 훨씬 마음이 편해졌다. 마유도 이야기
를 하고 나니 속이 후련해졌는지, 곧 기미에의 전화를 받고 밖으로
나갔다. 같이 숙제를 한다고 하기에 선물로 도넛을 들려 보냈다.

‘서부극에 나오는 옷차림을 한 오빠라는 사람은, 아마 애 아빠일
거야.’

마유의 작은 뒷모습을 배웅하며 미치코는 생각했다. 역시 가족이 떨어져서 사는 건 좋지 않아. 나도 외로운걸. 마유는 훨씬 더 괴로울 게 틀림없어.

그날 밤, 저녁 식사 후에 이쪽에서 사다유키에게 전화를 걸자 그는 아직 돌아와 있지 않았다. 회사의 독신자 기숙사에 들어가 살고 있어서 전화는 공용이고 기숙사 관리원 아주머니가 받는다. 성격이 꽤 비뚤어진 할머니라서, 홀로 전근 생활하는 직원 가족에게 심술을 부리는 것에서 삶의 보람을 찾는 모양이다.

"아직 안 돌아왔어요. 요즘 계속 늦더라고. 잔업 때문인지 어떤지는 알 수 없지만. 부인한테 전화가 왔다는 건 게시판에 써 두겠지만."

여기서 이히히 하고 웃더니,

"본인이 보지 않으면 소용없지요. 난 거기까지는 책임질 수 없거든. 하긴, 아줌마 남편도 남자니까 말이야."

매번 있는 일이지만, 미치코는 화가 잔뜩 나서 전화를 끊었다. 그리고 두 시간쯤 후, 사다유키한테서 전화가 걸려왔을 때도 여전히 불쾌함이 남아 있어서 느닷없이 뾰족한 말투로 말해 버렸다.

"많이 늦었네!"

"바빠서 그래." 사다유키도 발끈했다. "나도 놀고 있는 게 아니란 말이야. 갑자기 화낼 건 없잖아."

게다가 더 안 좋은 건 이번 주말에도 집에 못 돌아온다는 거였다.

"고용주가 벤처 기업가잖아? 사공이 많으면 배가 산으로 간다고, 통솔이 잘 안 돼서 삐걱거려. 그래서 긴급 경영자 회의를 하게 됐어."

"주말에?"

"일정상 그때밖에 잡을 수 없었단 말이야."

"그럼 나랑 마유가 그쪽으로 갈게."

"와 봐야 내가 상대해 줄 수 없다니까."

"저녁 식사 정도는 같이 할 수 있잖아."

"그러니까, 그것도 안 된다고. 회의도 회의실에서 하는 게 아니라 호텔에 틀어박혀서 한단 말이야."

아까 기숙사 아주머니의 의미심장한 말투는 정말 단순한 심술이었을까? 내가 모르는 뭔가가 있는 건 아닐까? 사다유키는 미치코와 마유를 내팽개친 채, 부임지에서 여자 궁둥이를 쫓아다니고 있는 건 아닐까?

"잊었나 본데, 이번 주말은 크리스마스이브란 말이야!"

"어쩔 수 없잖아. 다음 주말에는 꼭 돌아갈게. 나만 이러는 게 아니야. 부하들도 다들 휴일을 반납하고 일하고 있어. 부인에게 야단맞고 우는 친구도 있다고. 하지만 일인데 어떡해. 이해해 줘. 응? 마유는 잘 지내? 감기 걸리게 한 건 아니지?"

"걸리게 한다니 무슨 소리야!"

결국 크게 싸우고 말았다. 마유에게도 들렸으리라. 아이는 흐린 하늘처럼 어두운 눈을 하고, 일찌감치 잠자리에 들었다. 미치코도 깨어 있어 봐야 쓸데없는 생각만 하다가 화만 날 것 같아서,

'에이, 신경질 나는데 잘래!'

하고 이불을 뒤집어썼다. 도저히 잠이 안 올 것 같았지만, 전날 밤에 잠이 워낙 부족했던 데다 어쩐지 이상할 정도로 잠이 쏟아져서 어둠 속으로 굴러떨어지듯이 잠이 들어 버렸다.

그리고 ── 또 꿈을 꾸었다.

3

미치코는 불탄 자리에 서 있었다.

눈에 보이는 곳에는 온통 모두 불타 버린 집의 잔해가 펼쳐져 있었다. 탄내를 머금은 바람이 끈적끈적한 손가락처럼 불쾌한 감촉으로 뺨을 쓰다듬는다. 캄캄하다. 360도 시야가 닿는 곳은 모두 폐허. 아마무척이나 넓을 텐데도 머리 위에서 어둠으로 뚜껑을 덮은 것처럼 좁고 숨이 막히는 건 왜일까?

한 발짝 내딛자, 발밑에서 무언가가 버석버석 허무한 소리를 내며부서졌다. 내려다보니 그건 사람의 뼈였다. 갈비뼈의 일부다. 미치코는 비명을 삼키며 펄쩍 물러났다. 그러자 또 다른 것이 발밑에서 부서졌다.

한줄기 바람이 불어와서 미치코의 머리카락을 흐트러뜨렸다. 비린내처럼 이상한 냄새를 머금은 그 바람에, 주변의 잔해들이 죽어 가는날벌레처럼 푸덕푸덕 움직였다.

길이 없다. 방향도 알 수 없다. 머리 위를 올려다보아도 동굴 바닥같은 어둠이 있을 뿐이다. 어둠은 손을 뻗으면 닿을 정도로 가까운곳에 있는 듯이 보이지만, 실제로 손을 들어 보면 허공에 부는 차가운바람만 피부에 느껴질 뿐이었다.

어쨌든 가만히 있기가 무서워서 미치코는 걷기 시작했다. 일단 한걸음, 발을 앞으로 내디뎌 본다. 다시 한 걸음 내디뎌 본다. 자갈더미를 밟는 자신의 희미한 발소리와 쉭쉭거리며 목을 울리는 듯한 바람 소리만 들릴 뿐이다. 이곳엔 아무것도 움직이지 않고 아무도 없다.

이건 꿈이다. 나는 꿈을 꾸고 있는 거다. 그렇지 않으면 샌들을 신고, 평소 입는 옷을 입고, 앞치마까지 두른 채로 이런 어디인지조차 알 수 없는 폐허에 있을 리가 없다. 이 앞치마는 작년 어머니의 날에 마유가 용돈을 모아 선물해 준 미피 캐릭터 앞치마다. 커다란 주머니가 달려 있다. 손을 넣어 보니 뭔가 손가락 끝에 닿았다. 둥글게 뭉친 껌 포장지였다. 희미하게 달콤한 냄새가 남아 있다.

이건 꿈이다. 나는 꿈을 꾸고 있는 거다. 아무리 리얼해도 이건 꿈이다.

한 번 눈을 꼭 감아 본다. 그리고 눈을 뜬다. 경치는 바뀌지 않는다. 꿈에서 깨지 않는 것이다. 미치코, 일어나! 눈을 뜨는 거야! 자신을 질타하며 다시 한 번 눈을 꼭 감는다.

갑자기 등 뒤에서 누군가가 허리를 껴안았다. 놀란 미치코는 눈도 입도 크게 벌리고 비명을 질렀다. 자신의 목소리에 섞여서 다른 비명도 들렸다. 바로 등 뒤, 자신의 허리 근처에서 들린 것이다.

급하게 몸을 틀어 허리에 감겨 있는 누군가의 팔을 풀어냈다. 그 누군가는 미치코의 기세에 밀려 땅에 넘어졌다.

마유였다. 두 손은 검댕으로 새카맣고 얼굴은 핏기를 잃어 새하얗다.

"마유!"

뛰어가서 안아 올리니 마유가 매달렸다.

"엄마! 엄마지?"

"엄마야. 마유 너니? 넌 엄마 딸 마유 맞지?"

미치코는 두 손으로 마유의 얼굴과 몸을 쓰다듬고 비비며 확인했다. 틀림없다. 진짜 마유다. 마유의 머리카락. 마유의 눈과 코. 마유의 팔.

"엄마, 여기 어디야?" 마유의 눈에는 그렁그렁 눈물이 맺혀 있었다. 연기 때문에 더러워진 손으로 눈가를 닦아내자 뺨에 검게 얼룩이 생겼다. "이불에 누웠다가 정신이 들어 보니까 여기였어. 혼자서 무서워서 계속 숨어 있었어. 그러다가 엄마가 보여서 뛰어왔어."

"마유야, 이건 꿈속이란다."

"꿈?"

"그래. 엄마랑 마유는 같은 꿈을 꾸고 있는 거야. 그게 틀림없어."

두 명의 인간이 같은 꿈을 꾸는 일도 드물겠지만, 하나의 꿈속에서 마주친다는 것은 더욱 드문 일일 것이다. 애초에 그런 일이 일어날 수 있는 것인지조차 의심스럽다.

그러나 마유는 그렇게 따지는 대신에, "그럼 아빠도 어딘가에 있어?" 하고 질문했다. "엄마랑 마유가 같이 있으니까, 아빠도 어디 있을지 모르잖아?"

"그렇구나. 찾아볼까?"

"응!"

미치코는 마유의 손을 꼭 잡고는, 어린 딸을 보호하며 다시 신중하게 걷기 시작했다. 빈틈없이 주위를 둘러보고 있자니 어느 정도 어둠에 익숙해진 듯, 불탄 폐허의 모습이 잘 보이게 된 것을 깨달았다. 하지만 광원 같은 것은 전혀 눈에 띄지 않는다. 그런데 어째서 주위가 보이는 걸까? 꿈이니까 그렇지. 꿈속에선 뭐든지 가능해.

둘이서 조심조심 10미터 정도 걸었을까, 여러 가지 것들이 보였다.

다리를 위로 향하고 뒤집힌 채로 새카맣게 타 버린 책상이나 재투성이가 된 전기밥솥, 푸스스 그을린 이불. 불에 타서 끊어진 채 천장에서 늘어져 내린 전기 배선 코드. 비닐 코팅이 된 것은 아니다. 새카만 자갈 더미 속에서 뭔가 반짝 빛난다. 자세히 보니 낡은 코드에 이어져 있는 다리미 끝이 드러나 보인 것이었다. 얼룩덜룩한 천으로 둘러싸인 코드다.

전부 미치코가 어릴 적에 사용했던 도구들이다. 요즘 것들이 아니다. 어쩌면 여기는——.

"엄마." 마유가 미치코의 손을 다시 꼭 쥐면서 속삭이듯이 말했다. "이거, 전부 다 같은 집뿐이네."

미치코는 마유의 얼굴을 쳐다보았다. "같은 집?"

"응. 여기 있는 것도, 저기 있는 것도 다 같은 집이야. 같은 집으로 만들어진 마을이야."

듣고 보니 그 말이 맞다. 마유의 눈은 날카롭다. 양옆의 집도, 그 뒤에 있는 집도, 세 칸 건너편에 있는 집도, 다섯 칸 뒤의 집도 모두 같은 한 채의 집이다.

시로타 씨의 집이다. 이건 전부 시로타 씨의 집이 탄 자리다.

마치 미치코가 그것을 깨닫길 기다렸다는 듯이, 끝없이 펼쳐진 불탄 집들 속에서 일제히 검은 사람 그림자가 폴짝폴짝 춤추기 시작했다.

미치코의 목덜미에 소름이 돋았다. 팔을 흔들고 다리를 구르며, 검은 그림자는 기쁜 듯이 춤추고 있다. 춤추면서 각각의 집 안에서 나온다. 밖으로 나온다. 셀 수 없을 정도로 많은 검은 그림자가 미치코와 마유 쪽으로 다가온다.

미치코는 마유를 안아 들고 오른쪽으로 뛰기 시작했다. 검은 그림자들은 아직 미치코의 앞을 가로막을 정도로 다가오지는 않았다. 그러나 미치코가 도망치기 시작하자, 그들은 순식간에 폴짝폴짝 춤추던 것을 멈추고 그 자리에 우뚝 서서 양팔을 하늘로 쳐들며 포효했다.

상상할 수 있는 가장 끔찍한 모습을 한, 마른 개가 백 마리고 천 마리고 하나가 되어 일제히 울부짖는 듯한 소리였다. 너무나 끔찍한 나머지 미치코의 위가 뒤집힐 것만 같았다. 마유가 매달려 온다. 미치코는 그 작은 머리 뒤에 손을 대고는 꼭 껴안았다.

"마유야, 보면 안 돼! 귀를 막고 있어!"

그러나 마유는 날카로운 소리로 비명을 질렀다.

"엄마!"

마유의 비명에 이끌려, 미치코는 달리면서 어깨 너머로 돌아보았다. 순간 다리가 얽혀서 헛발을 디뎠다.

검은 그림자들이 속속들이 모여들고 있다. 이미 그들은 집단이 아니었다. 아메바처럼 융합하여 하나의 개체가 되어가고 있다. 하나가 녹아들면 그만큼 커진다. 또 하나가 융합되면 또 그만큼 커진다.

아연한 나머지 입을 벌린 채, 미치코는 이제 이층집만 한 크기가 된 검은 그림자를 올려다보았다.

검은 그림자 집단은 미치코와 마유의 눈앞에서 드디어 하나로 융합을 마쳤다.

"——고질라?" 하고 마유가 속삭였다.

검은 그림자의 눈 부분에 노란빛이 반짝 켜졌다. 그것이 움직여 미치코를 보았다. 마유를 보았다. 미치코는 그것과 시선이 마주치는 것을 느꼈다.

그리고 순식간에 이해했다.

그것의 적의를. 그것의 사악함을.

"고질라가 아니야, 마유." 미치코는 마주 속삭였다. "고질라보다 훨씬 훨씬 더 뒤떨어지고 나쁜 괴물이야!"

그것의 입이 떡 벌어지며 커다란 웃음소리가 터져 나왔다. 미치코는 잠깐 그것을 노려보고는, 마유를 꼭 끌어안고 도망치기 시작했다. 웃음소리가 뒤에서 쫓아온다. 웃음소리가 일으키는 질풍에 날려갈 뻔하면서도 미치코는 필사적으로 계속 달렸다.

달린다, 달린다, 달린다. 숨이 가빠지고 가슴은 터질 것 같고, 두 다리의 관절도 비명을 질러댄다. 그래도 멈출 수 없다. 멈추면 죽는 것보다 더 나쁜 일이 기다리고 있을 거라고 본능이 말하고 있다. 그렇게 달리면서 머릿속으로 절규했다. 어째서? 어째서 나는 잠에서 깨지 않는 거야? 이건 꿈이잖아? 왜 잠이 깨지 않는 거냐고?

잠에서 깨, 바보 같은 나! 어서 깨어나란 말이야!

아무리 도망쳐도 끝이 없을 듯이 보였던 폐허가 갑자기 끝났다. 미치코는 고꾸라지듯이 발을 멈추었다.

거기는 폐허의 가장자리였다. 이곳의 가장자리였다. 절벽이다. 들쭉날쭉한 토지의 절단면이 좌우로 길게 뻗어 있다. 오른쪽으로 도망쳐도 왼쪽으로 도망쳐도 똑같은 절벽이 이어져 있을 뿐이겠지.

시커멓고 거대한 사람 그림자는 이것을 알고 있었을 것이다. 그것은 미치코를 몰아세운 기쁨에 몸을 흔들면서 쫓아온다. 웃음소리가 더욱 커진다.

미치코는 침을 꿀꺽 삼키고 가만히 검은 괴물을 바라보았다. 그러고 나서 쭈뼛쭈뼛 발밑을 내려다보았다.

절벽 아래에는 우유처럼 진한 안개가 피어오르고 있었다. 거의 절벽 끝까지 안개가 차 있었다.

'아마 여기가 꿈의 가장자리일지도 몰라.'

절벽에서 뛰어내리면 잠에서 깨어날 것이다. 틀림없이 그럴 것이다.

만약──만약 그렇지 않다면?

거대한 검은 괴물은 바로 코앞까지 다가와 있다. 그것이 내뿜는 숨결을 맡을 수 있을 정도로. 불탄 자리의 냄새다. 타 버린 나무와 천과 살의 냄새다.

"마, 마, 마유."

미치코는 떨면서 마유를 끌어안았다.

"착하지. 눈을 감고 있으렴. 엄마가 이제 됐다고 할 때까지 절대로 눈을 뜨면 안 돼."

마유는 말없이 미치코에게 매달렸다. 눈가에 주름이 잡힐 정도로 눈을 꼭 감고 있다. "눈을 뜨면 아침 인사 할 시간이야."

미치코는 다정한 목소리로 그렇게 말하고 마유의 머리카락을 쓰다듬었다. 그리고 빙글 절벽 쪽으로 돌아서서 아슬아슬하게 절벽 끝에 섰다. 크게 숨을 들이마시고 눈을 감는다.

그때.

갑자기 아래쪽에서 바람이 불어왔다. 청량한 안개가 미치코의 치마를 펄럭이고 얼굴을 쓰다듬으며 머리카락을 흐트러뜨렸다.

눈을 뜬 미치코는 자기 눈의 존재 가치가 의심될 만한 것을 보았다.

엄청나게 큰 함석 양동이가 거꾸로 뒤집혀서 안개 속 아래쪽에서 위로 올라오고 있었다.

양동이 바닥 부분엔 꼭 헬리콥터처럼 프로펠러가 달려 있다. 그것이 기잉기잉 소리를 내며 돌아가자 양동이는 천천히 위로 올라왔다.

이윽고 양동이 전체의 모습이 안개 속을 빠져나왔는데, 그 주변에는 토성의 띠처럼 생긴 갑판이 있고 울타리 비슷한 난간이 띄엄띄엄 달려 있다. 그 난간에는 벨트처럼 생긴 것과 파이프 같은 것이 잔뜩 매달려 있었다.

갑판 끝에는, 그대로 드러난 일인용 좌석이 튼튼해 보이는 파이프에 둘러싸여 설치되어 있었다. 거기에 자그마한 몸집의 소년이 한 명 앉아 있었는데, 엉거주춤한 자세로 한 손을 비행기의 조종간 같은 것 위에 올려놓고, 다른 한 손을 입가에 대고는 큰 소리로 미치코를 불렀다.

"어이, 아줌마! 이쪽으로 뛰어 타!"

미치코는 할 말을 잃고 턱이 빠질 정도로 입을 벌리고는 그저 우두커니 서 있었다.

"멍하니 있지 마, 아줌마! 빨리 뛰어 타!"

소년은 손을 이쪽으로 내밀었다. 양동이가 절벽 가장자리로 다가오고, 토성의 띠 같은 갑판이 미치코의 허리 높이까지 왔다.

"그 아이를 이쪽으로! 빨리, 빨리!"

자세히 보니 양동이의 몸통 부분 앞뒤로 네모난 창이 나 있다. 내부에도 사람이 있는 모양이다. 조종사? 이건 탈것이 맞는 거야?

"나, 나, 나는——."

미치코가 뒤로 물러나기 시작하자, 등 뒤에서 한층 높은 포효가 울려 퍼졌다. 그 괴물이 쿵쿵거리며 달려온다. 그 진동에 미치코는 튕겨 나갈 뻔했다.

"아, 진짜 답답하네!" 소년은 소리를 한 번 지르더니 갑판에서 절벽 가장자리로 뛰어내렸다. 그리고 미치코의 어깨를 잡더니 양동이 쪽으로 밀었다.

마유가 눈을 반짝 뜨고 외쳤다.

"아, 오빠!"

"여어, 또 만났네!"

소년은 활발하게 마유에게 대답하더니, 아연해 있는 미치코의 손에서 마유를 안아 들고 훌쩍 갑판에 태웠다.

"마유, 이 사람이 네가 말한──."

"그런 거지. 그러니까 빨리 타. 아줌마!"

"엄마, 가자!"

다른 무엇보다 마유의 밝은 결단의 목소리와 내밀어진 작은 두 손이 미치코의 망설임을 지웠다. 마유의 손에 매달려 갑판에 뛰어올랐다. 소년이 가볍게 뒤를 따르더니, 두 손으로 갑판 난간에 매달려 있는 마유를 재빨리 벨트로 고정하고는 주먹으로 양동이를 쾅하고 치며 외쳤다

"됐어. 출발해!"

양동이가 불쑥 위로 솟구치며 절벽에서 멀어졌다. 미치코는 넘어져서 앞으로 고꾸라졌다. 하마터면 난간 사이의 틈새 아래로 떨어질 뻔했다.

거대한 검은 괴물의 머리가 날아가는 미치코의 눈 아래를 스쳤다. 그것이 양동이를 잡으려고 뻗은 더러운 손가락이 상승기류에 펄럭이던 미치코의 앞치마 끝에 닿을 듯했다.

"아줌마, 엎드려!"

소년의 목소리가 들리는가 싶더니, 미치코의 바로 왼쪽 옆구리로 빛 덩어리가 쉬이잉 소리를 내며 날아갔다. 빛 덩어리는 눈 밑에 있는 괴물의 머리에 맞았고, 그러자 괴물은 신음을 내며 두 손으로 머리를 눌렀다.

"좋았어. 이 틈에 뛰자고."

그 좌석 같은 장소에 앉아 있는 소년을 잠깐 바라보다가 미치코는 간신히 이해했다. 그건 이른바 '총좌'라는 거였다. 그렇다면 아까 내 바로 옆을 통과한 빛 덩어리는 어떤 총의 총알이다. 그건 공격이었던 것이다.

"너, 너, 너 말이야."

미치코는 그 자리에 주저앉아 난간에 꽉 매달리면서 목소리만 높였다.

"아까 그거, 나한테 맞으면 어쩌려고 그랬어!"

소년은 총좌 가장자리에 버르장머리 없이 한쪽 다리를 올려놓고 헤헤헤 웃었다. 그가 손을 대고 있던 핸들처럼 생긴 것도 총의 본체의 일부일 것이다. 은색으로 빛나고 있지만, 전체적으로는 청소기와 아주 비슷하게 생겼다.

"뭐 어때. 안 맞았으면 된 거지."

"너 말이야!"

"똑바로 그쪽에다 대고 쏘지 않는 한 괜찮다니까, 아줌마."

그렇게 말하며 소년은 총좌를 빙글 회전시켜서 금속제 청소기처럼 생긴 총의 머리를 미치코 쪽으로 향했다.

"하지 마!"

마유가 키득키득 웃었다. "괜찮아, 엄마."

하늘을 나는 양동이는 안개 속을 날아간다. 미치코는 손을 뻗어서 마유와 손을 잡고 아슬아슬한 상황에서 자신들을 구해 준, 그러나 이것 자체도 상당히 위험해 보이는 탈것을 찬찬히 살펴보았다. 자세히 보니 여기저기에 이어 붙여 용접한 흔적이 남아 있다. 솔직히 말해서 고물로 보인다.

총좌에 앉아 있는 소년은 확실히 마유가 말했던 대로 서부극의 총잡이와 비슷한 차림새를 하고 있었다. 청바지 위로 걸친 가죽 총집. 구깃구깃한 가죽조끼. 무척이나 오래 신은 듯한 밑창이 두꺼운 부츠. 허리의 벨트에는 뭔가 공구 같은 것들이 잔뜩 달려 있다.

그러나 어떻게 된 건지 그 소년은 등에 얇은 청룡도 같은 것을 메고 있고, 새빨간 머리띠를 감고 있었다. 서부극과 쿵후 영화의 등장인물에 전기공사 인부를 더해서 불가사의한 인수분해를 하면 이런 옷차림이 될지도 모른다. 그러나 서부극의 총잡이도 쿵후 영화의 악당도, 그리고 전기공도, 그 누구도 거꾸로 엎어놓은 양철 양동이에 프로펠러를 달고 하늘을 날아다니지는 않을 것이다.

소년은 총좌 옆에 있는 장치에서 무전기 같은 것을 집어 들더니 귀에 댔다.

"여기는 B-PPT 바렌 쉽, 코드 5, 코드 5. 센터 응답하라. 응답하라."

무전기 같은 것이 뭔가 치익치익치익 답변을 보내왔다. 소년은 말을 이었다.

"체크포인트에서 D·P을 보호했다. 반복한다, D·P 보호에 성공. 일시 대피용 그리드를 지정해 줘. 지난번처럼 좌표 위치 헷갈리지 말고."

마유가 눈을 깜빡이고 있다. 무전기가 또 뭐라고 말하고, 소년은 그것을 옆에 있는 기계의 키패드에 쳐 넣었다. 그리고 몸을 비틀어 창문 쪽을 보더니 창문 안쪽의 사람 그림자를 향해 오른쪽 방향을 가리켜 보였다.

"알고 있어" 하고 창문 안쪽에서 대답하는 소리가 들렸다. 굵은 목소리였다. "그것보다, 네가 망가뜨린 모니터의 수리비 아직 안 냈지?"

소년은 들리지 않은 척했지만 미치코에게는 들렸다. 양철 벽을 통해 이만큼이나 똑똑히 목소리가 들린다는 건, 다시 말해 이 탈것은 종잇장처럼 얇다는 소리다.

미치코는 살아 있는 듯한 기분이 들지 않았다. 두 손으로 난간을 꽉 잡고 열심히 기도했다.

"하느님, 부처님, 두 번 다시 SF 영화는 안 보겠습니다. 공포 영화도 안 보겠습니다. 특수 촬영된 영화는 절대로 보지 않겠습니다. 그러니까 제발 부탁입니다, 저를 제정신으로 돌려와 주십시오."

"아줌마는 제정신이라니까" 하고 소년이 히죽히죽 웃으면서 말했다. "하지만 기억력이 나쁘네. 덕분에 잭 인(Jack In) 포인트 설정이 어려워져서 몇 번이나 실수를 했단 말이야. 학교 다닐 때 성적 나빴지?"

미치코는 눈을 감고 머리를 숙였다. "부디 하느님, 부처님, 저를 제정신이 들게 해 주십시오. 저는 아무것도 못 봤습니다. 아무것도 못 들었습니다. 이건 꿈입니다, 환상입니다!"

"뭐, 그야 그렇지만."

소년은 머리띠 아래에 손가락을 집어넣어 머리를 긁적였다.

"또 설명하는 건 지긋지긋한데."

"아. 저거."

마유가 손가락으로 안개 아래쪽을 가리켰다. 미치코는 새하얀 안개 속에 노란 페인트로 원을 그린 착륙장이 떡하니 나타나 있는 것을 발견했다.

아아, 나는 정말로 머리가 이상해져 버린 거야. 사다유키의 얼굴을 떠올리자 눈물이 났다. 여보, 마유를 잘 부탁해요.

"좋——았어, 착륙할 테니까 꽉 잡고 있어."

소년이 웃으며 마유에게 말을 걸었다.

마유도 웃는 얼굴로 "응!" 하고 기운차게 대답했다.

하늘을 나는 양동이는 착륙장의 한가운데에 가볍게 내리더니 덜컹덜컹하는 시끄러운 소리를 내며 엔진이 꺼졌다.

"좋았어. 내려도 되지만 착륙장 가장자리에서 떨어지진 말아 줘. 주우러 가려면 힘드니까."

소년은 미치코와 마유에게 그렇게 말하고는 자신도 총좌에서 일어나더니 마유의 벨트를 풀어 주었다. 마유는 신기한 듯이 주위를 둘러보고는 곧 갑판에서 내리려고 했다.

"안 돼, 마유! 이쪽으로 와."

미치코는 마유를 불러들이고는 꼭 껴안았다. 그리고 날카로운 목소리로 질문을 던졌다.

"당신들 누구야?"

소년은 한쪽 다리에 체중을 싣고 흐트러진 자세로 우뚝 선 채, 또 머리를 벅벅 긁었다.

"그게 말이야, 이야기가 길어지는데."

그리고는 양동이 쪽을 향해 말했다.

"마에스트로! 빨리 나와!"

그 소리에 답하듯 양동이 뒷부분의 벽 일부가 벌컥 튀어 오르더니, 그곳에서 한 남자가 느릿느릿 나왔다.

"늘 그렇듯이 리셉션 시간이야, 마에스트로. 난 말솜씨가 없으니까 부탁할게."

양동이의 조종석에 있던 남자는 떡 벌어진 체격에 나무꾼처럼 억세 보였지만, 감탄스러울 정도로 매끈매끈한 대머리였다. 주전자가 양동이를 타고 있었던 셈이라고 생각하다가, 미치코는 웃음이 나오는 것을 황급히 막았다. 웃음으로 긴장을 푸는 것이 싫어서가 아니었다. 한번 웃기 시작하면 정말로 머리가 깨질 정도로 웃고, 웃고, 계속 웃게 될 것 같아서 겁이 났던 것이다.

마에스트로라고 불린 덩치 큰 남자는, 소년보다 꽤 연상으로 보였다. 미치코의 아버지와 비슷한 나이일지도 모른다. 코 밑의 작은 수염이 새하얗다. 눈매는 부드러워서, 그가 마유를 향해 싱긋 웃어 보이자 인상 좋은 주름이 잡혔다.

"꼬마 아가씨, 안녕." 남자는 깊이 있는 바리톤으로 말했다. "내바렌 쉽에 탄 기분은 어땠니?"

그는 서부극의 총잡이도, 쿵후 영화의 악역도 아니었다. 나무꾼과 페인트공을 더하고, 뭔지 잘 알 수 없는 요소를 곱한 듯한 모습이었다.

"마담, 안녕하시오."

마에스트로는 미치코에게 정중하게 고개를 숙였다.

"큰일을 당하셨군요. 그러나 내가 왔으니 이제 안심하시오."

"내가 아니라 우리라고 해 줬으면 좋겠는데."

소년이 입을 삐죽거렸다. 마에스트로는 껄껄 웃었다.

"아직 잭 인 포인트의 수동 계산도 못하는 어린아이가 무슨 소리냐."

"시끄러워. 영감의 교육이 잘못됐으니까 그렇지."

"나는 제대로 교육했다. 널 키우기 위해서 특별 주문한 계산자를 몇 대나 부러뜨렸는지 알아?"

"그게 잘못이었던 거야. 어린아이는 부드럽게 칭찬하며 가르치라고, 항상 말하잖아."

"넌 예외다."

"저어" 하고 미치코가 끼어들었다. "대화하시는 중에 죄송하지만, 제 질문에는 대답해 주지 않으실 건가요?"

소년은 건들거리며 총좌로 돌아가더니 단정치 못하게 걸터앉았다. 마에스트로는 미치코 옆으로 와서, 놀랍게도 단정하게 정좌하고 앉았다.

"실은 말입니다, 마담" 하고, 그는 아주 진지하게 말을 꺼냈다. "이미 알고 계실 테지만, 우리가 지금 있는 이 공간은 마담의 꿈속이외다. 그리고 우리는 마담의 꿈에 자리 잡은 사악한 것을 퇴치하러 온 겁니다."

4

마유가 미치코의 팔 안에서 이쪽을 올려다보았다.

"엄마의 꿈?"

"그래, 꼬마 아가씨."

마에스트로가 고개를 끄덕이며 머리를 움직이자 반들반들한 머리가 번쩍번쩍 빛난다. 이토록 깨끗한 대머리를 보는 것은 처음이라 신기했는지, 마유는 입을 딱 벌린 채 넋을 잃고 바라보았다.

"여기가 제 자신의 꿈속이라는 건——알 것도 같고 모를 것도 같아요——그야 현실이 아니라는 건 분명히 느낄 수 있지만요. 도대체가 이런 일이 현실에서 일어날 리가 없잖아요."

미치코는 스스로도 무슨 말을 해야 할지 알 수가 없었다. 단지 알고 싶은 건 어떻게 하면 이 황당하고 괴상한 꿈에서 깨어날 수 있는가 하는 것뿐이었다.

"당신이 말씀하시는 '사악한 것'이라는 건 아까 저와 제 딸을 쫓아 온 그 괴물 말인가요?"

"그렇소이다." 마에스트로는 대답했다. "마담은 그 괴물의 정체를 알고 계시는지?"

"모르겠어요. 짐작도 가지 않아요."

"정말로? 기억 속에 뭔가 짐작 가는 것도 없으시오? 마담이 짐작하지 못하신다면 저것이 여기에 둥지를 틀 이유도 없소만."

마치 시로타 씨에 대한 미치코의 기억에 대해 뭐든지 다 알고 있는 듯한 질문이었다. 미치코는 새삼 마에스트로와 소년의 얼굴을 번갈아 바라보았다. 이 사람들과 전에 어디선가 만난 적이 있었나? 아는 사람이 아니라도, 예를 들어 텔레비전에서 봤다거나? 꿈속에 배우나 유명 탤런트가 친근하게 등장하는 건 드문 일이 아니다.

마치 미치코의 마음속에 소용돌이치는 의문을 읽어낸 것처럼, 마에스트로는 앞질러 대답했다.

"나도 이 제자도, 마담을 뵙는 건 처음이외다. 마담은 우리에 대해서는 전혀 모르실 거요. 그러나 저 괴물에 대해서는 아실 것이외다. 적어도 저것이 임시로 취한 모습을 목격하신 적이 있을 터. 마담이 마담의 사랑스러운 따님 정도의 나이였을 때 말이외다."

그리고 놀라는 미치코에게, 마에스트로는 그동안 잊고 있었던 '시로타 씨 집의 화재'에 대한 기억을 완전히 다 들려주었다. 머릿속에 든 것을 다른 사람이 꿰뚫어보는 듯한 불쾌함과 약간의 부끄러움으로 미치코는 도중에 시선을 피해 버렸다.

"어째서 당신들이 그런 섯을 알고 있는 거죠? 분명 저는──시로타 씨 집의 화재를 봤고──춤추는 사람 그림자를 봤고──그 괴물은 그것과 똑 닮았지만."

마에스트로는 "흠" 하고 고개를 끄덕이더니, 정좌하고 있던 무릎을 펴서 책상다리를 하고 앉았다.

"그럼 마담, 조금 긴 이야기가 되겠소만, 우리들의 설명을 들어주시겠소? 만약 마담과 꼬마 아가씨가 오늘은 정말 지쳤다, 더 이상은 못 견디겠다, 빨리 꿈에서 깨고 싶다고 하신다면 설명은 다음 기회로 미뤄도 괜찮소만."

"으아, 나 좀 살려줘! 그럼 계산을 또다시 해야 되잖아."

총좌에 앉은 채, 소년이 두 다리를 버둥거리며 불평을 늘어놓았다. 마에스트로 쪽은 태연한 표정으로 말했다.

"그것도 제자에게는 좋은 공부 기회올시다. 그러니 공연히 신경 쓰실 필요 없소이다."

미치코는 마유의 작고 하얀 얼굴을 내려다보았다. 특별히 좋아하는 그림책이나 디즈니 만화영화를 볼 때와 똑같은 눈을 하고 있다.

흥미진진한 모양이다.

하지만 미치코는 지쳐 있다. 마음속에는 아직 괴물에 대한 두려움도 남아 있다. 그러나 이대로 잠에서 깬다면 낮 동안 내내 이 이상한 꿈에 대해서 생각해야 할 것이다. 그건 괴로운 일이다——.

'바보구나, 미치코' 하고 속으로 중얼거렸다. '이 이상한 할아버지도 남자아이도, 모두 네 꿈속의 등장인물일 뿐이야. 네 상상력이 만들어낸 존재란 말이야. 그들의 '설명'도 네가 스스로 생각해서 꿈속에서 펼쳐 보이는 것뿐이야.'

소년이 즉시 말했다. "그건 아니야, 아줌마."

그러자 미치코는 채찍으로 맞은 것처럼 흠칫 놀라 소년을 돌아보았다.

"아니라니, 뭐가?"

"그러니까 지금 아줌마가 생각한 것 말이야. 나도 마에스트로도 아줌마가 만들어 낸 상상력의 산물 따위가 아니야. 틀림없이 실체가 있다고."

"그런……, 너는 어째서 내가 그런 생각을 하고 있는 것을 알지?"

소년은 가볍게 어깨를 으쓱했다. "우리가 아줌마의 꿈속에 잭 인 했으니까. 아줌마가 생각하는 것도, 아줌마가 꾸는 꿈도, 근본은 하나야. 양쪽 모두 아줌마의 뇌가 만들어낸 거니까."

"무척 무례한 짓이라 면목 없소만, 그런 것이외다" 하고 마에스트로가 덧붙였다. "그러나 안심하십시오, 마담. 우리가 잭 아웃 하면 더 이상 그런 일은 일어나지 않으니 말이오."

미치코는 머리가 아파왔다. 꿈속에서 머리가 아프다는 것은 꿈을 만들어 내는 실제 미치코의 머리가 아파졌기 때문일까? 아니면 단순히 하나도 아프지 않은 머리가, 머리가 아프다는 꿈을 만들어 내는 것에 불과한 것일까? 아아, 이젠 뭐가 뭔지 모르겠어!

"할아버지, 귀신이야?" 하고 마유가 갑자기 질문했다. "오빠도? 그런데 다리가 있네——."

소년은 앉은 채로 마유 쪽으로 몸을 내밀더니, 사다유키가 주말에 목공 일을 하다 잘못 내리친 못처럼 입가를 비틀며 씨익 웃었다.

"귀신이면 어떡할래? 무서울 텐데."

"우리 아이 겁주지 마!"

그러나 마유는 하나도 겁먹지 않았다. 오히려 양손으로 입을 가리고 쿡쿡 웃었다.

"재미있어——!"

미치코는 한숨을 쉬었다. "좋아요, 좋아. 긴 이야기건 바보 같은 이야기건 들을게요. 들으면 되잖아요? 어차피 내 꿈이니, 괜찮아요."

"그러면 시작할까요?" 하며 마에스트로는 턱을 쓰다듬었다.

그들은 다른 세계에서 왔다고 한다.

"마담이 살고 계시는 현실 세계와는 전혀 다른 위상에 놓인 세계라오."

아아, 그런가요——하고 미치코는 맞장구를 쳤다. 즉시 소년이 끼어들었다.

"지금 우리 세계에서는, 우리가 살고 있는 우리들의 현실과 아줌마가 살고 있는 현실과는 시간이 어긋나 있는 거라고 해석되고 있어. 즉 우리들이나 아줌마도 같은 은하계의 별 중 하나에서 태어난 생명체란 말이야. 하지만 아줌마네 지구보다 훨씬 전에 번영했다 멸망해 버렸거나, 아줌마네 지구보다 훨씬 나중에 태어나서 번영할 예정이라는, 뭐 이런 말이지."

미치코는 그들의 얼굴을 둘러보았다. "나, 그런 줄거리의 SF 영화를 본 적이 있어."

"그럼 이해할 수 있겠네?"

"안타깝게도, 자막의 대사만으로는 설명이 부족해서 말이야. 나 중간에 졸아 버렸거든." 미치코는 웃었다. "말하자면, 옛날 옛적 은하계의 어딘가에서 —— 라는 설정이지?"

"꼭 옛날이라고 할 수 있는 건 아니지만, 뭐 그렇지."

에헴 하고 헛기침을 하며, 마에스트로는 중간에 끼어든 제자를 노려보았다. "넌 설명이 싫다더니, 언제나 잘난 척 끼어드는구나."

"영감탱이가 말하는 게 재미없으니까 거들어주는 거잖아."

두 사람의 대화를 듣고 마유가 또 웃었다. 그러고 보니 이 아이는 꽤 오랫동안 할아버지도 할머니도 만나지 못했고, 사촌들도 보지 못했구나 —— 하고 미치코는 문득 생각했다.

"어쨌든 우리 세계, 우리의 별은 말이외다" 하고 마에스트로는 말을 이었다. "마담이 살고 계시는 지구와는 달리 원래부터 육지가 매우 적었소. 거기에서 부대끼며 사는 인간들은 군소국가를 이루어 서로 전쟁만 하고 있었지요. 그러다 간신히 통일된 시기가, 마담이 살고 있는 나라의 역법으로 말하자면 약 100년쯤 전의 일이외다. 그리고 연방국가가 탄생했소. 현재는 이 국가를 가리켜 '구연방'이라고 부르고 있소이다. 왜 그렇게 부르는지는 곧 알게 되실 것이외다."

'구연방'에서는 그때까지 분산되어 있던 각국의 지식과 기술이 한데 모였기 때문에 급속도로 과학이 발달했다고 한다.

"그리고 지금으로부터 20년쯤 전 ── '구연방'의 어느 도시에서 정부 직속의 특명을 받은 과학자 그룹이 어떤 극비실험을 하였지요. 지금은 조사를 통해 그 실험의 코드네임이 '프로젝트 나이트메어'였다는 사실이 판명되었습니다만, 이것은 ──."

"잠깐만요!" 이번에는 미치코가 끼어들었다. "나이트메어라면, 영어로 '악몽'이라는 뜻인데요? 원래 일본어가 아니라고요!"

마에스트로는 고개를 끄덕였다. "그 말씀이 맞소만?"

"당신들, 이상해요. 맞아, 생각해 보니 처음부터 이상했어. 다른 세계에서 왔다면서 어떻게 우리와 느닷없이 말이 통하는 거죠? 어떻게 우리들 말을 할 수 있는 거예요? 그것도 일본어에 외래어인 영어까지 섞어 가면서. 당신들 우리말이 지나치게 유창하잖아요!"

마에스트로는 미소를 지었다. 소년은 총좌 안에서 "아아" 하고 소리 내어 탄식했다.

"그러니까, 그것도 아줌마, 우리가 아줌마의 꿈속에⋯⋯."

"잭 인 했기 때문에?"

"응. 그거야. 우린 아줌마의 말과 지식을 이용해서 말하고 있는 거거든. 아줌마 말대로 우리가 우리 세계의 말로 떠들어 봐야 아줌마는 못 알아들을 거 아니야? 아줌마가 '나이트메어'가 '악몽'이라는 뜻이라는 걸 알고 있으니까 마에스트로가 그 단어를 쓴 거라고."

"참고로" 하고 마에스트로가 말을 이었다. "우리 세계의 말로 '악몽'이라는 단어를 말해 보면 ──."

마에스트로는 뭔가 주문 같은 소리를 냈다. 슐라슈슈슈 같이 들렸다.

"이런 식으로 됩니다. 그러나 의미는 같소이다. 악몽, 즉 나쁜 꿈."

미치코는 두 손으로 관자놀이를 눌렀다. "알았어요. 난 역시 SFX 영화를 너무 많이 본 거야. 그래서 머리가 좀 이상해진 거야. 지나치게 현실하고 동떨어진 영화만 보면 안 된다는 건 알고 있지만, 최근에는 브래드 피트까지 SF 영화에 출연하니까, 방심할 틈도 없었단 말이야."

"그런 문제가 아닌 것 같은데" 하며 소년은 탄식했다. 그리고 마유에게 "브래드 피트가 누구야?" 하고 물었다.

"몰라" 하고 마유가 대답했다. "지니라면 아는데."

"지니?"

"램프 안에 살아. 뭐든지 소원을 들어준대."

"램프라면 이렇게 작은 거잖아?" 소년은 손으로 크기를 재어 보인다. "그거 안됐군. 아무리 나 같은 사람도 그것보다는 나은 데서 사는데."

"시끄러워, 마유한테 수작 걸지 마!"

"알았다! 그 지니라는 녀석 수감자지?"

"수감자가 뭐야?"

"나쁜 짓을 해서 붙잡힌 녀석 말이야."

마에스트로가 갑자기 뭔가를 퍽 던지자 소년이 총좌에서 굴러떨어졌다.

"시끄럽다!" 마에스트로는 고함을 질렀다. 그리고 다시 얼른 웃는 얼굴로 돌아와, 미치코를 향해 돌아섰다. "계속할까요, 마담."

소년이 위험하지 않으냐고 불평을 늘어놓으면서 일어섰다. 손에는 볼트 같은 것을 들고 있다. 지금 마에스트로가 던진 것이다. 미치코는 움찔했다. 세상에나.

"저기요, 마에스트로 씨. 제자분—— 저런 것에 잘못 맞으면 죽을 거예요." 미치코가 머뭇거리며 말해 보았다.

"뭐, 맞지 않을 겁니다." 마에스트로는 차분하게 말한다. "자, 마담. 이 '프로젝트 나이트메어'라는 것은——."

미치코는 열심히 귀를 기울였다.

'프로젝트 나이트메어'란 인간의 의식을 육체에서 떼어내어 자유롭게 보관하거나 이동시키는 장치의 실험이라고 한다.

"의식을 몸에서 떼어낸다고요?" 미치코는 눈을 크게 떴다. "그런 짓을 하는 게 무슨 의미가 있나요?"

"만약 그게 가능해진다면, 마담, 인간은 한없이 '불사(不死)'에 가까워지는 것이올시다."

한 사람의 육체는 없어져도 그 의식만 분리 보존할 수 있다면 그것을 다른 그릇에——그것이 굳이 살아 있는 육체가 아니라도 상관없다——옮겨 담으면 된다. 그것을 반복하면 분명 이론상으로는 그 사람은 영원히 죽지 않는 셈이 된다——그런 느낌은 든다.

"의식이란 즉, 뇌가 발하는 전기신호의 집적이올시다. 뇌란 자가 발전 기능을 가진, 이 신호의 발신·기억장치. 그렇다면 뇌와 같은 기능을 가진 기계와 그것을 움직일 시스템을 만들어낼 수 있다면, 똑같은 기능을 하게 할 수 있게 되지요."

뭐, 이것도 이론상으로는.

"'구연방'의 과학자 그룹은 여기에 성공했습니다. 그리고 시험 삼아 만든 실험기에는 '빅 올드 원'이라는 이름을 붙였소이다."

'빅 올드 원'은 개량에 개량을 거듭하여 5세대에 드디어 완성기가 탄생했다. '프로젝트 나이트메어'는 이 5세대 빅 올드 원의 운전 실험이었다고 한다.

"하지만 이상하네요." 미치코는 눈썹을 찌푸렸다. "불사를 이루기 위한 기계의 실험이 어째서 '나이트메어'인가요?"

마에스트로의 얼굴이 풀어지며 매끈매끈한 머리가 반짝반짝 빛났다. "마담은 총명하시군요. 좋은 질문이외다."

"감사합니다."

"이 과학자 그룹의 최초 목적은 전쟁이나 재해, 범죄 등을 겪는 바람에 무섭고 괴로운 기억을 가지게 된 사람들을 구하는 것이었소이다. 즉 괴로운 기억 —— 당사자에겐 그야말로 악몽과 같은 사건의 기억만을 의식에서 뽑아내어 폐기하려는 시도였지요. '구연방'이 결성될 때까지 계속되던 전쟁의 시대는 그만큼 비참한 것이었소이다."

마에스트로는 살짝 얼굴을 찌푸렸다.

"내 경우에도 아주 어렸을 때 내전을 체험했으니 말이오. 과학자들이 이런 생각을 하게 된 것도 이해 못할 일은 아니올시다."

괴로운 기억만을 가시를 뽑아내듯이 제거해 버리는 방법이 발견된다면, 분명히 그건 마음의 상처로 괴로워하는 사람들에게는 복음이 될 것이다. 하지만 그렇게 솔깃한 이야기가 현실이 될 수 있는 건가, 하고 미치코는 생각했다.

"그것이 점점 발전해서, 의식 전체를 육체에서 분리시킬 수는 없을까 생각하게 되었소. 그래서 실험의 명칭도 최초에 '나이트메어'라고 결정했던 것이 그대로 계승된 것이오만."

"결국에는 진짜 악몽이 되어 버린 거지" 하고 소년이 또 끼어들었다. 이번에는 마에스트로도 아무것도 던지지 않고 화도 내지 않으며 고개를 끄덕여 동의했다.

"그렇소이다, 마담. 12년 전의 어느 날, 이 거대한 실험 장치 '빅 올드 원'은 폭주사고를 일으켰습니다."

연구소가 있던 장소는 현재 '제로 지점'이라고 불리고 있다. 폭풍의 중심이라는 의미의 '그랜드 제로'의 제로이기도 하고, 거기에는 '아무것도 남지 않게 되어 버렸'기 때문에 제로이기도 하다고 한다.

"아무것도 남지 않았다고요?"

"말 그대로의 의미올시다, 마담. 모두 다 사라져 버렸소이다. 연구소의 부지는 물론이고 연구원들이 정착하면서 형성되었던 작은 마을도 통째로 소실되어 버렸지요."

그리고 구멍이 형성되었다고 한다——시간축까지 똑바로 꿰뚫어 버린, 글자 그대로 '구멍'이.

"사고가 난 후, 필사적인 검증을 통해 이 '구멍'이 우리와는 다른 세계로 이어져 있다는 것이 판명되었소이다. 즉, 마담이 살고 계신 세계이지요. 우리 세계와 마담의 세계는 이 '구멍'을 통해 왕래할 수 있게 되어 버린 셈이올시다."

"그럼 당신들도 그 구멍을 통해서 찾아온 건가요?"

"그렇소만——." 마에스트로는 얼버무리듯이 말했다. "그건 조금 더 뒤에 설명하지요."

'빅 올드 원'의 폭주사고는 그들의 세계에도 파멸적인 재앙을 초래했다. 연이은 이상기후와 천재지변으로 어떤 곳은 수몰되고, 어떤 곳은 사막화하고, 어떤 곳에서는 미지의 전염병이 유행해서 사람들은 픽픽 쓰러져 죽고 도시는 황폐해지고,

"결국, 당시의 연방국가는 붕괴되었습니다. 따라서 현재 우리가 살고 있는 나라는 '빅 올드 원'의 폭주라는 대재앙 이후, 살아남은

사람들이 힘을 합쳐 만들어낸 작고 작은 나라올시다. 그래서 이것을 '신연방'이라 부르고, 과거의 연방을 '구연방'이라고 부르는 것이외다. '신연방'의 인구는 '구연방'의 3분의 1도 채 되지 않고, 생활수준도 훨씬 뒤떨어져 버렸지요."

마에스트로는 슬픈 듯이 천천히 고개를 저었다.

"전부 자업자득, 우리가 자초한 재앙이기는 하지만, 너무나 큰 대가를 지불하게 되었소이다."

"하지만 왜 그렇게까지 일이 엄청나진 거죠? '빅 올드 원'을 움직이던 동력이 뭐였는데요? 핵이라든가, 뭐 그런 건가요?"

마에스트로는 매끈한 대머리를 어루만졌다. "그게, 아직까지 불명이외다. 뭔가 프리 에너지 장치였다고만 하고."

"모른다고요? 왜요?"

"모든 것을 알고 있던 연구원들도, 정치가도, 모두 폭주사고로 목숨을 잃었기 때문이지요."

마에스트로는 그것이 마치 자신의 실수인 양 몸을 움츠렸다.

"데이터도 자료도 모조리 다 소실되어 버렸소이다. 우리가 알고 있는 것은, 이 프리 에너지 발생 장치는 단순한 동력원일 뿐만 아니라 '빅 올드 원'의 주기능과도 링크되어 있었다는 것뿐이올시다."

겨우 그것뿐?

"하지만 당신들은——아까 그랬잖아요. 폭주사고라는 대재앙으로 생긴 '구멍'을 통해서 우리 세계로 왔다고. 사고를 검증했다고. 그럼 검증하려면 사전에 그 나름의 지식이 필요하지 않나요?"

미치코는 그들의 얼굴을 번갈아 바라보았다. 둘 다 준비물을 가져오지 않아 변명거리를 생각하는 초등학생 같은 얼굴을 하고 있었다.

"어——, 마담, 우린" 하고 마에스트로가 어물어물 말을 꺼냈다.

"전부, 손으로 더듬어서 검증했소이다."

"더듬어서?"

"즉, 몸으로 했다, 이거지." 소년이 말했다. "간단히 말하면, 지진으로 생겨난 땅의 균열 밑에 밧줄을 매달고 내려간다거나 뭐 그런 거야. 그렇지, 마에스트로?"

마에스트로는 머리를 슬슬 어루만지고 있다.

"세상에나, 정말 무모하네요!"

"맞는 말씀이오. 마담."

"마에스트로는 나보다 훨씬 어릴 때부터 '구멍'의 시커, 즉 안내인으로 일해 왔어. 아줌마가 말하는 무모한 안내인이 잔뜩 있었기 때문에 대재앙으로 무슨 일이 일어난 건지, '구멍'이 어디로 이어져 있는 건지, 조금씩 알게 된 거라고."

약간 의기양양하게 설명하는 소년에게, 흐음—— 하고 미치코는 고개를 끄덕였다.

"당신들, 고생이 많군요."

"송구합니다, 마담."

"하지만 그게 우리와 무슨 관계가 있는 거죠? 특히 내 꿈하고."

그것이 말이외다, 하며 마에스트로는 다시 정좌하고 앉았다.

"대재앙 이후의 검증으로 판명된 것들 중에 어떤—— 엄청난 사실이 있었소이다."

'빅 올드 원'의 운전 실험. 실험에는 반드시 실험체가 필요하다. 그러나 실험의 내용이 내용인 만큼, 아무래도 실험체로는 살아 있는 인간이 필요했던 것이다.

"'구연방'은 그 때문에 수감자를 선정했소이다."

고르고 고른 예순 명의 흉악범을 전국의 교도소에서 실험 장소로 이송하여, 거기에 수감하고 있었다는 것이다.

"검증 결과, 예순 명 중 열 명은 사망한 것이 판명되었소만, 나머지 쉰 명이——."

"쉰 명이?" 미치코는 물었다.

"그러니까 그——." 마에스트로는 다시 움츠러들었다. "'빅 올드 원'은 확실히 폭주했지만, 실험 그 자체는 실패한 게 아니었던 것이외다."

"그래서 그 쉰 명이?"

"그러니까 마담, 그들은——."

"그래서 그 쉰 명이 어떻게 됐다는 건데요?"

마에스트로는 머리의 윤기조차 잃어버리며 더욱더 몸을 움츠렸다. 그리고 대답했다. "의식만 있는 존재가 되어, '구멍'을 통해 마담의 세계로 탈주했소이다."

5

잠시 침묵이 흘렀다. 아무도 움직이지 않는다. 부드러운 안개만이 천천히 '양동이' 주위를 흐르고 있다.

"우리 세계로?" 하고 미치코는 중얼거렸다.

"예."

"맞아."

마에스트로와 소년이 동시에 대답했다.

"전부 다 흉악범?"

"예."

"쉰 명이나?"

"참으로 면목이 없소이다." 마에스트로는 목을 움츠려 커다란 몸집을 작게 움츠렸다. "그러나 지금 현재로서는 쉰 명 전부가 도망친 상태는 아니올시다. 12년 동안 우리들이 절반 정도는 체포해서 끌고 돌아갔으니 말이외다. 남은 건 절반——."

12년을 들여서 겨우 그중의 절반을 잡았다는 건, 무리도 아니라는 건지, 무능력하다는 건지. 무엇보다 너무 갑작스러운 이야기라서 당장은 판단을 할 수 없었다.

미치코는 눈을 가늘게 떴다. "그들은 대체, 어떤 짓을 한 사람들인데요?"

"그야 뭐, 마담의 어휘로는 미처 설명조차 할 수 없는 짓을 수도 없이."

다시 침묵이 흘렀다. 잠시 후에 미치코가 신음했다. "이게 대체 무슨 일이냐고요!"

"그래서 면목이 없다는 것이외다."

몸을 움츠린 채 정좌하고 앉아 송구스러워하는 마에스트로와 '난 몰라'라는 듯이 머리띠를 풀어서 다시 묶고 있는 소년의 얼굴을 바라보다 미치코는 문득 생각이 미쳤다.

"그 탈주범들은 의식만 있는 존재라고 했죠?"

"그렇소이다."

이런! 딱 소리 나게 이야기가 맞아떨어지지 않는가.

"알겠어요── 그래서 '꿈'인 거군요?"

마에스트로는 박수를 쳤다. "그렇소이다! 마담은 정말로 머리가 좋으시군요!"

"이런 건 머리가 좋다고 하는 게 아니에요. 생활에는 도움이 안 되는 지어낸 이야기에 익숙해져 있는 것뿐이라고요."

말하면서 스스로도 웃어 버렸다. 웃을 수밖에 없지 않은가.

"놈들은 의식만 있는 존재라서, 마담의 세계에 도망쳐 와서도 그 상태로는 거리를 돌아다닐 수가 없소이다. 그래서 놈들은 마담 세계의 사람들의 꿈에서 꿈으로 건너다닌다오. 그렇게 해서 몸을 가로챌 수 있을 만한 연약한 개체를 찾고 있는 것이외다."

"연약한 개체──."

"노인, 어린이, 환자. 또는 뭔가로 고민하다가 의식, 즉 마음이 지친 사람이지요."

미치코는 손으로 뺨을 눌렀다. "큰일이네."

"그리고 적절한 개체를 발견하면, 거기에 뿌리를 내리고 원래 주인의 의식을 봉쇄해 버리는 것이외다. 마담의 세계 사람들은 '사람이 바뀐다'는 표현을 쓰지요? '광기에 빠진다'는 말도 쓰고요?"

"'비뚤어진다'고도 해요." 미치코는 총좌의 소년을 가리켰다. "너처럼 되는 것 말이야."

"시끄러워, 아줌마." 소년은 혀를 찼다. "말해 두겠는데, 당신들 세계에서 '사람이 바뀐' 것처럼 되어 버린 사람들 전부가 우리 세계의 탈주범에게 몸을 빼앗긴 건 아니라고. 놈들의 숫자는 제한되어 있으니까 말이야."

그야 뭐, 단순한 산수 문제로도 그 말이 맞을 것이다.

"귀찮게도 우리 쪽에서 탈주범들을 캐치할 수 있는 건, 그들이 마담 세계의 사람들의 꿈에서 꿈으로 이동하고 있을 때뿐이외다" 하고 마에스트로가 말했다. "놈들이 한 곳에 자리를 잡고 원래 주인의 몸을 빼앗아 버리면, 우리는 손도 댈 수 없소이다. 처음부터 거기에 잭인 하기가 어려운 데다, 운 좋게 들어간다 해도 그건 말하자면 스스로 덫 안으로 뛰어드는 것과 같으니 말이외다. 너무 위험하지요. 그러나 이동하고 있을 때라면, 빼앗기기 전인 주인의 의식을 통해서 놈들을 쫓을 수 있소이다. 우리가 지금 여기에 이렇게 있는 것처럼 말이외다."

미치코는 마에스트로의 설명을 천천히 곱씹어 보았다. 문득 정신을 차려 보니, 마유는 미치코의 무릎에 기대어 졸고 있었다. 꿈속의 잠. 왠지 재미있다. 하지만 잠자는 아이의 얼굴이 사랑스러운 것은 변함이 없었다.

그래. 마유가 있어. 내 목숨은 나만의 것이 아니야. 마유를 지키기 위해서, 나는 이대로 도망칠 순 없어.

미치코는 어금니를 악물고 말했다.

"그 괴물이 여기에 있다는 건, 그 녀석이 내 몸을 빼앗으려 한다는 거죠?"

마에스트로는 진지한 얼굴로 고개를 끄덕였다. "그렇소이다. 마담."

"어째서 나한테 눈독을 들였을까요? 내가 그렇게 약해요?"

대답은 없었지만, 원래 미치코는 자기 자신에게 질문한 것이었다. 약해져 있을지도 모른다. 외로움과 시기심으로. 어쩌면 스스로 깨닫고 있는 것보다 훨씬 더 뿌리 깊은 것일지도 모른다.

"놈의 개체 식별은 되어 있어" 하고 소년이 묘하게 늠름한 어투로 말했다. "통칭 '슈링카'. 죽인 피해자의 머리를 찌부러뜨려서 모아두는 취미가 있었던 연쇄살인범인데, 여성과 어린이만 열네 명이나 죽인 놈이야."

"열네 명이나? 당신들의 '구연방'이라는 곳의 경찰은 뭘 하고 있었던 거죠?"

등줄기에 한기가 든다. 미치코는 아무한테나 싸움을 걸고 싶어졌다. "그런 놈이 왜 나한테? 나보다 훨씬 약한 사람도 있잖아요? 너무해."

마에스트로가 위로하듯이 미치코의 어깨에 손을 얹었다. "육체라는 그릇을 찾아 떠도는 탈주범들의 의식도 기본적인 점에서는 우리들과 마찬가지올시다. 아무 단서도 없는 곳에는 가지 않지요. 소위―― 뭐라고 해야 하나, 마담의 언어로는―― 짚이는 데가 있는 장소를 뭐라고 하오?"

한동안 함께 생각해 보았지만, 미치코의 흥분한 머리로는 아무 생각도 나지 않았다.

"뭐, 풍토라고 해야 하나" 하고 소년이 고개를 갸웃거리며 말했다. "맞아, 아줌마의 꿈속은 슈링카가 보기에 풍토가 맞는 장소야. 왜냐하면, 아줌마는 한 번 그 녀석을 본 적이 있으니까. 그리고 그 일을 똑똑히 기억하고 있잖아."

"난 아무도 보지 못했어, 흉악범 따윈!!"

"아니, 봤어. 시로타 씨네 화재 말이야. 불타오르는 집 안에서 춤추고 있던 검은 그림자."

미치코는 소리도 못 내고 한 손을 입에 댄 채 눈을 크게 떴다.

"그 그림자는 슈링카에게 의식을 빼앗긴 시로타 씨네 할아버지야.
슈링카에게 조종되어서 집에 불을 지르고 가족을 태워 죽였어."

등줄기를 따라 흐르는 차가운 한줄기 땀과 함께, 미치코는 생각해
냈다. 시로타 씨네 할아버지는 노인성치매에 걸려 있었다──.
마음이 약해져 있었다. 환자였다.

"꿈속에는 원래 '시간'이라는 것이 존재하지 않으니 말이외다" 하
고 마에스트로가 말했다. "어제의 일도 20년 전의 일도 똑같이 등장
하지요. 슈링카는 시로타 씨네 할아버지의 몸을 가로채 불을 지르고
할아버지의 육체도 장사 지낸 후, 거기서 다른 사람의 의식 안으로
이동했다가, 다시 거기서 이동하기 위해 꿈을 따라서 마담에게 도달
한 것일지도 모릅니다. 아니면 시로타 씨네 할아버지의 육체가 죽은
그 시점에서 미래로 도약해서 곧바로 마담에게로 온 것일지도 모르지
요. 그것만큼은 본인을 붙잡아서 불게 하지 않으면 알 수 없으니 말이
외다."

미치코는 자신의 입장에서는 그런 건 아무래도 상관없다고 생각했
다. 마유의 머리카락을 쓰다듬으면서, 저도 모르게 울음 섞인 목소리
를 내고 말았다.

"어떻게 해야 해요? 어떻게 하면 그 녀석을 잡을 수 있죠?"

마에스트로는 힐끗 시선을 교환하더니 입을 열었다.

"마담. 마담은 슈링카가 일으킨 시로타 씨네 화재와 관련해서, 마
담 자신은 잊고 있지만 뇌 속에는 확실히 보존되어 있는 어떤 기억을
가지고 계실 거외다. 아주 사소한 일일 거라고 생각하오. 그것이 열쇠
가 되고 있소. 놈은 그것을──소위 말하는 발판으로 삼아 마담 안으
로 들어왔으니까."

"아줌마, 당시의 일을 떠올려 봐. 가능한 한 자세하게."

소년은 총좌에서 몸을 일으키며 말했다. 두 손을 허리에 대고, 아까와 마찬가지로 묘하게 남자다운 얼굴을 한다.

"그 '무언가'를 알게 되면, 그것을 회수함으로써 놈을 잡을 수 있어. 우리들 힘만으로는 안 된다고. 아줌마. 부탁해."

말은 그렇게 해도——.

"그것을 알 때까지는 어쨌든 우리가 부지런히 잭 인 해서 아줌마를 지켜 줄 거야. 하지만 아줌마도 가능한 한 꿈을 꾸지 않도록 깊이 잠들어 주었으면 좋겠어."

"억지 쓰지 마."

힘없이 대꾸하면서도, 미치코는 얼어붙었다. 마유는? 마유는 어떻게 되는 거지?

"이 아이는 내 꿈속에 있어. 그것만이 아니야. 이 아이의 꿈속에도 슈링카의 괴물이 나왔어. 어떻게 해야 해? 어떻게 해야 마유를 지킬 수 있어?"

"그거라면 걱정할 것 없어. 꼬마가 슈링카의 꿈을 꾸는 건 단순히 아줌마의 의식에 공명하고 있기 때문이야. 아이가 어릴 때는 부모 자식 사이에 흔히 일어나는 일이지."

"마담의 꿈속의 슈링카를 붙잡으면 꼬마 아가씨는 괜찮소이다" 하고 마에스트로도 옆에서 거들었다.

알았어, 해 볼게. 옛날 일을 기억해내고 조사할 수 있는 건 뭐든지 다 알아볼게, 미치코로서는 그렇게 약속할 수밖에 없었다.

"아줌마, 잘 부탁해."

그렇게 말하며 소년과 마에스트로는 '양동이'의 승강구로 향했다.

"우리가 이륙하면 아줌마와 꼬마는 자연히 잠에서 깰 거야, 걱정 안 해도 돼."

"저기, 잠깐만 기다려." 미치코는 황급히 그들을 붙잡았다. "그런데 결국 당신들은 정체가 뭐야? 그 '신연방'이라는 곳의 경찰이나 군인 같은 거야?"

소년은 웃음을 터뜨렸다. 마에스트로는 또다시 거북하다는 듯이 손으로 머리를 매만졌다

"우리는 민간인이올시다, 마담."

"말하자면 '현상금 사냥꾼'이란 거야, 아줌마."

현상금 사냥꾼이라니 —— 그건 마치 서부영화 같지 않은가.

"'신연방'에는 인재가 부족하거든. 탈주범들을 붙잡는 일까지는 처리할 수 없어. 그래서 놈들에게 상금을 건 거야."

"하지만 우리들도 완전히 한 마리의 늑대처럼 떠도는 건 아니올시다. 현상금 사냥꾼에게는 현상금 사냥꾼 단체가 있어서요. 자연발생적으로 생긴 단체이오만, 우리들은 그 단체를 '롯지'라고 부르고 있소이다. '롯지'가 발행하는 면허증이 없으면 제대로 된 현상금 사냥꾼이라고 할 순 없지요."

제대로 된 현상금 사냥꾼이라니, 애국심이 넘치는 용병이라는 것과 마찬가지로 모순된 말이라고 생각하지만, 미치코는 입을 다물었다. 완전히 지쳐 버린 것이다.

그런 미치코를 내려다보며 소년은 슬쩍 두 팔을 벌렸다.

"하지만, 아줌마. 이쪽 세계에서도 그럴 테지만, 공무원보다는 민간인 쪽이 더 믿음직할 때도 많다고. 어쨌든 우리들은 이 일에 생활이 걸려 있으니까 진지함의 정도가 다르거든."

그렇다면 다행이지만.

"마담은 피곤하신 모양이군요. 그럼 일단 오늘 밤은 이쯤에서 실례하도록 하겠소이다."

"그렇군. 그럼 또 봐, 아줌마."

속 편한 인사를 남기고 두 사람은 '양동이'에 올라탔다. 미치코는 존재하는 것만으로도 사람을 바보 취급하는 듯한 이 탈것이, 역시 사람을 바보 취급하듯이 유유유유유유유용 하는 소리를 내며 날아올라 하얀 안개 너머로 사라져 가고, 이윽고 시야가 닫혀서 꿈속의 비상 착륙장에서 기분 좋게 잠들어 버릴 때까지 마유를 안은 채 주저앉아 있었다.

6

다음 날, 눈을 뜨자 바로 미치코는 옆의 이불에서 자고 있는 마유를 흔들어 깨웠다.

마유는 눈을 비비면서 일어나더니, "아, 엄마!" 하고 큰 소리로 말했다. "엄마도 만났지? 그 오빠!"

두 사람은 흥분해서 이야기를 나누었고, 서로가 꾼 꿈의 세밀한 부분까지 일치한다는 사실을 확인했다. 이야기하면 이야기할수록 미치코의 불안은 늘어날 뿐이었지만, 마유는 조금 달랐다. 왠지 즐거워 보인다.

"엄마, 괜찮아. 그 아저씨하고 오빠 말대로 하면 괴물을 해치울 수 있을 거야. 마유도 도와줄게. 응?"

이 아이는 꽤 승부욕이 있구나, 하고 미치코는 조용히 놀랐다. 그냥 얌전한 아이가 아니었구나. 역시 내 딸이야.

한 시간 늦게 등교하는 마유를 바래다준 후, 미치코는 전철을 타고 어린 시절에 살았던 동네로 가 보았다. 그러나 도착하자마자 곧, 마을의 모습이 과거와는 완전히 달라져 있다는 사실을 깨달았다. 미치코가 살았던 시영주택은 이미 재건축되어 당시와는 건물의 방향도 배치도 바뀌어 있었다. 시로타 씨네 집이 불탄 후에 지어진 집도 이미사라지고, 대략 이쯤이라고 생각한 장소에는 좁은 주차장과 편의점이 있을 뿐이었다.

——마담은 슈링카가 일으킨 시로타 씨네 화재와 관련해서, 마담자신은 잊고 있지만 뇌 속에는 확실히 보존되어 있는 어떤 기억을 가지고 계실 거외다.

마에스트로는 그렇게 말했다. 미치코가 그것을 기억해 내기만 하면 슈링카라는 녀석을 잡을 수 있다고.

하지만 뇌 속에 들어 있는 기억을 불러일으키려면 도대체 어떻게 해야 하는 걸까?

'최면요법이라도 받으라는 건가?'

미치코는 머리를 흔들며 다시 전철을 탔다. 돌아오는 길에 집 근처의 약국에 들러, 요즘 잠자리가 사나운데 수면제 같은 것은 없냐고 물었다. 약사는 의사의 처방전이 없으면 수면제는 줄 수 없지만 곤두선 마음을 가라앉혀서 쉽게 잠들게 하는 정도의 약이라면 있다며 추천해 주었다.

"이거, 어린아이도 먹을 수 있나요?"

약사는 난처하다는 표정으로 웃었다.

"어린아이라면 우유를 데워서 마시게 하는 편이 약보다 훨씬 잘 듣습니다."

그날 밤, 미치코는 먼저 마유가 잠드는 것을 지켜본 다음 사 온 약을 반만 먹고 이불 속에 들었다. 약은 전혀 효과가 없어서, 1시간 간격으로 계속 잠이 깼다. 다행스럽게도 마유는 푹 잠들어 있었다.

동트기 전에 일어난 미치코는, 마유가 일어나자마자 어젯밤에 꿈을 꾸었느냐고 물었다.

"어제는 안 꿨어. 재미없게." 마유가 정말 유감스럽다는 듯이 말했다. "엄마는?"

"엄마도 안 꿨어. 둘 다 전날 밤에 엄청난 꿈을 꿨으니까 어제는 뇌가 쉬고 있었던 건지도 모르지."

오후에 집안일을 마치고 부엌 테이블에 엎드려 졸고 있자니, 친정 어머니에게서 전화가 걸려왔다.

"어머나, 졸린 목소리네. 낮잠 자고 있었니?"

"응, 잠깐."

"모레 토요일은 크리스마스이브구나."

듣고 보니 그랬다. 마유에게 줄 선물은 지난주에 몰래 사서 서랍 속에 숨겨두었다. 커다란 곰 인형이다.

"애 아빠는 집에 올 수 있다니?"

"그게 회의가 있어서 안 된대요."

"회의라니 얘 ——."

어머니는 잠시 입을 다물더니 목소리를 낮췄다.

"회사 사람들도 크리스마스이브에는 쉬고 싶을 텐데. 정말로 회의 같은 걸 한다니? 확인해 봤어?"

어머니는 너무 쉽게 이야기해 버리지만, 그 정도의 의심이라면 미치코에게도 있었다. 어머니 말씀대로 이건 의심해 볼 만한 여지가 있는 변명이다. 하지만 지금은 그게 문제가 아니다. 애초에 내가 그런 의심을 품는 바람에 이런 일이 생긴 모양이고, 물론 그 의심의 원인은 사다유키에게 있으니까 나만 잘못한 건 아니라고 생각하지만.

'역시 지금은 그게 문제가 아니라고요. 엄마.'

그렇다고 해도 마유와 단둘이서 이런 상태로 집에서 크리스마스이브를 보내는 건 좋지 않겠지——문득 그런 생각이 들었다. 아버지나 어머니, 오빠에게 물어보면 옛날 일을 떠올릴 힌트를 찾을 수 있을지도 모른다.

"있잖아요, 엄마. 모레 나랑 마유가 거기서 자도 괜찮아요?"

"그건 좋다만——."

"같이 케이크를 먹어요. 집을 개축하기 전에 나도 내가 시집가기 전에 살던 집에서 지내보고 싶어요, 엄마가 말했던 벽장 정리도 도와드리고."

다행히 이번 토요일에는 학교도 노는 날이다. 아침 일찍 마유를 데리고 출발할 수 있다. 미치코는 그렇게 하기로 하고 전화를 끊었다. 어머니의 '맛있는 것 많이 해 둘게'라는 기쁨 넘치는 목소리에 조금은 위로받은 기분이 들었다.

집에 온 마유에게 그 계획을 이야기하자, '아빠는 내버려 두고 가는 거야?' 하고 투정을 부릴 줄 알았는데 의외로 아이는 폴짝폴짝 뛰면서 찬성했다.

"엄마, 찾으러 가는 거지? 엄마의 추억을."

"응. 외할머니한테도 이것저것 물어볼까 하고."

"나도 도와줄게. 꼭 해낼 수 있을 거야, 엄마."

마유는 체육 수업 때문에 많이 뛰었다면서, 저녁 식사를 마치자 금세 눈을 비비기 시작하더니 목욕을 하자마자 반쯤 졸기 시작했다.

몸이 지쳐 있다면 꿈을 꿀 가능성도 적을 것이다. 미치코는 약간 안심해서 마유를 재우고 자신도 옆에 누웠다. 약은 먹지 않았다. 오늘 밤에는 한 번 더 마에스트로와 그 건방진 소년을 만나두는 게 좋겠다. 모레는 친정에서 자게 된다. 미치코가 있는 장소가 바뀌어 그들의 잭 인 포인트도 바뀌는 일이 생기면 곤란하지 않은가. 확실하게 물어 봐 두는 게 좋을 것이다.

그 바람이 통한 것인지, 미치코는 아주 쉽게 꿈을 꾸었다.

또 그 장소에 와 있었다. 보이는 곳은 온통 불탄 폐허. 신중하게 주위를 둘러보고 조금이라도 움직이는 것은 없는지, 그 괴물은 없는지 ── 상황을 살피고 나서 천천히 걸어갔다. 주의 깊게 목소리를 낮춰 마유를 불러 보았지만, 대답은 없었다. 오늘 밤에는 그 아이가 깊이 잠들어서 공명하지 않는 모양이다.

살금살금 자갈 더미를 밟으며 걸어가노라니, 시로타 씨 집의 새카만 모르타르 벽 아래에 그 빨간 머리띠가 보였다. 오늘은 그들이 앞질 러 와 있었던 모양이다. 미치코는 안심해서 발걸음이 빨라졌다.

소년은 쪼그리고 앉아서 뭔가 땅바닥을 조사하고 있는 것 같았다. 지난번과 똑같은 옷차림이지만 오늘 밤에는 허리의 벨트에 밧줄을 차고 있다. 정말로 카우보이 같다.

"어때, 아줌마?"

미치코의 발걸음 소리를 들었는지, 소년은 이쪽에 등을 돌린 채로 말을 걸었다.

"어떻고 자시고도 없어."

"그렇겠지." 일어서서 두 손을 팡팡 털더니, 소년은 씨익 웃었다. "꼬맹이는 자고 있는 것 같군."

"괴물은?" 하고 미치코는 물었다. 등 뒤가 신경 쓰여서 자꾸 두리번거리게 된다. "봤어?"

"전혀. 슈링카 쪽도 우리가 잭 인 했다는 것을 눈치챘을 거야. 어딘가에 몸을 숨기고 우리가 어떻게 나오는지를 보고 있겠지."

"너희들이 쫓고 있다는 걸 눈치챘다면 도망쳐 버리지 않을까?"

"아니, 그럴 리는 없어."

미치코로서는 희미한 희망을 담아 물어본 것이었지만 소년은 단호하게 부정해 주었다.

"아줌마가 슈링카의 존재를 인식해 주었기 때문에 이쪽에서 필드를 고정시킬 수 있었거든. 놈은 더 이상 자력으로 아줌마의 꿈속에서 나갈 수는 없어. 아줌마의 몸을 빼앗지 않는 한 어디에도 못 가."

"어머, 그런 거야……?"

필드라는 것을 고정하지 말고 슈링카를 어디든 원하는 곳으로 도망치게 해 주면 나로서는 전혀 상관없는데, 하고 속으로 생각했다.

낙담하면서도 미치코는 모레의 일정을 이야기했다.

"아줌마의 본체——라고 할까, 아줌마의 몸이 어디에 있건, 우리의 잭 인에는 영향이 없어."

그렇게 말하며 소년은 머리띠를 고쳐 매었다. 아무래도 버릇인 모양이다.

"그런데 그런 질문을 하다니, 뭐야, 아줌마. 아직도 우리들에 대해서 이해를 못 하고 있군."

"미안하구나. 어차피 난 바보거든."

처음 만났을 때, '기억력이 나쁘네. 학교 다닐 때 성적 나빴지?'라는 소리를 들은 것을 미치코는 잊지 않았다.

두 손을 허리에 대고 일부러 거만하게 몸을 젖히며 소년을 노려보았다.

"난 네 부모님 얼굴을 한번 보고 싶다. 손윗사람을 대할 때는 좀더 정중한 말씨를 써야 하는 거야. 예절 교육이 안 되어 있어, 교육이."

소년은 어슬렁거리며 폐허를 조사하면서,

"그래? 그럼 나도 부모를 찾아낸다면 불평하도록 할게. 하긴 엄마뿐이겠지만. 아버지는 죽어 버렸으니까."

소년이 너무나도 태연하게 말하자, 미치코는 거만하게 젖혔던 몸을 바로 폈다.

"너희 아버지, 돌아가셨어?"

"응."

"언제?"

"'빅 올드 원'이 폭주했을 때. 그 시설 안에 있었거든."

"혹시 연구자였다거나——."

"아냐, 아냐." 소년은 손을 흔들어 보였다. "우리 아버지는 요리사였어. 옛날에는 다른 도시에서 식당을 했었는데, 시설 내 식당에서 사람을 모집할 때 응모해서 채용되었거든."

"그렇구나. 안됐네." 미치코는 말투를 부드럽게 바꾸었다. "안 좋은 일을 떠올리게 해서 미안해. 연구자였다면 할 수 없지만 그렇지 않다면 정말 재난이었구나. 거기서 일하지만 않았어도——."

"할 수 없지 뭐. 자기가 원한 거니까. 엄마 옆에 있고 싶었던 걸 거야."

소년은 불탄 집 안의 벽돌을 뒤집고 있다. 미치코는 자신도 도울까 ―― 뭔가 단서가 발견될지도 모르니까 ―― 하는 생각에 움직이려다가 움직임을 딱 멈췄다.

이 아이, 방금 뭐라고 했지?

'엄마 옆에 있고 싶었던 걸 거야.'

그 전에 이렇게 말하지 않았던가?

'부모를 찾아낸다면 불평하도록 할게.'

이 아이의 아버지는 이 아이의 어머니 옆에 있고 싶어서 '빅 올드 원'의 연구 시설 안에 있었다. 그리고 사고를 당했다. 그리고 어머니는 ―― 찾아낸다면 이라고 말한 이상, 지금은 소재 불명인 것이다.

즉 ――.

"저기, 애." 가슴이 두근거린다. 이건 물어선 안 될 질문인 것 같기도 하지만, 아무 말 없이 이것저것 상상하는 게 더 안 좋다는 생각이 들었다.

"너희 어머니, 혹시 ――."

소년은 새카맣게 타서 뒤집힌 테이블을 영차, 하고 일으키더니 미치코 쪽을 보고 고개를 끄덕였다.

"그래. 우리 엄마도 문제의 죄수들 중 하나고, 탈주한 예순 명 속에 섞여 있지. 지금은 어디에 있으려나. 나 참, 사람 귀찮게 하는 데 뭐 있다니까."

미치코는 다리가 후들거릴 것만 같아서 불에 그슬린 벽에 손을 짚었다.

"너——그거, 엄청난 일이잖니."

소년은 손가락으로 볼을 벅벅 긁고 있다.

"뭐, 개인적으로는. 하지만 아줌마가 파랗게 질릴 건 없잖아."

"하지만, 너, 자, 자, 자기 엄마가, 휴, 휴, 휴."

"흉악범" 하고 소년은 말했다. "할 수 없잖아. 엄청 바보 같은 여자 아냐? 아버지도 둘도 없는 바보에 호인이었으니까 네 엄마는 나쁘지 않다, 나쁜 남자한테 속은 거다, 엄마를 버리면 불쌍하다는 둥 항상 나한테 말했지만 말이야."

미치코는 대꾸할 말을 잃고 두 손으로 얼굴을 문질렀다. 그러자 소년이 웃음을 터뜨렸다.

"아줌마. 자기가 지금 뭐 하고 있는지 알아? 얼굴이 새카맣다고."

미치코는 자신의 손을 내려다보았다. 오징어 먹물 파스타를 손으로 섞은 것 같은 상태다.

"어머, 진짜네."

"뭐, 여기에는 볼 사람도 없으니까 상관없지만."

와작와작 자갈과 벽돌을 소리 내어 밟으며, 소년은 불타 무너져 내린 집을 나섰다. 옆집으로 가기 위해 길 건너로 가려고——똑같은 집들이 늘어서 있을 뿐이지만——길을 가로질러 간다.

미치코도 소년을 쫓아 밖으로 나갔다. 심장이 두근두근 떨리고 있다. 동정도——물론 느낀다. 어쨌든 상대는 아직 어린아이다. 미치코가 보기에는 마유와 많이 차이 나지 않는다. 하지만 무서운 기분도 든다. 흉악범의 아이에, 현상금 사냥꾼? 자기 엄마를 잡는 것도 일이라고? 잡아서 당국에 넘기고, 현상금을 받는다는 말인가?

좋은 일인지 나쁜 일인지. 신뢰할 수 있는 건지 할 수 없는 건지.

가까운 곳에서 유유유유유유웅 하는 소리가 나서 미치코는 시선을 들었다. 흐린 회색 하늘을 향해, 지탱해야 할 지붕을 잃어버린 검게 탄 기둥 몇 개가 허무하게 튀어나와 있다. 그 바로 위를 그 '양동이' —— 바렌 쉽이었나 —— 가 흔들흔들 가로질러 갔다.

"열쇠가 될 기억을 찾아내면 ——."

갑자기 등 뒤에서 목소리가 들려왔다. 돌아보니 건너편의 시로타 씨네 불탄 집에 간신히 남아 있던 2층의 들보에 소년이 서 있었다. 가슴 앞에 팔짱을 끼고, 뭔가를 겨냥하듯이 눈을 가늘게 뜨고 있다.

"이 필드의 어딘가에 그 열쇠에 대응하는 '장소'가 출현해. 그러면 슈링카도 반드시 거기에 나타날 거야. 잘 부탁해. 아줌마."

상대의 진지함에 눌려서, 미치코는 순간 멈칫하고 그의 얼굴을 바라보았다. 조금 비뚤어지긴 했지만, 그럭저럭 단정한 용모다.

'하지만 저 앞머리는 너무 길어, 내가 엄마라면 잘라줄 텐데. 아니면 엉덩이를 때려주며 이발소로 보낼 거야.'

"알았어"라고 대답한 후, 스스로도 놀랐지만 웃음을 터뜨리고 말았다.

"왜 그래, 아줌마?"

"네 얼굴도 새카맣잖니."

불탄 폐허의 한쪽 구석에 유유유유웅하고 바렌 쉽이 착륙했다. 하얀 안개가 미치코의 뺨을 스쳤다. 꿈에서 깨어날 시간이 모양이다. 다행이야, 일단 웃을 수 있어서 —— 미치코는 그렇게 생각하고 있었다.

7

아버지도 어머니도, 미치코라기보다는 마유의 도착을 고대하고 있었던 모양이다. 거실의 텔레비전 옆에는 서둘러 사 온 듯한 커다란 크리스마스트리가 세워져 있었는데, 그야말로 황급히 장식했다는 느낌이 들 정도였고 꼭대기의 별도 비뚤게 올려져 있었다.

"선물은 같이 사러 가자, 마유야. 할아버지랑 할머니가 생각해 봤지만, 무엇으로 하면 좋을지 잘 모르겠더구나."

다 함께 쇼핑도 하고, 어설프게 케이크도 굽고, 새집의 설계도를 보는 등 매우 바빴다. 그래도 미치코는 기회를 잡아서 부모님의 추억 이야기를 꺼내 보려고 했다.

하지만 유감스럽게도 두 사람 다 손녀한테 푹 빠져서 그럴듯한 수확은 없었다. 오히려 왜 그렇게 옛날이야기만 하느냐는 반문에 미치코는 웃으며 얼버무렸다.

어머니와 단둘이 부엌에 남게 되자, 기다렸다는 듯이 어머니가 물었다. "네 남편한테서 연락은 있었니?"

"없어요."

"없다니, 너 정말 괜찮아?"

"괜찮냐니――그러니까 엄마는 그 사람한테 딴 여자가 있는 거 아닌가 하고 의심하는 거예요?"

정곡을 찌르는 말에 어머니는 매우 당황해했다.

"그런 건 아니지만――크리스마스에 회의라니."

"나도 그렇게 생각해요. 하지만 회사가 정말로 힘들다면 크리스마스고 설날이고 없잖아요."

"그야 그렇지만, 그래도." 어머니는 거실에서 마유와 놀고 있는 아버지를 힐끗 보았다. "우리 때는 아무리 일이 바빠도 모두 한 지붕 아래에 살았잖니. 남편이 집을 떠나 혼자서 사는 건 생각조차 못했어. 뱃사람 정도나 그랬지. 그래서 뱃사람은——."

"항구마다 여자가 있다, 라는 거죠." 미치코는 웃어 보였다. "엄마는 그런 옛날이야기를 좋아하나 봐."

"옛날 사람이니까." 어머니는 의외의 진지한 표정으로 고개를 끄덕였다. "쓸데없는 참견이라고 생각하겠지만, 엄마도 걱정돼서 그래."

"알아요. 고마워요."

저녁 식사 시간이 되자 미치코의 오빠가 잠깐 얼굴을 내밀었다.

"너희들이 왔다기에 잠깐 들렀어. 이거 마유한테 줘."

오빠는 현관 앞에서 코트도 벗지 않고 크리스마스 케이크 상자를 내민다.

"시나코 새언니랑 애들은 안 와?"

오빠는 미치코한테만 작은 목소리로 속삭였다. "올 리가 없잖아. 오늘 밤은 우리 가족만 단란하게 보낼 수 있는 마지막 크리스마스라고 말하고 있다니까."

"같이 사는 것도 아니잖아. 여긴 2세대 주택이니까. 괜히 과장하고 그러지 마."

"그럼 너희들이 여기에서 살아 봐. 사다유키가 계속 전근 다니는 것만 아니면, 난 정말 그렇게 해 줬으면 좋겠다고."

새언니한테 빨리 돌아오라고 다짐을 받았는지 황급히 돌아가려는 오빠를 미치코가 붙잡았다.

"있잖아, 오빠. 옛날에 단지에 살 때 근처에서 불이 났던 거 기억나?"

"엉? 그게 무슨 소리야?"

오빠는 시로타 씨에 대해서는 거의 아무것도 기억하지 못했다. 낮에는 밖에서 놀기만 했으니까 시로타 씨네 아주머니가 보험을 권유하러 왔던 것도 몰랐던 모양이다.

"불이 난 다음 날 아침, 조례 시간에 묵념한 것도 기억 안 나? 우리랑 같은 학년의 아이는 아니었지만, 시로타 씨네 아이 두 명이 그 화재로 타 죽었는데."

"글쎄다. 조례라."

미치코의 오빠는 한 번 고개를 갸웃하더니 말했다.

"단지에 살 때 있었던 일 중에서 내가 기억하는 일이라고는, 버려진 고양이를 주워다 기르고 싶다고 고집부리다가 아버지한테 엄청나게 혼났던 일 정도야. 네가 그때 몇 살이었더라. 엉엉 울었지. 둘이서 다시 버리러 갔었어."

그 일에 대해서는 오히려 미치코 쪽이 기억하지 못했다. 꽤 어릴 적의 일이었나 보다. "오빠도 고양이를 기르고 싶어 했구나⋯⋯."

고양이라면 미치코도 좋아한다. 그렇다, 몇 번인가 어머니를 졸랐지만 그때마다 안 된다고 야단을 맞았다. 단지에서는 애완동물을 길러서는 안 돼. 하지만 기르는 집도 있잖아요. 안 돼, 그건 규칙 위반이야──.

"고양이──."

슬리퍼를 신고 현관에 선 채, 미치코는 중얼거렸다.

"나는 굳이 말하자면 개가 더 좋았지만, 어쨌든 동물이라면 뭐든지 상관없었어. 어릴 때는 그런 시기가 있잖아?"

"오빠, 시로타 씨네 집에도 고양이가 있었어——."

"그건 잘 모르겠는데."

오빠가 돌아간 뒤에도, 식사를 하면서도 미치코는 계속 머리 한구석에서 생각하고 있었다. 그렇다, 시로타 씨네 집의 지붕에 종종 붉은 줄무늬 고양이가 있었다. 몹시 귀여웠다. 베란다에서 보며 부럽다고 생각했다. 그래서 시로타 씨네 아주머니가 왔을 때 고양이가 귀엽네요, 하고 말했더니 그건 우리 집 고양이가 아니다, 도둑고양이라며 —— 빨리 어딘가로 옮겨 버려야 한다고——.

"미치코, 왜 그렇게 멍하니 앉아 있니?"

"아아, 죄송해요."

8시부터 텔레비전에서 크리스마스이브 특별 방송으로 디즈니 영화가 시작되었다. 마유가 푹 빠져서 그걸 보기 시작하자 미치코는 어머니에게 말을 걸었다.

"엄마, 잠깐 벽장 좀 들여다볼게요."

"지금? 내일 해도 되잖아."

"내일은 집에 돌아갈 준비를 하느라 정신없을 거예요."

앨범이나 옛날 물건들을 보면 뭔가 더 기억날지도 모른다고 생각한 것이다.

"너도 참 성질이 급하구나. 어릴 적하고 하나도 안 변했어."

쓴웃음을 짓는 어머니의 도움을 받아 박스나 함을 열어 보거나, 앨범을 펴고 세피아 색의 사진을 들여다보고, 또 헌 옷을 꺼내 몸에 대보는 등 이런저런 일을 해 보았다.

"어머, 그리워라."

누군가에게 하코네의 토산품을 선물 받았던 모양이다. 사방 10센 티미터 크기의 쪽매붙임 세공의 나무상자가 벽장에서 나왔다. 그 안 에는 미치코가 소녀였을 때 크게 유행했던 릴리안 뜨개질 세트가 들어 있었다. 짜다만 채 그대로 남겨진 것이나 다 짜서 팔찌처럼 고리 로 만든 것. 실의 색깔도 바랬지만, 바늘이나 도구는 아직 쓸 만해 보였다.

"이거 가져가도 되죠? 마유가 흥미를 느낄지도 모르니까."

"그래라. 지금은 그런 뜨개질 도구 같은 건 가게에서도 안 파니까."

옛날이야기 꽃이 피었지만, 시로타 씨와 관련된 이야기는 이렇다 할 수확이 없었다. 만에 하나를 생각해서 시로타 씨네 아주머니의 사진이 남아 있지는 않은지 물어보았지만, 어머니는 의아한 얼굴을 할 뿐이었다.

미치코는 마유와 둘이서 목욕을 하면서 이야기했다.

"엄마가 결혼하기 전날 밤에도 이 목욕탕에서 머리를 감았어. 마유 는 우리 집에서 머리를 감겠네."

"마유는 결혼 안 할 거야."

"어머, 그래?"

"응, 계속 아빠랑 엄마랑 살 거야."

손님방에 나란히 깔린 이불 속으로 파고들 무렵에는, 미치코도 반 쯤 포기하고 있었다. 그렇게 간단히 기억이 되살아날 리가 없다. 가족 에 대한 기억도 생각해 내기 어려운데, 이건 완전히 남의 일이다. 더더욱 그럴 것이다.

"저기, 엄마. 뭔가 알아냈어?"

이불을 눈 밑까지 끌어올리면서 마유가 속삭였다.

"아니, 잘 안 되네."

"할아버지는 시로타 씨네 집이라는 데를 기억하지 못하는 것 같더라."

"마유가 엄마 대신 물어봐 준 거야?"

"응. 하지만 할아버지는, '그래. 시로타라는 이름의 친구가 있는 거니'라고만 하시던걸."

미치코는 웃었다. "요즘은 귀가 잘 안 들리시거든."

"오빠가 실망하지 않을까?"

"괜찮아. 기다려 줄 거야. 자, 잘 자렴."

이윽고 마유가 새근새근 잠들었다. 미치코는 잠들지 못하고 몸을 뒤척이고 있었지만, 활동적인 하루를 보낸 탓인지 이윽고 눈이 감기더니 꾸벅거리기 시작했다.

친정이 있는 이 동네는 지금 미치코가 살고 있는 동네보다 훨씬 더 시골 같은 느낌이다. 창밖의 바람 소리, 가로수가 쏴아쏴아 우는 소리 등, 유리창 너머로 들려오는 소리는 그 정도다. 자동차도 다니지 않는다. 어디에선가 개가 춥다는 듯이 울부짖는 소리가 난다. 또 어디에선가 크리스마스 캐럴이 흘러나오는 것이 작게 들려온다.

그리고 어느 집 지붕 위에서 고양이가 울고 있다. 집고양이가 집 안에 들여놓아 달라고 호소하고 있는 걸까. 아니면, 들고양이가 친구들을 부르고 있는 걸까.

꾸벅꾸벅 졸면서 미치코는 ——.

'아줌마, 저 고양이, 어딘가로 가 버리나요?'

'멀리? 그러면 어디에 있는지 모르게 되어 버리는 거죠?'

'나, 저 고양이를.'

아줌마가 어디론가 치워 버리면 몰래 주워다가 키워 주고 싶어. 그러니까 아줌마네 이 붉은 줄무늬 고양이에게 ──.

졸음으로 탁해진 의식 속에 갑자기 또렷한 영상이 보였다. 마침 마유 정도 나이의 미치코 자신의 모습. 단지 안의 정원에서 시로타 씨네 아주머니를 쫓아가, 마침내 따라잡자 숨을 헐떡이며 말을 걸고 있다 ──.

'그러니까, 아줌마네 이 붉은 줄무늬 고양이에게.'

미치코는 벌떡 일어났다.

잠옷 차림으로 이부자리에서 나와 벽장으로 향했다. 아니, 아니야. 벽장이 아니야. 아까 꺼내서 거실에 가져다 놓았어. 내일 짐을 쌀 때 잊지 않고 가방에 넣으려고.

거실로 달려 내려가 불을 켜자, 그것은 분명히 거기에 있었다. 쪽매 붙임 세공의 나무상자 뚜껑을 열자 빛바랜 파스텔색의 실몽당이가 나타난다.

손가락으로 더듬어보자 그건 금방 발견되었다. 노란색과 핑크색과 연한 초록색 실로 뜬 릴리안, 팔찌처럼 고리로 만든 것이다.

그러나 이건 팔찌가 아니다.

이건 고양이의 목걸이로 쓰려고 만든 것이다. 생각났다. 미치코는 기억해냈다. 여기에 작은 방울을 달려고 했다. 단지 안의 정원에서 시로타 씨네 아주머니를 만나 서둘러 말을 걸었을 때는, 한창 이것을 짜고 있는 중이었다.

미치코는 시로타 씨네 아주머니에게 부탁했다. 아주머니가 그 고

양이를 옮겨 버리더라도 고양이가 어디 있는지 금방 알 수 있도록,
금방 찾아낼 수 있도록, 내가 짜고 있는 릴리안 목걸이가 다 만들어지
면——아줌마, 이걸 그 줄무늬 고양이의 목에 달아 주지 않으실래
요, 하고.

그러자 아주머니는 웃었다. 그리 기분 좋아 보이는 웃음은 아니었
다. 보험이 잘 안 팔렸던 것일지도 모른다. 바빠서였을지도 모른다.
단순히 기분이 별로 안 좋았던 것뿐인지도 모른다.

아주머니는 웃는 얼굴이었지만 험악하게 말했다. "남의 집 고양이
에게 목걸이를 달려고 하다니, 너 대체 무슨 생각이니? 뻔뻔스러운
애잖아!"

그리고 미치코를 내버려 둔 채 어디론가 가 버렸다. 미치코는 슬프
고, 아주머니의 심술에 상처받아서 거의 울 뻔했다——하지만 아줌
마가 그랬잖아요. 그건 우리 고양이가 아니라고 그랬잖아요. 어딘가
로 옮겨 버릴 거라고 했잖아요. 그래서 난 고양이가 걱정되어서 목걸
이를 만들어 주고 싶었던 것뿐인데.

그렇다, 그랬다. 슬퍼서 훌쩍거리면서 집으로 돌아왔다. 그리고
릴리안을 완성했고, 그 뒤로도 근처에서 시로타 씨네 아주머니를 본
적은 있지만, 또 험악하게 굴까 봐 무서워서 다가갈 수 없었다. 결국,
릴리안 목걸이에 방울도 달지 않은 채 계속 나무상자에 넣어 두고
있었다.

그러다가 불이 났고, 고양이는 어딘가로 가 버렸다——.

미치코는 목걸이를 움켜쥐고 이부자리로 달려갔다. 마유가 이불
위에 일어나 앉아 똑바로 두 눈을 뜨고 있었다.

"엄마!" 마유는 미치코의 얼굴을 보고 금세 깨달은 모양이다.

"엄마 생각난 거야?"

"응, 생각났어!"

미치코는 이불 속으로 파고들어 마유에게 릴리안 목걸이를 보여주
었다.

"아마 이걸 거야. 고양이 목걸이. 엄마는 말이지, 시로타 씨네 고양
이를 좋아했었어."

미치코가 간단하게 설명해 주자 마유는 이해하는 것 같았다.

"엄마는 너무 슬퍼서 그동안 목걸이에 대해서 잊어버린 거구나."

"불이 난 뒤에도 여기저기 찾아다녔어. 하지만 고양이는 어딘가로
가 버리고 없었지."

미치코는 한 손으로 릴리안 목걸이를 꼭 쥐고, 다른 한 손을 어린
딸에게 내밀었다. 마유는 그 손을 꼭 잡았다. 두 사람은 친구처럼
굳게 서로의 손을 잡았다.

"자, 가 볼까?"

"응!"

이렇게 흥분한 채로 잠이 올까──하는 걱정은 할 필요가 없었다.
마치 적진으로 돌격하는 듯한 흥분 속에서도 두 사람은 금세 꿈속으
로 들어갔다.

8

세 번째로 보는, 불탄 폐허의 마을.

탄내 나는 바람이 불어온다. 미치코는 마유와 손을 잡고 서 있었다.

다행이다, 오늘 밤은 처음부터 같이 있어, 우리들.

소년은 미치코가 생각해낸 것에 호응하여 이 필드에 '장소'가 나타난다고 했다. 아마 그 말이 맞았던 모양이다.

지금까지는 시로타 씨네 불탄 집만이 끝없이 이어지던 이 황량한 풍경 속에, 갑자기 단지의 건물이 한 동만 나타나 있었다. 건물의 옆벽에 'B—2'라는 표시가 있다. 미치코가 예전에 살았던 공영주택의 B—2동. 그 401호실이 미치코의 집이었다. "저기야" 하고 미치코는 중얼거렸다.

슬슬 귀에 익은 유유유유웅 하는 소리가 다가왔다. 바렌 쉽은 저공비행으로 미치코와 마유 앞을 가로지르더니, 두 번 정도 바운드해서 끙차, 하고 착지했다. 동시에 소년이 총좌에서 풀쩍 뛰어내렸다.

"여, 아줌마. 해낸 모양이네."

마에스트로는 모습을 나타내지 않고, 바렌 쉽은 그대로 날아올랐다. 소년이 조종석의 창문 쪽을 향해 잠깐 손을 들어 올렸다.

"마에스트로는 엄호를 맡을 거야" 하고 소년은 시원시원하게 말했다. "미안하지만, 아줌마는 나랑 같이 가 줘야겠어. 저 건물까지 가서" 하고 B—2동을 가리키더니 "그, 뭐지? 고리 같은 걸 넣어둔 곳까지 나를 안내해줬으면 좋겠어."

"알았어." 미치코는 온몸이 전의에 휩싸이는 걸 느꼈다. "확실히 그곳으로 데려가 줄게."

소년은 마유를 보았다. "꼬마는 여기서 기다려."

마유가 미치코에게 매달리자, 미치코는 단호하게 거절했다. "싫어. 이 아이는 나하고 같이 있을 거야."

"왜? 위험한데? 도대체가 왜 일부러 공명해서 데리고 온 거야?"

"괜찮아, 우리는 모녀니까. 마유가 같이 있어 주면 난 강해질 수 있어. 마유도 날 혼자 보내는 게 걱정돼서 따라와 준 거야. 난 이 아이와 함께 이겨 나갈 거야."

"그럼 건물 아래까지만이야." 소년은 미치코에게 손가락을 들이댔다. "알았지? 지금부터는 내 지시에 따라야 해. 그러지 않으면 위험하니까 하는 말이야. 협박이 아니라고."

미치코는 힘주어 고개를 끄덕였다. 소년은 아직 뭔가 덜 말한 듯이 입을 삐죽였지만, 문득 코로 숨을 내쉬고는 살짝 어깨를 흔들며 등을 돌렸다.

그때, 미치코는 깨달았다. 이 아이는, 오늘 총을 가지고 있어. 소년은 허리 벨트에 밧줄이나 공구 같은 것만이 아니라 권총집도 차고 있었던 것이다. 지금은 손잡이 부분밖에 보이지 않지만, 그건 미치코가 지금까지 본 적이 있는 영화 속의 그 어떤 총보다도 날씬한 모양을 하고 있고 반짝반짝 은색으로 빛나고 있었다.

"좋아, 가자."

소년이 선두에 서고, 세 사람은 폐허의 그림자에 숨듯이 천천히 나아갔다. B—2동의 바로 코앞까지 오자 소년은 손짓으로 미치코와 마유에게 쪼그려 앉으라고 지시하고, 자기는 폐허 속 모르타르 벽의 잔해에 등을 딱 붙이고 주르륵 늘어선 B—2동의 창문을 올려다보았다. "아줌마의 집은?"

"401호야. 저 창." 미치코가 가리켰다.

"4층까지 올라가는 계단은?"

"건물 양쪽에 하나씩 있어."

"방의 구조는? 이걸로 땅에 그려 줘."

소년은 허리에 찬 공구 중 하나를 골라서 그것을 미치코에게 건넸다. 짧은 아이스픽 같은 것이었다.

"정확히 기억하고 있는지는 모르겠지만······."

"기억하는 대로만 그려도 좋아."

입구는 이쪽이고 여기가 부엌, 여기가 마루고 여기는 욕실——미치코는 땅에 찍찍 그림을 그렸다.

"나랑 오빠 방은 여기."

입구 바로 옆의 두 평짜리 방이다.

"좁아서 언제나 싸웠기 때문에 나중에는 따로 썼지만, 그 무렵에는 아직 이 방을 같이 썼어."

소년은 몸을 굽히고 땅바닥의 그림을 보았다.

"그 방에 창문은 있어?"

"응, 있지만 작은 창이야. 아마도, 액자 정도 크기——라고 하면 알겠어?"

미치코는 손으로 크기를 재어 보였다.

"사람은 빠져나갈 수 없어."

"슈링카는 인간이 아니야." 소년은 냉정하게 말했다. "어디든 빠져나갈 수 있고 순식간에 이동해."

미치코는 식은땀을 흘렸다. 그래? 역시 마유를 데려온 건 잘못이었을까? 내가 너무 생각이 짧았나?

"저기, 내가 이것을 가져가도 돼?"

미치코는 아이스픽처럼 생긴 공구를 가리켰다.

"안 돼. 넘어져서 스스로를 찌르기 십상이야."

소년은 냉큼 아이스픽을 채가더니 허리의 벨트에 꽂았다.

"좋아, 꼬맹이는 여기 숨어 있어. 이 그늘에. 쪼그리고 앉아서 손으로 머리를 감싸고 최대한 몸을 웅크리고 있어야 해. 알았지?"

소년이 마유의 손을 잡고 말한 대로 시키려고 하자 미치코는 저도 모르게 뿌리쳤다.

"말로 설명해도 이 아이는 알아들어. 할 수 있지. 마유야?"

마유의 어깨를 만져보니 조금 떨고 있었다.

'아아, 어떡하지, 엄마가 잘못했어. 한때의 객기로 널 끌어들여서 미안해. 미안.'

"엄마, 혼자 갈 거야?"

"이 오빠가 같이 가주니까 괜찮아. 마유도 그렇게 말했잖아."

웃으려고 했지만, 자꾸 얼굴이 굳는다.

"잘 들어, 꼬마야."

소년은 불쑥 몸을 굽히더니 마유에게 얼굴을 바싹 붙이고는 엄한 어조로 말했다.

"이 오빠의 얼굴과 목소리를 기억하고 있지? 잘 봐. 응? 이 얼굴이 돌아와서 너에게 이 목소리로 '이제 다 됐어'라고 하기 전까지는, 누가 와서 뭐라고 하더라도 들으면 안 돼. 이렇게——."

소년은 직접 해 보이면서 말했다.

"눈을 감고, 손으로 얼굴을 감싸고 아래를 보고 있어. 돌멩이처럼 작아져 있는 거야. 해 봐."

"애한테 난폭하게 굴지——."

"해 봐, 자."

마유는 핏기를 잃은 얼굴로 소년이 지시한 대로 했다. 소년은 엄한 눈길로 그 모습을 관찰하며 말했다.

"좋아, 잘했어. 그러면 꼬마야. 뭔가 노래를 불러 봐. 좋아하는 노래라도 괜찮으니까, 뭐 없어?"

결국 미치코의 인내가 바닥이 났다. "듣자듣자 하니까, 너, 이 아이한테 뭘 시키는 거니!"

"난 아까 말했잖아. 지금부터는 내 지시에 따르라고."

날카롭게 미치코를 향한 소년의 시선은 무서울 정도로 진지했다.

"뭔가 꼬마가 부를 만한 노래를 생각해 줘. 당신이 엄마라면 잘 알 거 아냐? 그러지 않으면 당신만이 아니라 꼬마도 위험하다고."

미치코는 분노와 두려움으로 인해 울음이 터질 것 같았지만, 간신히 참아냈다. 몸을 굽히고 마유의 어깨를 안아 주면서 말했다.

"마유야, 〈포켓몬스터〉 노래를 부를까?"

마유는 떨면서도 고개를 끄덕였다. "응."

"아줌마, 그거 긴 노래야?"

"그래. 긴 게 좋아?"

"가능하다면. 꼬마야, 노래가 끝나면 반복해서 또 불러. 그러면 아무 생각도 안 해도 되니까."

미치코는 소년의 말을 가능한 한 상냥하게 마유에게 설명해주었다.

"응" 하고 대답하는 마유의 목소리에는 눈물이 섞여 있었다. 노래를 시작하자마자 정말로 울고 있다.

"아줌마, 가자."

소년은 미치코를 잡아끌고 B—2동 계단으로 향했다. 미치코는 그 손을 뿌리쳤다. "너 대체 뭐니? 왜 애한테 그렇게 심하게 대하는 거야!"

"흥분하는 건 자유지만, 당신이 뿌린 씨야."

"그래도 너무——."

"뛰어!"

소년에게 퍽 떠밀려서 미치코는 달리기 시작했다. 2동의 콘크리트로 된 바깥 계단 아래에 구르듯이 도착했다.

"도대체—— 어째서—— 왜 내가 이런 일을——."

미치코가 헉헉거리고 숨을 헐떡이면서, 계단 옆에 서서 주위를 경계하고 있는 소년을 노려보고 있노라니, 시야 한구석을 언뜻 검은 물체가 가로지르는 것이 느껴졌다. 움찔해서 고개를 돌리자 길게 이어진 1층의 공용 복도가 보였다. 줄줄이 늘어선 문, 문, 문. 그립고 익숙한 단지의 풍경이다.

그 한가운데의 문이 활짝 열리더니 금방 닫혔다. 검은 그림자가 한순간 엿보인 것 같았다. 마치 술래잡기를 하는 것처럼.

"저런 건 신경 쓰지 마."

날씬한 은색 총을 점검하면서 소년이 말했다.

"단순한 환상이야. 슈링카가 아줌마를 현혹하려고 하는 것뿐이야. 놈의 본체는 아줌마 기억의 열쇠 속에 있으니까."

미치코는 두려워하면서도 아직 화가 난 상태였고, 그래서 소년도 화나게 하고 싶어서 일부러 비꼬는 투로 말했다.

"그래서 슈링카는 어떤 모습으로 나오는데? 릴리안 뜨개로 만든 고양이 목걸이의 형태라면 붙잡을 것도 없잖아. 집어서 풀어 버리면 다 끝나는데."

아하하, 하고 소년은 뜻밖에 밝은 목소리로 웃었다. "아줌마는 지기 싫어하는 성격이구나. 좋았어, 그 상태로 열심히 해."

"되는대로 지껄이지 마."

소년은 벽에 기대어 위층으로 이어지는 계단을 올려다보았다. 마유의 노랫소리가 여기까지 들려온다. 두려워서 울고 있는 탓인지, 가사도 틀리고 음정도 흔들린다. 미치코는 가슴이 메었다.

"마유가 —— 어떡하지, 나도 참."

"꼬맹이는 내가 시킨 대로만 하고 있으면 무사할 거야. 머리가 좋은 아이지? 그럼 걱정할 것 없어."

"왜 그런 잔혹한 짓을 시키는 거야! 하필이면 노래를 부르라니!"

"그러지 않으면 뭔가 생각해 버릴 테니까 그렇지."

소년은 진지한 얼굴로 돌아와서 미치코 쪽을 보고는 말했다. "이건 아주 진지하고 중요한 일이야. 아줌마한테는 목숨이 걸려 있는 일이라고. 그러니까 잘 좀 들어줘."

슈링카는 미치코가 마음속에 떠올린 것의 모습으로 나타난다 —— 고 말했다.

"사람이건 물건이건 동물이건, 어쨌든 뭐든지 아줌마가 떠올린 것이 되어 덮쳐올 거야. 그러니까 아줌마는 지금부터 아무 생각도 하면 안 돼. 전혀, 아무것도."

"생각하지 말라고 해도 ——."

"그렇지? 그러니까 노래를 부르면 좋아. 아줌마도 꼬마랑 똑같은 노래를 불러보면 어때? 그 노래는 알고 있지?"

"알고는 있지만."

〈포켓몬스터〉 노래다. 하지만 자칫하다 거대한 피카츄가 튀어나오면 어떡하지?

"난 노래 안 할래. 그냥 아무 생각도 안 하면 되는 거지?"

"어려울 텐데. 할 수 있겠어?"

"해 볼게. 그러니까 〈고스트버스터즈〉와 마찬가지인 거잖아? 마시멜로 맨을 떠올리지 않도록 하면 되는 거지?"

"그게 뭐야?"

"몰라도 돼."

소년은 흥, 하고 말했다. "아줌마, 지금 겁먹은 거지? 겁먹었을 때는 평소 자신이 무섭다고 생각하는 것을 생각하게 되어 있어. 그러니까 더욱 주의해야 돼."

"알고 있어. 〈에일리언〉도 〈13일의 금요일〉도 떠올리지 않도록 할게. 하면 되잖아!"

미치코는 앞장서서 계단을 올라가기 시작했다. 조금 올라가다가 생각이 미쳐 돌아보았다.

"마유에게 노래를 부르라고 한 것도, 슈링카가 그 아이가 무서워하는 것의 모습으로 나타나는 걸 막기 위해서야?"

소년은 미치코를 좇아가며 고개를 저었다. "조금 달라."

"그럼 뭔데?"

"꼬맹이는 아줌마를 걱정하고 있지? 그러니 엄마는 무사할까, 엄마는 괜찮을까, 하고 아줌마에 대해서 생각할 가능성이 가장 높아."

미치코는 입을 다물었다. 소년은 말을 이었다. "슈링카가 아줌마의 모습으로 나와서 꼬맹이에게 다가가면 일이 곤란해지잖아?"

대꾸할 말이 없었다. 미치코는 고개를 떨구고 계단을 3층까지 올라가, 거기서 사과했다.

"시끄럽게 화내서 미안해. 넌 마유의 안전을 생각해 준 거였구나."

"그게 우리가 하는 일이거든."

소년은 가볍게 내뱉고, 4층으로 올라갔다. 미치코는 잠깐 머뭇거리다, 쿠웅! 하고 한번 발을 구르고는 그를 쫓아갔다.

아, 정말이지 귀염성 없는 녀석이라니까!

두 사람이 4층으로 올라감과 동시에 늘어선 문이 일제히 여닫혔다. 귀가 이상해질 정도로 소리가 울리고 그게 조용해지자, 지상에서 부르고 있는 마유의 노래가 희미하게나마 들려왔다.

"401호는 여기로군."

아무 일도 없었다는 듯한 얼굴로 소년은 맨 끝의 문 앞에 섰다.

"아줌마, 잠깐 숨어 있어."

미치코는 그 말대로 했다. 이런 돌입 장면은 형사 드라마를 통해 완전히 익숙해져 있다. 아마 쾅하고 문을 열고선 곧바로 벽에 달라붙을 것이다.

그러나 소년은 슬쩍 문을 열더니 그 틈으로 머리를 들이밀고 안을 들여다보았다. 형사가 아니라, 이래서야 빈집털이다.

"좋아, 내 뒤를 따라와."

조금 맥이 빠진 기분이었지만, 아무리 미치코라도 더 이상 웃지는 않았다. 다만 금속 문고리를 만졌다가 그 감촉이 기억 속의 것과 전혀 다르지 않다는 사실에 —— 이런 상황이긴 하지만 —— 조금 감상적인 기분이 되었다. 내 어린 시절은 지금보다 훨씬 불편하고 가난했지만, 그래도 꽤 행복했고 지금보다 만사가 느긋했다.

좁은 현관에 발을 내딛다가 갑자기 우산꽂이에 발이 걸렸다. 놀랍게도 실내에는 가구가 있었다. 미치코가 자란 집이 그대로 똑같이 그곳에 있었다.

신발장의 낙서는 오빠가 그린 것이다. 벽의 일부가 패여 있는 것은 남매가 싸우다가 장난감을 집어 던진 흔적이다. 저 커튼도 기억난다. 저 합판으로 된 테이블도 기억난다. 저 비닐 슬리퍼도 기억난다.

소년은 미치코와 오빠의 방으로 향했다.

"한 번 더 말해 두겠는데. 아줌마, 아무 생각도 하지 마."

미치코는 작은 부엌에 서서 어머니가 애용하던 가스난로에 손가락을 얹어 보며, 황급히 "네!" 하고 대답했다. 아니, 이렇게 되니 아무 생각도 하지 않는 것은 어렵다.

'정말 그립단 말이야. 어떡하지 ──. 그래! 구구단을 외어 보자.'

미치코는 산수를 못해서 구구단 때문에 꽤 고생했다. 같이 공부하면서 어머니가 먼저 울어 버린 적도 있다. 미치코, 왜 외우지 못하는 거니. 구구단도 못하다니 엄마는 정말 창피해서 죽을 것 같아 ──.

"여기야?"

소년이 가리키고 있는 것은 미치코의 책상 서랍이었다. 오빠의 책상과 등을 마주 댄 채 놓여 있다. 미치코 책상 쪽에는 평평한 면 위에 핑크색 고무 시트가 깔려 있다.

미치코는 저도 모르게 꿀꺽 침을 삼키고 말았다. "그래."

대답하면서도 머릿속으로는 구구단을 외우고 있었다. 육오삼십, 육육삼십육.

"몇 번째 서랍이야?"

"아마 ── 제일 아래 서랍."

소년은 책상 옆에 딱 붙어서더니 총을 왼손에 바꿔 쥐고, 몸을 숙이더니 오른손을 뻗어 손가락 끝으로 손잡이를 끌듯이 하여 서랍을 살짝 열었다.

미치코는 숨을 삼켰지만, 눈은 감지 않았다. 그 당시의 보물이었던 24색 세트의 색연필이 보인다. 소중히 여기던, 말린 꽃으로 만든 책갈피 다발도 보인다.

그리고 그 쪽매붙임 세공이 되어 있는 나무상자도.

"그거야, 그 상자."

천천히, 천천히, 소년이 나무상자를 만졌다. "이거지?"

"틀림없어."

"좋아. 이제부터 내가 신호할 테니까, 그러면 아줌마는 그 자리에 엎드려. 아무 생각도 하면 안 돼. 알았지?"

"알았어." 팔팔육십사.

"하나, 둘, 셋!"

소년이 나무상자의 뚜껑을 열었다. 미치코는 엎드렸다. 낡은 바닥에 얼굴을 바짝 붙이고, 그 그리운 냄새를 느끼고——.

조용하다. 아무 일도 일어나지 않는다.

미치코는 엎드린 채 말했다. "어떻게 된 거야? 아무것도 안 나오잖아."

"가만히 있어. 말하지 말고."

"하지만."

하고 얼굴을 들었을 때 미치코의 눈앞에 갑자기 두 개의 다리가 불쑥 나타났다. 회색 바지에 둘러싸인 다리다. 검은 구두를 신고 있다.

올려다보니 하얀 노타이셔츠와 네모난 턱, 성급해 보이는 굵은 눈썹과 커다랗고 부리부리한 눈이 시야에 들어왔다.

"미치코, 너 또 구구단을 틀렸구나!"

바닥에 엎드린 채 미치코는 멍하니 입을 벌렸다. 초등학교 때 담임 선생님이다. 성질이 급하고 난폭하며 학생들에게 화풀이를 해대서, 모두들 '쥐새끼 불꽃'이라고 부르며 싫어했다.

그래, 난 구구단을 제대로 못해서 이 선생님한테 엄청나게 괴롭힘을 당했었어!

'선생님'은 두 손을 높이 들고 포효했다.

"구구단도 못 외우는 너 같은 아이는 살 가치가 없어. 내가 이렇게 본때를 보여 주마!!"

'선생님'의 두 팔이 미치코를 잡고는 가볍게 들어 올렸다. 미치코가 벽에 내던져짐과 동시에 소년이 총을 쏘았다. 핑! 하는 소리가 나며 빛의 바늘다발이 '선생님'의 옆구리에 꽂힌다.

'선생님'은 끄악 하고 외치더니, 바닥에 쓰러진 미치코를 밟고 도망쳤다. 소년은 그 뒤를 쫓아 미치코를 뛰어넘으면서 소리쳤다.

"괜찮아, 아줌마!?"

"괘, 괘, 괜찮아, 나는."

미치코는 일어났다. '선생님'과 소년이 현관문에서 복도로 달려나간다. 부엌의 합판 테이블에 부딪힐 뻔하면서 간신히 복도로 나온 미치코는, 거기에서 믿을 수 없는 것을 보았다.

'선생님'이 베란다의 난간 위에 우뚝 서 있다. 엷은 웃음을 띠고 입가에서 침을 흘리면서.

소년은 유리문 바로 밖에서 '선생님'과 대치하고 있었다. 약간 허리를 낮추고, 두 손으로 아까 그 총을 쥐고 있다. '선생님'의 가슴께에 정확하게 총구를 겨누고.

"슈링카! 그만 포기해" 하고 그는 침착하게 말했다.

"이 거리에서는 네가 설령 갑자기 사라진다고 해도 내 총알이 더 빨라."

머리 위에서 우유유유유웅 하는 소리가 다가왔다. 바렌 쉽이다. 곧 뒤집힌 양동이의 가장자리가 보였다.

'선생님'은 그쪽을 올려다보았다.

"저게 마중 나온 배라는 건가?"

"그래. 일등실로 안내해 주마."

으히히히 하는 목소리로 '선생님'은 웃었다. 그 목소리는 주파수가 미묘하게 맞지 않는 라디오의 음성처럼 갈라지고 거칠어서 귀에 거슬렸다. 미치코는 멍하니 그저 '선생님'을 바라보고 있었다. 이것이 진짜 선생님이 아니라는 것은 알고 있었지만, 도대체 어떻게 하면 이렇게나 진짜와 비슷한, 그러면서도 한없이 천박한 가짜를 만들 수 있는 걸까?

바렌 쉽 아랫부분의 해치가 벌컥 열렸다. 거기에서 뭔가 기계의 팔 같은 것이 천천히 나왔다. 전쟁 영화에서 흔히 볼 수 있는 미사일 발사 장치 같은 것이었다.

"미치코는 지금도 나를 싫어하는 모양이군."

'선생님'은 미치코를 보자 기쁜 듯이 흰자위를 드러냈다. 미치코는 얼굴을 돌렸다.

"아줌마, 상대하지 마." 소년이 날카롭게 말했다.

"미치코, 난 기억하고 있다"하고 '선생님'이 말했다. "난 너를 복도에 세웠지. 쉬는 시간이 되어도 용서해 주지 않았어. 그랬더니 너는 복도에서 오줌을 싸더군."

그렇다, 분명히 그런 일이 있었다. 친구들한테 놀림받아서 죽도록 창피했다. 양호 선생님이 집에 전화를 걸어 주었다. 엄마가 갈아입을 옷을 가져다줘서——.

미치코는 두 손으로 귀를 막았다.

"아줌마, 됐으니까 이제 아래로 내려가!"

"나는——."

"이놈한테 신경 쓰지 마! 아줌마의 기억 속에서 적당한 걸 닥치는 대로 끄집어내어 던지는 것뿐이야!"

'선생님'은 입 끝에서 침을 흘리면서 낄낄 웃기 시작했다. "내가 화장실에 안 보내 줬더니 미치코는 복도에서 오줌을 쌌다아아아아아!"

"그만둬, 이 괴물!"

미치코가 외친 순간, 아래에서 쿵! 하는 충격이 오며 건물 전체가 흔들렸다. 저도 모르게 비틀거려 발을 내디디면서 소년이 말했다.

"이번에는 뭐야, 아줌마!"

"나도 몰라!"

목이 터지라 외치고 나서, 미치코는 두 손으로 입을 막았다. 아아, 그래. 이건, 이건, 내, 그때의 나의.

'대지진이 일어나서 모두가 다 엉망이 되어 버리면 좋을 텐데!'

복도에 세워져서, 오줌싼 것이 차가워서, 죽도록 부끄러워서, 나는 그렇게 빌었던 것이다——그때.

다시 한 번, 쿠웅! 하고 4층 문이 하나도 남김없이 소리를 내며 전부 열렸다.

"큰일 났다!" 소년이 외쳤다. "슈링카는?"

'선생님'은 어느새 난간 위에서 사라지고 없었다.

"젠장, 이게 무슨 꼴이야!"

소년은 난간에서 몸을 내밀고, 목이 떨어져 나갈 정도의 기세로 주위를 둘러보았다. 바렌 쉽은 건물에서 조금 떨어져서 선회하기 시작했다. 하부 해치에서 나왔던 미사일 발사 장치는 그대로였다.

난간 끝에서 끝까지 뛰어다니던 소년이 움찔 발을 멈췄다. 눈은 4층 아래에 못 박혀 있다.

"아줌마"하고 소년은 처음으로 매우 동요한 목소리로 미치코를 불렀다. "저건 누구야?"

소년이 가리키는 방향의 지면에서 미치코는 보았다. 마유다. 마유가 폐허 그늘에서 나와 이쪽을 올려다보고 있다. 그러고 보니 어느새 노랫소리도 그쳐 있었다.

그리고 작은 마유에게 다가가는 것은——다가가는 것은——.

사다유키다.

"아빠!" 하고 마유가 기쁜 듯이 외치며 두 팔을 벌리고 달려간다. "아빠, 아빠, 아빠! 아빠도 왔구나? 엄마를 도와주러 온 거야?"

온몸의 힘을 쥐어짜내어, 목소리로 바꿀 수 있는 모든 에너지를 모아서 미치코는 외쳤다.

"마유! 도망쳐! 그건 아빠가 아니야! 아빠가 아니야! 도망쳐, 마유. 도망치란 말이야!"

미치코의 목소리는 화살처럼 날아서 마유에게 도달했다. '아빠'와 마유의 거리는 2미터도 채 되지 않는다. 거기서 마유는 넘어질 듯 발을 멈췄다.

"뭐야, 마유. 왜 그러지? 아빠다."

슈링카는 뻔뻔스럽게 거짓말을 하고 한 걸음, 두 걸음 마유에게 다가가며 두 팔을 뻗었다.

"아빠가 왔으니까 이젠 안심해도 돼. 자, 이리 와, 마유."

"안 돼, 마유! 도망쳐. 빨리 도망쳐!"

미치코는 계속 외쳤다. 마유는 한순간 시선을 위로 향하더니 계속 외치고 있는 엄마의 모습을 보았다. 그리고 결연하게 몸을 돌리고는 아기 토끼처럼 재빠르게 도망쳤다.

슈링카는 아슬아슬하게 마유를 놓치자 그 뒤를 쫓아가기 시작했다. 그건 인간과 비슷하지만, 결코 인간이 달리는 방식이 아니었다. 커다란 원숭이가 긴 팔을 땅바닥에 질질 끌면서 달려가는 모습이었다. 그런 원숭이가 마유를 쫓아 달려간다. 아아, 이건 악몽보다 지독하다.

"마유!"

미치코는 앞뒤도 안 가리고 땅으로 뛰어내리기 위해 난간으로 기어 올라갔다. 그러다 뒤에서 누가 확 잡아당기는 바람에 복도에 엉덩방아를 찧는다.

어느새 다시 바렌 쉽이 접근해 왔다. 그쪽을 향해 무엇인가가 피용하고 허공을 가르더니, 잡동사니가 잔뜩 매달린 갑판 손잡이에 갈고리 같은 것이 덜컥 박혔다. 갈고리에는 밧줄이 연결되어 있었다.

소년은 밧줄 끝을 허리에 감고, 아무 망설임도 없이 베란다의 난간으로 올라가 훌쩍 몸을 날렸다. 그의 체중과 가속에 바렌 쉽이 기우뚱한다. 소년은 밧줄을 이용해 하늘을 가로질러 공중에 호를 그리며 마유를 쫓아가는 슈링카의 바로 근처까지 멋지게 날아가더니, 밧줄이 팽팽해졌을 때 손을 놓고 우아하게 빙글 뒤로 공중제비를 했다.

미치코는 보았다. 그 순간은 슬로모션처럼 천천히 전개되며 세부까지 선명하게 보였다. 진자의 원리로 공중을 가르면서도, 소년은 도망쳐가는 슈링카의 등을 바라보고 있었다. 숙련된 체조선수가 멋진 공중제비 기술을 보이면서도 착지점인 매트 위의 한 곳에서 시선을 떼지 않듯이, 소년의 눈도 슈링카에게서 떨어지지 않았다.

그렇게 뒤로 공중제비를 그리며 하늘을 날면서 허리의 권총집에 손을 뻗었다. 머리 위까지 들어 올린 다리가 천천히 내려오고 허리가 굽혀지며 착지자세에 들어가기 직전, 공중에서 슈링카의 등을 정면에서 바라볼 수 있게 된 순간에 총을 뽑아 쏘았다.

그 날씬한 총구에서 눈부신 금색의 빛이 일직선으로 뻗어 나갔다. 광선총이었구나——하고 미치코가 인식함과 동시에, 그 빛은 슈링카의 등 한가운데에 명중해서 빛의 고리가 되어 슈링카를 감쌌다.

금색의 빛 속에서 슈링카는 경직되었다. 눈에 익숙한 사다유키의 뒷모습이 아까 그 끔찍한 원숭이처럼 달리는 모습 그대로 새카만 실루엣이 되어 빛 속에 고정되었다. 그 순간, 금색의 빛은 마치 그 검은 실루엣이 내뿜는 신기한 오랏줄처럼 보였다.

그리고 빛은 사라졌다. 그 뒤에는 달려가는 자세를 취한 채 조각처럼 굳어 버린 슈링카만 남았다.

모든 것이 눈 깜짝할 사이에 일어난 일이었다.

슈링카에게서 꽤 떨어진 뒤쪽에서 소년이 천천히 일어나 바지의 엉덩이 부분을 탁탁 털었다. 총은 이미 권총집 안에 들어가 있었다. 착지할 때 소년이 어떤 자세였는지 미치코는 보지 못했다. 이쪽에서는 뒷모습밖에 보이지 않아서 지금 어떤 얼굴을 하고 있는지도 알 수 없다. 하지만 그 야윈 등은 어떠한 동요나 긴장도 비춰주지 않음으로써, 현재 상황을 충분히 말해주고 있었다.

"꼬마야, 괜찮아?"

소년이 다가가며 앞쪽에 있는 마유를 불렀다. 마유는 슈링카와 겨우 2미터 정도밖에 떨어지지 않은 곳에 넘어져 있었다. 주저앉아 두 손을 땅에 짚고 있다.

그제야 제정신으로 돌아온 미치코는 미친 듯이 계단을 뛰어 내려갔다.

그때 미치코의 달리기는 금메달감이었다. 마유 옆으로 달려가서 끌어안고 서로 껴안은 채로 그 자리에 주저앉자, 그제야 비로소 숨이 차서 말도 못한다는 사실을 깨달았다.

소년은 굳어 버린 슈링카의 바로 옆에 서서 주먹으로 슈링카의 옆구리를 툭툭 쳤다.

"한 건 해결" 하고 씩 웃으며 미치코를 보았다. "어때? 재미있는 조각이 생겼지? 집에 가져가서 장식할래?"

미치코는 휙휙 고개를 저었다. "천만에."

슈링카는 사다유키의 모습을 그대로 빌린 채였다. 눈을 크게 뜨고 이빨을 드러내고 팔을 내민 채 마유를 쫓던 모습 그대로 서 있었다. 하지만 물론 그건 사다유키가 아니다. 그 얼굴에는 한 치도 인간다운 구석이 없었다. 잔혹하고 탐욕스러운 육식동물. 부디 마유가 도망치면서 혹시라도 뒤돌아서 이 얼굴을, 경직되어 굳어가기 전에 살아서 움직일 때의 그 혐오스러운 얼굴을 보지 않았기를, 미치코는 기원했다.

"그렇겠지. 그럼 잠깐만 기다려. 금방 이 녀석을 처리해 버릴 테니까."

소년은 그렇게 말하고, 앞머리를 쓸어 올리며 머리 위를 보았다. 다가오는 바렌 쉽에 손을 들어 신호를 보낸다.

"꼬마야. 다친 데는 없어?" 소년이 시선을 위를 향한 채 물었다.

"응"하고 마유가 대답했다. 그때까지 한 번도 깜빡이지 않던 마유의 눈꺼풀이 그제야 깜박깜박 움직인다.

"무서웠어?"

"응."

대답을 듣더니 소년은 고개를 숙이고 마유를 보았다. 그리고 재빨리 코 아래를 문지르더니 말했다. "미안."

"아니야."

마유의 목소리는 떨리지 않았다. 차분했다. 그리고 한 번 생긋 웃고는 미치코를 올려다보았다.

"엄마, 괜찮아?"

미치코는 마유의 머리카락을 쓰다듬었다. 미안, 미안, 이제는 무서울 거 하나도 없어——하고 주문처럼 속삭이면서.

바렌 쉽이 내려왔다. 딱 이층집 정도의 높이에 멈춰 섰다. 그리고 그 미사일 발사 장치를 굳어 있는 슈링카에게 조준했다.

"오케이."

소년이 슈링카에게서 떨어지더니 조종석의 마에스트로에게 신호를 보냈다. 그리고 미치코 쪽을 돌아보면서 말했다.

"조금 눈부실 거야."

미사일 발사 장치에서 아까와 똑같은 밝은 금색의 빛다발이 뿜어져 나왔다. 그것은 일직선으로 슈링카 위에 도달하더니, 거기서 그것의 온몸을 덮는 금색 그물로 바뀌었다.

그물에 붙잡히자 그 순간 슈링카는 사다유키의 모습을 한 채 몸부림을 쳤다. 그 고통스러운 표정을 보지 못하게 하려고, 미치코는 얼른

손으로 마유의 눈을 가렸다.

슈링카는 금세 그 의태를 잃어버리기 시작했다. 그 본래의 얼굴과 모습——긴 턱에 뾰족한 코, 늘어진 눈초리와 불균형하게 기다란 팔다리를 가진 말라빠진 남자——이 순간 보였다. 그리고 금색 빛의 그물이 점점 작아지자, 그것은 인간의 모습조차 잃어버리며 물렁하고 둥글고 커다란 아메바처럼 변해, 사정없이 줄어드는 빛의 그물에 끝까지 저항하며 그물망 사이를 통해 밖으로 도망치려고까지 했다.

"포기가 늦군그래." 소년이 히죽거리며 말했다.

키잉! 소리를 내며 빛의 그물은 축소를 멈췄다. 그 자리에는 사방 5센티미터 정도의 금색 큐브가 남아 있었다. 소년은 그것을 맨손으로 집어 들더니, 미치코에서 웃어 보이며 말했다.

"이렇게 되니까 예쁘지?"

"손으로 만져도 괜찮은 거야?"

"괜찮소이다."

착륙한 바렌 쉽에서 마에스트로가 내려섰다. 그는 소형 냉각장치 같은 것을 어깨에 늘어뜨리고 있었다. 소년은 집어 든 금색 큐브를 그 안에 넣었다.

"마담도 꼬마 아가씨도, 아주 무서운 경험을 하셨구려." 마에스트로는 아주 정중하게 고개를 숙이면서 말했다. "두 분 덕분에 우리들의 임무는 무사히 끝났소이다. 정말 고맙소이다, 고맙소이다."

"뭐, 제법 쏠쏠했어. 포획 미션이니까 보수도 많이 받을 수 있을 거야."

소년은 콧노래를 부르듯이 말했다.

"아줌마, 역시 공부하기 싫어했구나?"

미치코는 그제야 웃음을 터뜨렸다. "응. 덕분에 엄청난 일이 벌어졌네."

미치코의 웃는 얼굴에 안심했는지, 마유는 일어나서 천진하게 주위를 둘러보았다.

"아까 그건 아빠가 아니었던 거지?"

"그렇소이다, 꼬마 아가씨. 아빠가 아니올시다."

"그럼 아빠는 어디 있어?"

"아가씨가 눈을 뜨면 거기 계실 거외다."

"그렇구나. 그런데요, 아저씨. 이 배에 마유도 또 탈 수 있어요?"

"이런, 그건 꼬마 아가씨, 좀 어렵소이다."

소년이 미치코 옆으로 다가오더니 소곤소곤 말했다. "있잖아, 아줌마."

"왜?"

"평소 땐 우리들, 이대로 작별이야."

미치코는 소년의 얼굴을 보았다.

"하지만 이번에는 꼬맹이가 있잖아. 있지, 저 아이한테 이번 일은 역시 나쁜 꿈이겠지? 가짜이기는 해도 아버지한테 쫓겨 다녔고, 그놈이 잡히는 것까지 봤으니까."

그것도 그럴 것이다. 미치코도 '사다유키'가 그물에 붙잡혔을 때는 한순간 몸 어딘가가 지끈 아파 오는 것을 느꼈던 것이다.

"저 아이한테는 지워 버리는 게 나은 꿈이라면 이걸 전해 주지 않겠어?"

소년은 바지 주머니에 손을 집어넣더니, 뭔가를 꺼내서 미치코의 코앞에 내밀었다.

예쁘게 포장된 사탕이었다.

"잭 인 하는 대상이 어린아이일 때는 이것을 사용해. 이걸 먹으면 미션에 대해서는 전부 잊게 되거든. 응, 거의 다 잊어버려. 완벽하게, 깨끗하게 지울 수는 없을지도 모르지만, 대개는 잊어버려. 아, 말해 두겠는데 위험한 약은 아니야."

소년은 조금 얼굴을 찌푸렸다.

"그래도 이번 경우에는 아줌마가 옆에 있었으니까, 억지로 잊게 만들지 않아도 되겠다는 기분도 들어. 하지만 역시 아버지가 나왔다는 건 안 좋다고 생각해. 지금은 흥분해 있으니까 괜찮겠지만, 나중에 영향을 미칠지도 모르잖아."

미치코는 소년의 배려를 잘 이해할 수 있었다. 이 아이는──자기 부모가 도망범이 된 셈이고──그래서 더더욱.

"고마워, 잘 받을게. 내가 마유한테 먹일게."

"그래. 그럼 잘 부탁해."

소년은 빙글 몸을 돌려 바렌 쉽 쪽으로 걸어갔다.

"마에스트로! 슬슬 물러가자!"

"오오, 유감스럽지만 그렇게 되었소이다, 꼬마 아가씨."

마에스트로는 안심한 기색이었다. 아무래도 마유의 질문 공세를 받고 있었던 모양이다.

두 사람은 바렌 쉽에 올라탄다. 미치코는 마유와 손을 잡고 그들의 모습을 지켜보았다. 시동이 걸린다. 우우우우유웅! 바로 옆에 있으니 꽤 시끄럽다.

소년이 승강구를 지나려고 할 때, 갑자기 가슴에 차오르는 것이 있어서 미치코는 큰 소리로 말했다.

"여러 가지로 고마웠어!"

소년은 가볍게 손을 흔들 뿐이었다.

"있잖아, 잠깐만! 잠깐만 기다려!"

미치코는 입가에 손을 대고 다시 소리를 질렀다.

"이름을 아직 듣지 못했어!"

"나?" 소년은 자기 코끝을 가리켰다.

"그래! 네 이름 말이야! 나는 미치코! 이 아이는" 하며 마유를 안아들고 외쳤다.

"네가 구해준 이 아이는 마유야!"

배기구에서 뿜어 나오는 바람에 얼굴을 찌푸리며 한 발을 승강구에 걸친 채로, 소년은 잠깐 동안 우두커니 서 있었다. 그리고 말했다.

"아줌마, 아줌마가 어지간히 운이 나쁘지 않은 한, 두 번 다시 우리는 만날 일이 없을 거야!"

"그래서?"

"그러니까 이름 같은 걸 들어도 의미가 없잖아?"

미치코는 마유를 안아 내리고, 이번에는 두 손을 입가에 대고 나팔을 만들었다.

"의미는 있어! 왜냐하면, 추억이 될 테니까!"

소년은 머리띠 아래를 마구 헝클어뜨렸다. 그리고 고함치듯이 대답했다.

"마에스트로의 진짜 이름은 나도 몰라!"

"세상에!"

"그래서 스승, 마에스트로라고 부르는 것뿐이야!"

"알았어! 그럼 너는?"

마유도 미치코를 흉내 내서 양손으로 나팔을 만들었다. "오빠 이름
은?"

"나는——" 하고 그가 소리를 질렀을 때, 그것을 덮듯이 엔진 소리
가 커졌다. 배기의 기세도 거세져서, 소년의 목소리는 거기에 파묻혀
버렸다.

"어? 뭐라고? 다시 한 번 말해줘. 안 들렸어!"

미치코와 마유의 목소리는 닿지 않았다. 소년은 배기가스에 목을
움츠리고 승강구로 뛰어 들어가서 문을 닫았다. 바렌 쉽은 가늘게
진동하며 이륙하기 시작했다.

"아——아, 못 들었네, 엄마."

"그러게. 저 오빠는 이름 없는 무명씨야."

바렌 쉽은 순식간에 상승하여 미치코와 마유 위를 빙글 선회하더
니, 하얀 안개가 피어오르는 저편으로 날아갔다.

"자, 어떡할까. 마유."

미치코는 마유와 잡은 손을 흔들었다.

"안개가 내려와서 잠이 깰 때까지, 엄마가 살았던 단지 주위를 탐
험해 볼래? 불탄 자리 따위는 봐도 소용없겠지만——."

"응." 마유는 고개를 끄덕이고, 조금 장난스럽게 웃었다. "하지만
이젠 불탄 자리가 아니야."

미치코는 그 말에 놀라서 주위를 둘러보았다. 그리고 이번에는 목
소리가 나오지 않을 정도로 놀랐다.

불탄 폐허가 사라져 가고 있었다.

마치 하늘에 녹아들듯이 사라져 간다. 그을린 기둥이, 깨진 기와
가, 원래 무엇이었는지도 확실하지 않은 자갈 더미가 마법의 가루라

도 흩뿌려진 것처럼, 그것들을 구성하고 있던 아주 작은 픽셀로 환원되어 간다. 그리고 모든 것이 다양한 색과 질감이 뒤섞인 혼돈으로 돌아가는가 싶더니, 다음 순간에는 소실점끼리 재결합하여 원래의 올바른 조합, 원래의 유일한 집합체로 형태를 이루기 시작했다. 혼돈 속에서 집이, 빌딩이, 전봇대가, 나무가, 익숙한 간판이, 도로의 표지판이, 횡단보도의 희미해진 라인까지도 차츰차츰 나타나, 그것들이 있어야 할 곳으로 자리를 잡아간다.

모든 소실점의 움직임이 멈추었을 때, 거기에는 미치코가 어린 시절을 보낸 마을이 있었다. 단지 건물의 회색 벽도, 통학로 도중에 있는 약간 오른쪽으로 기운 우편함도, 시들기 시작한 가로수 잎의 단풍 색깔도, 모든 것이 다 그대로, 생생하게, 기억 그대로.

시로타 씨네 집에 가면 지붕 위에 있는 붉은 줄무늬 고양이를 볼 수 있을지도 모른다.

꿈에서 깰 때까지, 미치코는 마유와 산책을 즐겼다. 정말로 그리웠던 어린 시절의 아이로 되돌아간 것 같았다. 자신도 어린아이가 되어 마유라는 친한 친구를 얻은 것 같았다.

자신의 머릿속에 이토록 극명하게, 이토록 상세하게 과거가 기억으로 묻혀 있었으리라고는 생각도 하지 못했다.

이 자리를 떠나려니 아쉬운 기분이 들었다. 하지만 이윽고 안개가 짙어지자, 마유에게 그 사탕을 주었다. 그리고 둘이서 큰 소리로 노래를 불렀다. 노래가 반도 끝나기 전에 주위는 하얗고 맑은 안개에 둘러싸였다.

크리스마스이브의 다음 날이야말로 진짜 크리스마스다.

미치코는 눈을 반짝 뜨고 그런 생각을 했다. 의미는 없지만, 그래도 난 여기에 있어. 나 자신으로, 누구에게도 몸을 빼앗기지 않고, 나도 무사하고, 마유도 무사해. 그리고 오늘은 크리스마스.

부엌으로 내려가 보니 어머니가 일어나서 물을 끓이고 있었다. 둘이서 아침 식사 준비를 하며 이야기를 하고 있는데, 아버지와 마유가 일어났다.

"마유야, 트리 밑에 선물이 있던걸."

마유는 기뻐하며 트리로 다가갔지만, 문득 시선을 들고 미치코에게 물었다.

"저기, 엄마, 어쩐지 입 안이 달아. 어제 잠자기 전에 나, 아무것도 안 먹었지?"

"응, 안 먹었어." 미치코는 웃으며 그렇게 말했다. "하지만 괜찮아. 충치는 생기지 않을 테니까. 아침밥으로 뭘 먹고 싶니?"

점심이 지났을 무렵, 현관 초인종이 울리고 마유가 뛰어나갔다. 그러더니 한 호흡을 두고 "아빠!" 하고 외쳤다.

미치코는 어머니와 얼굴을 마주 보고 나서, 둘이 같이 현관으로 나갔다. 정말로 사다유키였다. 양복 코트에 추운지 머플러까지 둘둘 감고, 여행 가방과 커다란 꾸러미 하나를 안고 있다.

"어제 집에 전화를 했는데 안 받기에 이쪽으로 걸었더니, 아버님이 둘 다 여기 와 있다고 가르쳐주셨어."

"아빠가?"

"할아버지가?"

"응. 몰래 와서 깜짝 놀라게 해주자고 하시더라. 어머님, 죄송합니다."

고개를 숙이면서 사다유키는 안심한 표정을 짓는다.

"회의가 예정보다 빨리 끝나서, 어쨌든 집에 가야겠다 싶더라고. 마유야, 미안하다. 아빠가 크리스마스이브에 돌아오지 못해서. 그리고 이건 선물이야."

미치코는 조금 화난 표정을 지으려고 했지만 전혀 되지 않아 그만두었다.

"자, 계속 그렇게 현관에 서 있지 말고 어서 들어오게" 하고 어머니가 말했다.

모든 식구가 모여 크리스마스를 떠들썩하게 보냈다. 어젯밤에 먹다 남은 닭고기와 케이크는 '어제는 제대로 된 걸 먹지 못했다'는 사다유키가 깨끗이 다 먹어 버렸다.

"여보, 미치코."

부엌에서 커피를 끓이고 있자, 사다유키가 다가왔다.

"왜?"

"당신, 마유를 데리고 영화 보러 갔지? 아니, 아니, 괜찮아. 불평하는 게 아니야. 지난번에는 내가 잘못했어. 혼자서는 재미없으니까 결국 나도 저쪽에선 한 번도 안 갔지만, 미치코는 마유랑 둘이 있잖아. 참지 않아도 되니까 좋아하는 영화 있으면 실컷 보고, 뭐가 재미있었는지 나중에 알려줘."

"마유가 영화를 보러 갔다고 그래?" 미치코는 의아했다.

"아니, 그건 아닌데."

싱글싱글 웃으면서, 사다유키는 등 뒤에 숨기고 있던 것을 꺼내 보여 주었다. 도화지에 크레용으로 그린 마유의 그림이었다.

"이거 말이야. 아무리 봐도 비행접시잖아. 조금 양동이를 뒤집어

놓은 듯 보이긴 하지만. 그리고 이쪽 사람 그림은 카우보이 스타일이야. 밧줄을 허리에 차고 있어. 그렇지? 얘기해줘. 뭘 본 거야? 또 SFX가 잔뜩 쓰인 건가?"

두 손으로 그림을 받아들고, 미치코는 미소 지었다. 정말 잘 그렸다. 당장에라도 '우유유유유웅' 하는 소리가 들려올 것 같을 정도다.

"이건 영화가 아니야" 하고 고개를 저었다.

"아니라고? 그럼 뭐야? 마유도 이건 뭔지 모르겠다고 하더라고. 다만 왠지 이런 걸 그리고 싶어서 그린 것뿐이라면서, 재미있지 아빠, 그러더라."

"그렇구나. 하지만 이거, 정말 재미있는 그림이네."

미치코는 그림 속의 카우보이 비슷한 사람과 거꾸로 뒤집힌 양동이를 보고 웃음 지었다.

"마유는 이런 탈것이 하늘을 날고, 이런 차림을 한 사람들이 나오는 유쾌한 모험 꿈을 꾸었을 거야. 분명 그럴 거야. 그렇지?"

First Contact

DREAM
BUSTER

1

어느 날 언젠가 어느 곳에 있는 D · P가 이렇게 물은 적이 있어.

"어릴 때의 추억은 뭐지?"

나는 대답했지.

"그런 거 없어."

그러자 그 사람은 웃으며 이렇게 말했어.

"헤에, 그래? 하긴 넌 아직 어리니까. 그럼 추억은 앞으로 만들 거라는 건가?"

우리 직업에 비밀엄수 의무가 있는가 없는가에 대해서는 의견이 갈리지만, 그래도 어른답게 프라이버시를 배려해야 하므로, 이 사람에 대해서는 자세히 말할 수 없어. 하지만 마에스트로와 비슷한, 한창 때의 아저씨였다는 것 정도는 말해도 되겠지.

그런 아저씨가 보기에는, 나는 아직 한참 어린아이였을지도 몰라. 하지만 나는 그때 속으로 생각하고 있었어. 말은 그렇게 하지만 아저씨, 나는 지금까지 아저씨가 본 적도 없고, 앞으로 백 년을 더 살아도 볼 가능성이 없는 것들을 이것저것 봐 왔다고 —— 라고.

그중에는 아름다운 것도 있었지만, 대개는 두 번 다시 보고 싶지 않은 것들이 더 많았어. 아름다운 것이라 해도, 강력한 약에 취한 남자의 대뇌변연계[1]에 걸려 있는 여덟 색깔 무지개 따윈, 실은 아주 위험한 거라서 넋을 놓고 보고 있을 여유라고는 없었지.

내가 어릴 때의 추억을 갖고 있지 않다는 건, 딱히 어떤 수사법도 그 무엇도 아니야. 사실, 추억이 없는 건 아니지. 하지만 생각 좀 해 봐. 느긋하게 수다를 떨다가 "어릴 때의 추억은?"이라는 질문을 받았을 때, 대답하는 사람은 역시 '좋은 추억'을 찾아서 대답하려고 할 거 아니겠어? 자신만을 따르는 아주 귀여운 개를 키운 적이 있다거나, 소년야구대회에서 홈런을 쳐서 엄청난 칭찬을 받았다거나, 뭐 그런 거 말이야. 그게 물어본 사람에 대한 예의라는 거니까. 그런데 어릴 때의 추억을 묻는 말에 대뜸 알코올중독인 아버지에게 쇠로 된 지렛대로 얻어맞는 게 무서워서 좀처럼 잠들 수 없었다거나, 뼛속까지 비뚤어진 형과 형의 동료들 명령으로 억지로 도둑질을 해야 했다거나, 학교에서 돌아오는 길에 변태한테 어두운 곳으로 끌려 들어가, 그놈이 만족할 때까지 헤어날 수 없었다고 얘기하는 놈이 과연 있겠어?

나도 그거랑 마찬가지야. 좋지 못한 추억이라면 저울로 달아서 팔 수도 있을 만큼 저장되어 있어. 좋은 추억은 그것들보다도 훨씬 나중에, 마에스트로를 만나고 그 아저씨의 공방 다락방에 살게 되고 나서 생긴 것들뿐이야. 그리고 나이야 어찌 됐든 나 자신의 주관으로는,

---

1) 방어와 생식 따위의 생존과 관련된 반응에 대한 감정 및 기억과 관련된 뇌의 부분을 이르는 말.

그렇게 된 후의 나는 이미 어린아이가 아니었어. 그러니까 '어릴 때의 추억' 같은 건 없다──그런 소리야. 나름대로 논리적이지?

그런데 나는 지금, 어디의 누구를 향해 얘기하고 있는 걸까. 이 이야기를 듣고 있는 당신이 누구든, 우선은 인사를 해야겠지. 처음 뵙겠습니다, 그리고 실례합니다.

아마 당신은 지금 육체적으로는 잠들어 있을 거야. 그리고 꿈을 꾸고 있겠지. 먼저 충고해 두겠는데, 눈을 똑바로 뜨고 깨어 있음에도 불구하고 내 혼잣말이 들린다면──당신, 그거 상당히 위험한 상태라고. 혹시 약을 하고 있는 건 아니겠지? 이상한 헤드기어 같은 것을 쓰고 있는 건 아니고? 그것도 아니라면 몸에는 한마디 상의도 없이 뇌의 일부가 멋대로 잠들어 버릴 만큼 피곤한 걸 거야.

하지만 '롯지'의 드레크슬러 박사의 말로는, 인간의 뇌의 경우 '독서'라는 행위를 할 때도 자면서 꿈을 꾸고 있을 때랑 비슷한 상태가 될 때가 있다고 하던데, 그러니까 당신도 어쩌면 지금은 독서 중인 건지도 모르지. 당신의 마음의 평안을 위해, 나로서는 그것을 바랄 뿐이야. 책은 읽어?

하긴, 그 난쟁이 과학자의 말은 절반 정도 깎아서 듣는 게 좋으니까, 이것도 믿을 수 있는 정보는 아니지만. 그 연방의 과학자 놈들이 좀 더 제대로 했더라면, 애초에 내가 여기서 이런 일을 하고 있지도 않았을 테니까 말이야.

나와 당신의 관계는, 미안하지만 앞으로 영원히 비(非)쌍방향일 거고──어째서 그런가 하는 건 차차 알게 될 거야──그러니까 나한테는 당신이 전혀 보이지 않아. 미안해.

그런데 이쪽은 뭘 하고 있는 중인가 하면, 나는 지금 이번 구조 미션의 D · P의 필드에 잭 인 해서, 마에스트로의 바렌 쉽에 장착된 탐지 장치가 타깃의 B · N을 캐치할 때까지 시간을 죽이고 있는 거야. 면허를 취득한 지 2년 이내인 현상금 사냥꾼은, 미션 대기시간에는 밈 머신을 사용한 언어사고 트레이닝을 해야 한다는 '롯지'의 엄한 지령이 있어서 어쩔 수 없는 거지. 트레이닝 시간이 규정 시간보다 부족하면 감점이 되고, 최악의 경우에는 면허가 취소될 때도 있어. 그렇게 되면 나 같은 건 빛보다 더 빨리 말라 버릴 테니까.

맞다, 그런 상황을 당신들 사이에서는 '밥줄이 끊긴다'라고 한다면서? 최근에는 이거랑 거의 같은 뜻으로 '정리 해고'라고도 하지? 이건 좀 다른 건가? 당신네 나라의 말은 원래 복잡한 데다, 다른 나라의 말까지 마구 들여와서 따라가기가 참 힘들어. 드레크슬러 박사는 밈 머신의 개발 책임자이기도 한데, 일본 언어 · 문화권 대응 머신을 만들 때는 죽도록 고생했다고 하더군. 버전 업을 할 때도 고생이 이만저만이 아니었데. 실제로 그것 때문에 머리숱이 적어졌다고 하니까, 뭐 사실이겠지. 아직 내 나이의 두 배 정도인데, 당신들이 여기저기에서 쓰고 있는, 그 왜, '바코드'라고 하나? 그거 같은 머리가 돼 버렸다니까.

마에스트로는 항상 드레크슬러 박사한테 "차라리 나처럼 깨끗하게 반들반들하게 만들면 멋있을 거외다"라고 하지만, 박사는 힘껏 저항하고 있어.

밈 머신이 얼마나 굉장한 발명인지 나는 아직 실감이 나지 않지만 편리한 건 분명하고, 그것을 설계한 박사라면 진짜 머리랑 구별이 되지 않을 정도로 정교한 가발 정도는 쉽게 만들 수 있을 거라고 생각하는데, 분야가 다르다고 하더군. 과학자란 참 불편하지?

이런, 얘기가 샜군. 순서대로 혼잣말을 한다는 건 어렵네. 미리 말해 두지만 나는 소리 내서 말하고 있는 게 아니야. 그런 짓을 하는 건 우리 세계에서도 당신네 세계와 마찬가지로, 좀 위험한 인간뿐이 거든.

탐지 장치의 화면은 평평하고 깜깜해서, 빛이라고는 한 점도 나타날 기색이 없어. 마에스트로는 갑판에 나가 콧노래를 부르며 공구를 닦고 있으니, 아직 시간은 있을 것 같네. 지금은 우선 느긋하게 앉아서, 내가 누구고 어디에서 왔는가——어째서 여기에 오게 되었는가 하는 이야기를 당신에게 설명해 주도록 하지.

2

당신들은 은하계에서 태양계의 지구라는 별에 있고, 당신네 나라는 일본이라고 해. 지구에서 제일 세력을 떨치고 있는——건 아니지만, 문화나 문명이나 언어 같은 걸 만든 생물을 인류라고 부르는데, 당신들도 그 인류지. 일본에 살고 있으니까 편의상의 구분은 '일본인'이라고 불리고 있고, 그렇게 자칭할 때도 있어. 그리고 당신들은—— 당신네 고유의 달력이 아닌 서력이라는 것으로 표현하자면——기원후 2001년이라는 시대를 살고 있지.

내가 살고 있는 별도, 똑같이 은하계의 태양계에 존재하고 있어. 아니, 그런 것 같다고 과학자들은 믿고 있어. 공교롭게도 나는 이 눈으로 확인한 적이 없어서 이건 그냥 남에게 들은 대로 말하는 거야. 지식이나 학문은 전부 남한테 들은 걸 말하는 거지. 어쩔 수 없어.

그럼, 같은 태양계에 있는 것 같은데 어째서 우리별과 당신네 지구가 만나서 '안녕하세요' 하지 않느냐 하면, 이건 아무래도 두 개의 별이 존재하는 시간축이 다르기 때문인 것 같아. 다시 말해 우리별은 당신네 별이 생겨나서 번영하기 훨씬 전에 생겨나서 번영하다가 멸망했거나, 아니면 반대로 당신들이 태어나서 번영하다가 멸망한 후에 태어나서 번영할 예정이거나, 둘 중 하나라는 거야.

내 생각에는 이건 '별' 단위의 얘기가 아니라 당신네 인류와 우리 인류가 그런 관계에 있는 건지도 모른다는 생각도 드는데, 드레크슬러 박사는 그런 일은 있을 수 없다고 단언하더군. 당신네 지구도, 우리별도, 천체로서 그렇게 오래 가지 못할 거래. 하지만 재미있게도 당신들은 당신네 지구를 '테라'라고 부를 때가 있지? 우리별도 우리 고유의 말로 말하면 '테 — 라'라는 발음이 돼. 뭐, 상관없지만.

다음으로, 그럼 다른 시간축에 존재하는 별에 존재하는 나와 당신이, 어떻게 지금 여기에서 '안녕하세요' 하고 있느냐 하는 거지. 이건, 무조건 우리 잘못이야. 일방적으로 우리 쪽 잘못. 나중에 당신이 화내는 건 싫으니까 미리 사과해 둘게. 정말 미안한 짓을 했어, 미안해. 관계자들은 굉장히 반성하고 있는 것 같으니까, 어떻게 좀 용서해 주었으면 좋겠어.

지금으로부터 12년 전의 일이야 ——.

아, 여기에서 말해 두겠는데, 내가 쓰는 시간 표현은 전부 당신들이 사용하는 표현과 같으니까 안심하고 들어 줘. 이렇게 할 수 있는 게 밈 머신의 위력이야. 말하자면 밈 머신이라는 건 '포터블 문명 번역기'인 거지.

사실은 더 긴 정식 명칭이 붙어 있고, 그것을 우리들의 원언어(原言

語) —— 라는 표현도 난폭하게 들리겠지만 —— 로 말하면 당신들의 귀에는, 그렇지, 술에 취해 계단에서 굴러떨어져서 구급차로 병원에 실려 가는 도중에 신음하며 내는 목소리처럼 들릴 거야. 이건 그냥 추측이 아니라, 지난번 구조 미션 때 만난 D · P가 우리 발음을 듣고 말한 감상이니까 확실하겠지. D · P는 틀림없이 당신들 세계의 사람이니까 말이야.

어쨌든, 지금으로부터 12년 전의 일이었어.

그 시대의 '테—라'는 '테—라'의 인류가 번영해서, 지금의 당신들과 비슷한 문명 —— 과학기술을 포함해서 —— 을 만들어 낸 상태였어. 그리고 세계를 통일한 연방국가가 드디어 탄생한 지 20년쯤 지난 참이었지.

당신들의 지구와 우리들의 '테—라'에는 아주 큰 차이가 있어. '테—라'에는 육지가 적거든. 별 전체의 약 94퍼센트는 바다. 게다가 그 바다의 절반 이상이 끈적끈적하고 미끈미끈해서, 일반적으로 생물의 생존에는 적합하지 않아. 적어도 문명을 발전시키려고 할 정도의 생물은 '이건 좀 아니잖아요'라며 사양하고 싶어질 것 같은 환경이지. 바닥까지 뒤져보면 광물자원 같은 게 없는 건 아니지만, 그것을 파내서 실용화하려면 수고와 돈이 엄청나게 들 거야.

그러다 보니까 아주 자연스럽게, '테—라'의 나라들 사이에서는 적은 육지를 두고 서로 다투는, 이해하기는 쉽지만 역시나 한심한 전쟁이 끊이질 않게 되었어. 2천 년 가까이 그런 일만 되풀이하다가 정말로 많은 나라들이 버틸 수 없게 되어서, 국민의 반수가 죽고 나머지 절반이 유민이 되어 전 세계를 떠도는 —— 그런 사태를 목격하게 되자, 간신히 다들 생각하게 된 거야. 이런 짓을 하다가는 결국은 모조리 멸망하게 되겠구나, 하고. 그래서 저쪽에서 손을 쓰고 이쪽에서 머리를 숙이고, 뭐, 속으로는 다들 꿍꿍이가 있었겠지만 다섯 개 정도의 강국이 손을 잡고 연방국가를 만들게 된 거야. 그래도 한동안은 테러나 내전이 계속되었어. 마에스트로는 그걸 직접 몸으로 경험한 사람이고.

이렇게 생겨난 따끈따끈한 연방정부는 큰 목표를 하나 떡하니 세웠어. 바로 해양개발이었지. 끈적끈적 미끈미끈한 바다를 어떻게든 인간이 살 수 있도록 만들거나, 끈적끈적 미끈미끈한 바다에서 끌어낼 수 있는 모든 자원을 끌어내거나, 둘 중 하나의 활용 방법을 생각하자는 거였지.

지금까지는 여러 나라에서 제각각 연구 개발을 하고 있었기 때문에 지식 교류도 없고 기술 교류도 없었어. 이제 통일이 되었으니, 각자의 머릿속에 있는 것을 전부 테이블에 꺼내놓고, '테―라'의 인류 발전을 위해 활용하자는 거였지.

그런데 우리 '테―라'는 당신네들의 지구와 달리 자연환경이 척박한 탓인지, 인구가 늘어서 곤란해하고 있는 당신들과는 달리 인구가 늘지 않아서 곤란해하고 있었어. 아이들은 픽픽 죽고, 노인들은 오래 살지 못하는 거지. 그리고 인구가 적다는 건 인재가 부족하다는 뜻이기도 하고. 연방정부는 해양개발이라는 대사업을 벌이면서 새삼 이 사실을 통감했을 거야. '바다를 우리 손에'라는 슬로건을 국민들에게 마구 뿌려 고무하는 한편, 뒤로는 몰래 말도 안 되는 연구를 진행하고 있었거든.

그게 바로, 인간을 '불사화(不死化)'하는 연구야.

물론 인간은 생물이니까 언젠가는 죽지. 육체라는 그릇은 약하고 허무한 거거든. 우수한 인재도, 죽어 버리면 그 머리에 든 내용도 함께 물거품처럼 사라져 버리고 말이야.

그래서 연방정부 직속 과학자 그룹 중의, 말도 안 되는 패거리는 생각하게 된 거야. 미리 말해 두자면, 이 말도 안 되는 패거리 속에는 나중에 열다섯 살의 드레크슬러 박사도 참가하게 돼. 아무래도 그 난쟁이 바코드 머리는 천재였던 모양이야. 무엇의 천재인지는 모르겠지만.

어쨌든 그 말도 안 되는 패거리는 생각했어. 육체라는 그릇은 버려도 된다, 머릿속에 든 내용만 꺼내서 보존하고 기능하게 할 수 있다면 되지 않을까, 육체에서 '의식과 지식과 지능과 사고', 그리고 그것을 통합하고 이용하는 '인격'을 떼어내면 되지 않을까 하고. 그게 '불사화'라는 거지.

역시 전에 만난 D·P가, 그건 말하자면 육체라는 하드웨어에서 두뇌라는 소프트웨어를 떼어내어 다른 하드웨어에 설치하는 거냐고 물은 적이 있어. 뭐, 그거랑 비슷할지도 몰라. 국가를 위해 필요한 우수한 인재에 한해서, 그 육체가 시들어 죽기 전에 내장되어 있는 머릿속을 인격과 함께 꺼내서 다른 그릇 —— 육체처럼 부서지기 쉬운 게 아니라 좀 더 튼튼한 기계 —— 에 옮기고, 거기에서 부지런히 해양개발이나 자원 관리, 의료 기술 개발을 위해 일하게 하는 거지. 그게 가능해지면 응애, 하고 태어나서 인재로서 활용할 수 있게 될 때까지 키우는 수고도 덜 수 있는 거야. 결과적으로는 인구 부족에 의한 인재 부족을 보충하고도 남을지도 모르지 ——.

그런 게 가능하냐 —— 고 생각하지? 그리고 당신은 불가능하다고 생각하지?

결론부터 말하면, 뭐, 부분적으로는 가능했던 모양이야. 그리고 그게 재앙의 근원이었어. 그게 12년 전에 일어난 일의 원인이었지. 지금 내가 여기에서 이러고 있는 원인도 되었고.

그건, 실험기가 테스트 운전을 하다가 폭주한 거야.

3

뭐라고 할까, '뻔한 일' 같지? 국가 직속의 비밀 연구 기관이 비밀 인체 실험을 하다가, 세상에, 엄청난 일이 일어나고 말았습니다.

하지만 진짜로 사실이야. 나는 그 폭주사고의 결과로 발생한 대참사로 아버지를 잃었어. 당시 네 살이었던 나는 아버지가 일하러 가 있는 동안 동네 외곽에 있던 무면허 탁아소에 맡겨져 있었는데, 그 덕분에 목숨을 건졌지만. 사고 당시 연구 시설의 대폭발은 거기에서도 잘 보였어. 폭풍도 불어왔지.

처음에는 쿵— 하고, 땅바닥 안쪽에서 커다란 쇠막대로 후려친 것 같은 충격이 왔어. 그리고 연구 시설이 있는 동네 중심 방향에서 검처럼 날카롭고 하얀빛이 차례차례 하늘을 향해 쏘아지는 게 보였지. 그 무렵 아직 동화를 믿고 있던 나는, 순간 생각했어. 땅속 깊은 곳에 살고 있다는 거인족들이 마침내 검을 치켜들고 지상을 공격해 온 것이 아닐까 하고.

그때 나는 탁아소 마당에 있었어. 말이 마당이지 그냥 들판이라, 주위에 온통 망가진 경작 기계나 차들이 아무렇게나 버려져 있었는데, 그게 딱 알맞은 놀이터였거든. 그래서 친구들과 당신들 세계에서 말하는 '술래잡기'와 '숨바꼭질'을 합친 것 같은 '휘이'라는 놀이를 하고 있었어. 열 명쯤 모여서 8대 2 정도로 나뉘어 각자 경관 역할과 도둑 역할을 맡고, 도망치거나 숨거나 붙잡거나 하는 놀이야. 그때 쿵! 흔들흔들하더니, 탁아소 건물 전체가 떨리고 엉성한 초가지붕에서 먼지랑 흙가루가 떨어져 내리더군. 그리고 빛이 보인 거야. 황홀해질 정도로 예뻐서, 다들 멍하니 입을 벌리고 바라보고 있었어. 그랬더니 탁아소 선생님이 양손을 휘두르며, "다들 눈을 감아! 빛을 보면 안 돼!"라고 큰 소리로 외치면서 건물에서 뛰어나오더라고.

"엎드려, 땅에 엎드려!"

우리는 선생님 말대로 했어. 그래도 여전히 홀린 것처럼 우두커니 서서 빛을 보고 있는 아이를, 선생님은 뛰어들어서 그대로 땅바닥에 누르고 같이 엎드렸지. 어쨌거나 선생님은 투실투실하게 살이 찐 사람이었고 팔은 통나무처럼 두꺼웠으니까 이건 엄청나게 난폭한 방식이었지만, 그게 정답이었어. 그 직후에 폭풍이 밀어닥쳤거든.

땅바닥에 납작 엎드려 있어도 줄줄 미끄러질 정도로 강한 바람이었어. 나는 땅바닥에 손가락을 바짝 세우고 필사적으로 버텼지. 그래도 상당히 많이 움직여 버렸어. 마침 바로 옆에 버려진 경작 기계가 있었는데, 거기에 걸리지 않았다면 위험했을 거야.

나는 경작 기계에 매달려서 얼굴을 들었어. 그랬더니 친구들 중 하나가 눈 깜짝할 사이에 바람에 휘말려서, 깜짝 놀란 표정을 한 채로 양손과 양다리를 춤추듯이 허우적거리며 탁아소 지붕을 넘어 날아가는 게 보였어. 저 녀석은 어디까지 갈까——하고 느긋하게 생각했던 게 기억나.

폭풍이 지나가자, 우리들은 모두 모래투성이가 되어 있었어. 선생님이 제일 먼저 일어나서 우리들의 이름을 부르기 시작했어. 그 전에도 그 후에도, 선생님이 그렇게 새파란 얼굴을 하고 있는 모습을 본 적이 없었어. 바람에 날려 지붕을 넘어간 녀석이랑, 또 한 명, 나랑 제일 친했던 아이가 선생님의 목소리에 대답하지 않았어. 그러자 선생님은 우리들에게 다들 건물 안으로 들어가서 손을 잡고 있으라고 명령하고, 큰 소리로 성(聖) 크리스티아나의 기도를 외면서 대답이 없었던 두 아이를 찾기 시작했어.

그 무렵 나는 말 안 듣는 꼬마였기 때문에 건물에는 들어가지 않고, 친구들의 손을 뿌리치고 묻은 모래를 털어낸 다음 선생님의 뒤를 쫓아갔거든. 친한 친구가 걱정되었거든.

선생님은 들판 끝에 쓰러져 있던 큰 기계의 잔해 옆에 무릎을 꿇고 있었어. 그 큰 기계의 잔해는, 폭풍이 오기 전과 비교해서 쓰러져 있는 모습이 좀 달랐어. 다시 말해서 기울어져 버린 거지. 그리고 기계 밑에는 나랑 친했던 친구의 옷소매가 살짝 삐져나와 있었어. 소매에는 팔도 들어 있었지. 하지만 피는 거의 흐르지 않았어. 모래에 흡수돼 버린 건지도 몰라.

선생님은 양손으로 끊임없이 성스러운 인을 그으면서 울고, 통곡하고, 그러면서도 여전히 큰 소리로 기도를 하고 있었어.

"오오, 어쩌면 좋아, 어쩌면 좋아, 호세가 이런 곳에!"

내 친구의 이름이 호세였거든. 당신들의 일본어로 말하면 '무언가를 말리라'라는 뜻이 된다며? 우리들의 원언어로는 '빛의 아이'라는 뜻이 있어. 좀 옛날 말이긴 하지만.

호세는 죽고 말았어. 그것이, 내 눈으로 본 첫 번째 '죽음'이었지.

호세는 그때 '휴이'에서 도둑 역할이었으니까, 내 생각에 첫 번째

쿵! 이 왔을 때 그 큰 기계 밑에 숨어 있었던 것 같아. 그러다가 기계가 기울어서 납작하니 깔린 거지. 아마 순식간의 일이었을 거라고, 나는 지금도 생각하고 있어.

그리고 잠시 후에 순회보안관의 순찰차가 달려와서 피해 상황을 조사하거나 선생님한테 이것저것 묻거나 부하에게 지시해서 여기저기 수색을 하더니, 지붕을 넘어 날아간 아이를 찾아내 주었어. 이 녀석도 내가 목격한 '깜짝!'의 표정을 한 채 땅바닥에 떨어져 죽어 있었지.

완 보안관은 무뚝뚝하고 무서운 사람이지만 힘은 엄청 세서, '뱀프'에서는 누구에게도 지지 않았어. 아, '뱀프'라는 건 당신들이 말하는 '팔씨름' 같은 게임이야. 이쪽에서는 술집에서 주정뱅이들이 모여 돈을 걸고 하는데, 대개 마지막에는 참가자들이 모두 한데 엉켜 치고받고 싸우는 것으로 발전해서 수습이 안 되기 때문에 보안관이 불려오는 거야. 그러면 완 보안관은 술집 입구에 서서 머리 위로 공포탄을 한 발 쏘고, 그러고 나서 "오늘 밤의 챔피언은 누구냐?" 하고 고함치는 거지. 그러다 그 챔피언 녀석이 나서면 승부를 걸어. 네가 날 이긴다면 봐주겠다, 판돈도 전부 주지, 하고. 하지만 아무도 보안관은 이길 수 없어. 순찰차 뒷좌석에 처넣어져서, 며칠 동안 순회보안관 사무소에서 허드렛일을 하는 처지가 된다고 하더라고. 물론 판돈은 완 보안관의 주머니로 들어가지.

그런 완 보안관도, 기울어진 기계 밑에서 호세를 끌어낼 수는 없었어. 부하들 세 명이 거들어도 소용없었지. 결국 이틀이나 지나서 연방 정부가 파견한 재해구조대가 간신히, 그것도 마지못해 탁아소에 올 때까지, 호세는 기계에 짓눌려 있었어.

구조대는 파워 로더(loader)[2]를 갖고 있었기 때문에 겨우 5분 정도면 끝나는 작업이었어. 들어 올린 기계 밑에서 호세를 끌어낸 대원이 코를 막으면서, "지독하군, 벌써 썩기 시작했어, 이 꼬마"라고 말한 것을, 나는 놓치지 않았어. 열 걸음 정도 도움닫기를 했나? 그건, 내가 태어나서 처음으로 정확하게 차 넣은 옆차기였어. 내가 생각해도, 다시 생각해 봐도 가슴이 후련해지는 킥이었지. 그 빌어먹을 구조대원의 머리 오른쪽에는, 지금도 네 살짜리 어린아이가 남긴 신발 밑창 모양의 멍이 남아 있을 거야.

그래서 나는, 재해대책본부로 끌려가게 되었어. 날 끌고 가는 대원에게 선생님이 또 덤벼들어 땅바닥에 눕히려고 하다가, 원 보안관의 제지를 받았어. 지금 생각해 보면 보안관은 이미 마을이 거의 괴멸되었다는 사실을 알고 있었고, 늦든 빠르든 내가 연구 시설 직원의 아이로서 본부에 불려가게 될 것이라고 예측하고 있었던 것 같아.

그리고 마을 중심부를 사이에 두고 탁아소와 정확하게 반대쪽에 위치하고 있는 재해대책본부의 급조된 텐트 속에서, 나는 아버지가 죽었다는 것과 어머니가 '도망'쳤다는 것을 알게 된 거야.

어라? 혹시 나 지금, '신상 이야기'라는 걸 하고 있나?

미안, 미안. 내 인생 따윈 당신들하고는 전혀 상관없는데. 밈 머신의 언어사고 트레이닝 추천 패턴 중에 '일기를 쓴다'는 게 있는데, 나는 그게 정말 쥐약이라 해 본 적이 없어. 하지만 자신에 대해서 곰곰이 생각한다는 의미로는, 그편이 그나마 다른 사람에게 폐가 되지 않겠지.

---

2) 동력삽처럼 짐을 싣는 데 쓰는 기계. 선적용, 토목 작업용 등이 있다.

본론으로 돌아가기 전에 기분 전환으로, 모니터 석에서 약간 떨어져 볼까? 또 하나의 추천 패턴 중에 '미션 상황 보고'라는 게 있거든.

마에스트로의 바렌 쉽 내부는, 어지러운 기재 한가운데에 서서 둘러보면 전부 보일 정도로 좁아. 그리고 뒤쪽에 장착되어 있는 승강구를 열면 갑판으로 나갈 수 있지.

지난번 미션의 D · P는 어린 여자아이의 엄마인데, 꽤 기가 세고 기운이 넘치는 여자였어. 이 사람은 바렌 쉽을 보고, "거꾸로 세운 양철 양동이 바닥에 프로펠러를 단 것 같아"라고 말했어. 갑판은 "토성의 고리 같아"라고도 말했지.

마에스트로는 그 갑판 앞쪽에 설치된 광탄총의 총좌 밑에서 몸을 웅크리고, 뭔가 철컥거리는 소리를 내고 있어. 우현 쪽으로 이동할 때 슬라이드가 걸린다고, 내가 오늘 아침에 불평을 늘어놓았기 때문일 거야.

"마에스트로!" 하고 나는 불렀어. "지금의 상황에 대해서 보고할 거 있어?"

반질반질 번쩍번쩍하는 대머리가 약간 움직였어. 마에스트로는 이쪽을 보지 않고, 바쁜 듯이 손을 움직이면서 한 마디 웅얼거렸어.

"엿 먹어라."

"총좌가 부서진 건 내 탓이 아니야."

"네가 난폭하게 다루니까 그렇지."

"말해 두겠는데, 나는 마에스트로보다 체중이 절반 정도밖에 안 나간다고."

마에스트로는 나를 날카롭게 노려보고는 그제야 일어섰어. 작업복 앞이 윤활유로 끈적끈적하게 더러워져 있군.

"네세는 바렌 쉽에 대한 '사랑'이라는 게 없어. 이건 단순한 도구가 아니란 말이다. 우리들의 소중한 다리고, 날개야. 알고 있는 거냐?"

그 D·P의 말을 빌리자면, '양동이에 프로펠러를 단 물건을 사랑할 놈은 없지 않나?'라고 해야 할 텐데.

마에스트로는 아마 나보다 네 배 정도는 나이를 먹었을 거야. 더 먹었을지도 모르지. 어쨌든 영감이라는 건 틀림없어. 꽤 오랫동안 알고 지냈는데도 들을 때마다 처음 듣는 에피소드가 나와서, 그게 영감 인생 중 어느 부분에서 일어난 사건인지 전혀 짐작이 가지 않는 게 좀 곤란하다니까. 치밀하게 조합해 나가다 보면, 어디에선가 앞뒤가 맞지 않는 얘기가 나올 거라고 짐작하고 있지만 말이야.

그 아줌마 D·P는 마에스트로를 '나무꾼이나 페인트공 같네'라고 평했어. 작업복이 멜빵바지라서 그렇대. 덧붙여 말하면 나한테는 '머리띠를 두른 카우보이'라고 했어. 허리에 밧줄 묶음을 매달고 있고, 무릎까지 오는 가죽 부츠를 신고 있고, 무엇보다 총을 들고 있기 때문이라더군.

"B·N은?" 하고 마에스트로는 물었어.

"전——혀. 완전히 캄캄해."

마에스트로는 혀를 차고는, 더러워진 손을 작업복에 문지르면서 주위를 둘러보았어.

"이 D·P한테서는 도망쳤나?"

"그보다, 또 페그손이 가짜 정보를 알려 준 거 아니야?"

페그손이란 놈은 우리와 똑같은 현상금 사냥꾼이지만, 배짱이라고는 약에 쓸래도 없어. 다만 엄청나게 감도가 좋은 광각탐사 장치를 몇 개나 갖고 있어서 직접 미션을 수행하기보다도 정보원으로 일할 때가 더 많아. 그리고 세 번 중 한 번은 거짓말을 하지.

　얼마 전에, 주먹부터 먼저 태어났다고 엄청나게 평판이 높았던 신임 현상금 사냥꾼한테 가짜 정보를 알려 주었다가 사다리로 얻어맞았어. 운이 좋았던 건지 나빴던 건지, 페그손은 그때 워킹 온 탐사 헬멧을 쓰고 있었기 때문에 다치지는 않았지만, 사다리가 헬멧에 걸려서 한동안 어딜 가더라도 앞뒤로 균형을 잡으면서 걸어 다니고는 했지. 마침 잘됐다, 그대로 사다리에 팔 물건을 매달고 행상을 다니라며 마에스트로는 웃었지만, 정작 본인은 술집 문을 통과할 수 없다면서 울더군.

　"그 녀석은 겁쟁이라서, 뒤탈이 있는 거짓말은 하지 않아"라고 마에스트로는 말했어. "이번 타깃은 단순히 정신 나간 강도나 살인자가 아니니까. 윗켄이라고. 정력적인 정치범이야."

　"나라면 '테러리스트'라고 부를 텐데."

　"비슷한 거지."

　물론 꼭 그렇게 잘라 말할 수는 없다는 설도 있지만.

　"어쨌든 윗켄은 그냥 도망치고 있는 게 아니야. 도망치면서 부하에게 지시를 내리고 있어. 지금도 조직의 보스란 말이지. 페그손이 녀석이 있는 곳에 대해서 소문을 흘리려고 한다면, 가만히 있지 않을 거야."

　마에스트로의 말이 맞아. 페그손이 아침에 일어나서, 자신의 오른손과 왼손이 어젯밤에 자기 전과 같은 곳에 있는지 확인하기도 전에 윗켄의 부하들이 녀석을 없애 버리겠지.

　그렇다 해도 나는 약간 마음이 안 내켜. 아, 밈 머신을 사용한다고 해도, 역시 우리들의 대화는 질이 나쁜가?

"하지만 뭐, 이 D·P는 윗켄 같은 놈과는 접점이 없어 보이는 필드의 소유자로군."

마에스트로는 갑판의 난간에 손을 짚고 아래를 들여다보았어. 작업복 벨트에 달려 있는 공구가 난간에 매달려 있는 체인이나 예비 부품과 부딪혀 달그락달그락 소리를 내는군.

"그렇지? 나도 윗켄은 여기에는 오지 않을 거라고 생각해. 페그손이 사실을 말했다 해도, 초계용 선행파(先行波)가 통과했을 뿐이었던 거 아닐까? 아니면 아이들링(idling)[3]을 돌리고 있을 때, 우연히 히트해서 공명했거나."

필드는 쥐 죽은 듯 조용해. 주위에는 온통 초록색 들판이고, 군데군데 예쁜 꽃이 피어 있어. 머리 위의 하얀 안개는 아직 높고, 내려올 기색도 전혀 없어. D·P는 깊이 잠들어 있다는 뜻이지.

"윗켄이 꽃밭에서 구조된 버려진 아이라도 되지 않는 한, 이 필드에 끌릴 이유는 없어 보인단 말이지."

"그 녀석이라면 베어낸 배신자의 목을 꽃밭에 버리는 정도는 했겠지."

"뭐, 그럴 수는 있을지도 모르겠지만."

나는 어슬렁어슬렁 바렌 쉽 안으로 돌아갔어. 탐지 장치의 모니터에 변화는 없어. 그렇다면, 앞으로도 공부를 계속해야 하는 셈이야. 어디까지 말했더라? 맞다, 실험기가 폭주한 데까지였지.

인간의 의식을 육체에서 떼어낸다는, 이 터무니없는 기계는 1호기부터 꼽자면 5대째에 간신히 완성되었어. 그리고 연구원들은 여기에 '빅 올드 원'이라는 이름을 붙였지.

---

3) 기계나 자동차의 엔진을 가동한 채 힘 걸림이 없는 상태에서 저속으로 회전시키는 일.

왜 이런 이름이 붙었느냐 하면, 개량에 개량을 거듭해서 완성된
이 기계가 결국 연구자들의 일부가 훨씬 옛날에 만든 1호기와 매우
비슷한 형태를 갖고 있었기 때문이래. 그래서 '오래되었지만 좋은,
그립고 커다란 물건'이라고 부른 거지.

그리고 이 실험 계획 전체에는 '프로젝트 나이트메어'라는 명칭이
붙어 있었어.

밈 머신의 힘으로, 나는 지금 아무렇지도 않게 '나이트메어'라는
말을 쓰고 있어. 이건 당신들의 말에는 원래 존재하지 않고, 제대로
된 말로 말하자면 '악몽'이라는 뜻이지? 나쁜 꿈. 우리들의 원언어로
도, 물론 같은 의미가 있는 말을 쓰고 있었던 거야.

어째서 그런 불길한 명칭을 갖다 붙였느냐 하면, 일단은 이유가
있어. 원래 이 연구는, 처음에는 인간의 육체에서 의식이나 인격의
일부를 분리시킬 수 있다면 과거의 공포 체험이나 괴로운 기억으로
괴로워하는 사람들을 편하게 치료할 수 있게 되지 않을까——하는
착안점에서 시작된 거였대. '의식의 분리 보존, 나아가서는 이식에
의한 개인의 불사화'라는 거창한 목표는 그 연장선에서 나온 거였던
거지.

전에도 말했지만, '구연방'이 성립되기 전에는 전쟁이 계속되는
가혹한 시대가 이어졌거든. 무서운 전쟁 체험 때문에 괴로워하는 사
람들이 많았어. 그런 사람들의 고통을 덜어주려면 어떻게 해야 할
까——하고 과학자들은 생각한 거지. 거기에서부터 연구가 시작된
거야. 꽤 감동적인 사이언티스트 정신이지? 그래서, 나중에 연구 목
적이 확대되고 나서도 실험 계획은 초기에 명명된 것을 그대로 물려
받은 거야.

하지만 역시 이 명칭은 좋지 못했어.

마에스트로는 종종, "나쁜 일은 입 밖에 내서 말하면 정말로 일어나니까 조심해라"라고 말해. 당신들도 그런 말을 하나? 어쨌든 마에스트로는 그런 시시한 교훈 같은 것을 배 속에 가득 담고 있는 영감탱이고, 나는 늘 흘려듣고 있지만 '프로젝트 나이트메어'에 관해서는 달라. 이건 진짜 악몽을 불렀거든.

첫 번째 악몽은, 물론 아까도 설명한 그 폭주에 의한 대폭발이야. 그것만으로도 연구 시설이 있던 도시의 인구 중 90퍼센트 정도가 죽었어. 하지만 그게 끝이 아니었지.

두 번째 악몽은 '빅 올드 원'의 운전 실험에 이용된 피험자 선별이 좋지 못했던 데에 원인이 있었어. 여러 번 말했지만, 이건 최초의 인체 실험이었거든. 위험부담은 아주 컸어. 당연히 피험자로 지원하는 인간이 있을 리 없지. 그래서 연방정부는, 정부가 확실하게 그 목숨을 쥐고 있는 인간을 골랐어. 죽어도 상관없다는 이유로 말이야.

바로, 사형수였어.

연쇄살인범이나 강간 살인 상습범, 테러리스트 —— 정예 흉악범들만, 그야말로 대단한 면면이었던 모양이더라고. 전부 합쳐서 예순 명. 당일의 피험자로는 이 중에서 다섯 명이 선발되었다고 하는데, 나머지 쉰다섯 명도 실험기 바로 밑에 있는 지하 특별구치소에 처넣어져 있었다고 하니까 위험 구역 안에 있는 건 마찬가지였어.

그리고 '빅 올드 원'은 폭주하고, 대폭발을 일으켰지.

하지만 실험 자체는 성공했던 거야. 왜냐하면, 그 사형수 예순 명의 육체에서 의식과 인격이 떨어져 나갔으니까. 하긴, 열 명은 그 자리에서 죽어 버렸지만.

그리고 나머지 쉰 명은 도망쳤어. 내가 놈들이라도 그랬을 거야. 이런 기회는 없잖아. 육체를 갖지 않은 의식——뇌와 신경으로 만들어진 전기적 집합체가 되어서, 누구의 눈에도 보이지 않고 어떤 벽이든 넘을 수 있게 되어 허공으로 쏘아진 거니까. 당연히 도망치겠지. '자, 안녕히' 하면서.

그런데 어디로 도망쳤느냐 하면 말이지——응? 이 이야기의 흐름으로 봐서 짐작이 간다고?

그래서 처음에 사과했잖아! 잘못했어. 미안해.

맞아. 짐작한 대로, 당신들의 세계로 도망쳐 들어간 거야.

4

이야기가 좀 거슬러 올라가는데, '빅 올드 원'에 대해서도 '프로젝트 나이트메어'에 대해서도, 당시에는 연방국가 레벨의 기밀 사항이었어. 그러니까 내가 주절주절 설명한 사항은 그 대참사가 계기가 되어 연방정부가 쓰러지고, 새로운 연방정부가 생겨서 철저하게 조사를 하고 난 후에 알려진 사실들뿐이야.

우리들은 보통 옛날 연방정부를 '구연방', 지금의 연방정부를 '신연방'이라고 부르고 있어.

현실적인 문제로, 도시 하나가 통째로 날아가고 많은 사람이 죽은 것만으로는 '구연방'도 쓰러지지는 않았을지도 몰라. 국가란 그런 차가운 면을 갖고 있는 것일 테니까. 하지만 '빅 올드 원'의 폭주·폭발은 우리들 세계의 기후나 날씨——이 경우는 기상이라고 해야 할까

──그런 자연환경에도 좋지 않은 영향을 주었어. 원래 육지가 적고 자연환경이 척박했다는 건 앞에서도 말한 것 같은데, 폭주·폭발사고 이후로는 그게 더 심해졌거든. 저기서 가뭄, 여기서 집중호우. 게다가 동력 기관이 전부 정지되어 버릴 정도로 심한 자기폭풍도 자주 일어나게 되었고, 결과적으로는 그것 때문에 의회도 행정기관도 엉망진창으로 무너져서 '구연방'은 왕창 깨져 버린 거야.

그래서 서둘러 급조한 '신연방' 정부가 생겼어. 그리고 '구연방'의 뒤처리를 떠맡게 된 거지.

폭주사고의 후유증으로 기상이 엉망이 되어 버린 후의 우리들의 세계는 아마, 지금 당신들이 사는 세계──적어도 당신들의 나라보다는 훨씬 생활수준이 낮을 거야. 우리들의 세계에서 제일 많이 사용되는 동력은 당신들과 똑같은 전력이지만, 발전에는 옛날이나 지금이나 수력과 풍력을 이용하고 있어. 특히 주력은 풍력발전이야. 음, 뭐라고 하더라, '화석연료'인가? 당신들이 사용하는 석유나 석탄 같은 거. 그런 건 우리 세계에서는 귀중품이거든. 하지만 바다를 건너오는 강풍이라면 1년 내내 불어오니까. 풍력이라면 팔아도 될 만큼 있어. 그래서 바닷가에는 발전소들이 줄줄이 늘어서 있었지.

그런데 이 발전소에, 어느 날부턴가 자기폭풍이 불어오기 시작했단 말이야. 특히 대륙 남부에서는 거의 날마다 자기폭풍으로 시스템이 정지돼 버려서, 결국 발전소를 포기하게 된 곳이 많았어.

전기가 없는 생활이라고 하면, 그것만으로도 당신들은 상상조차할 수 없지? 우와, 원시적이다, 그렇게 생각할지도 몰라. 실제로 그러니까. 나랑 마에스트로가 지금 사는 곳도, 전력이 한정배급제라서 이틀 간격으로 밤에는 캄캄해.

'신연방'은 그런 상태에서 출발한 거야. 참, 맞다! 내게 '어린 시절의 추억'에 관해 묻던 아저씨 D·P가 내 이런 이야기를 듣고, "그거, 구소련 붕괴 후의 러시아 같네"라고 말한 적이 있어. "하지만 러시아도 너희들만큼 심하지는 않았을지도 모르겠다"라면서.

그래도 '신연방' 정부는 적은 자금과 인원으로 나라 안을 어떻게든 다스리면서, 폭주사고도 조사하기 시작했어. 하지만 처음부터 곤란한 문제에 닥쳤는데, '구연방'의 연구 기관이 '빅 올드 원'의 주요 동력원으로 사용하고 있던 것은 대체 무엇이었나? 라는 수수께끼였어. 그것을 풀지 않고서는 사고 현장에 섣불리 들어갈 수조차 없게 된 것이지. 그게 전력이 아니라는 것은 알고 있었어. 그럼 뭘까? 대체 어떤 것에서 이렇게 큰 파워를 끌어낸 것일까? 그 동력원은 폭주사고 후에도 남아 있을까? 가까이 가도 인체에 위험은 없을까?

이런 의문들은, 하지만 뒤집어서 생각하면 약간은 희망이 되기도 했어. 왜냐하면, 만일 '빅 올드 원'의 주요 동력원을 지금도 입수할 수 있고 그 메커니즘을 해명할 수 있다면, 기상 급변으로 의존할 수 없게 된 풍력발전 대신 이용할 수 있지 않을까——그럼 우리들의 세계도 폭주사고 이전과 같은 문명과 생활수준을 되찾을 수 있을지도 모른다——'신연방'에는 그런 분위기도 있었기 때문에, 열심히 조사하지 않을 수 없는 면도 있었지.

그래서 귀중한 전력을 사용해 원격조작 카메라를 몇 대나 희생해 가면서 조사를 해 봤더니, 연구 시설은 도시의 대부분과 함께 거의 증발한 것처럼 사라졌다는 사실을 알게 된 거야. 그리고 그 후에 직경 2킬로미터 정도 크기의, 일종의 '구멍'이 생겨났다는 것도.

드레크슬러 박사는 일반적으로 사용되는 '차원에 구멍이 뚫렸다'

는 표현은 옳지 않다고 했어. '단시간에 한 군데에서 고도로 집중된 파동 에너지가 시간축을 비틀어, 부분적으로 유착시킨 거다'라고 하더군.

나한테는 어느 쪽이든 마찬가지지만. 말하자면, 그 '구멍'은 우리들의 세계에서 당신들의 세계를 향해 똑바로 뚫려 있다는 거지. 그리고 피험자로 구속되어 있던 흉악범들도 이곳을 통해 당신들의 세계로 도망친 거야.

지금은 나도 현상금 사냥꾼의 일원이니까 바렌 쉽을 타고 일상적으로 이 '구멍'을 출입하고 있지만, 그래도 제일 처음 쉽의 창문으로 이것을 들여다보았을 때는 혼비백산했어. 뭐라고 할까, 그냥 새하얀 빛이 물처럼 구멍 가장자리까지 찰랑찰랑 밀려오고 있는 거야. 그것 외에는 아무것도 보이지 않아. 가끔 방전 현상이 일어나서 한가운데가 백금색으로 반짝반짝 빛날 때도 있지만, 그것도 신경에 꽂히는 것 같아서 불쾌했어. 안 그래도 2초도 똑바로 응시할 수 없을 정도의, 눈알 속까지 말려 버릴 것 같은 빛이었으니까.

그래서 나도 마에스트로에게 계산기로 얻어맞으면서 잭 인과 아웃의 궤도 계산을 연습했을 때부터 '착석하면 고글 착용', 이 룰만은 지키고 있어. '구멍'에 가득 차 있는 빛은 그날 내가 탁아소 마당에서 본, 검 같은 빛과 똑같은 것일 테니까, 선생님의 "빛을 보면 안 돼!"라는 직감적 경고는 정확하게 들어맞았다는 뜻이 되지.

'구멍'에 뛰어들면 머리의 가장 안쪽 구석, 먼지가 쌓여 있을 것 같은 곳까지 빛으로 새하얘지고, 잡음 같은 게 귓속에서 윙윙 울려. 자칫하면 속이 안 좋아지기 때문에 우리들은 이걸 '통과 멀미'라고 부르지만. 현상금 사냥꾼 중에도 체질 때문에 그런지, 여기에 익숙해지지 못해서 흐늘흐늘해지는 놈이 있어. 그런 녀석은 일찌감치 직업을 바꿔야 해. '구멍'을 지날 때마다 폐인으로 가는 계단을 올라가는 셈이니까. '안내인' 출신의 현상금 사냥꾼 중에, 아직 40대 초반의 나이에 자신의 입과 손도 구별할 수 없을 정도로 마구 토하다가 죽은 녀석을 해부해 봤더니, 뇌가 흐물흐물하게 녹아 있더라는 무서운 소문을 들은 적도 있어.

어쨌든 간신히 '구멍'을 발견하고 '신연방'의 높으신 분들이 의자에서 굴러떨어질 정도로 놀라고 있을 때, 재해대책본부에는 이상한 정보가 모여 가고 있었어.

'구멍'에 설치한 광전자 탐지 장치가 가끔, 인간의 뇌파와 매우 비슷한 미약한 전파의 파형을 캐치한다——는 거야. 대부분이 희미한 노이즈 같은 레벨의 전파지만, 아무리 조사해 봐도 뇌파라고 생각할 수밖에 없다는 거지.

재해대책본부는 생각했어——혹시 이건 '프로젝트 나이트메어'가 불행하게도 부분적으로 성공했다는 뜻이 아닐까 하고. 다시 말해서 폭주사고로 목숨을 잃은 누군가의 의식이나 인격이 육체에서 분리되어 '구멍' 속에 남아 있는 게 아닐까 하고.

폭주사고 때는 많은 사람이 죽었지만 그들의 유체는 전혀 회수되지 않았어. 건물도, 시설도 증발해 버렸을 정도의 열로 모두 녹아 버렸거든. 그러니까 이론상으로는 그 뇌파 같은 것이 누구의 것이든 이상하지는 않아. 연구자의 것일 수도 있고, 실험에 입회했던 의원의 것일 수도 있지.

하지만 현실적으로는 역시, '빅 올드 원'과 가까운 장소에 있던 피험자들의 뇌파일 가능성이 제일 높아.

당신들의 세계에서도 그런 것 같지만, 우리들 세계에서도 동네 병원이나 진료소에서 잴 수 있는 레벨의 뇌파로는 개체 식별 같은 건 불가능해. 하지만 '프로젝트 나이트메어'에서 개발한 뇌파 측정 기술로는 그것이 가능했어. 하긴, 가령 '당신'이라는 사람에게서 의식이나 인격을 분리한다는 것은, 분리한 게 분명히 '당신'의 의식이나 인격과 똑같은 것이라고 증명할 수 있어야만 비로소 '성공이다!'라는 게 되니까, 그런 기술을 개발하는 게 당연하지.

그 특수한 뇌파 측정 기술은 '갓싱'이라고 불리고 있어. 이건 지금은 '신연방'의 '제로 지점 대책본부 내 특별관리과'라는 곳에서 일임하고 있고, 우리들 현상금 사냥꾼의 두목인 '롯지'조차 터치할 수 없어. 그저 정보를 받을 뿐이야. '갓싱'의 노하우와 필요한 기재의 기본설계도가, 그 연구 시설뿐만 아니라 '구연방' 의회 직속의 과학개발단 본부에도 보존되어 있었던 건 아주 다행스러운 일이었지.

우리들한테가 아니라 당신들한테.

예순 명의 사형수들은 피험자로 선택된 시점에서 전원 '갓싱'에 의해 뇌파 측정을 받았고, 그 기록의 카피도 과학개발단에 보관되어 있었어. 그래서 재해대책본부에서는 '구멍'에서 감지된 뇌파와 비슷한 노이즈를 이 기록들과 대조해 보았지.

그 결과, 그들의 걱정은 단순한 기우가 아니었다는 것을 알게 되었어. '구멍'에는 예순 명 중 쉰 명분의 갓싱 뇌파가 존재하고 있었거든. 항상 거기에 존재하는 게 아니라 있었다가 없었다가, 미약했다가 조금 확실해졌다가, 그렇게 상태에 변화가 있다는 것도 알게 되었지.

다시 말해 쉰 명의 사형수들의 의식은 이동하고 있었던 거야.

이렇게 해서 그들은 정말 도망쳤다는 게 확실해진 거지. '구멍'

너머로 말이야.

혹시 당신, 지금 엄청 어두운 기분이 되었을지도 모르겠군. 하지만 정신 똑바로 차려 줘. 아직 할 얘기가 더 남아 있으니까.

5

승강구를 불쑥 열고, 마에스트로가 끙차 하며 들어왔어.

"모니터는?"

"변화 없어."

"어쩔 수 없지, 오늘은 이만 물러갈까. 배터리는 어떠냐?"

마에스트로는 승강구 옆에 있는 B 배터리의 수치를 확인했어. 나도 고개를 돌려 그쪽을 보았지만, 보조 엔진용 배터리의 수치가 아직 절반 정도밖에 올라가지 않았다는 것을 금방 알 수 있었어. 바렌 쉽은 운항용 엔진을 두 개 싣고 있지. 만에 하나, 이 엔진이 둘 다 움직이지 않게 되었을 때를 대비해 배 바닥의 격납고에 보조 엔진을 달아 두었는데, 양쪽 다 B · N 구동식 버전 2야. 그것만 봐도 마에스트로와 내가 만성 자금부족병이라는 것을 알 수 있겠지? 아, 모르나? 대부분의 현상금 사냥꾼들이 타고 다니는 고속접속탐사정의 현재 주류는 버전 4, 재해대책본부의 초계정이나 '롯지'의 구조정에는 버전 5도 도입되어 있어. 즉, 우리들의 배는 좋게 말하면 튼튼하고 오래가는 거고, 나쁘게 말하면 고물이라는 거지.

낡은 배와 새 배가 어떻게 다르냐 하면, 역시 엔진 출력과 연비가 다르지. 단, 바렌 쉽의 경우는 원래 스피드나 파워보다 기능성을 중시

하고, 특히 잠입 탐사에 알맞은 저소음을 중시하고 있어서 출력은 처음부터 기대하지 않아. 그래도 연비는 좋은 게 당연히 좋지만, 엔진은 어쨌든 가격이 비싸서 소규모 추적 미션의 보수로 구입하기에는 턱없이 모자라거든. 큰 포획 미션을 서너 번 연속 성공시키지 못하면 손에 넣을 수 없어.

"너, 지난번 잭 아웃 때 몇 번 공회전시켰냐?"

미터기를 노려보면서, 마에스트로가 등을 보인 채 물었어.

"몇 번 했더라? 세 번 정도? 네 번이었던가?"

"여섯 번이다, 나는 틀림없이 세고 있었어. 이 멍청이." 마에스트로는 흉악한 얼굴로 돌아봤어. "그게 메인 배터리를 다 잡아먹어서, 보조 엔진의 배터리까지 다 써 버리게 됐잖아."

기억하고 있다면 나한테 묻지 마.

"있지, 마에스트로. 나, 지금 밈 머신으로 연습하고 있는 중이야."

"100년이라도 해. 이 멍청이야."

"그렇게 욕해도 돼? 밈 머신의 언어 트레이닝 때는, 공진(共振)하고 있는 어디의 누군가가 듣고 있을지도 모르잖아? 지금 우리들의 대화를 듣고 있는 저쪽 사람들 중에는 마에스트로가 그렇게 좋아하는 잘 나가는 마담도 있을지 모른다고."

"그 잘 나가는 마담이라는 건 뭐냐?"

"시치미 떼지 마, 이 대머리 영감. 지난 미션 때 만난 미치코인가 하는 아줌마 D·P에 대해서 나중에 말했잖아. 꽤 미인이고 잘 나가는 마담이라 아주 좋았다, 고."

마에스트로가 발길질을 하자, 나는 재빨리 옆으로 뛰어 피했어. 마에스트로의 두꺼운 부츠 끝이 모니터 앞의 시트에 부딪혀서 시트의

앉는 면이 오른쪽으로 기울었어. 이런 짓만 하고 있으니까 당신은 항상 쉽 어딘가를 수리해야 하는 거야, 뭘 모르는군, 영감.

마에스트로는 미친 듯이 화를 내며——영감이 화를 낼 때는 머리가 번쩍번쩍 빛나기 때문에 금방 알 수 있지——선언했어.

"나는 잠깐 주위를 산책하고 오마. 모니터 앞을 떠났다간 바지를 홀딱 벗겨서 '롯지' 안뜰에 떨어뜨릴 테니 알아서 해!"

"알겠습니다아."

내 경례를 무시하고, 마에스트로는 한바탕 "내 탐사 헬멧은 어디 있지?"하며 날뛴 끝에 간신히 밖으로 나갔어.

저 영감이 성큼성큼 걸어 다니다니, 이 D·P도 참 귀찮겠지. 잠에서 깬 후 반나절 정도는 편두통에 시달릴지도 모르겠어. 드레크슬러 박사는 우리가 '필드'에서 아무리 날뛰어도 그게 D·P에게 신체적 변화를 가져올 리는 없다고 말하지만, 나는 별로 믿지 않아. 당신도 그렇게 생각하지 않아? 타인의 사념이 꿈속에 들어와서 옥신각신한다면, 어딘가 아프거나 가려워질 것 같잖아. 이런 건 이론보다는 감각이지.

아차, 내가 또 앞질러 갔나? 좋아, 내 상황 해설도 이제 거의 끝났어. 마에스트로가 이제 사라졌으니까 다시 고상한 모드로 돌아가 볼까.

이 이야기를 듣고 있는 당신이 상식적인 사람이라면 여기까지 얘기한 내용의 절반도 채 듣기 전에, "정말, 이 꼬마는 어떻게 이렇게 새빨간 거짓말을 줄줄이 늘어놓을 수 있을까?"라고 생각했겠지. 인간의 몸에서 의식이나 사념, 인격만을 떼어놓는다고? 그럴 수 있을리가 없어, 하고 말이야.

인간의 의식이나 사념, 인격이라는 것도, 무엇보다 그 토대가 되는 기억이라는 것도, 따지고 보면 전부 전기적 신호야. 그리고 그 신호를 발하기 위한 전력은 인체라는 발전기가 만들어내고 있지. 그러니까 몸이 없는 곳에는 의식도, 기억도, 사념도 존재하지 않아. 발전기가 없으면 전력도 없으니까 당연하지.

그래서 '프로젝트 나이트메어'에 얽혀 있던 과학자들은 인체라는 전원을 잃더라도 거기에서 만들어내던 전기적 신호를 한 덩어리의 통일된 신호의 집합으로 담아둘 그릇——바꿔 말하면 매체——을 독자적으로 만들면 된다고 생각했어. 그리고 그 그릇에 인체 대신 전력을 공급해 줄 동력원이 있으면 되지.

여기에서 생각해 봐. 나는 아까도 동력원 얘기를 했지? '빅 올드 원'을 움직이고 있던, 터무니없는 파워를 낳는 동력원 얘기 말이야.

그래, 두 개의 동력원은 같은 것이었어. '프로젝트 나이트메어'의 과학자들은, 우리들의 세계 속에서 그것을 찾아냈던 거야.

끈적끈적 미끌미끌한 바닷속의, 그 한정된 해역의 해저에서 그것을 파냈어. 그래, 그건 광물자원이었지. 당시에도 지금도 '스타프'라고 불리고 있어. 난 실물을 본 적은 없지만, 하얗고 끈적끈적하고, 뭔가 먹는 것처럼 보인다고 하더군. 핥아 봤더니 달더라는 소문도 있지만, 이건 아마 거짓말일 거야.

'빅 올드 원'이 폭주했을 때, 그 시스템 내부에서 대량의 '스타프'가 순식간에 기화했어. 그리고 마찬가지로 순식간에 에어로졸 상태가 되어 버린 죄수들의 전기적 신호를 흡수해서 하나하나의 '개체'로 담은 거야. 이건 정말 우연히 일어난 일이었어. 그렇기 때문에 예순 명 전원의 몸에는 똑같은 일이 일어난 건 아니었지.

'스타프'도 그렇게 단독으로 하나씩 놓여 있으면 동력원으로서는 기능하지 않아. 하지만 그 자리에서는 사정이 달랐어. 그것들은 폭발의 열에너지를, 죄수들의 전기적 신호와 함께 내부에 거두어들였으니까. 그리고 그 '개체'들은 폭발의 기세로 뚫린 '구멍'으로, 폭풍과 함께 엄청난 기세로 날아갔어──.

대충 이랬을 거라는 추측이 굳어지기 이전부터 재해대책본부에서는 '구멍'을 엄중하게 경비하고, 죄수들이 이쪽으로 돌아오는 일이 있으면 금방 알 수 있도록 감시하고 있었어. 그 무렵에는 아직 어떻게 하면 '스타프'와 동화된 그들을 붙잡을 수 있는가 하는 방법은 짐작도 하지 못했지만, 어쨌든 감시는 하고 있었단 말이지.

하지만 그들은 이쪽으로는 돌아오지 않았어. 돌아오고 싶어도 돌아올 수 없었던 건지도 몰라. 폭발의 에너지는 이쪽에서 당신들 쪽을 향해 움직였고, 거기에서 형성된 에너지의 흐름을 그들의 개체 레벨의 힘으로는 거스를 수 없는 게 아닌가 하는 설이, 현재는 주류야.

그래서 '신연방'의 높으신 분들은 생각했어.

이제 어떻게 할까.

쉰 명이나 되는 흉악범이 '구멍' 저편으로 가 버렸다. 어떻게 처치해야 할까?

내버려 두어도 되지 않느냐는 의견은 많았어. 아, 그런 무책임한 의견이 어디 있냐고 화내기 전에, 이런 의논을 하고 있을 때는 아직 '구멍'이 어디로 이어져 있는지 우리들은 전혀 모르고 있었다는 것을 말해두고 싶어. 즉 그 시점에서 '신연방'의 정치가들로서는, 지극히 드문 형태이긴 하지만 이것을 '유배'라고 정의하자고 생각해도 전혀 문제는 없었던 거야.

이때가 되어서야 '시커'들이 등장해. 이미 나는 몇 번 그 말을 써 왔지. '시커'란, 안내인을 가리키는데, 재해대책본부의 활동과는 전혀 상관없이, 멋대로 '구멍'을 탐색하고 있던 놈들을 말하는 거야. 어떤 놈들인가 하면, 뭐가 뭔지 모르겠지만 세계에 구멍이 뚫렸고, 어딘가로 통해 있는 것 같다, 그 너머에는 어쩌면 엄청나게 돈이 될 만한 게 굴러다니고 있을지도 모른다, 고 생각한 마음 편하고 목숨 아까운 줄 모르는 놈들이야.

그들은 재해대책본부의 경비의 눈을 피해 개인 비행정을 타고 '구멍'에 뛰어들었어. 뛰어든 후 다시는 돌아오지 않은 사람도 적지 않았지. 그 정도에서 움츠러들면, 돈 될 만한 것은 찾아낼 수 없지 않겠어? 그래서 또 뛰어들고. 계속해서 뛰어든 거야. 그러다가 운 좋게 성과를 올리고 귀환하는 놈들도 나왔는데, 그들은 원격조작 카메라를 '구멍'에 떨어뜨리는 정도밖에 하지 않았던 재해대책본부보다도 '구멍'에 대해서 상세한 지식을 얻게 되었어.

'구멍'이 당신들 세계로 통해 있다는 것을 발견한 것도 그런 무모한 '시커'들이었어. 맞다, 당신들 세계에서는 가끔 '하늘을 나는 원반'인가 하는 게 목격된다면서? 정체를 알 수 없는 원반 같은 거라든지, 길쭉한 막대 같은 게 하늘을 날다가 눈 깜짝할 사이에 어디론가 사라져 버린다든지.

그거, 전부 다는 아니지만 '시커'의 쉽이었을 가능성도 있어. 특히 모양이 말이지, 원반형이라면 틀림없이 쉽일 거야. 바렌 쉽. 당신도 본 적 있어? 깜짝 놀라게 했다면 미안한데.

'구멍' 너머에는 우리들과 매우 닮았지만 다른 인류가 있고, 다른 문명을 쌓고 있다. 쉰 명의 흉악범들은 그곳으로 도망친 것이다——

그 사실을 알게 된 이상, '신연방'의 정치가들은 '유배'라며 태연하게 있을 수 없게 되었어. 흉악범들이 당신들의 세계에서 날뛸 것은 뻔하고, 만에 하나 놈들이 당신들 세계의 과학기술을 접하고 그것을 도입해서——그렇게 똑똑한 놈들만 있는 건 아니었지만, 그래도 타인을 구워삶는 건 잘하는 놈들이 많았으니까——우리 세계에서는 도저히 대응할 수 없는 무장을 하고 돌아온다면, 이번에야말로 정말 터무니없는 일이 일어날 테니까 말이야.

그래서 '어쩔 수 없다, 찾아서 도로 붙잡아 오자'는 결론이 났지.

하지만 '신연방'에는 돈도 없고 인재도 부족해. 나라가 황폐해진 마당에 군대나 치안부대를 '구멍'에 휙휙 던져 넣을 수도 없잖아.

정치가란, 그럴 때는 태도를 완전히 뒤집는 법이지. 당신들은 그것을 '민간 활력(民間活力)4)이라고 한다며?

그들은 '시커'들에게 의지하기로 했어. 쉰 명의 흉악범들의 목에 현상금을 걸고, 붙잡아오면 돈을 주겠다고 대대적으로 큰소리를 친 거야. 원래 일확천금을 노리던 '시커'들이니, 당연히 좋아라, 하고 맡았지.

우선 그들은 모여서 정부와 협의하고 정식으로 '롯지'라는 총괄기관을 결성했어. 그리고 개개의 '시커'들이 제멋대로 행동하지 않도록 서로 감시하기 위해서, 라이선스 제도를 만들어냈다. 정부로서는 돈에 눈이 먼 현상금 사냥꾼들이 흉악범에게 회유되어 몰래 그들을 이쪽으로 도로 데려오거나, 흉악범의 가족이나 동조자들이 처음부터 그럴 목적으로 현상금 사냥꾼이 되는 것을 미연에 방지하는 게 무엇보다 중요했거든.

---

4) 민간 기업이 갖는 효율적인 사업 운영 능력이나 풍부한 자금 능력을 일컫는 말.

한편 재해대책본부의 과학자들은 열심히 연구를 진행해서, 도망친 범죄자들은 육체를 갖고 있지 않으니까 당신들 세계에 간다 해도 그 상태 그대로는 소위 말하는 평범한 인간으로 길을 걸어 다니거나 여자를 납치하거나 역에 폭탄을 장치할 수는 없다, 100퍼센트 불가능하다는 확신을 얻었어. 그럼 그들은 어디에서 어떻게 지내고 있을까? 당신들 세계에서 무엇을 노릴까?

당신들 세계에 살고 있는 인간의 육체를 빼앗으려고 하겠지. 그리고 그 입구로는 '꿈'이 이용될 거야.

꿈도 인간의 뇌 속에서 일어나는 전기적 반응 중 하나야. 단, 그 꿈을 꾸고 있는 본인의 의지로 컨트롤하기는 매우 어렵지. 의식, 즉 전기적 집합체가 된 흉악범들이 당신들 세계의 인간들의 뇌가 내보내는 전기적 신호에 이끌려서 거기에 끼어든 후, 그 전파를 빼앗아서 자신의 신호를 내보내는 시스템으로 바꾸기를 바란다면, 당신들이 가장 무방비하게, 단순한 발전기가 되어 잠들어 있을 때 꿈이라는 필드로 침략하는 형태를 취할 가능성이 제일 높아.

그렇게 되면 얘기는 간단——하지도 않지만, 방법은 알게 된 거나 마찬가지지. 재해대책본부의 과학자들은 남아 있던 '빅 올드 원'의 기록과 자료를 토대로 연구를 정비해서, 현상금 사냥꾼들을 위한 쉽, 즉 전기적 신호로 변환해서 '구멍'으로 들여보내는 장치를 개발했어. 현상금 사냥꾼들은 당신들 세계의 누군가의 꿈의 필드에 있는 동안에는, 그 누군가가 몸이라는 생체 발전소에서 부지런히 만들고 있는 전력을 동력으로 쓰게 돼. '구멍'에 출입할 때도 거기에서 배터리에 축적한 전력을 쓰지. 그러니까 '신연방'으로서는 장치 유지비용과 상금만 부담하면 되지 않겠어?

그 장치 개발과 함께 밈 머신 개발도 진행되었고, 그 단계에서 몇 가지 '현상금 사냥꾼용 용어'가 생겼어. 당신들 세계에서 가장 널리 사용되고 있는 언어는 '영어'라는 언어라고 하니까 하는 말인데, 우리들이 잭 인 해서 탐사하는 꿈꾸는 누군가를 'D · P(Dreaming Person)'라고 불러.

꿈의 필드를 'D · F(Dreaming Field)'라고 부르고.

꿈의 필드에서 탐사되는, 그 꿈의 주인——이라고 할까 꿈을 만들어낸 사람——의 뇌파와는 다른 파형을 'B · N(Brain Noise)'이라고 부르지. 이것이 도망친 흉악범들의 갓싱 뇌파와 일치하면, 그건 그들이 그 필드에 있다는 증거야.

그리고 우리들 현상금 사냥꾼의 별명은 'D · B(Dream Buster)'.

드림 버스터. 그렇게 됐으니까, 앞으로도 잘 부탁해!

6

자신의 인생에도 어떤 파란이 찾아올 때가, 언젠가는 있겠지——.

누구나 그런 생각을 하는 법이다. 그 파란이 어떤 종류의 사건일지는 알 수 없다. 이왕이면 좋은 일이었으면 좋겠지만 나쁜 일이 덮쳐올 수도 있으니, 그것도 가능성으로서 고려해 두지 않는다면 그건 너무나도 느긋하다고 해야 할 것이다.

엄청난 연애를 하게 될지도 모르고, 복권에 당첨되어 유유자적 살 수 있게 될지도 모른다. 상사의 명령으로 행한 업무가 법에 저촉되는 종류의 것이어서 경찰서에 끌려가게 될지도 모른다. 게다가 아주 잠깐의 졸음운전으로 사고를 일으킬지도 모르고, 한 잔 정도니까 괜찮지 않을까 싶어서 술을 마신 운전사의 차에 치일지도 모른다.

어느 쪽이든 파란은 파란이다. 인생을 토대에서부터 뒤흔드는 사고. 그 내용은 여러 가지지만, 드라마틱하고 충격적이라는 점에서는 닮았다. 그것이 좋은 일이라면 뭔가를 얻을 수 있다. 반대로 나쁜 일이라면 뭔가를 잃는다. 하지만 얻음으로써 잃게 되는 것도 있고, 잃음으로써 얻게 되는 것도 있는 게 인생이라면, 어느 쪽이든 '파란'은 뭔가를 가져다주는 것이라고 할 수 있지 않을까? 언제, 어디에서, 어떤 식으로 찾아올지 예상은 할 수 없지만, 누구의 인생에나 한 번씩은 일어난다——.

모토무라 신고의 몸에도 그 일은 일어났다. 2001년 2월 10일. 하필이면 그의 스물일곱 번째 생일에, 그것은 찾아왔다.

그것은 그렇게 화려한 사건은 아니었다. 사실 위험하지도 않았다. 좋은 일은 아닌 것 같다는 점은 분명하지만, 그렇다고 나쁜 일인가 하면 당장 판단을 내리기는 어렵다. 그런 종류의 파란이었다.

응급처치실에서 나온 간호사는 신고보다 약간 연상인 듯하지만, 상당한 미인이었다. 동그란 눈동자에 하얀 뺨. 간호복 밑으로 날씬하게 뻗은 종아리가 예쁘고 자세도 좋다. 그러나 목소리는 약간 쉰 것 같은 콧소리였는데, 그게 또 매력적이었다. 그런 그녀는 그 목소리로 이런 말을 했던 것이다.

"모토무라 씨의 아드님 되시죠? 아버님은 수술을 받게 되셨습니다. 자세한 내용은 곧 담당 의사가 설명하겠지만, 수술에는 수혈이 필요해요. 가족의 협조를 받게 될 수도 있으니 혈액형을 가르쳐 주시겠어요?"

약 한 시간 전, 아버지가 "배가 너무 아파서 더 이상 못 참겠다!"고 소리를 지르기 시작했을 때, 신고는 마침 목욕을 마치고 나온 참이라 수건 한 장만 허리에 두른 차림새였다. 허둥지둥 옷을 입고, 머리도 제대로 말리지 않은 채 구급차에 올라탔기 때문에 응급 외래 대기실에 있는 동안 몸이 완전히 싸늘해져 있었다. 코가 간질간질하고, 당장에라도 재채기가 튀어나올 것 같았다. 미인 간호사와 얼굴을 맞대고 있는 상황에서 재채기를 할 수는 없는 노릇이라, 다급히 코를 누르면서 대답했다.

"저는 AB형입니다. 입사할 때 건강진단을 받으면서 검사했으니까 확실해요. 아버지의 혈액형은 —— 어쨌든 의사를 싫어하셔서, 지금까지 혈액형을 검사한 적이 있는지 없는지도 모르겠네요."

미인 간호사는 생긋 웃었다. "아버님 혈액형은 검사했으니까 괜찮아요. O형입니다. 다른 가족분들은 와 계시나요?"

물론 그녀는, 신고가 왜 갑자기 입을 딱 벌렸는지 이유를 알 리가 없다. 클립보드를 한 손에 들고, '응급 환자 가족 격려용, 단 남용은 금지' 같은 미소를 띤 채, 두 사람 사이의 공백을 4초 정도 참았다. 그러고 나서, "저기, 모토무라 씨?" 하고 불렀다.

"예? 아아, 죄송합니다." 신고는 물에서 올라온 강아지처럼 부르르 떨었다. 머리카락이 조금 더 젖어 있었다면 정말로 물방울이 흩뿌려졌을지도 모른다.

"따라온 건 저뿐입니다. 어머니는 여행을 가 계시는데, 아까 여관으로 전화를 드렸어요. 이세로 여행을 가셨거든요, 동네 부녀회에서."

"그러세요? 그럼 여기서 잠시만 더 기다려 주세요."

간호사는 신발의 뒷굽으로 끽 소리를 내며 복도를 걸어갔다. 신고
는 휑뎅그렁한 새하얀 복도에 혼자 남아, 형광등 불빛에 눈을 깜박거
리면서 우두커니 서 있었다.

잠시 후, 가까스로 다리를 움직여 복도의 긴 벤치에 걸터앉았다.
그리고는 생각난 듯이 재채기를 했다. 한 번, 두 번, 세 번. 갑자기
추워졌다.

자신의 귀로 들었다. 똑똑히 알아들을 수 있었다. 말로는 전혀 어려
운 내용이 아니었다. 아버님의 혈액형은 O형입니다. 중학생도 영작
할 수 있을 정노의 문장이다. 그리고 신고는 AB형이다. 그리고 어머
니는, 어머니의 혈액형은——.

어머니.

어머니의 통통한 얼굴이 떠오른다. 3년 전부터 부녀회에서 돈을
모아 가며 기대하고 있던 이세 여행이었다. 그래도 걱정이 앞섰는지
여행을 떠나기 며칠 전에 신고에게 전화를 걸어, 반쯤 화내고 반쯤
웃으면서 말했다.

——네 아버지가 요즘 '배가 아프다'고 자꾸 그러시는구나. 내가
여행을 간다고 하니까 또 토라지셨나 보지. 정말 어린아이 같다니까.
미안하지만 신고, 내가 없는 동안 회사에서 퇴근할 때 집에 들러서
아버지 좀 봐 줄래? 혼자 있으면 또 진지도 안 드시고 토라져 계실
테니까. 바쁘면 무리하지는 말고.

신고는 웃으며 받아들였다. 요즘 같은 불경기에는 잔업을 하고 싶
어도 일이 없다. 회사는 정확하게 정시에 퇴근할 수 있다. 어머니가
안 계시는 동안 매일 밤 본가에 들러서 아버지와 함께 저녁을 먹을게
요. 단둘이 외식을 해도 되고. 주점에라도 모시고 가죠, 뭐.

아버지는 어머니가 없으면 목욕물도 못 데운다. 외출하는 날에는 어머니가 데우기만 하면 바로 먹을 수 있게 식사를 준비해 두어도, 혼자 먹는 밥은 맛이 없어서 싫다며 냉장고를 열어 보지도 않는다. 그리고 어머니가 집에 돌아오면 '나를 혼자 놔두다니, 굶겨 죽일 셈이야? 당신만 맛있는 음식을 먹고 오다니' 하며 벽창호처럼 투정하는 것이다.

어머니가 외출한다고 하면 '이가 아프다'느니 '감기에 걸렸다'느니 투덜투덜 불평하는 것도 늘 있는 일이었다. 하지만 그런 아버지도 이번만은 정말로 몸이 안 좋았던 것이다. 여행지에 있던 어머니는 깜짝 놀라서 저녁 식사 때 마신 맥주의 취기도 완전히 깨 버렸다고 했다. 내일 아침 첫차로 돌아갈게——.

어머니. 어머니가 여기에 없어서 다행이었을까, 불행이었을까. 분명히 다행이었을 것이다. 아까 그 간호사의 말이 틀리지 않는다면, 그건 어머니와 함께 들어도 될 만한 내용이 아니었다.

만일 어머니가 이세 여행을 떠나지 않았다면 구급차에 동승하는 것은 당연히 어머니의 역할이었을 테고, 수술 전의 이런 자잘한 절차나 주의 사항을 듣는 것도 전부 어머니가 끝낸 후에, 수상한 병명이 판명되고 아버지가 수술실로 옮겨져 대합실에 혼자 남게 되고 나서야 신고에게 연락을 했을 것이다. 여보세요, 신고, 놀라지 마라, 네 아버지가——.

그렇다면 아버지의 혈액형도, 신고의 혈액형도 문제가 되지 않았을 것이다. 또한 간호사가 혈액형을 묻는 일도 없었을 것이다.

의사가 싫어서 병원이 싫다, 약도 싫다는 아버지와는 대조적으로 어머니는 작은 감기에도 꼭 병원을 찾는다. 단골 병원도 근처에 있다.

젊을 때 병원에서 식당 일을 했던 시기가 있어서인지, 의료 기관을 가깝게 느끼나 보다. 그 선생님은 친절하다든가, 그 병원의 간호사는 입버릇이 고약하다든가, 그 진료소에서 처방해 주는 기침약은 효험이 좋다든가, 세세한 것도 잘 알고 있다.

—— 덕분에 난 건강하잖니.

그렇게 말하며, 신고의 기억으로는 30대 중반부터였을까. 1년에 한 번, 당신의 생일에 반드시 헌혈을 하고 있다. 그 김에 건강진단도 된다며 약삭빠른 말도 했지만, 20년 이상이나 그 습관을 지키는 데에는 나름대로 선의의 뜻도 필요할 것이다.

그래서 신고는 어머니의 혈액형을 알고 있다. 수혈 카드를 봐서 안다. 20년 넘게 매년 검사하는 것이니, 그것이 틀렸을 리가 없다.

어머니는 A형이다.

신고는 의사도 아니고, 지금 하는 일은 의료 기관과는 아무런 관련도 없다. 청량음료를 제조, 판매하고 있는 회사다. 일본 전국에 흩어져 있는 수많은 병원의 대기실에는 신고가 일하는 회사의 자판기가 설치된 곳도 있을 것이다. 하지만 신고는 경리과 직원이기 때문에 거래처에는 가지 않는다. 다행히 건강한 몸이라, 1년에 한 번 회사 주차장에 검진 차량이 올 때 외에는 진찰이나 검사를 받은 적도 없다.

그래도 가끔 텔레비전의 서스펜스 드라마를 보거나 추리소설을 읽다 보면 혈액형에 관한 초보적인 지식 정도는 얻게 되는 법이다. 거의 잡학 수준으로 익히게 된다. 부모와 자식. 혈액형의 조합.

어머니가 A형이고 아버지가 O형이라면, 자식은 A형이나 O형일 것이다. AB형은 있을 수 없다.

있을 수 없다.

있을 수 없다.

하지만 신고는 AB형인 것이다.

지금은 평화롭고 평범하며 아무런 특징도 없는 자신의 인생이지만, 언젠가는 어떤 형태로 파란이 일어날 것이다. 모토무라 신고도 그렇게 생각하고 있었다. 막연한 예상 속에서, 어떤 변화를 가져다줄 것이 틀림없는 그런 파란을 조금 기대하고 있는 부분도 있었다. 많은 사람과 마찬가지로. 많은 사람이 바라는 것과 같은 마음으로.

그러나 이런 형태의 파란일 줄은 꿈에도 생각지 못했다. 이런 의혹. 이런 의문.

아버지와 어머니는, 친아버지와 친어머니가 아닌 걸까?

웃음이 난다. 이런 얘기는 먼 옛날의 순정만화 줄거리 같다. 나는 다 큰 성인 남성이다. 감성이 풍부한 소녀가 아니다. 그렇다고 자신의 출생에 눈이 어질어질해질 만한 유산이나 자산이 얽혀 있는 것도 아니다. 아버지는 실력 좋은 인쇄공이지만 주위에서 몇 번 독립을 권해도 거절하고 작은 회사만 전전하다가 마지막으로, 그리고 제일 오래 근무했던 활판인쇄 회사를 작년 말에 정년퇴직했다. 퇴직금은 쥐꼬리만큼. 실업보험 지급은 벌써 끝났지만, 재취직을 하려 해도 취직할 곳이 없어서 집에서 빈둥거리며 걸핏하면 화를 낸다. 덕분에 국민연금이 만기가 되는 65세가 될 때까지는 어머니가 아르바이트로 벌어오는 돈과 그동안 모은 저금을 축내며 살아갈 수밖에 없는 상황이다. 외아들 신고도 보잘것없는 급료에 사원 기숙사 생활, 부모님께는 1년에 두 번 보너스 시즌에 용돈을 약간 드릴 수 있을 뿐. 그래도 어머니는, 우리한테 용돈을 줄 정도라면 너 자신을 위해서 저금을 하라고 말한다. 결혼 자금으로 모아두렴. 너 아직 좋은 사람 없니?

그런 가정이다. 소박한 집이다. 아이의 출생이 문제가 되는 줄거리의 무대로는 가장 어울리지 않는 설정이 아닌가. 화려함이 없어도 너무 없다. 저예산의 아침 드라마라 해도 최소한 주인공을 여성으로 하는 정도의 배려는 할 것이다. 하지만 지금 여기에서 직면하고 있는 것은 드라마가 아니라 현실이다.

아무도 없는 하얀 복도에서, 신고는 자신의 이마를 찰싹 때렸다. 묘하게 축축한 소리가 났다.

7

수술 후에 실려 들어간 회복실은, 집중치료실처럼 유리 칸막이로 되어 있는 게 아니라 어두컴컴한 실내에 침대가 두 개 있고, 그 주위에 짙은 녹색의 커튼이 둘러져 있다.

아버지는 산소마스크를 달고 링거 튜브를 팔에 꽂은 채 똑바로 누워 있었다. 한층 더 오그라든 것처럼 작게 느껴지는 것은, 분명히 보는 사람의 기분 탓일 것이다.

담당 의사는 30세 정도의 체격 좋은 남성으로, 활달하고 빠른 말투에 말이 많았다. 위천공입니다. 위에 구멍이 뚫린 거지요. 위궤양이 생겼다가 낫고, 또다시 생겼다가 나은 흔적이 양손으로 다 셀 수도 없을 만큼 많이 있더군요. 꽤 전부터 위 상태가 좋지 않았던 거 아닙니까? 수술은 잘되었으니까 이번에는 곧 건강해지시겠지만, 앞으로는 식생활에 주의하셔야 할 겁니다. 연세도 있으시고요. 혈압도 좀 높으신 것 같더군요.

완전 간호 시스템이라 간병은 필요 없다. 필요 없다기보다 허락되지 않는다. 아버지의 잠든 얼굴만 보고, 신고는 밖으로 나와 집으로 돌아가기로 했다.

응급 외래 대기실로 돌아가 보니, 오토바이로 사고를 일으켰다는 젊은이가 실려와 들것 위에서 끙끙거리고 있다. 오른쪽 뺨에는 엄청난 찰과상이 나 있다. 옆에 붙어 있는 젊은이도, 한눈에 오토바이를 타고 다닌다는 것을 알 수 있는 화려한 옷차림이다. 환자는 간호사가 처치를 하려면 가죽 투어링 웨어를 가위로 잘라야 한다는 말을 듣고, 아직 할부가 절반이나 남았다며 우는소리를 했다.

"자르지 말아요, 제가 제힘으로 벗을게요."

"다리뼈가 부러졌는데, 그건 무리예요."

"그래도 어떻게 좀!"

소란스러운 대화를 등지고, 신고는 이세에 있는 여관에 전화를 걸었다. 다섯 명이 한방을 쓰게 되어 있다고 했는데, 달려들듯이 전화를 받은 어머니의 등 뒤는 조용했다. 모처럼 여행을 왔는데 남편이 갑자기 병에 걸려 입원했다는 소식을 듣고 어머니의 기분을 생각해서, 같은 방의 아주머니들도 조용히 해 주고 있는 모양이다.

담당 의사의 이야기를 되풀이해서 설명하고 목숨에 지장은 없다, 걱정할 것 없다고 말해 주자 어머니의 목소리가 겨우 부드러워졌다.

"네 아버지는 술도 마시고, 매운 음식이나 뜨거운 음식, 기름기 많은 것만 좋아하시잖니. 당연히 위가 나빠질 만도 하지."

"위천공은 그렇게 드문 병도 아니에요. 우리 회사 상사도 옛날에 술집에서 술을 마시다가 피를 토해서 병원에 실려 간 적이 있대요. 그 사람도 술을 엄청 좋아했으니까."

"역시 술이 제일 안 좋은 거구나."

"식생활을 고치라고, 선생님이 그러시더군요."

수술이 잘 됐다는 말에 안도하긴 했지만, 거리가 멀리 떨어져 있다는 불안 때문에 어머니는 말수가 많았다. 아버지에 관해서 이야기하고 또 이야기하고, 최소한 마음만이라도 병실에 가까이 가고 싶다 ──그런 기분이 전해져 왔다.

신고는 몇 번인가 어머니에게 물으려고 했다. 어머니, 올해도 헌혈하셨죠? 하지만 그다음 말이 이어지지 않는다. 예상 문답을 만들 수가 없다. 혈액형으로 보면 나는 아버지와 어머니의 아들일 수가 없는데, 그거 어떻게 생각하세요?

결국 아무 말도 못 한 채 전화를 끊고 집으로 돌아갔다. 사원 기숙사의 자기 방이 아니라 본가로 돌아왔다. 그렇지 않아도 오늘 밤에는 본가에서 묵을 생각이었지만, 설마 이런 전개가 될 줄이야.

구급대원도 여러 번 주의를 주었고 스스로도 문단속을 제대로 했다고 생각했지만, 뒷문과 부엌 창문이 열려 있었다. 목욕을 마치고 냉장고에서 꺼내 뚜껑을 딴 채 테이블 위에 놓아둔 캔맥주가 완전히 미지근해져 있었다.

왠지 나쁜 꿈을 꾸고 있는 것 같았다.

그런 기분으로 잠자리에 들었기 때문인지, 신고는 정말로 꿈을 꾸었다. 흑백이 아닌 컬러의, 아주 또렷하고 선명한 꿈이었다. 질감이 있었다 ──발바닥이 땅바닥에 닿는 감촉, 뺨에 닿는 미풍.

신고는 평소에 거의 꿈을 꾸지 않는다. 따라서, 이런 일은 드문데 ──하고 자신의 꿈속에서 생각했다. 역시 아버지의 급환으로 마음에 스트레스가 쌓였기 때문일까.

회사 동료들은, 학창 시절이 벌써 끝났는데도 간혹 시험 보는 꿈을 꾼다고 한다. 이제 곧 시험 종료 시각인데 백지 답안지를 앞에 두고 식은땀을 흘리는 꿈이다. 아니면 중요한 입학시험의 시험장에 가려고 역 플랫폼에서 기다리고 있는데, 전철이 정차하지 않고 지나가버리는 꿈. 하늘을 나는 꿈을 꾸는 사람도 있고, 빌딩 옥상에서 뛰어내리는 꿈을 꾸는 사람도 있다고 한다. 그러나 신고에게는 그런 경험이 없다. 그 이야기를 했더니 인간은 누구나 매일 밤 꿈을 꾼다, 네 경우에는 그저 꾼 꿈을 깨끗이 잊어버렸을 뿐이라는 설명을 들은 적도 있었다.

어쨌거나 지금 꾸고 있는 꿈은 현재진행형이다——그렇게 생각하면서 신고는 주위를 둘러보았다.

깊은, 매우 깊은 숲 속이었다. 낮인지 밤인지 확실하지 않다. 머리 위에는 짙은 푸른 하늘이 펼쳐져 있다. 저녁일까, 새벽일까. 공기는 매우 싸늘하다.

나무들은 모두 크리스마스트리 같은 모양을 하고 있고 키가 매우 커서, 그 때문에 하늘이 멀어 보일 정도다. 짙은 초록색 잎이 무성하게 우거져 있고, 모든 나무가 똑같은 모습이다. 앞에 있는 나무가 뒤에 있는 나무의 그늘이 되고, 뒤에 있는 나무의 또 그 뒤에는 또 나무 그림자가 있다——그런 느낌이다. 단 한 그루의 전나무가 분신술을 써서 만들어낸 어두운 숲.

발을 한 걸음 앞으로 내디딘다. 순간 재채기가 나왔다. 꿈속의 재채기. 에취! 하는 커다란 소리. 그래도 잠은 깨지 않는다. 신고는 한 손으로 입과 코를 누르고 좌우를 살폈다. 아무도 없다. 인기척도 없다.

혼자다. 쥐 죽은 듯 조용하다. 마치 동화 속에 나오는, 숲에서 미아가 된 어린아이 같지 않은가. 〈헨젤과 그레텔〉이다. 신고는 옛날에 그 이야기를 싫어했다.

천천히 걸음을 옮겨 숲 속을 빠져나간다. 줄기에 손을 대 보니 축축한 이끼의 감촉이 전해져 왔다. 나무 밑동에도 이끼가 약간 돋아 있다. 그 외에는 풀도, 꽃도 눈에 띄지 않는다. 검은 땅바닥 위에는 나무뿌리만이 서로 얽혀 있을 뿐이다. 뒤얽힌 뱀의 사체가 산처럼 쌓여 있는 거로도 보이는 나무뿌리들.

어딘가 멀리, 등 뒤 높은 곳에서 한층 높은 소리로 새가 울었다. 신고는 깜짝 놀라 돌아보았다. 하지만 아무것도 보이지 않는다. 숲의 나뭇가지들은 전혀 흔들리지 않는다.

아마 새일 것이다. 분명히 새다. 하늘 높은 곳으로 날아간 것이다. 인간의 비명과 비슷한 기분도 들었지만, 그럴 리는 없다. 숲에 있는 것은 새다. 비명을 지르는 인간이 아니다.

문득 자신의 몸이 오그라드는 듯한 기분이 들었다. 걸음을 멈추고 양팔을 펼쳐 내려다본다. 본 적이 없는 옷을 입고 있었다. 청바지에 빨간 스웨터. 이런 스웨터는 갖고 있지 않다. 빨간색은 싫어하기 때문이다. 왜냐하면, 어머니가 항상 내게 빨간 옷을 입혔으니까.

──빨간색은 눈에 띄니까, 멀리서도 차를 운전하던 사람이 발견하기 쉽잖니. 우리 집 근처에는 덤프트럭이 많이 다니니까 항상 조심해야지.

여자아이도 아닌데, 빨간 셔츠나 스웨터를 입어야 하는 건 정말 싫다, 학교에서 놀림받는다고 몇 번을 말해도 어머니는 들어주지 않았다.

네 엄마는, 사실은 여자아이를 원했던 거야. 하지만 자식이라고는 신고 너 하나뿐이니까, 적어도 밝은 색깔의 옷을 입히고 싶으신가 보지. 네가 참아 드리렴.

친척 아주머니로부터 그런 말을 들은 적도 있었던가. 말도 안 된다, 여자아이 대신이라니 더 싫다.

갑자기 깨달았다. 숲의 나무들이 키가 큰 게 아니라 내가 줄어든 건지도 모른다. 어린아이의 크기로 작아져 버린 걸까?

아니, 글자 그대로 어린아이로 돌아가 버린 건지도 모른다.

정신 차려, 이건 꿈이다. 꿈속이라면 무슨 일이 일어나도 이상하지 않다. 잠에서 깨면 웃기는 얘기가 될 뿐이다. 내일이 되면 아버지도 마취가 풀려서 머리가 또렷해질 것이다. 이야기하고, 둘이서 웃자 ──아버지, 어젯밤에 신기한 꿈을 꿨어요. 제가 숲 속에서 미아가 됐는데 말이죠. 아버지는 마취로 잠들어 있을 때 재미있는 꿈 안 꾸셨어요?

헨젤과 그레텔. 어느 쪽이 남자아이였더라. 그레텔이었나? 그 아이들은 숲에 버려졌다. 일부러 미아로 만든 것이다.

계모가. 친부모가 아닌 계모가.

꿈속인데도, 신고는 현실의 걱정거리를 떠올렸다. 어떻게 그럴 수가 있지? 나는 반쯤 깨어 있는 건가? 꾸벅꾸벅 졸면서 알람시계의 벨 소리를 듣고, 그 소리를 전화가 걸려오는 꿈이라고 생각하는 것처럼?

혈액형이다. 혈액형이 다르다. 나는 부모님의 친자식이 아니다. 적어도 한쪽은 진짜 부모가 아니다. 어쩌면 두 사람 다 친부모가 아닐 수도 있다.

갑자기 눈앞에 작고 빨간 것이 튀어나왔다. 어린 여자아이다. 빨간 두건을 쓰고 하얀 신발을 신고, 작은 등나무 바구니를 들고 있다. 어디에서 나타난 건지 잔걸음으로 신고 앞으로 달려오더니 우뚝 멈춰서서 이쪽을 돌아보았다.

밀랍처럼 하얀 피부. 두건 밑으로 보이는 곱슬곱슬한 금발. 그리고 맑고 파란 눈동자. 프랑스 인형이다. 움직이는 프랑스 인형이다.

여자아이의 붉은 입술이 열리고, 사랑스러운 목소리가 이렇게 말했다. "이쪽이야."

그리고 여자아이는 팔짝팔짝 뛰기 시작했다. 가볍게 숲 속을 뚫고 나아간다. 팔짝팔짝 뛰면서 팔랑팔랑 손을 움직이고 바구니 속에서 뭔가 작고 하얀 것을 꺼내 발밑에 떨어뜨린다. 자세히 보니 그 하얀 것은 빵조각이었다.

〈헨젤과 그레텔〉이다. 빵조각을 길잡이로 삼아 돌아가려는 것이다. 그리고 두 사람은 무사히 집으로 돌아가서──.

"자, 잠깐 기다려!"

신고는 여자아이의 뒤를 쫓았다. 신고 쪽이 훨씬 보폭이 클 텐데, 게다가 이쪽은 달리고 있는데도 팔짝팔짝 뛰는 여자아이를 따라잡을 수가 없다. 여자아이가 뛸 때마다 곱슬곱슬한 금발도 튀어 오른다. 몹시 즐거워 보이는 발걸음이다. 그런데도 숨을 헐떡이며 달리는 신고는 아이를 따라잡지 못한다.

아니, 정말로 달리고 있는 것일까? 그저 발만 버둥거리고 있는 건 아닐까? 조금이라도 빨리 앞으로 가려고 양손으로 허공을 휘저어 본다. 기름 속을 헤엄치는 것처럼 무거운 감촉. 아아, 꿈이다. 꿈속에서 걸을 때의 답답함.

가볍게 빵조각을 뿌리면서, 여자아이는 노래를 흥얼거렸다.

이쪽이야 이쪽
집은 이쪽
너는 미아
숲은 어둡고 집은 멀지
혼자서는 돌아갈 수 없어
길이 없어서 돌아갈 수 없어
숲은 널
손짓해 부르지 손짓해 부르지
캄캄한 밤의 밑바닥으로

단조로운 가락의 그 노랫소리는 슬로모션으로 달리는 신고에게 박자를 맞추듯이 미묘하게 늘어지고 있었다. 망가지기 시작해 제대로 돌아가지 않는 카세트에서 재생하는 음악 테이프처럼 가끔 느려지고, 그만큼 여자아이의 목소리도 낮아진다. 그럴 때는 노랫소리가 주문처럼도, 신음처럼도 들린다.

어째서 이 여자아이의 뒤를 따라가는 것일까? 뭔가 이상한 기척이 난다. 다음에 저 아이가 이쪽을 돌아보면, 그 얼굴이 바뀌어 있을 것 같은 기분이 든다. 저런 귀여운 얼굴이 아니라 분명히 무서운 마녀의 얼굴. 헨젤과 그레텔을 과자의 집으로 끌어들여 살찌운 후에 잡아먹으려고 했던 나쁜 마녀의 얼굴. 아니, 그렇지 않다. 이상하지 않은가. 헨젤과 그레텔은 순진무구한 어린아이이고, 마녀는 다른 존재다. 여자아이가 마녀의 얼굴을 하고 있다면, 그런 1인 2역이라면 동화의 줄거리가 달라져 버리지 않는가.

여자아이의 등에 홀린 듯이 거기에서 눈을 떼지도 못하고, 계속 뒤를 따라간다. 이윽고 앞쪽에 숲이 끊어진 곳이 나타나고 한 채의 오두막이 보이기 시작했다.

과자의 집은 아니었다. 아담한 통나무집이다. 아무리 꿈이라지만, 원근법이 엉망이다. 저 오두막이 손바닥에 올려놓을 수 있을 것 같은 크기로 보인다. 케이크 위에 있는, 초콜릿으로 된 오두막처럼.

여자아이는 팔짝팔짝 뛰면서 오두막으로 다가가, 정면의 문을 열고 그 안으로 쏙 들어갔다.

천천히 문이 닫힌다. 신고도 거기에서 달리던 것을 멈춘다. 다시 통나무 오두막을 올려다본다. 그것은 분명히, 정상적인 통나무 오두막의 크기다. 사원 여행으로 갔던 도호쿠 지방의 온천지에서 본 탄화 오두막이 생각난다.

굴뚝에서 연기가 나온다. 증기 같은 하얀 연기다. 둥실둥실, 둥실둥실. 떠도는 연기와 함께 또 그 여자아이의 노랫소리가 들려온다.

자, 너는 집에 도착했어
아버지 어머니
이제 숲에 보내지 마세요
무서운 무서운 마녀가 있으니까요

꿀꺽, 목이 울렸다. 누구의 목인가 했더니 자신의 목이었다. 모르는 사이에 양손을 꽉 움켜쥐고 있다. 그 안쪽에는 땀이 가득 배어 있다.

자, 오두막으로 들어가자. 그게 줄거리다.

여기는 집이다. 아버지와 어머니가 화로 옆에서 기다리고 있을 것이다.

신고가 손을 뻗어, 구리로 된 고풍스러운 모양의 문손잡이를 잡아 보았다.

자, 집으로 돌아가자. 숲에는 마녀가 있어. 이제 두 번 다시 숲에는 발을 들이지 않을 거야.

목소리가 나왔다. "아, 아, 아, 아."

말더듬이도 아니고.

"아, 안녕하세요!"

인사를 해야지. 하지만 어째서? 여기는 우리 집인데.

문손잡이를 쥔 손가락. 아아, 정말 작다. 나는 어린아이다. 빨간 스웨터를 입고, 무릎을 기운 청바지를 입은 어린 남자아이다. 기억난다. 이건 어머니가 입혀준 옷이다. 나는 싫다. 싫었다, 분명히.

문을 열고, 꼬마 신고는 오두막 안으로 발을 들여놓았다.

돌로 만든 난로에서 장작이 타다타닥 소리를 내고 있다. 잘라낸 그루터기 그대로의 모양을 한 의자가 두 개. 간소한 나무 테이블이 하나. 쌓아 올린 장작. 창문에는 빨간 격자무늬 커튼. 빵 굽는 향긋한 냄새가 작은 방 안에 가득 피어오르고 있다.

"다녀왔습니다아."

정신을 차려 보니 그렇게 말하고 있었다. 그러나 아무도 없는 오두막 안. 밝은 목소리로.

"엄마, 부엌에 계세요?"

부엌은 어디지? 아궁이는 어디고? 어머니가, 내가 좋아하는 하얀 빵을 굽고 있는 아궁이는 어디에 있을까?

신고는 오두막 중간 정도까지 들어갔다. 테이블의 높이는 신고의 어깨까지 온다. 나는 어리다. 어머니에게 간식을 조를 수 있을 정도로 어리다.

부엌이 보인다. 물독이 보인다. 받침대 위에 하얀 밀가루가 가득 흩어져 있다. 반죽해서 둥글게 형태를 만들고, 이제 막 구우려는 빵 반죽이 놓여 있다.

그리고 화덕. 부엌 제일 구석. 이것도 회색 돌과 쇠로 만들어져 있다. 아주 좋은 냄새가 난다. 배에서 꼬르륵꼬르륵 소리가 날 것 같다.

"엄마?"

어린아이의 목소리로, 신고는 불렀다. 그리고 화덕으로 다가가다 가 깨달았다.

화덕. 뚜껑이 꼭 덮여 있다. 손을 대 보니 열기가 전해져 온다. 안에서는 불이 활활. 빵을 갈색으로 알맞게 굽고 있다. 벌써 다 구워진 걸까? 곧 먹을 수 있을까?

그런데 그 화덕 뚜껑 틈에 뭔가가 끼워져 있다.

붉은 천이 끼워져 있다. 천만이 아니다. 금색 곱슬머리가 약간 튀어나와 있다.

갑자기 화덕 뚜껑 사이에서 시커먼 연기가 피어오르기 시작했다. 정말 불쾌한 냄새다! 신고는 심하게 기침을 하며, 위가 뒤집힐 것 같아서 양손으로 배를 누르고 몸을 굽혔다.

대체, 이건 무슨 일이지? 화덕에서 뭘 굽고 있는 거야? 이 이상한 냄새, 마치, 마치, ——고기를 구울 때 같은.

오오, 그런 바보 같은. 그런 일이 있을 수 있을까?

여기는 신고의 집인데. 아버지와 어머니가 기다리고 있다. 숲은 위험해도 여기는 안전하다. 그래, 안전할 것이다.

꿈속의 부조리가 또다시 신고를 덮쳤다. 꿈을 꾸고 있는 신고는, 어른 신고는 목소리를 쥐어짜내 외치고 있다. 경고하고 있다. 도망쳐, 달아나. 화덕에는 가까이 가지 마. 손을 뻗어선 안 돼. 그 뚜껑을 열어선 안 돼.

하지만 꿈속의 어린 신고는 화덕으로 천천히 다가간다. 작은 손가락을 화덕 뚜껑의 손잡이로 뻗는다.

그리고 만진다.

놀랄 만한 기세로, 화덕 뚜껑이 안쪽에서 열렸다. 새빨간 것이 뛰어나왔다. 그것은 그 빨간 두건을 쓴 여자아이. 온몸에 불이 붙어 있다. 타고 있다. 타오르고 있다. 머리카락도 피부도 손톱까지도.

그것은 그 손을 불쑥 뻗어, 신고의 손목을 덥석 잡았다.

"다음은 네 차례다!"

신고는 온몸으로 비명을 질렀다. 소리를 지르며 몸을 비틀어, 쇠고리처럼 조여 오는 여자아이의 손을 뿌리치려고 했다.

불꽃에 휩싸이면서도, 여자아이는 입을 크게 벌리고 웃고 있었다.

"왜 도망치는 거지? 나는 네 엄마야! 엄마 얼굴을 잊어버렸니? 잊어버렸어? 잊어어어어어——."

불에 타서 흐물거리며, 여자아이의 얼굴이 변해 간다. 신고의 어머니 얼굴이 되어 간다.

"살려 줘!"

어른의 목소리로 절규하며, 신고는 잡힌 팔을 뿌리치고 한달음에 달아났다.

몸으로 부딪쳐 문을 열고, 통나무 오두막에서 밖으로 굴러나갔다. 기세가 지나친 나머지 손을 땅바닥에 짚었다가, 땅바닥을 긁으며 일어서서 앞으로 달려나간다. 목구멍에서 새액새액 소리가 나고, 무릎은 부들부들 떨리고, 두 눈에서 눈물이 흐른다.

"기다려어, 날 두고 가지 마아."

목소리가 쫓아온다. 어머니의 목소리다. 아니, 저건 어머니가 아니다. 괴물이다! 뒤를 돌아볼 용기도, 여유도 없이, 신고는 그저 필사적으로 도망쳤다. 숲 속을, 말없이 구경하고 있는 나무들 사이를 달려서.

"꿈이야, 꿈이야, 이건 꿈이야!"

도망치면서 외치고 있었다.

"꿈이야! 꿈이라면 깨어 줘!"

그때, 뭔가가 옆에서 튀어나와 신고에게 태클을 걸었다. 튀어나온 그것과 신고는 한 덩어리가 되어 땅바닥에 공중제비를 돌며 떨어졌다.

"살려 줘어!"

정신없이 일어나면서, 신고는 아직도 외치고 있었다. 그러자 누군가의 유연한 팔이 신고의 목덜미 뒤를 꽉 잡고 땅바닥에 억세게 밀어붙였다.

"그래, 그러니까, 바라는 대로 살려 주러 왔다니까. 좀 진정해, 아저씨."

약간 웃음을 머금은, 생생하고 건방진 목소리가 그렇게 말했다.

8

머리를 부딪쳤는지 눈이 따끔거린다. 그래서 버둥거리듯이 머리를 들어보긴 했지만, 무릎을 꿇고 이쪽을 들여다보고 있는 인물에게 곧바로 초점을 맞출 수는 없었다.

그렇다, 신고에게 태클을 걸고 함께 땅바닥에 넘어졌다가 지금은 재빨리 가볍게 일어서서 그의 목덜미를 잡고 밀어붙이고 있는 것은 물건이 아니었다. 사람이었다. 아주 젊은 남자였다. 아니, 아직 완전히 남자가 되지도 않았다. 소년이다. 어린아이다.

"너, 누구야?"

덜덜 떨리는 턱을 움직여 가까스로 말을 토해냈다.

"우선" 하고 소년은 말하며, 손가락으로 코 밑을 문질렀다. "정의의 편이라고나 할까."

여전히 재미있어하는 말투다.

"엄청 거품 물고 도망치던데, 저 오두막 속에 뭐가 있었어?"

소년은 엄지를 들어 어깨 너머로 뒤를 가리켰다. 순간, 신고의 머릿속에서 기억이 튀어 올랐다. 화덕 속에서 튀어나온, 불에 탄 어머니의 얼굴. 갑자기 되돌아온 혼란에 위액이 역류했다. 우웩 하는 소리를 내며, 신고는 다시 벌떡 일어나서 도망치려고 했다.

"엇차! 이제 도망칠 필요 없어, 아저씨." 소년은 신고의 목덜미 뒤를 힘껏 잡아당겼다.

"놔! 놔 줘! 나는 이제 이런 곳은 싫어!"

"그렇게 발버둥 쳐 봐야 소용없어. 잠에서 깨기 전까지는 여기에서 나갈 수 없으니까. 게다가 저 오두막 속에 뭐가 있었든, 그건 오두막 밖으로 나와 아저씨를 쫓아올 수는 없으니까 안심해."

신고도 그렇게 딱 벌어진 체격은 아니지만, 소년은 더 가냘파서 오히려 말라깽이라고 해도 좋을 정도였다. 그런데도 힘이 무척 세다. 목덜미와 팔이 잡히자, 아무리 팔다리를 버둥거려도 당해낼 수가 없었다.

"정신 차리라니까. 여긴 당신의 꿈속이라고!"

마구 흔들려서 머리가 어질어질하다. 그래도 소년의 단호한 목소리는 그 머릿속에도 확실하게 닿았다.

"꿈——내 꿈."

"그래."

신고의 몸에서 힘이 쭉 빠졌다. 무릎이 꺾이고, 힘없이 주저앉는다. 검은 땅바닥. 주위를 둘러싸고 있는 어두운 숲. 조금 전과 다름없는 풍경에, 다름없이 싸늘한 이 공기.

소년은 신고에게서 손을 떼더니, 반걸음 떨어져서 한 손을 허리에 댔다. 품평하는 듯한 눈빛으로 이쪽을 보고 있다.

"아저씨, 상당히 겁쟁이네. 이거 귀찮은 미션이 될 것 같은데."

신고는 입을 딱 벌리고 소년을 올려다보았다. 열넷이나 열다섯 살 정도일까. 키도 그렇게 크지 않다. 갸름한 턱. 또렷한 이목구비. 붉은 기가 강한 머리카락은 짧은 보브 스타일이고, 새빨간 머리띠를 두르고 있다. 긴 머리띠인데, 묶고 남은 부분이 소년의 어깨 아래까지 늘어져 있다. 그것뿐이라면 릴레이 선수 같겠지만, 차림새가 또 이상야릇하다. 청바지에, 꾸깃꾸깃하고 흠집투성이인 가죽조끼. 밑창이 두껍고 튼튼해 보이는 가죽 부츠. 이쪽도 흠집과 얼룩투성이인 걸 보면 꽤 오래 신은 모양이다. 허리의 벨트에는 고리로 묶어 놓은 로프를 늘어뜨리고, 권총집을 차고 있다. 그렇다, 이건 권총집이다, 틀림없다.

즉 총을 갖고 있다는 뜻 아닌가. 이 가죽으로 된 권총집에서 튀어나와 있는 것은 은색 총의 손잡이 부분이다. 마치 서부영화의 주인공 같다. 하지만 그런 것치고는 총의 모양이 묘하게 매끈한 게 미래적이다. 그 부분만 SF 영화 같다.

"너" 하며, 신고는 소년을 가리켰다. "텔레비전에 나오냐? 음악방송——이라고 할까, 앞으로 탤런트 오디션을 볼 거야?"

소년은 능숙하게 얼굴 한쪽만 일그러뜨렸다. "그게 뭐야?"

"아니, 그——근미래 드라마에라도 출연하는 것 같은 옷차림이라서."

소년은 살짝 양손을 벌렸다. "이건 내 작업복인데, 근미래적인지는 잘 모르겠군. 우리들은 아저씨들이 보자면 과거에 해당하는지 미래에 해당하는지, 어느 쪽에도 해당하지 않는지, 이쪽에서도 의견이 갈리고 있는 참이거든."

이쪽? 이쪽이라니 어느 쪽일까?

머리 위에서 우유유유유유용 하는 소리가 났다. 올려다보니 주위를 포위하고 있는 나무들 꼭대기에 둥근 창문처럼 뻥 뚫려 있는 하늘을, 특대 사이즈의 양철 양동이를 거꾸로 뒤집은 듯한 모양의 물체가 흔들흔들 날아서 가로질러가는 게 보였다.

신고의 입이 또 딱 벌어졌다. 턱 끝이 땅바닥에 닿아도 이상하지 않을 정도로 입을 딱 벌렸다. 멍청한 질문이 거기에서 튀어나온다.

"저, 저, 저거, 방금, 저거 —— 뭐야?"

"우리 쉽" 하며 소년은 긴 앞머리를 쓸어 올렸다. "착륙 장소를 정하기가 어려워서 말이야. 어쨌든 아무리 가도 숲이니까. 아저씨, 비교적 어두운 필드를 갖고 있군그래. 얼굴은 느긋하게 생겼는데 말이지."

신고는 제대로 듣고 있지 않았다. "저건 UFO야! 맞지? 그렇지? 하늘을 나는 원반이야! 나는 에일리언에게 유괴된 건가? 여기는 지구가 아닌 거야?"

소년은 한숨을 쉬었다.

"어휴, 마에스트로가 못 내려오니까 내가 설명할 수밖에 없나? 정말 귀찮단 말이지, 이건."

소년은 머리카락을 마구 휘젓고는 기합을 넣더니, 아직도 다리에 힘이 풀려 있는 신고 옆에 쪼그리고 앉았다.

"아저씨. 지금부터 좀 복잡한 얘기를 할 테니까 귓구멍 후비고 잘 들어 주었으면 좋겠어. 아저씨를 위한 일이기도 하니까, 잘 부탁해."

신고는 아직도 하늘을 올려다보고 있었지만, 소년이 부르는 소리에 천천히 시선을 소년의 얼굴로 향했다. 반쯤은 동정하는 것도 같고 어이없어하는 것도 같은, 나머지 반쯤은 대담한 것 같은 —— 그런 표정만은 어른 같지만, 뺨에는 아직 솜털이 남아 있는 —— 젊고도 어린 얼굴이다.

새삼, 가장 기본적이고 소박한 의문이 입을 뚫고 나왔다.

"넌 누구지?"

소년은 잠시 눈을 감고는 "그래. 그것이 문제란 말이야"라고 대답했다.

"나는 D·B야, 아저씨."

이렇게 해서, 신고는 듣게 되었다. '테―라'와 '빅 올드 원', 비틀린 채 유착된 두 개의 시간축과 도망친 쉰 명의 흉악범들에 관한 이야기를.

당장은 믿을 수가 없었다.

신고의 얼굴을 보고, 소년은 에헤헤 하고 웃었다.

"처음에는 어느 D·P나 그렇게 말해. 하지만 그편이 나아. 금방 믿는 타입의 D·P는 오히려 복잡하거든."

신고는 무릎을 껴안은 채 땅바닥에 앉아 있고, 소년은 그 주위를 어슬렁어슬렁 걸어 다니고 있다. 이야기하면서 소년이 등을 돌렸을 때, 가늘고 약간 휘어진 칼을 비스듬히 등에 메고 있는 것이 보였다. 가느다란 가죽끈으로 묶어 둔 것 같았다. 물론 검집에 들어 있지만, 그 검집은 칼날에 직접 가죽을 둘둘 말아서 만든 듯한, 지극히 엉성한 것이었다. 모양도 찌그러져 있고, 칼과 사이즈가 안 맞아서 헐거워 보인다.

아버지가 사극을 좋아해서, 신고도 소년 시절에는 자주 함께 영화를 보고는 했다. 그래서 알고 있다. 이런 타입의 긴 검은 검집에서 꺼낼 때도 똑바로는 빠지지 않는다는 것을. 자신의 몸을 중심으로, 마치 업어치기를 하듯이 비스듬히 반원을 그리며 뽑아야 한다. 따라서 오른손잡이라면 왼쪽 어깨 뒤에 손잡이가 오도록 멘다. 물론 왼손잡이는 오른쪽 어깨에 멘다.

신고는 그런 것을 알고 있다. 가르쳐준 사람은 아버지다. 갑자기 그리움과 친밀함이 밀려왔다. 아버지가 죽지 않아서 다행이다, 수술이 잘되어서 다행이다, 훨씬 더 무거운 병이 아니어서 정말 다행이다.

지극히 자연스럽게, 그렇게 생각했다. 순간 밀려 올라온 그 따뜻한 마음에는 '혈액형이 다르다'는 문제는 조금도 섞여 있지 않았다. 처음에 떠오른 생각에는 그런 불순물은 섞여 있지 않았다.

소년의 검 손잡이는 오른쪽 어깨에 와 있었다.

"넌 왼손잡이지?"

신고의 물음에, 팔짱을 끼고 걸어 다니고 있던 소년은 걸음을 멈추었다.

"흐음……. 제일 먼저 그런 길 묻는 D·P는 처음이야."

소년은 약간 허를 찔린 듯이 눈을 깜박거리고 있다. 갑자기 어린아이 같아 보여서, 신고는 문득 미소를 지을 뻔했다.

"그래? 하지만 뭘 물어보면 좋을지 짐작도 가지 않는걸. 그게—— 눈이 돌아갈 것 같은 이야기라서. 혼란스럽단 말이야."

그렇다, 머릿속은 엉망진창이다. 무엇을 먼저 고민해야 할지 우선 순위조차 결정할 수 없다. 그렇지 않아도—— 설령 아버지가 오늘 밤 갑자기 입원하지 않았다 해도—— 혈액형 일이 없었어도——그 이전에 내게는——.

아니, 아니, 지금은 그 문제를 떠올리는 것은 그만두자. 그 서랍까지 열 필요는 없다.

마음속에서 자문자답을 반복하다가 침묵에 잠긴 신고를, 소년은 비스듬히 바라보고 있었다. 그러고 나서 어깨를 살짝 흔들며 말했다.

"뭐, 무리도 아니지. 하지만 대충 이해는 했어?"

신고는 무릎을 안은 채 목을 움츠렸다. "여기가 내 꿈속이라는 건 납득했어."

"그리고 우리는 아저씨의 꿈속에 잠입해 있는 흉악범을 쫓고 있는 거야." 소년은 시원스럽게 말했다. "아저씨의 협조가 없으면 그놈을 붙잡을 수가 없어. 아저씨도 우리가 돕지 않으면 틀림없이 그놈에게 몸을 빼앗길 거야."

"빼앗기면 어떻게 되는데?"

"정확하게는 몰라. 이것만은 예상 밖의 문제니까. 회개하고 얌전해져서, 아저씨들의 세계에서 조용히 살아갈지도 모르지."

자신의 말을 전혀 믿지 않는 듯한 말투였다.

"하지만 나는 다른 예상을 해. 그놈은 아저씨의 몸을 멋대로 이용해서, 자신의 몸을 갖고 있을 때 저질렀던 것과 같은 일을 또 시작할 거야. 의식만 남은 존재가 되었어도 근성이 썩은 건 마찬가지니까. 어릴 때부터 살인을 저지르던 놈이야. 무슨 일이 있어도 바뀌지는 않을 거야. 세 살 버릇이 여든까지 간다고 하잖아? 그런 거지."

"그래. 하지만 우리 사회에서는 너만 한 나이의 아이가 그런 표현을 쓰는 일은 좀처럼 없는데, 오래된 속담이니까."

흐음——하고 고개를 끄덕이더니, 소년은 갑자기 고개를 갸웃거렸다. 신고에게는 들리지 않는, 뭔가 다른 소리를 듣고 있는 것 같았다.

"응, 응" 하고 맞장구를 치더니 "알았어. 그럼 이동할게" 하고 대답했다. 그러고 나서 신고를 보았다.

"조금 전에 봤던 그 쉽 말이야, 결국 내릴 수 없어서 경계에서 호버링(hovering)[5]하고 있대. 경계라는 건 아저씨의 꿈의 필드와 꿈이라는 형태가 아닌 무의식의 에너지 사이의 경계를 말하는 거야. D · P에

---

5) 헬리콥터 같은 비행체가 공중에 정지하고 제자리 비행하는 상태를 가리킴.

따라서는 경계 밖에서도 이쪽에서 좌표를 세워서 착륙 장소를 만들 수 있지만, 아저씨의 경우는 그것도 무리인 것 같으니까."

알 듯 모를 듯한 설명이지만, 조금 불안해졌다.

"그건 내 꿈이 뭔가 잘못돼 있다는 뜻이야?"

"그렇지 않아. 경계 밖에서도 착륙 장소를 만들 수 있는 D·P는 대개 여자나 어린아이야. 어른과 아이, 남자와 여자는 뇌의 움직임이 다르니까──뭐, 나도 경험치로 말하고 있을 뿐이지만."

신고는 일어섰다. "그럼, 어디로 가면 되는 거지?"

소년은 앞장서서 걷기 시작했다. 숲 속을 성큼성큼, 망설임 없는 발걸음으로 빠져나간다. 신고에게는 숲이 어디나 다 똑같이 보이는데.

이곳은 자신의 꿈속일 텐데, 다른 사람이 지리를 더 잘 알고 있다는 게 왠지 모르게 부끄러운 느낌이 들었다. 속옷이 들어 있는 서랍을 다른 사람이 열고 들여다보고 있는 것 같다. '어두운 필드로군'이라는 아까 그 말도, 다시 생각해 보니 마음에 타격이 온다.

이건 꿈이다. 신고는 새삼스럽게 스스로에게 들려주었다. 꿈이니까 무슨 일이 일어나도 이상하지 않다. 이 머리띠를 두르고 칼을 짊어진 카우보이 같은 소년도, 나 자신의 꿈이 만들어낸 것이다. 도가 지나칠 정도로 선명하고 또렷한 꿈이지만, 꿈은 꿈이니까 즐기면 된다.

잠에서 깨면 현실의 걱정거리와 다시금 마주해야 하니까.

이윽고 깊은 숲은 갑자기 사라졌다. 검고 축축한 땅바닥도 거기에서 갑자기 뚝 끊긴 것처럼 끝나 있었다.

소년이 멈춰 서서 양손을 허리에 대고 돌아보았다.

"여기가 경계야."

글자 그대로 절벽이었다. 신고는 머뭇머뭇 걸어가, 소년과 어깨를 나란히 하고 섰다. 오른쪽을 봐도 왼쪽을 봐도, 절벽이 입을 벌리고 있다. 그리고 그 절벽 가장자리까지 유백색의 짙은 안개가 피어오르고 있다. 살며시 손끝을 뻗어 보니 순식간에 안개 속으로 손이 숨어 버렸다.

"떨어지지 않게 조심해."

소년이 경고하자, 신고는 펄쩍 뒤로 물러났다.

"떨어지면 죽어?"

"죽지는 않아. 자신의 꿈속에서 죽는 놈이 어딨어?" 소년은 웃었다. "다만, 주우러 가는 게 힘들어서 그렇지."

또 유유유유유웅 하는 소리가 들려왔다. 안개의 바다와 안개의 벽 속에서 특대 양철 양동이가 천천히 모습을 나타낸다. 양동이 주위에는 난간이 달려 있고, 공구나 도구 같은 것이 잔뜩 매달려 있다. 양동이 본체의 앞면에는 네모난 창문이 있고, 그 너머로 사람 그림자가 보였다.

양동이는 절벽 가장자리 아슬아슬한 곳에서 멈췄다. 우유유유융 하는 구동음에 맞춰 기체 하부의 안개가 천천히 휘저어진다. 프로펠러가 달려 있는 것이다.

"마에스트로!" 하고 소년이 불렀다. "이쪽이 D·P 아저씨야!"

양동이 뒤쪽의 문이 활짝 열리더니 덩치 큰 남자가 모습을 나타냈다. 매끈매끈한 대머리에 상반신은 나체. 그 위에 바로 멜빵바지를 입고 있다.

"이거이거, 처음 뵙겠소이다!"

낭랑한 바리톤이었다. 신고는 약간 압도되었다. 가까이서 보니 덩치가 그냥 크기만 한 것이 아니라 근육이 울퉁불퉁한 아저씨다. 어깨며 팔의 근육이 솟아올라 있다. 그러나 나이는 결코 젊지 않아 보인다. 옆에 있는 소년은 이 울퉁불퉁한 남자의 손자일까?

"꽤나 정상적인 분이신 것 같아 다행이외다. 셴, 사정은 다 말씀드렸겠지?"

마에스트로는 소년에게 물었다.

"대충은" 하고 소년은 대답했다. "믿었는지 안 믿었는지는 모르겠지만."

셴. 그것이 소년의 이름인가 보다.

"당신들은 늘 둘이서 행동하나요?" 하고 신고는 물었다.

"행동한다니, 그런 우아한 일이 아니외다."

마에스트로는 가볍게 쉼에서 절벽 위로 뛰어 이동하더니 아하하 하고 웃었다.

"이건 제 부록이외다" 하며 셴의 머리를 딱 때리는——가 싶었는데, 소년은 가볍게 몸을 돌려 피했다.

"사람을 이거라고 부르지 마, 빌어먹을 영감."

"네가 나를 영감이라고 부르니까 피차일반이다!"

신고는 명랑하게 웃음을 터뜨렸다. "좋겠네요, 당신들은 할아버지와 손자 사이죠? 저도 할아버지를 정말 좋아했어요. 벌써 15년 전에 돌아가셨지만, 정말로 절 귀여워해 주셨죠. 선반공이셨는데, 실력도 좋았고 시절도 좋았기 때문에 돈도 많이 버셨고, 입은 험하셨지만 저한테는 굉장히 무른 할아버지셨어요. 지금도 가끔 그리워진답니다. 아하, 그래서 이런 꿈을 꾸는 거구나."

아하하하하──하고 웃는 신고 앞에서, 마에스트로와 셴은 얼굴을 마주 보았다.

"셴" 하고 마에스트로는 대머리를 한 번 쓰다듬고는 말했다. "이거 안 되겠는데. 이 사람은 우리의 존재까지 자신이 만들어낸 거라고 생각하고 있어."

"그뿐이라면 그나마 낫지." 셴은 코 밑을 문지르면서, 즐겁게 웃는 신고를 분석하고 있다. "이 아저씨, 살짝 맛이 가기 시작한 건지도 몰라."

"나?" 여전히 웃으면서, 신고는 검지로 자신의 콧등을 눌렀다. "나라면 괜찮아! 틀림없이 제정신이니까!"

자신의 목소리가 평소보다 반 옥타브 정도 높다는 것을 인식하고 있던 신고는, 자신이 몸 안의 가장 깊은 부분에서 작아진 상태로, 자신의 뇌 밑바닥을 망원경으로 바라보는 듯한 인상을 받았다. 오오, 충혈되어 있다! 이거 큰일인데, 제정신을 잃기 시작한 건지도 몰라, 하고 생각되기까지 한다. 하지만 본체의 신고는 계속 웃는다. 상관없잖아, 이건 꿈이니까. 심각하게 받아들일 필요 없어. 사실이 아니니까. 우하우하우하하!

마에스트로는 입을 약간 벌리고, 튼튼해 보이는 손으로 턱을 문지르고 있다. 셴은 신고의 바보 같은 웃음을 한동안 바라보고 있다가, 이윽고 흥 하고 코로 숨을 내쉬고는 오른손으로 허리의 권총집에서 그 매끈한 총을 빼더니 아무렇게나 신고의 발치를 향해 방아쇠를 당겼다.

탕! 하고 굉음이 나고, 신고의 발끝에서 5센티미터 정도 떨어진 곳에 흙먼지가 일었다.

신고는 웃다웃다못해 팔짝팔짝 뛰고 있었지만, 총소리에 손을 휘두르고 발을 구르던 포즈 그대로 그 자리에서 얼어붙었다. 입가에 웃음을 띤 채, 웃음소리도 그쳤다.

"좋아"하고 셴은 말했다.

천천히, 아주 천천히, 기름방울이 병 옆면을 타고 떨어지는 듯한 속도로 신고의 머리에 모여 있던 피가 하강하기 시작하고, 그것은 심장을 지나고 복부도 통과해서 발바닥에 고여 갔다.

빈혈이다. 신고는 벌렁 쓰러졌다. "어라라"하고 셴이 말하는 게 들리고, 세상이 캄캄해졌다.

정신이 들어보니 안개 속을 날고 있었다. 신고는 그 양철 양동이의 갑판에 누워 있는 것이었다.

양동이는 천천히 안개를 가르며 비행하고 있었다. 절벽 가장자리에서 2미터 정도 떨어져 있고, 땅으로부터의 거리는 이층집의 지붕 높이 정도.

"정신이 들어?"

그 목소리에 신고는 벌떡 일어났다. 셴은 갑판 앞쪽의 시트에 걸터앉아 다리를 꼬고, 발끝을 흔들고 있다.

"나, 기절한 거지?"하고 신고는 물었다.

"응, 신체적인 기절이 아니라 어디까지나 전기적인 기절이지만."

일어서니 어질어질했다. "어지러운 것도 신체적인 게 아니야?"

"그래. 어디까지나 꿈속이니까. 아저씨는 아까, 아저씨 자신의 D·F 속에 가설정된 자기투영상을 컨트롤할 수 없게 된 거야. 투영상을 만들어내고 있는 전기의 흐름이 흐트러져서. 지금은 그 컨트롤을 회복했지만, 아직 완전히 제어되고 있지 않아서 술에 취한 듯한 걸음 걸이가 되는 거지."

마에스트로는 조종석으로 돌아가 있다. 창문 너머로 매끈매끈한 머리가 언뜻 보인다.

"넌 가끔 어려운 말을 하는구나."

셴은 코끝으로 웃었다. 소년이 의젓하게 앉아 있는 시트는 아무래 도 총좌인 것 같다. 시트는 조작 패널이나 작은 모니터에 둘러싸여 있고, 발밑에는 갖가지 색깔의 코드가 뒤얽혀 있다. 시트 앞에는 핸들 식 조준기. 회전식 다중포신총과 똑같은 은색 포신이 난간에서 밖으 로 튀어나가 있다.

"이 총으로 뭘 쏘는 거지?" 총좌로 다가가면서 신고는 물었다. "너희들이 쫓고 있는, 의식만 남은 존재가 된 흉악범? 몸을 갖고 있지 않은 자를 쏜다고 해서 상처를 입힐 수는 없지 않나?"

눈 밑으로 흘러가는 숲의 풍경을 바라보면서, 셴은 말했다. "이건 광탄총이야. 덩치는 크지만 순수한 위협용이지. 하지만 최신식이라 고. 지난번 포획 미션에 성공해서 새로 바꾼 거야."

쉽 주위에 피어오르고 있는 하얀 안개에서는 아주 조금 약 냄새가 났다.

"왜 날고 있는 거지? 어디 갈 데가 있는 거야?"

"갈 데 없어. 찾고 있을 뿐이지."

"뭘?"

"아까 그 오두막에서 아저씨를 무섭게 만든 거." 셴은 말하고, 그제 야 신고를 보았다. 진지한 얼굴이었다. "아저씨의 신용을 얻기 위해 서."

신고는 한동안 소년의 눈을 들여다보았다. 이 아이를 보면서 몹시 그리운 느낌이 드는 건 왜일까? 역시 이 아이가, 내가 만들어낸 내 꿈속의 존재이기 때문일까?

"미안하지만 그건 아니야." 셴은 진지한 말투로 대답했다. "D · P 가 우리에게 노스탤지어를 느끼는 건 드문 일이 아니야. 하지만 그건 착각이지."

신고는 놀랐다. "넌 내가 생각하는 것을 아는구나?"

"알지. 필드에 있는 한은. 왜냐하면 우리는 아저씨의 뇌가 발하는 전기 패턴에 합치하도록 치리되어서 보내진 전기적 환상이니까. 그러니까 아저씨의 뇌도 우리들의 존재를 '언젠가 어디선가 본 기억이 있는 것'으로 인식 재생하는 거야. 그게 노스탤지어를 느끼는 착각의 원인인 셈이지. 기시감이라는 거랑 똑같은 거야."

양손으로 머리를 쥐어뜯어 보았다. 뭔가 변화는 일어날까? 아니, 일어나지 않는다. 이 꿈은 어디에서 온 것일까. 나는 영화도 별로 보지 않고, 책도 읽지 않는다. 이런 터무니없는 줄거리는 머릿속 어디에 잠들어 있었던 것일까?

"오." 셴이 시트 속에서 몸을 내밀었다. "저거다. 아저씨, 봐."

셴이 가리키는 곳에, 깊은 숲의 갈라진 틈이 있었다. 그곳에만 검은 땅바닥이 보인다. 광장이라고도 할 수 없는 좁은 공간이다.

거기에 빨간 두건을 쓴 여자아이가 있었다. 이쪽은 높은 곳에서 내려다보고 있어서 그 모습은 한층 더 작아 보인다. 아이는 쉽을 알아차린 기색은 없고, 이쪽에 등을 돌린 채 서 있다. 팔에 매달고 있는 바구니도 그대로. 다만, 빵조각을 뿌리고 있지는 않다. 가만히 서 있다.

신고의 목이 꿀꺽 울렸다. 저 빨간 두건. 화덕에서 탄 게 아니었다. 역시 이건 꿈이니까.

"작은 여자아이네. 뭐야, 저 빨간 두건은." 셴은 이상하게 여기는 것 같다. "그로거 녀석이 아저씨 같은 D·P에게 치는 덫치고는 엄청 귀엽잖아. 아저씨, 저런 꼬맹이가 무서워?"

정면에서 그렇게 질문을 받으니 부끄럽다. 변명이나 설명 대신 물었다. "그로거라는 건 뭐야?"

조종석에서 갑판으로 나온 마에스트로가 신고 뒤에 서면서 대답했다.

"우리가 이 필드에서 쫓고 있는 흉악범의 이름이외다, 영맨."

영맨? 신고는 몸을 돌려 마에스트로를 올려다보았다. 덩치가 커다란 그 남자는 신고의 수상하다는 얼굴을 다르게 해석한 모양이다. 그는 당황해서 말했다.

"쉽은 자동 조종이외다. 걱정하지 마시오."

"아아, 그래요? 아니, 그건 상관없지만……. 좀 더 가까이 갈 수는 없을까요?"

"아니, 가까이 가지 않는 게 좋아." 셴은 말했다. "저쪽도 아저씨를 알아챈 것 같으니까."

소년의 말대로 여자아이는 이쪽을 올려다보고 있었다. 뿐만 아니라 경계의 절벽 가장자리 쪽으로 다가와 있다. 그래도 쉽과의 거리는 충분히 떨어져 있을 텐데, 원근법이 미묘하게 어긋난 것처럼 신고에게는 그녀의 얼굴이 똑똑히 보인다. 금색 곱슬머리가 이마에 늘어져 있는 것도, 맑고 파란 눈동자도. 여자아이는 다른 것은 전혀 눈에 들어오지 않는다는 듯이 똑바로 신고만 쳐다보고 있었다. 시선으로 신고를 붙잡으려고 하는 것 같았다.

"무서워하지 않아도 돼, 아저씨." 셴이 말했다. "저건 그냥 덫이야. 아저씨를 위협해서 혼란스럽게 만들기 위해, 그로거가 만들어낸 환상이지. 저 환상의 근원은 아저씨의 몸이 만들어내고 있는 에너지야. 그저 그뿐이라고."

그때, 여자아이가 오른손을 들어 신고를 가리켰다. 틀림없이 신고만을 가리키고 있었다. 쉽은 절벽을 따라 천천히 이동하고 있다. 그 움직임에 따라 여자아이의 손가락도 움직인다.

그리고 그 여자아이가 씩 웃었다.

신고의 팔에 소름이 돋았다. 저도 모르게 눈을 깜박이며 몸을 뒤로 물렸다. 그러자 마에스트로의 양팔이 신고를 단단하게 받쳐 주었다.

"괜찮으시오, 영맨?"

격려하는 듯한 목소리에 대답하기도 전에, 여자아이의 모습이 사라졌다. 숲 사이로 난 빈틈도 사라졌다. 그저 검은 숲이 끊임없이 이어지기만 하는 광경으로 돌아와 있었다.

"우리들의 세계에서 아저씨들의 세계로 도망친 흉악범들은——" 하고 셴이 말했다. "꿈을 발판으로 삼아서 아저씨들 세계의 인간의 의식 속에 침입해. 하지만 상대는 누구라도 상관없는 건 아니야. 심신이 모두 건강한 사람이라면, 침입자가 파고들 틈이 없거든."

"그럼 나한테는 틈이 있다는 거야?" 신고는 떨리는 몸을 억누를 수가 없었다.

"아저씨뿐만이 아니야. 침입을 당하는 사람에게는 모두 독자적인 틈이 있어. 하지만 그건 전혀 부끄러운 일이 아니야. 병으로 몸이 약해지거나, 뭔가 고민이 있으면 누구나 그렇게 돼."

"그리고 그로거는 당신을 선택했소. 영맨." 마에스트로가 말을 받았다. "당신을 위협해서 더욱더 큰 틈을 만들기 위해, 저 빨간 두건을 쓴 여자아이라는 덫을 장치했소. 아무래도 충분히 효과가 있는 덫인 것 같소이다. 저 얼굴을 봤지요? 자신만만하더이다."

미소녀의 씩 쪼개는 웃음. 흔들림 없이 일직선으로 신고를 가리키던 손가락.

"저 여자아이는 뭐야? 아저씨, 알아?"

"저건 아마——."

신고는 기침을 한 번 해서 떨리는 목소리를 가라앉히려고 했다. 별로 잘되지는 않았다.

"헨젤과 그레텔일 거야. 좀 이상해. 빨간 두건이 섞여 있다니. 하지만 빵을 뿌리는 걸 보면 헨젤과 그레텔이 틀림없어."

셴도 마에스트로도, 전혀 '알았다'는 얼굴이 아니다.

"동화야" 하고 신고는 설명했다. "어릴 때 그림책으로 읽었어. 빨간 두건은, 한 소녀가 병든 할머니에게 문병을 가면서 선물로 와인과 빵을 가져다주려고 하다가 나쁜 늑대의 표적이 되는 이야기야. 그 아이는 숲 속을 빠져나가. 저런 빨간 두건을 쓰고."

"헨젤과 그레텔은?"

"생활이 곤란한 부모에 의해 숲에 버려지는 남매 이야기야. 부모는 아이들을 일부러 숲으로 데려가서 버려두고 오지. 하지만 똑똑한 오빠가 빵조각이나 작은 돌을 이정표로 뿌려두어서, 두 사람은 그것을 따라 무사히 집에 돌아올 수 있게 돼."

셴은 어깨를 으쓱했다.

"그럼 해피엔딩이잖아."

"그게 그렇지도 않아. 두 사람은 한 번 더 숲에서 미아가 돼. 이번에 는 부모의 계획대로 잘되어서, 헨젤과 그레텔은 숲의 마녀가 만든 과자의 집에 들어가게 되는 거야." 신고는 작게 웃었다. "거기에서도 결국, 남매의 절묘한 팀워크로 마녀를 처치하고, 두 사람은 많은 보물 을 들고 집에 돌아가지만."

"부모한테?" 셴이 요란하게 두 눈썹을 치켜세웠다. "바보 아니야? 그런 부모가 있는 곳으로 돌아갔다간 보물을 빼앗기고 또 버려질 거 아냐."

"아니야, 아니야. 부모가 둘 다 나쁜 건 아니야. 헨젤과 그레텔을 귀찮게 여기는 건 계모지. 아버지는 그녀에게 끌려가고 있을 뿐이야. 그래서 두 사람은 계모가 없는 틈에 집으로 돌아가서, 아버지와 손을 맞잡고 기뻐하──."

신고의 목소리가 작아졌다가 사라졌다. 마에스트로와 셴은 갑자기 주눅 들어버린 신고를 물끄러미 관찰하고 있다.

"나는 헨젤과 그레텔 이야기가 싫어. 어릴 때부터 싫었어." 신고는 쉰 목소리로 말했다.

"어째서?"

"어째서일까……. 옛날에는 몰랐어. 하지만 무의식중에 느끼고 있 었던 것일까. 지금이라면 이유를 좀 알 것 같아. 친부모가 아닌 부모 에게 버려지는 아이의 이야기니까."

잠시 침묵의 시간이 흐른 후, 마에스트로가 위엄에 찬 목소리로 말했다. "얘기하시오, 영맨."

"하지만 나는──."

마에스트로가 낮게 일갈했다.

"불어."

배 밑바닥부터 전해져 오는 듯한 위협이었다. 그래서 신고는 불었다. 혈액형 사건을 남김없이 이야기해 버렸다.

그러자 갑자기 마에스트로와 셴의 눈이 밝아졌다. 셴은 손가락을 딱 울렸다.

"그거다!"

"뭐가 그거란 말이야?"

"그로거가 아저씨를 고른 이유란 말이야. 그 사건이 아저씨의 '틈'이야."

"그로거는 오갈 데 없는 아이들을 맡아 주는 시설을 경영하고 있었소." 마에스트로가 설명했다. "물론 상냥한 마음으로 한 행위는 아니었소이다. 아이 하나를 맡으면 연방정부에서 양육기금이 나오지요. 그것을 노린 것이었소이다."

돈만을 노렸던 그로거는 아이들에게는 식사도 제대로 주지 않고, 학대하다가, 당국에 적발되어 체포될 때까지 여섯 명을 살해했다고 한다.

신고는 심장이 발뒤꿈치까지 떨어지는 듯한 기분을 느꼈다. "그럼 그 그로거라는 범죄자는, 이번에는 날 먹잇감으로 삼으려고 하고 있단 말이야?"

"그래" 하고 셴은 단언했다. "아저씨 안에 있는, '오갈 데 없는 어린아이'에게 끌려서 다가온 거야. 그놈은 어린아이를 학대하는 걸 좋아하니까. 아주 좋아하지."

"녀석이 저렇게 자신만만한 것도 그 탓이외다. 우리가 여기에 와 있는 것을 알면서도 저런 도발적인 덫을 쳤소. 영맨, 당신이라면 조종하기 쉽다고, 그로거는 콧대가 드높아져 있소." 마에스트로는 입을 꼭 다물었다. "이거, 힘든 싸움이 되겠군요."

난 싫어 —— 신고는 머리를 끌어안았다.

9

다음 날 아침, 잠에서 깨어 보니 이미 8시가 넘어 있었다. 알람시계를 맞춰 두었을 텐데, 울리지 않은 걸까. 아니면 무의식중에 꺼 버린 걸까.

얼굴을 씻고, 이를 닦고, 완전히 뭐가 어디 있는지 알 수 없게 돼 버린 본가 부엌에서 10분이나 우물쭈물하다가 간신히 인스턴트커피를 찾아 끓일 수 있었다.

학생 시절, 그가 아직 이 집에서 당연한 것처럼 살고 있었을 때 사용하던 테이블과 의자 세트를, 부모님은 아직도 쓰고 있었다. 시트 부분에 깔끔한 방석이 놓여 있는 것만이 유일한 변화다. 신고는 거기에 걸터앉아 멍하니 커피를 마셨다.

어젯밤에 꾼 꿈의 내용을, 신고는 아직도 똑똑히 기억하고 있었다. 어떤 사소한 것까지도 조금 전에 체험한 현실의 일처럼 또렷하게 기억났다.

아니면 그건 꿈이 아니었던 것일까?

"그로거를 붙잡을 때까지, 우리는 계속 아저씨랑 같이 있게 될 거야."

어젯밤에 헤어질 때, 그 셴이라는 소년은 그렇게 말했다.

"그러니까 앞으로는 잠들 때마다 나나 마에스트로와 인사를 하게 될 텐데, 도망치거나 숨지 말고 협조해 주었으면 좋겠어. 어차피 아저씨한테는 그것밖에 길이 없을 테지만."

그래도 일단 신고는 물었다. "만일 내가 협조하는 게 싫다고 한다면? 그보다 푹 자고 싶으니까 당신들은 사라져 주었으면 좋겠다고 말한다면?"

"그로거가 아저씨의 몸을 빼앗아 버릴 거야."

"그래서 또 아이들을 죽이기 시작한다고?"

"틀림없이."

"만일 내가, 내 재미없는 인생 따위는 끝나도 좋으니까 몸을 빼앗겨도 상관없다, 그 결과 다른 사람의 아이가 몇 명 죽든 내가 알 바 아니라고 한다면?"

셴이 그 말에 흉악하게 눈을 부릅뜨자, 신고는 당황했다.

"아니, 어디까지나 만약의 얘기야."

"영맨" 하고 마에스트로가 말했다. "당신들의 세계는, 그 일본이라는 나라는 아마 치안이 상당히 잘 되어 있지요?"

"네. 그럴 거예요."

"그렇다면 어린아이 살인범은 언젠가는 붙잡히겠지요?"

"범행이 발각되면요."

"그럼 영맨, 당신은 붙잡혀서 재판을 받고, 교도소에 보내지게 됩니다."

"그렇겠죠."

"그럼 그로거는 당신의 몸에서 도망쳐 나갈 거외다. 또 자유로워져서 계속 아이들을 죽일 수 있도록 다른 인간으로 갈아탈 거란 말이외다. 그럼 어떻게 되겠소? 녀석이 나간 순간, 당신은 당신의 몸을 되찾게 되오."

"그럴 수가 있어요? 처음에 그 그로거인가 하는 놈에게 빼앗긴 시점에서 나는 죽는 거 아니에요?"

"뇌가 살아 있는데 의식만 죽을 리가 있어?" 바보 취급하는 말투로, 셴은 그렇게 말했다. "그로거에게 빼앗겨 있는 동안에는, 아저씨는 어딘가에 갇혀 있게 되겠지. 잠든 것처럼 될지도 모르고, 깨어서 그로거가 하는 짓을 처음부터 끝까지 똑똑히 목격하고 있지만 손을 대지는 못하고 있을지도 몰라. 어느 쪽이 될지, 그것만은 우리들도 모르지만. 그로거가 자기 좋을 대로 할 테니까."

"그러니 녀석이 도망치면 영맨, 당신은 다시 자기 자신의 몸을 컨트롤할 수 있게 되오. 다시 외부 세계와 접촉할 수도 있게 되지."

마에스트로는 신고를 향해 검지를 흔들어 보였다.

"단, 교도소의 담장 속에서 말이오."

"재수 없으면 전기의자에 앉아 있을지도" 하고, 셴이 기분 나쁘게 웃었다. "아, 실례. 일본은 전기의자를 안 쓰던가? 교수형이었던가?"

"어쨌든, 그때가 되어서 아무리 당신이 무죄를 호소한다 해도 이미 늦다는 것이외다."

"그건 재미없는 진행이잖아."

신고는 저도 모르게 그렇게 말하자 셴이 얼굴을 찌푸렸다.

"그럴 때는 오싹하다고 말해야지!"

"응? 아아, 그렇지. 하지만 마찬가지야. 이 경우에는 재미없다는 표현이 무섭다는 뜻이 되는 거야."

"당신들의 언어문화는 정말 엉터리로군."

센은 약간 화난 듯한 목소리로 그렇게 말했다. "예와 아니오가 어떨 때는 같은 말로 표현된다니. 정말이지, 밈 머신만으로는 따라갈 수 없다니까."

그런 대화를 하다가 하늘 높은 곳에 있던 하얀 안개가 어느새 바로 머리 위까지 내려와 있다는 것을 깨달았다.

"이 안개가 내려온다는 건 아저씨가 정신을 차리고 있다는 표시야" 하고 센이 가르쳐주었다. "나머지 이야기는 다음 밤에 해야겠군."

"자, 잠깐 기다려. 여기에서 내쫓지 말아 줘."

"누가 내쫓는대?"

"난 뭘 하면 되는 거지? 빼앗기지 않기 위해서는, 나도 뭔가 할 수 있는 일이 있을 거 아니야? 뭐든지 할게, 협조한다고!"

센은 씩 웃었다. "당연히 그렇게 나오셔야지."

그로거가 여기에 있다는 건, 신고의 마음속에서 뭔가 그가 발판으로 삼을 수 있을 만한 요소를 발견했다는 뜻이라고 소년은 설명했다.

"요컨대, 틈이 있었다는 거야. 말했지? 약해져 있거나 고민하고 있으면 그 녀석들이 노리기 쉬워진다고. 아저씨도 그래. 그리고 아저씨의 경우는 '어린아이'라는 게 키워드가 될 것 같아."

"어린아이 ──." 신고는 중얼거렸다.

"응. 그리고 아저씨는 아까 불었지. 오늘 밤 잠들기 직전에, 아저씨의 부모가 친부모가 아닐지도 모른다는 것을 알게 되었다고. 아저씨는 주워온 아이인 것 같다고 말이야. 열쇠는 그거야."

"하지만 나는 지금까지 그런 것은 전혀 몰랐어. 바로 오늘까지, 아버지가 병원에 실려 가고 간호사와 혈액형 얘기를 할 때까지는 전혀 몰랐다고."

"의심한 적도?"

"없어. 한 번도 없어. 그래서 깜짝 놀란 거야. 지금도 나쁜 꿈을 꾸고 있는 듯한 기분이야."

"아저씨는 실제로 꿈을 꾸고 있는 거야, 지금은."

"아아, 그건 알고 있어. 그러니까 지금 한 말은 그냥 말이 그렇다는 거야. 그런 표현이라고."

"쳇, 복잡하군" 하고 셴은 혀를 찼다.

옆에서 두꺼운 근육질의 가슴 앞에 굵은 팔을 팔짱 끼고 있던 마에스트로가 천천히 입을 열었다.

"우리가 영맨의 '필드'에서 그로거의 갓싱 뇌파 존재를 탐지한 건, 분명히 어젯밤의 일이었소만."

그 말을 듣고 신고는 안심했다. 그 기분 나쁜 빨간 두건은 신고에게 온 지 얼마 안 된 것이다. 다행스럽게도 훨씬 전부터 숨어들어와 있었던 건 아니었던 것이다.

"단, 미약한 탐지 보고는 그보다 훨씬 전, 보름 이상 전부터 '롯지'에 올라와 있었소이다. 그래서 우리도 여기에 왔지요. 하지만 '롯지'에서 받은 탐지 보고에 따르면, '필드'의 범위는 좁혀져 있지 않았소이다. 즉, 그로거의 갓싱 뇌파가 있는 곳이 당신의 '필드'라는 것까지는 알아내지 못했다는 뜻이외다. 좀 더 세세한, 정밀 탐사 지점 보고를 필요로 한다는 내용일 뿐이었던 것이외다."

"우리가 '롯지'에서 받는 데이터는 대개 그런 거야" 하고 셴이 덧붙였다. "그러니까 처음에 그로거가 접근해 온 건 아저씨가 아니라, 아저씨와 가까운 사람이었을 가능성이 매우 커. 뇌라는 건 말이지, 실은 꽤 공명하거나 공진하는 거거든."

신고는 입원 중인 아버지를 생각했다. 같은 생각이 두 D·B의 얼굴 위에도 떠올라 있었다.

"병든 아버지로군" 하고 셴이 말했다. "상태가 나빠진 건 오늘 밤이지만, 전조가 있었을지도 몰라."

"그뿐만이 아니외다." 마에스트로는 문득 손을 뻗어 신고의 팔을 만졌다. "영맨, 만일 당신이 진짜 양자고 스스로는 그것을 전혀 눈치채지 못했더라도, 부모님은 처음부터 진실을 알고 있었을 것이외다. 알면서 당신에게는 숨기고 계셨던 것이지요."

그 말이 맞다. 27년 동안이나.

"그건 상당한 마음의 부담이 되었을 것이외다. 비밀은 마음을 약하게 하지요. 어쩌면, 제일 처음 그로거를 끌어들인 건 아버님의 그런 마음의 틈이었을지도 모르겠소이다."

마에스트로는 갑자기 손뼉을 딱 쳤다.

"그렇소이다, 영맨. 이야기한 대로, 오갈 데 없는 어린아이를 맡는다는 행동은 녀석에게는 친숙한 일이외다. 그 점도 그로거에게는 매력적이었을지도 모르지요. 녀석은 처음에 아버님 속으로 잠입했을 것이외다. 하지만 잠입하고 나서 곧, 그 육체가 노후되었고 건강에 이변에 일어나고 있다는 것을 알아차렸을 것이외다——."

"아버지가 위천공을 일으킬 거라는 것을 알고 있었다는 뜻인가요?"

"뇌에 들어가면 뭐든지 알 수 있소이다. 뇌는 뭐든지 알고 있지요. 때로는 의식이 아직 깨닫지 못한 몸의 이상을 꿈을 통해 알려줄 때가 있을 정도외다."

그래서 그로거는 아버지의 몸을 버리고 내 몸으로 갈아타려고 했다——다행인지 불행인지, 절묘한 타이밍으로 커다란 틈을 보여 버린 내게.

"생각 좀 해 봐. 요즘, 아저씨 아버지에게 특이한 일은 없었어? 묘하게 기분이 나빴다거나, 자주 화를 내게 되었다거나, 평소에는 말이 없는 사람이 이상하게 말이 많아졌다거나."

그건 어머니에게 물어보지 않으면 알 수 없는 일이라고 전제를 두고, 신고는 저도 모르게 쓴웃음을 지었다.

"기분은 나빴을 거야. 어머니가 여행을 떠나셨거든. 토라져 계셨지. 늘 그래. 그러니까 그것만으로는 확실한 이유라고 못 하겠지."

"어쨌거나 부모님과 이야기를 해 보시오" 하고 마에스트로는 온화하게 말하며, 신고의 어깨를 툭툭 두드렸다. "당신은 이미 비밀을 알아 버렸소. 알게 된 이상은, 이야기하지 않을 수 없소이다. 아무 일도 없었던 척하면서 살아갈 수는 없지 않겠소?"

그건 말할 필요도 없는 일이었다.

"하지만……, 나만 잠자코 있으면 아무 일도 없었던 것처럼 얼버무릴 수 있을지도……."

마에스트로는 무겁게 고개를 저었다. "그건 안 될 말이외다. 그건 안 돼요. 비밀을 알게 되었으니, 조만간에는 그것이 얼굴에 나타날 거요. 태도에도 나타나고. 영맨, 당신은 그렇게 강하지 않소. 인간은 그런 거짓말을 끝까지 할 수 있을 정도로 강하게 만들어져 있지 않소이다. 지금은 이 노인이 하는 말을 순순히 들어 두는 게 좋을 거요."

셴이 낄낄거리며 웃었다. "아저씨도 설마 자신의 꿈속에서 지나가던 영감의 설교를 듣게 될 줄은 몰랐지?"

"응, 꿈에도 몰랐어."

마에스트로가 또 주먹을 쳐들자, 셴이 가볍게 몸을 피했다. 그러는 사이에, 신고는 하얀 안개에 휩싸여 꿈에서 떨어져 나와 버린 것이었다.

문득 정신을 차려 보니 빈 커피잔을 손에 든 채 부엌 의자에 앉아 있었다. 시계를 보니 9시가 넘었다. 급히 회사에 전화를 걸어, 동료에게 '아버지가 입원했다'고 설명하고 유급휴가 신청을 해 달라고 부탁했다. 동료는 몹시 걱정해 주며 상태를 묻고 싶어 했지만, 신고는 그 친절에 고맙다는 인사만 하고 얼른 전화를 끊었다. 너무 친절하게 대해 주면 쓸데없는 말까지 해 버릴 것 같아서 무서웠던 것이다.

믿을 수 있어? 다른 세계에서 우리들의 세계로, 의식만 남은 존재가 된 흉악범이 침입해 와서 우리들의 육체를 노리고 있어. 하지만 괜찮아, 그들에게는 추격자가 있으니까. 내가 만난 추격자는 두 명인데, 한 명은 근육이 울퉁불퉁한 대머리 아저씨고 다른 한 사람은 근미래 SF영화에 출연하는 아역 탤런트 같은 남자아이야. 그들은 뒤집어 놓은 양동이 같은 비행정을 타고, 다총신식 포탑과 검으로 무장하고 있어——.

어쩌면 나는 미치기 시작한 건지도 모르겠다고, 신고는 생각했다.

어머니가 돌아온 것은 정오가 지나서였다. 짐이 엄청나게 많았지만, 물론 선물을 살 여유는 없었고 전부 어머니의 짐이었다. 어머니는 옛날부터 이랬다고 신고는 생각했다. 여행을 갈 때마다 야반도주라도 하는 사람처럼 많은 짐을 꾸린다. 필요하면 여행지에서 사면 될 것 같은 물건이라도, 집에 있는 물건을 사는 건 아깝다며 뭐든지 다 준비해 가는 것이다.

이제 더 이상 걱정할 것은 없다고, 신고는 어머니를 위로했다. "간호실에 전화해 봤더니 아버지는 많이 안정되었대요. 오늘 아침에 깨어나서 간호사랑 얘기도 하셨대요. 수술 경과는 양호하다고 했어요. 어쨌든 면회는 두 시부터고."

"그렇구나. 아아, 다행이다." 어머니는 글자 그대로 털썩 주저앉아 버렸다. "어젯밤에 전화를 받았을 때는 심장이 멎는 줄 알았어."

"이세 신궁에 참배하고 오셨어도 괜찮았을 정도예요."

"그럼 네 아버지가 용서하지 않을 거야. 엄마도 그럴 수는 없고."

결국 둘이서 한 시에 병원에 갔다. 그래도 들여보내 주었다. 아버지는 이미 회복실에서 2인실 병실로 옮겼고, 산소마스크도 떼고 있었다.

하지만 역시 목소리에는 힘이 없었다. 안색도 창백하다. 그래도 눈에는 빛이 돌아와 있었고, "당신 여행이 마음에 들지 않아서 일부러 악화된 거라고 생각하는 거지?"라며 밉살스런 말을 할 만한 기력도 있었다.

아직은 면회 시간이 길지 않아 자잘한 절차를 마치고 세 시가 넘어서 병원을 나와, 근처 찻집에서 어머니와 둘이서 늦은 점심을 먹었다. 생각해 보면 신고는 아침부터 아무것도 못 먹었고 어머니도 마찬가지였다.

"오늘은 회사를 쉬었겠구나. 미안하다."

"유급휴가도 남아 있는데요, 뭐. 상관없어요, 전혀."

"내일은 그냥 출근해. 이제 괜찮으니까."

함께 본가로 돌아가는 길에, 안도한 탓인지 이것저것 말이 많아진 어머니 옆에서 신고는 계속 생각하고 있었다.

말을 꺼낼 타이밍과 그 말을 어떻게 말을 꺼낼지를. 하지만 그런 준비는, 결국은 소용없었다. 본가에 도착하고 부엌의 의자에 앉자 머릿속의 생각은 곧 넘쳐났다.

"저기요, 어머니. 드릴 말씀이 있는데요."

10

어머니는 다부졌다. 신고는 어머니가 울면 어떡하나 내심 허둥거리고 있었지만, 그런 필요가 없었다. 다만 어머니는 처음 이야기를 시작했을 때는 서 있었는데, 도중에 현기증이라도 난 듯 의자 등받이를 붙잡았고, 그 후 천천히 걸터앉았다.

그 외에는 꼼짝도 하지 않았다.

"그래서 넌 어떻게 생각하니?"

신고가 짧은 이야기를 마치자, 제일 먼저 어머니는 그렇게 물었다. 어머니의 목소리는 평소보다 가라앉아 있었지만, 다행히 떨리지는 않았다.

"어떻게 생각하냐니요——?"

"너는 혈액형에 대해서 어떻게 생각하는데? 난 주워온 아이다, 틀림없다고 생각하니? 아니면 다 같이 검사를 받으러 가자고, 같이 가 주었으면 좋겠다는 거니?"

신고는 입을 다물고 어머니를 보았다. 원래 몸집이 작은 사람이었지만 오늘은 훨씬 더 작아 보인다. 백발은 눈에 띄지 않지만, 이것은 기대하던 이세 여행 전에 미용실에서 염색했기 때문일 것이다.

"저는." 신고는 말을 꺼내려다가 자신의 목소리가 오히려 떨리고 있다는 데에 놀랐다. "뭐, 이치로 따지자면 결론은 뻔하다고 생각해요."

"그래."

"저는 아버지와도 어머니와도 피를 나누지 않았을지도 몰라요. 아니면 아버지가 계부일지도. 어머니가 계모일지도 모르고요."

어머니는 테이블 위에서, 야위어서 뼈가 불거진 손가락을 연신 깍지 꼈다 풀었다를 하고 있다.

"가능성은 세 가지. 그중 하나가 사실이겠지요"라고 신고는 말을 이었다. 그리고 용기가 사라져 버리기 전에 서둘러 물었다. "사실은 어떤가요?"

어머니는 고개를 숙인 채 아무 말도 하지 않는다.

"저기요, 어머니."

신고는 테이블 너머로 몸을 내밀고 어머니의 손을 만지려고 했다. 하지만 마지막에 생각을 바꿔, 그 손을 어머니와 똑같이 깍지 꼈다. 침착하다, 나는 침착하다는 보디랭귀지다.

"혈액형에 대해서 알 때까지는, 저는 이런 건 꿈에도 생각하지 못했어요. 어린아이들은 종종 나는 이 집의 친자식이 아닐지도 모른다, 다른 데서 주워 왔는지도 모른다고 생각하기도 하잖아요? 하지만 저한테는 그런 것조차 없었어요. 전혀 의심한 적이 없거든요. 어째서 호흡을 할 수 있을까, 어째서 물을 마실 수 있을까, 그런 것을 일일이 생각해 보지 않는 것과 마찬가지로, 저에게는 아버지와 어머니가 내 친부모님이라는 것은 물이나 공기와 똑같이 당연한 일이었으니까요. 계속, 쭉 그래 왔어요."

신고는 그렇게 이야기하면서 마음 한구석으로, 지금까지는 전혀 깨닫지 못했던 어떠한 사실을 처음으로 깨닫게 되었다. 그러고 보니 집에서는 어릴 때 아버지나 어머니가 '넌 다리 밑에서 주워 온 아이다' '너는 바구니에 담겨서 강물을 떠내려왔었지' 같은 농담을 한 적이 단 한 번도 없었다. 친구 집에서는 그런 일이 자주 있었다. 장난을 치면 버럭 고함을 치며 야단치거나, 너는 우리 집 자식이 아니라고, 그런 나쁜 짓만 하고 말을 듣지 않으면 주워 온 곳에 도로 버리고 오겠다고 말하고는 했던 것이다. 그래서 친구가 울상을 지은 적도 있었다.

그런데 나에게는 그런 일은 한 번도 없었다. 장난을 치다가 야단을 맞은 적은 있었지만, 집에서 내쫓는다거나 헛간에 던져버리겠다거나 또는 밖에 버리고 오겠다는 협박 같은 농담을 받은 적이, 전혀 없었던 것이다.

그건 역시 —— 농담이 될 수 없다는 것을 부모님이 알고 있었고, 그래서 그들 부부 사이에서는 엄격한 터부였던 것이 아닐까.

신고 앞에서 어머니가 한숨을 쉬었다. 폐 속의 공기를 전부 내뱉고, 그래도 아직 내뱉고 싶은 게 있는 듯한 길고 긴 한숨이었다. 그러고 나서 손으로 얼굴을 덮고, 손가락 사이로 웅얼거리듯이 말했다.

"분명히, 넌 아버지랑 나와는 피가 섞이지 않았어."

신고는 예상을 넘는 충격을 정면에서 받고, 순간 숨을 죽였다. 생각하고는 있었다, 물론. 어느 쪽이 양부모일까 하고. 그렇다, 그럴 가능성에 대해서 스스로 의식하고 있는 만큼 이상으로 더 마음을 두고 있었던 것이다.

양쪽이 다 양부모라는 제3의 예상은 보결안에 불과했다.

"그러니까……, 저는……, 정말로 다른 부부의 아이고……, 양자
로군요?"

어머니는 고개를 끄덕였다. 그대로 테이블에 엎드려 버릴 것 같을
정도로 깊이로.

"어디의, 누구의 아이인가요?" 신고는 물었다. 목소리가 뒤집히지
않도록 한껏 자신을 컨트롤하며. "먼 친척? 아니면 아는 사람이라든
가? 설마 버려진 아이는 아니겠죠? 신사 앞에 버려져 있었다거나.
그럼 꼭 아버지가 좋아하는 사극 줄거리 같잖아요. 쇼군 가의 사생아
같은 거."

의외로, 어머니는 조금 웃었다.

"그렇구나, 아버지는 정말 그런 얘기를 좋아하시지. 하지만 그런
사극 속에서는, 마지막에는 그 아이가 훌륭하게 성장해서 낳아준 부
모에게 돌아가지 않니?"

"어머니……."

뭔가를 뿌리치듯이 손을 내리고, 어머니는 신고의 얼굴을 보았다.
그리고 물었다. "너, 지금까지 몇 번 호적등본을 본 적이 있지? 취직
할 때라든가."

"예, 있어요."

"그때, 거기에 네가 양자라고 씌어 있든?"

신고는 기가 한풀 꺾였다. 물론 아니었다. 그런 기록이 있었다면
벌써 알아차렸을 것이다.

"그럴 리 없잖아요."

"그렇지? 넌 아버지와 어머니의 장남이라고, 호적에는 그렇게만
씌어 있겠지."

"전 그런 거는 잘 모르지만, 아이를 양자로 삼을 때 호적을 봐도 알 수 없도록 절차를 밟을 수는 있지 않나요?"

"글쎄, 그건 나도 잘 모르겠구나. 뭐, 그렇게 할 수 있을지도 모르지. 하지만 어쨌든 네 아버지와 나는 그런 일을 한 건 아니었어. 그러니까 오히려 더 잘못한 건지도 모르지. 법률 위반이었을지도 몰라."

신고는 몸을 뒤로 뺐다. 생각지도 못한 말에, 더는 동요를 감출 수가 없었다.

"무, 무슨 말씀이세요?"

신고가 흐트러지자, 그게 오히려 어머니를 차분하게 만든 것 같았다. 그녀는 한 손으로 가볍게 입가를 닦고는 각오를 굳힌 듯이 침착한 말투로 이야기를 시작했다.

"너는 올해로 스물일곱 살이 돼. 그러니까 그건, 너의 나이보다 반년 정도 더 전의 일이겠지. 아버지는 인쇄공 일만 하며 살아온 분이지만, 회사는 몇 번 옮기셨어. 그건 너도 알고 있겠지. 하지만 너라는 아이를 갖기 전에는, 그게 훨씬 더 심했단다. 일하던 곳의 상사나 사장과 싸우고는 그만두고 다른 곳으로 옮기고는 했어. 그런 일의 반복이었지. 그러다가 어느 날, 도쿄에 있는 게 싫어지셨나 봐. 마침 아는 사람이 불러주기도 했고, 센다이의 인쇄회사에 가게 되었단다.

그 무렵, 아버지와 나는 결혼한 지 6년이 지난 상태였어. 센다이는 그때까지 인연도 없는 곳이었고, 친척도 한 명도 없었단다. 나는 그곳에 가기 싫었어. 네 아버지랑 헤어질 생각마저 했을 정도였으니 오죽했겠니. 마침 그 무렵에 병원에서 검사 결과가 나왔는데, 아버지랑 나 사이에는 아무리 원해도 아이가 생기지 않는다는 것을 그 검사 결과로 알게 되었어."

아버지 쪽에 문제가 있었다고 한다.

"이제 와서 너한테 말할 것까지야 없지만, 나는 걸핏하면 금방 병원에 가잖니. 하지만 아버지를 설득해서 둘이 검사를 받기까지는 정말 힘들었어. 하지만 결과가 나와 보니, 그때까지의 고생은 고생 축에도 들지 않을 정도로 힘들어졌단다.

아버지는 계속 아이를 원하셨어. 하지만 좀처럼 아이가 생기지 않았고, 회사에서 다른 사람과 싸운 것도 실은 그런 게 원인이 된 적이 몇 번 있었던 모양이야. 아이는 아직 안 생겼느냐고 누가 물어보거나, 아이 사진을 자랑스럽게 보여 주거나 해서 말이지. 그때마다 마음이 괴로우셨을 거야. 그 나이의 사람들은 아이가 생기지 않는 건 여자 쪽에 원인이 있다고 생각하는 게 보통이거든. 그래서 엄마도 몇 번 아버지한테 맞은 적도 있었어. 전부 당신이 나쁜 거라고, 당신 때문에 아이가 안 생기는 거라고.

그런데 검사를 해 보니 사실은 반대라는 것을 알았지. 네 아버지 입장에서는, 이번에야말로 치켜든 주먹을 내리칠 곳이 없어진 셈이 잖니. 얼마나 날뛰시던지. 술을 마시고 집에 돌아와서는 난동을 부리고는 하셨어. 그때마다 나는 멍투성이가 되어 버렸지. 이제 이 사람이랑은 같이 못 살겠다, 둘이 있으면 더 망가질 뿐이라고 생각하고 몰래 짐을 꾸린 적도 있었단다.

하지만 말이지, 그때 센다이에 가자는 얘기가 나와서 —— 아버지가 같이 가 달라고 나한테 부탁하시더라. 머리를 숙이면서 말이야. 모르는 곳에 가서 처음부터 다시 시작하자고. 지금까지는 내가 잘못했다고, 진심으로 당신한테 사과한다고. 그러니까 날 버리지 말고 따라와 달라고.

그래서 나는 생각했어. 여기에서 내가 떠난다면, 이 사람은 정말 망가져 버리겠지, 하고. 왠지—— 불쌍한 생각도 들더라. 어차피 아이가 생기지 않을 바에는, 차라리 이 외로움 많이 타는 사람을 아이라고 생각하고 소중히 지키며 살아가 볼까, 그런 생각도 했어. 그래서 같이 센다이에 가기로 한 거야.

단층집 구로로 되어 있는 작은 아파트였지. 네 가구 정도밖에 안 살았어. 거기에서 산 지 반년쯤 지났을 때, 밤중에 가스 냄새가 나서 잠에서 깬 거야. 거기는 도시가스가 아니라 프로판가스를 쓰고 있었거든. 아버지도 나도, 그런 것에는 굉장히 조심하는 편이라서 당장 일어나 주위를 조사해 봤지. 그랬더니 가스는 우리 집에서 샌 게 아니라, 아파트 옆집에서 나는 냄새라는 것을 알게 됐어.

옆집에도 부부 둘만 살고 있었거든. 왔다 갔다 하면서 만나면 인사나 하는 정도고, 친했던 건 아니었단다. 하지만 좁은 동네이다 보니, 남편은 집을 자주 비우고 부인이 혼자 있는 경우가 많다는 것 정도는 알고 있었어. 그래서 걱정이 돼서, 곧 문을 두드렸지. 그랬더니 부인이 나오더구나. 스물대여섯 살 정도 나이에 그럭저럭 미인인데, 항상 기운이 없어 보였어. 예전부터 늘 누군가에게 미안해하는 얼굴을 가진 여자라고 생각하고 있긴 했지만, 그때는 얼굴이 밀랍처럼 새하얗더라고. 아버지가 가스가 새는 거 아니냐고 물었더니, 훌쩍훌쩍 눈물을 흘리더니 끝내 울음을 터뜨리는 거야. 죄송해요, 자살하려고 했어요, 하면서.

그래서 우리는 가스를 잠그고 창문을 열고, 그녀를 진정시키고 나서 이야기를 들어봤어. 들어보니까 그 사람이 사실은 부인이 아니고, 같이 있던 남자도 남편이 아니고, 집을 자주 비우는 것도 일 때문이 아니라는 것을 알게 된 거야. 요새 같으면 그런 관계를 불륜이라고 하겠지만, 요컨대 그 여자는 정부였던 거지. 남자는 그 사람이 전에 일하던 회사의 상사인데, 부인도 있고 자식도 있었어. 물론 그 남자는 가정을 망가뜨릴 생각은 전혀 없었고, 다시 말해 옆집 여자는 단순한 바람 상대일 뿐이었던 거야.

그리고 —— 결국 버림받았다고, 그 여자는 말했어. 남자는 벌써 보름 전부터 여기에 오지 않았다고. 연락도 안 된다면서. 앞으로 닥칠 일을 생각하니 눈앞이 캄캄해지고, 그래서 죽으려고 가스 마개를 열었대.

아버지와 나는, 그건 분명히 슬프고 안된 일이지만 그런 남자와는 인연이 끊어진 게 다행이다, 당신은 아직 젊으니까 얼마든지 새로 시작할 수 있지 않겠느냐고 위로했어. 하지만 여자는 싫다는 듯이 고개를 저으면서, 자기는 이제 새로 시작할 수 없다고 주장하는 거야. 왜냐고 물었더니 ——."

신고는 말했다. "임신했군요."

어머니는 고개를 끄덕였다. "그래. 아기가 생긴 상태였어. 상대 남자는 그 사실을 알고 도망친 거래. 정말로 자기 아이인지 아닌지 알 게 뭐냐고 했다더구나.

가엾게도 그 여자에게는 친지가 없어서 의지할 곳이라고는 아무 데도 없었어. 돈도 없었지. 그래서 아직 병원에는 안 갔다, 임신한 것은 벌써 석 달이나 생리가 나오지 않고, 아무래도 입덧 같은 증세도 있어서 스스로 판단한 건데, 틀림없을 거라고 했어. 그게 그 —— 옛날에 몇 년 전에도 다른 남자와 그런 일이 있어서 아기를 지운 적이 있기에 자신의 몸에 대해서는 잘 안다는 거야.

어쨌든 그날 밤에는 여자를 달래고, 죽는다고 뭐가 달라지느냐고 위로하고 돈을 좀 준 다음, 우리는 집으로 돌아왔어. 하지만 잠이 안 오더구나. 아버지도 이불 속에서 계속 뒤척이기만 하시더라.

다음 날, 아버지는 아침 일찍부터 일을 나가셨어. 나는 옆집 여자가 어떤지 살펴보고 먹을 것도 좀 챙겨다 주고, 집안일을 하면서 온종일 이런저런 생각만 계속하고 있었단다. 일이 끝나고 아버지가 돌아오셨지. 얼굴을 보니, 아버지도 하루 종일 나랑 똑같은 생각을 하고 있었다는 걸 금방 알겠더구나. 그래서 서로 얘기를 했어.

옆집 아기를 받아서 우리 아이로 키우자고.

당장 둘이서 옆집 여자에게 얘기를 해 봤어. 하지만 그 사람은 처음에는 내키지 않는 것 같더구나. 하지만 중절은 하고 싶지 않다고 했어. 그런 슬픈 일은 이제 두 번 다시 싫다고. 하지만 양자로 보내면, 아무리 귀여움을 받고 자란다 해도 언젠가는 그것 때문에 아이가 괴로워하게 될 테니까 역시나 싫다는 거야. 자세한 이야기는 해 주지 않았지만, 그 여자 본인도 양녀까지는 아니더라도 어릴 적에 친척 집에 맡겨져서 자랐기 때문에 힘들었던 경험이 있었던 모양이더라.

아버지랑 나는 열심히 설득했어. 어차피 아기를 낳아 봐야 혼자서 키울 수는 없지 않느냐고. 여자 혼자서 일하면서 아이를 키우는 건, 요즘에야 그런 일이 오히려 훌륭한 일이라는 말을 듣게 되었지만 30년 가까이 전의 일이잖니. 게다가 여자는 직업을 갖고 있는 것도 아니었고, 고등학교도 제대로 안 나온 사람이었어. 그래서 아버지가 말을 꺼낸 거야. 아기가 양자라는 것을 모르도록 하면 되지 않느냐고. 어떻게 하면 그럴 수 있는지, 나는 몰랐어. 하지만 아버지는 그래 봬도 필요할 때는 상당히 머리가 잘 돌아가는 사람이니까.

여자는 아직 병원에 가지 않은 상태였어. 그러니까 이제부터 병원에 가서 몸을 풀 때까지 나인 척하면 된다는 거야. 아버지의 건강보험증으로 병원에 다니면서 모토무라 부인인 척하면 된다고. 마침 우리가, 주위에 친한 사람이 없는 센다이에 있었던 게 다행이었지. 나는 아버지의 새로운 직장 사람들과는 처음 만났을 때 인사를 했을 뿐, 그 후로는 만나지도 않았으니까. 그러니까 아기가 태어날 때까지 아무하고도 교류를 갖지 않고 조용히 살기만 하면 되는 거였어. 그리고 아기가 태어나면 즉시 센다이를 떠나는 거지. 본적은, 아버지도 나도 아직 도쿄로 되어 있으니까. 아기도 그쪽에서 신고하고 싶다고 하면, 의심할 사람은 없잖니. 도쿄의 친척이나 아는 사람들한테는, 그쪽으로 이사하고 나서 곧 아이가 생겼는데 아기는 역시 익숙한 동네에서 키우는 게 좋을 것 같아서 돌아왔다고 말하면 되고.

다행히 모든 일이 계획한 대로 잘되었단다. 아무도 의심하지 않았어. 친척들은, 옛날부터 이사를 하거나 집을 새로 지으면 아기가 생긴다는 말이 있는데 그게 사실이었다면서 좋아하더구나. 우리도 하늘에라도 오를 것처럼 기뻤어. 행복했지. 꿈처럼 행복했어."

11

그날 밤, 신고가 잠들자 곧 꿈이 찾아왔다.

또 그 어두운 숲 속에 혼자 우두커니 서 있었다. 숲의 광경에는 변화가 없었다. 하지만 오늘 밤 신고가 서 있는 곳은 어깨를 서로 맞대듯이 늘어서 있는 나무들 사이로 뻥 뚫린 작고 둥근 광장인데,

그곳에만 햇빛이 밝게 비쳐들고 발밑의 흙도 양달의 따뜻한 색깔을 띠고 있었다.

머리 위로는 새파란 하늘. 하얀 안개는 어디에서도 눈에 띄지 않는다. 하늘을 가로지르는 저 괴상한 비행정의 모습도 보이지 않고, 우유 유유융 하는 독특한 소리도 들리지 않는다.

그들은 아직 오지 않은 걸까——하고 생각하면서 광장 끝 쪽까지 걸어가니, 바로 옆에 있는 나무가 갑자기 술렁거리기 시작했다. 신고는 깜짝 놀라 펄쩍 뛰어서 피했지만, 그 후 그대로 굳어진 것처럼 더 이상 움직이지 못하고 있었다.

침착하게 자세히 보니, 술렁거리는 나무는 한 그루뿐이었다. 신고는 주의 깊게 그 나무의 밑동으로 천천히 다가갔다. 한 손을 줄기에 대고, 머뭇머뭇 머리 위를 올려다보았다.

잎이 팔랑팔랑 떨어졌다. 뭔가가 가지에서 가지로 이동하고 있는 것 같다.

그때 갑자기.

"에취!"

커다란 재채기 소리가 들렸다. 순간, 가지가 마구 흔들렸다. 초록색 잎의 비가 성대하게 쏟아져 내린다. 뭔가가 가지에 부딪히며 아래로, 아래로——.

"우헷! 어라! 으악!"

나뭇잎 사이로 제일 먼저 부츠 끝이 보이고, 다음에는 빨간 머리띠 끝자락이 보였다. 그때쯤에는 신고도 사정을 알아차렸지만, 도망쳐야 할지 남아서 구해 주어야 할지 순간 판단을 망설이고 있는 사이에 셴이 정면으로 떨어져 내렸다.

"앗, 미안!"

신고의 등 위에 올라탄 채 셴은 말했다.

"뭐야, 아저씨, 이런 곳에서 뭘 하고 있어?"

"······그건 내가 할 소리야."

신고는 신음했다. 초등학교 5학년 때 7단으로 쌓여 있는 뜀틀 꼭대기에서 떨어진 후로 가장 큰 충격이다.

"나무가 너무 커서 갑자기 꼭대기까지 올라가 보고 싶어지지 뭐야. 조금만 더 가면 꼭대기였는데, 나뭇잎 끝이 콧구멍에 들어와서 말이야. 재채기를 했더니 발이 미끄러졌어."

"알았으니까 좀 비켜 줘."

셴은 가볍게 일어섰다. 아무렇지도 않다. 신고가 오히려 온몸에 타박상을 입었다.

"밑에 있었어? 내가 떨어지는 걸 봤으면 얼른 비켰으면 됐잖아."

신고는 끙끙거리고 신음하면서 간신히 땅바닥에 앉았다. 다행히 부러진 데는 없는 것 같다.

"마에스트로는 어디에 있어?"

"탐사 헬멧을 쓰고 근처를 돌아다니고 있어."

"그로거를 찾고 있는 거지?"

"아니. 녀석이 설치한 덫을 찾고 있는 거야."

"덫? 그래, 지난번에도 그런 말을 했었지. 그 빨간 두건을 쓴 여자 아이를——."

"응." 셴은 코 밑을 한 번 문지르고는 청바지 엉덩이 부분을 탁탁 두드렸다. "아저씨한테는 지뢰 같은 거지. 밟으면 그런 환상이 나타나."

신고는 여전히 몸을 주무르고 있다가 오싹하니 오한이 들어서 그 손을 멈추었다.

"그로거는 내 뇌 속에 그런 것을 파묻고 다닌단 말이야?"

"아니라니까. 어디까지나 환상이라고. 아저씨의 뇌는 무사해. 녀석은 자신의 일부를 약간 뜯어내서 '필드' 여기저기에 뿌리고 다니는 거야. 개똥 같은 거지."

신고는 혼란스러워졌다. "자신의 일부를 뜯어내다니 —— 놈들은 의식만 남은 존재잖아? 육체는 없는 거 아니었어?"

셴은 팔짱을 끼고는 한쪽 다리에 체중을 싣고서 신고를 비스듬히 바라보았다. "역시 완전히 이해하지 못했군. 하긴 나도 한꺼번에 설명해 버렸으니까."

도망범들의 의식은 그것 하나만 육체에서 떨어져나온 게 아니다. 인간의 의식은 그렇게 솜씨 좋게 일을 처리하지는 못하기 때문이다.

"'빅 올드 원'의 동력원이었던 '스타프'라는 물질이 촉매 플러스 열원으로 작용해서, 육체를 떠난 놈들의 의식을 개체에 붙들어 두었다는 얘기는 했지? 그러니까 그로거도 기화한 한 덩어리의 스타프로 '임시 육체' 같은 것은 갖고 있는 거야. 그리고 그것을 아주 조금 뜯어내서 '필드'에 설치해 두는 거지. 거기에 아저씨의 자기투영상이 접촉하면 거기에서 나오는 전기적 에너지가 아저씨의 자기투영상에 영향을 주어서, 짧은 시간이지만 또렷한 영상을 만든다는 거야."

더 모르겠다.

"그건 그렇고, 그런 놈을 너희들은 어떻게 붙잡는데?"

셴은 허리의 권총집을 두드려 보였다. 그 매끈한 형태의 총 손잡이 부분이 보인다.

"이 총의 탄환은 '스타프'로 만들어져 있어."

"하지만 그건 그들의 에너지원이잖아? 그런 걸 쏜다면 기운만 더 넘치게 하는 거 아니야?"

"그게 그렇지가 않아. '스타프'는 원래는 광물자원이고, 고체란 말이야. 그게 폭주사고로 지나친 고열이 발생하는 바람에 기화되어 버린 거지. 그래서 놈들의 의식이 존재하기에 딱 알맞은 상태가 되어 버린 거지만, 그건 우연이야. 절묘한 비율로 그렇게 되었을 뿐이라고. 정말 기적처럼 균형이 딱 맞아 버린 거지. 그러니까 외부에서 한꺼번에 많은 '스타프'를 가해 주면, 순식간에 그 균형이 무너지고 '스타프'는 고체로 돌아가게 되는 거야. 그로거의 의식을 내부에 가둔 채로 말이지."

신고는 천천히 방금 들은 설명을 곱씹었다. 그리고 새삼스럽게 깨달은 사실이 있어서 눈을 크게 떴다.

"저기, 그들이 기화한 '스타프'를 에너지원으로 삼고 있다면, 그냥 존재하기만 해도 조금씩 그것을 소비하고 있는 거지?"

"그렇지. 누군가 D · P에게 숨어 들어가서, 그 몸을 빼앗지는 않더라도 그 D · P의 에너지를 차용하고 있을 때 외에는. 그렇기 때문에 놈들은 D · P에 굶주려 있는 거야. 그냥 육체가 필요해서만은 아니지. 사활이 걸린 문제거든."

신고는 고개를 끄덕였다. "그렇군……. 그러니까 요컨대 그 총으로 쏘기만 하면 그로거를 붙잡을 수 있다는 거지?"

"그렇지."

"그럼 이제 찾아내기만 하면 되겠네."

"순서로는 그래. 하지만 그게 말처럼 쉽지 않고 복잡하단 말이지.

그래서 아저씨의 협력이 필요한 거야. 아버지나 어머니랑 얘기는 해 봤어?"

신고는 어머니에게서 들은 일을 설명했다. 셴이 있는 곳과 신고가 사는 현대의 일본은 출생신고나 사회보험제도가 다를 게 뻔하므로, 자세한 부분은 이해하지 못하더라도 어쩔 수 없다고 생각하며 꼼꼼하게 설명했다.

"어쨌든 아저씨는 진짜 양자였다는 건 확실해진 거네" 하고 셴은 지극히 핵심을 찌르는 말을 했다.

"그런데 아버지와는 아직 얘기하지 못했어."

신고는 조금 변명하는 말투가 되었다.

"다행히 큰일은 없었지만, 어제 수술하신 아버지한테 갑자기 이런 무거운 화제를 꺼낼 수는 없었거든."

셴은 아무 말도 하지 않고 빨간 머리띠를 잡아당겨 다시 맸다. 표정이 약간 불만스러운 것 같아 보였다.

"저기, 하나 더 물어봐도 될까?"

"좋아. 연장 요금은 청구 안 할게."

"너희들이 그——그로거를 붙잡을 때 그냥 총으로 쏘기만 하면 되는 거라면, 나는 뭘 할 수 있는 거지? 그로거는 내 이 꿈속에 있는 거잖아? 찾아내서 쏴 버려도 상관없어. 뛰어다니면서 총격전을 한다 해도 나는 아무렇지도 않으니까."

셴은 머리띠 상태를 고치면서 말했다. "어제 뭐든지 협조하겠다고 말한 건 누구 입이야?"

"하, 하지만 그때는, 총에 대해서는 가르쳐주지 않았잖아." 신고는 당황했다. "게다가 어제도 결국, 너희들은 내가 협력하기 위해 구체

적으로 어떻게 해야 하는가에 관한 얘기는 안 했어. 그냥 '어린아이'
라는 게 키워드고, 그건 아마 내가 양자일지도 모른다는 거랑 관련이
있을 거라는 것뿐이었지. 그래서 나는 어머니랑 얘기해서—— 양자
라는 사실은 확인했으니까, 이제 여기서부터는 너희들한테 그냥 맡
겨도 되잖아?"

허리의 벨트에 손가락을 걸고, 셴은 두세 걸음 이동했다. 입이 불만
스러운 듯 삐죽거린다.

"우리는 그로거를 탐지할 수는 있어." 셴은 아래를 본 채 말했다.
"하지만 그것만으로는 녀석을 쏠 수는 없어. 녀석은 우리 앞에서는
개체로서 모습을 나타내지 않으니까. 표적이 되지 않는단 말이야."

"어째서?"

셴은 신고를 가리켰다. "놈이 노리고 있는 게 아저씨니까. 어제도
봤잖아? 여자아이의 환상은 내게도, 마에스트로에게도 눈길 한 번
주지 않았어. 아저씨만을 똑바로 가리키고 있었다고."

"하지만 그 여자아이는 너희들한테도 보였잖아? 보이면 쏠 수 있
는 거 아니야?"

비정할 정도로 단호하게, 셴은 고개를 저었다.

"이 총에는 딱 한 가지 결점이 있어. 탄환 속도가 느리다는 거지.
그리고 우리가 표적으로 삼고 있는 그로거라는 놈은 벽도 뚫고 지나
가고, 순식간에 이동해. 접근전이 아니면 절대로 못 맞추지. 아마
피해 버릴 거야. 그래서 우리가 확실하게 '스타프' 총알을 쏠 수 있는
거리까지 다가가려면, 반드시 아저씨가 옆에 있어야 되는 거야."

부조리하지 않은가. 신고는 조금 화가 났다.

"어째서? 이상하잖아."

"그로거는 아저씨의 의식을 반영하기 때문이야." 셴은 약간 엄격한 말투가 되었다. "아저씨가 무섭다고 생각하는 것, 아저씨가 두려워하고 있는 것의 모습을 하고 나타나기 때문이야. 나도 마에스트로도 상관없어. 아무리 D·B를 위협해봤자 놈들에게는 시간만 허비될 뿐 아무런 이득도 없거든. 게다가 우리는, 미안하지만 웬만한 일로는 끄떡도 하지 않으니까. 그러니까 그로거가 노리는 건 아저씨뿐이야. 놈은 아저씨를 뒤흔들려고 할 거야. 그리고 아저씨가 놈의 위협에 져 버리면, 울거나 소리를 지르거나 도망치려고 하면, 그로거는 그 순간 아저씨의 몸을 빼앗겠지."

셴은 한 발짝 다가와서 신고의 얼굴 한가운데를 가리켰다.

"놈이 아저씨의 몸을——뇌를 빼앗으면, 그때부터 이 '필드'는 그 녀석의 '필드'가 되는 거야. 즉, 그 녀석이 이곳을 자유자재로 변화시킬 수 있게 된단 말이지. 사방을 온통 모래 바다로 만들어서 우리를 쉽과 함께 통째로 삼킬 수도 있고, 자기폭풍을 일으켜서 쉽을 떨어뜨리고 나랑 마에스트로를 붙잡아서 머리가 세 개, 꼬리가 여덟 개로 나뉘어 있는 괴물을 만들어낸 후 그놈의 간식으로 우리를 먹일 수도 있어."

신고는 셴의 손가락 끝을 바라보았다. 그러고 나서 천천히 소년의 얼굴로 시선을 옮겼다.

"우리는 한 배를 탄 운명이라고" 하고 셴은 말을 이었다. "아저씨가 빼앗기면, 그 순간 나도 마에스트로도 끝장이야. 그로거는 그 사실을 잘 알고 있어. 그러니까 아저씨만을 노릴 거야. 아저씨가 용기를 쥐어짜내서 도와주지 않으면 우리만으로는, 그저 녀석과 술래잡기를 할 뿐 절대로 승부를 낼 수는 없는 거야."

신고는 손으로 이마를 눌렀다. "지금까지……, 그런 실패를 한 적이 있어?"

"있어" 하고 셴은 화난 듯이 내뱉었다. "갔다가 돌아오지 않은 D·B가, 내가 아는 것만 해도 백 명은 될 거야."

"그렇게 많이? 하지만 도망범은 쉰 명이잖아? 그 두 배나 되는 숫자의 D·B가 당했다는 거야?"

"정확하게 말하면, 현재 도망범은 스물일곱 명이야. 12년 동안 스물세 명은 잡았으니까. 스물세 명을 붙잡아 도로 데려오기 위해서, 그 네 배도 넘는 수의 D·B가 사라진 거야. 효율이 낮다고 비웃을 거야? 비웃어도 괜찮아. 나도 그렇게 생각하니까."

신고는 그 말에 강한 충격을 받고 고개를 숙였다. 들으면 들을수록 너무나 터무니없는 위기라는 사실이 몸에 전해져 왔다.

"그로거를 쓰러뜨리지 않아도——그냥 나한테서 쫓아낼 수는 있어?"

"굳이 말하자면, 못할 건 없지."

"그러면 안 되는 거야?"

"아저씨가 그게 좋다고 하면 그래도 돼. 그놈이 지쳐서 나가떨어질 때까지 쫓아다녀 주지. 하지만 지구전이라면 녀석 쪽이 훨씬 강해. D·P의 '필드'에 들어와 있는 이상, 녀석은 자신의 에너지를 소비하지 않아도 되니까. 우리도 얼마든지 기다릴 수 있어. 하지만 아저씨는 기다릴 수 없겠지. 매일 밤 덫을 밟고, 우리와 함께 꿈속을 뛰어다니다간 금방 지칠 테고 우울해질 거야."

셴의 말이 맞다. 매일 밤 이런 선명한 꿈을 계속해서 꾼다면 열흘도 못 가서 꿈과 현실을 구분하지 못하게 되고, 머리가 이상해져 버릴 것이다.

"하지만 그렇게 해서 도망범을 쫓아낸 경우도 있어. 그 경우, 우리 D · B는 헛수고만 참으면 되지만 D · P에게는 그렇게 간단한 문제가 아니야. 여러 가지 후유증이 남을 거야. 하지만 거기까지는 우리도 책임질 수가 없어, 미안하지만."

머릿속을 정리하고 열심히 마음을 가라앉힌 후, 신고는 가까스로 자신의 말로 사태를 파악했다.

즉──이건 표적이 된 불운한 D · P가 자신 안에서 발견한 마음의 상처와 싸우느냐 마느냐 하는 승부인 것이다.

"싸우기 위해서는 우선 상대를 알아야 해." 신고는 중얼거렸다. "그러니까 나는 지금 내 마음을──내 존재 자체를 뒤흔들고 있는 사건에 대해서, 제대로 알아야 한다는 거지?"

셴은 고개를 끄덕였다. "아저씨가 알면, 그 지식에 따라서 '필드'에 변화가 일어나. 그럼 그로거도 거기에 있게 돼. 아저씨랑 결판을 짓기 위해서 말이야."

소년은 마치 동네 불량배 같은 말투다. 신고는 조금 우스워졌다.

"알았어. 지겨울 정도로 잘 알았다고."

"그럼 나도 질문이 하나 있는데." 이번에는 셴이 물었다. "저기, 양자라는 게 왜 그렇게 문제가 돼?"

신고는 놀라서 소년의 얼굴을 다시 보았다.

"상관없잖아. 친부모가 아니라도. 계속 같이 살면서 아저씨를 키워준 거잖아? 뭐가 불만이야? 왜 상처를 입는 거지?"

대답할 말이 없어서 아연해 있는 신고에게, 셴은 스스로 자신의 말에 촉발된 것처럼 토라진 목소리로 말을 이었다.

"나도 부모는 없다고. 그래서 시설이랑 마에스트로의 신세를 져 왔어. 그게 뭐 어쨌다는 거야?"

"넌——고아니?"

셴은 기세 좋게 고개를 끄덕였다. "그래. 아버지는 그 폭주사고로 죽었어. 내가 네 살 때였지. 어머니는——."

마치 보이지 않는 누군가에게 야단을 맞은 것처럼, 셴은 갑자기 입을 다물었다. 그리고 그 보이지 않는 누군가에게 반항하듯이 한동 안 허공을 노려보고 나서, 천천히 신고 쪽을 보았다.

"어머니는 도망쳤어. 우리 어머니는 그때 그 쉰 명의 도망범 중 한 명이거든. 아직도 도망치고 있는 스물일곱 명 중 한 명이고. 하지 만 그게 뭐 어쨌다는 거야? 그런 어머니가 있다 해도 나하고는 전혀 상관없잖아."

12

다음 날——.

출근해 보니, 어제 전화를 받은 동료뿐만 아니라 상사까지도 아버 지의 상태를 물었다. 신고가 다행히 심각하지는 않았다고 설명하고 배려에 감사하자 그들은, "오늘 아침에 출근했을 때 얼굴이 너무 어두 워서 걱정했어"라는 말을 저마다 했다.

사무실의 책상에 앉자, 다행히 머리도 손도 자연스럽게 움직여 서 어제 하루 동안 밀려 있던 분량의 일도, 오늘 해야 할 분량도 차근 차근히 해 나갈 수 있었다. 적어도 그 점에서는, 아버지가 입원하기 전과 달라진 것이라고는 아무것도 없었다.

그래도 가끔 업무 관련 전화를 끊은 후나 장부를 덮었을 때, 컴퓨터 모니터에 모래시계가 표시되어 있을 때 등 잠깐의 틈 사이에, 문득 넋을 놓았다가 곧 꿈 생각으로 빠지고는 했다. 차근차근 생각을 좇는 것이 아니라 자기 생각의 단편이나 셴의 말 한마디, 꿈속의 광경이나 병원 통로에서 처음으로 간호사와 이야기했을 때의 일, 산소마스크 를 쓰고 잠들어 있는 아버지의 얼굴이나 어제 테이블 너머로 본 어머 니의 표정 등이 바람에 휘말린 낙엽들처럼 팔랑팔랑, 여기저기로 날 아다니는 것을 멍하니 바라보고 있는 듯한 느낌이었다.

――상관없잖아. 친부모가 아니라도.

셴의 물음은 그 낙엽들 중에서도 한층 더 똑똑히 눈에 띄었다. 은행 나무 잎처럼, 딱 한 장만 노랗게 물든 게 섞여 있는 것처럼, 이리저리 팔랑팔랑 날아다녀도 금방 그것을 발견할 수 있었다.

설령 다른 세계의 사람이라 하더라도 같은 인종인 이상, 마음 상태 에 큰 차이가 있으리라고는 생각할 수 없다. 그때 셴의 단호한 말투, 어머니 따위는 자신과 상관없다고 잘라 말하던 목소리는, 지금의 신 고가 갖고 있지 않은 강인한 의지에 뿌리를 내리고 있는 것이리라고 생각하지만, 그런 한편으로 역시 그가 어머니 때문에 어떤 상처를 입었다는 사실도――본인은 아니라고 부정할 게 틀림없지만―― 또렷이 나타나 있었다.

만일 그렇지 않다면 어째서 일부러 D · B가 되었을까. 그 나이에, 목숨을 건 위험한 일을 선택하다니. 모험심이나 변덕만으로는 설명 이 되지 않는다. 그 아이는 그 아이 나름으로 어머니에 대해서 해결되 지 않는 집착이 있기 때문에 D · B로 활동하고 있는 건지도 모른다.

나도 그런 용기를 가질 수 있을까.

어제, 어머니는 끝끝내 신고의 친어머니 이름을 말하지 않았다. 계속 '그 여자'라는 식으로 불렀다. 잊어버렸을 리는 없다. 단지 말하고 싶지 않았기 때문에 말하지 않은 것이다. 그 여자의 이름은 어머니에게 있어서, 신고와 신고의 부모로서의 아버지와 어머니의 인생에 걸려 있던 마법을 푸는 주문이나 같은 것이다. 따라서 한 번 그것을 입 밖에 내어 버리면, 마차가 호박으로 되돌아가는 것처럼 되고 말 것이다.

"도쿄로 돌아온 후로, 어머니는 그 사람을 만난 적이 있으세요?"

신고의 물음에 어머니는 고개를 저었다.

"아니. 만난 적은 없어. 한 번도 없어. 아버지도 마찬가지고. 두 번 다시 만나지 않았지. 소식도 몰라. 전혀 몰라."

거짓말이라고 생각했다.

외조부와 외조모는 신고가 태어나기 전에 돌아가셨지만, 친조부와 친조모는 신고가 어릴 때는 건강하셨다. 할아버지에게는 몹시 귀여움을 받은 기억이 남아 있다.

"할아버지랑 할머니한테도 이 사실은 밝히지 않으셨군요. 눈치도 못 채셨죠?"

"다행스럽게도" 하고 어머니는 대답했다. 어머니는 약간 눈물을 지으며, "넌 아버지와도 나와도 닮지는 않았지만, 그것도 문제가 되지는 않았어. 오히려 어른들은 그런 일도 있는 법이라고 자주 말씀하셨지. 할머니는 어릴 때 병으로 돌아가신 할머니의 오빠랑 네가 닮았다고 하셨어. 그래, 그렇게 네 아버지랑 나는 모든 사람들을 속이고 있었던 거야" 하며 어머니는 머리를 끌어안았다.

"정말 미안하지만, 내 입으로는 도저히 아버지한테 얘기할 수가 없구나. 네가 그렇게 하는 편이 좋겠다고 생각했을 때, 네 입으로 아버지한테 말하고, 묻고 싶은 것을 물어봐 주렴."

그건 빙 둘러서, 아버지한테는 아무 말도 하지 말아 달라, 적어도 지금은 아직 아무것도 묻지 말아 달라는 애원이었다. 신고는 말 속에 담긴 그 바람을 이해하고, '네, 그럴게요' 하고 대답했다——.

점심시간에 밖에 나갔다가, 역 근처에서 어린아이를 안은 젊은 어머니와 스쳐 지나갔다. 신고는 걸음을 멈추고 몸을 돌려, 두 사람이 사람들 틈에 휩쓸려 보이지 않게 될 때까지 바라보고 있었다.

내가 용기를 쥐어짜내지 않으면 그로거에게 몸을 빼앗기고, 센도 마에스트로도 소거되고, 그리고 무시무시한 어린아이 살인자가 이 세상에 한 명 탄생하게 된다.

신고는 상의 안주머니를 뒤져 핸드폰을 꺼냈다. 병원에 드나드느라 부재중 모드로 해 놓았고, 그 후로 계속 전원을 꺼 두었다. 메모리도 체크해야 한다.

연락은 어디에서도 와 있지 않았다. 여자 친구에게서도. 신고가 결론을 내리고 전화할 때까지, 그녀 쪽에서는 더 이상 아무 말도 하지 않을 것이다. 서로 얘기해서 그렇게 하기로 약속한 것은 바로 4, 5일 전의 일이었다. 그 약속을 그녀는 지켜 주고 있는 것이다.

그저께 퇴근해서 본가로 돌아갈 때 머릿속을 차지하고 있던 것은 이 문제였다. 여자 친구의, 여자 친구와의 문제뿐이었다. 그런데 어떤가? 겨우 하루를 사이에 둔 것뿐인데, 신고 자신이 대체 누구인가 하는 토대가 흔들릴 것 같은 사건이 터져서, 그녀와의 문제를 생각할 여유가 없어져 버렸다.

하지만—— 시간이 없다. 양쪽 문제 모두 시간이 지나면 그만큼 선택의 폭이 좁아지고, 틀림없이 있을 해결책을 찾아내기가 오히려 어려워지는 종류의 문제다.

그때 갑자기 새로운 계시처럼 신고의 마음에 반짝 빛이 비쳐들었다. 어쩌면 이 두 개의 문제는, 둘이면서도 하나일지도 모른다. 한쪽에 맞서는 것이 양쪽에 맞서는 것이 될지도.

역시 오늘 밤에 아버지와 얘기를 해 봐야겠다.

2인실 병실의 아버지 옆 침대는 비어 있었다. 아버지는 누워서 얕은 잠이 들었다가 신고가 다가가자 곧 깨서 일어나려고 했다.

"괜찮아요, 그냥 누워 계세요. 몸은 좀 어떠세요?"

아버지는 심심하다는 내용의 말을 불만스러운 듯 늘어놓았다. 그 말버릇도 표정도 어머니가 집을 비우고 외출한다는 것을 알고 토라질 때와 매우 비슷해서, '아아, 아버지는 건강해져 가고 있구나' 하고 신고는 안심했다.

"낮에 어머니 오셨어요?"

"왔지. 빨래를 가지러."

"그래요." 신고는 의자를 끌어당겨 어색하게 걸터앉았다. "어머니가 걱정 많이 하세요. 집에 혼자 계시는 것도 불안한 것 같고. 오늘 밤에는 제가 또 본가에서 잘게요."

신고는 자신이 긴장한 상태라는 것을 스스로도 잘 알고 있었다. 간혹 몸은 말보다 더 많은 메시지를 전달한다. 아버지는 의아하다는 듯이 신고를 보았다. 그렇지 않아도 숱이 적어진 머리카락이, 누워 있던 탓에 더 납작해져서 머리에 달라붙어 있다.

군이 지금 이야기할 필요는 없지 않을까. 아버지는 환자다. 수술을 받은 지 얼마 되지도 않았다. 지금 다그치는 건 박정한 짓이다. 마지막 흔들림처럼, 그런 생각이 치밀어 올랐다. 하지만 신고는 그런 생각을 억눌렀다. 지금 물어보지 못한다면 물어볼 용기가 사라지고 말 것이다. '지금은 아직 묻지 말아 줘'를 받아들이면, 그다음에는 '이제 상관없잖아, 이제 와서 물어보지 않더라도'를 선택하게 될 것이다. 왜냐하면, 그편이 편하니까.

"저기요, 아버지."

말을 꺼내고, 그 후로 10분도 넘게 혼자서 떠들어 댔다. 아버지는 맞장구조차 치지 않고, 베개에 머리를 대고 눈을 크게 뜬 채 굳어진 얼굴로 신고를 보고 있었다.

"저는 어머니를 울리고 말았어요."

거기까지 이야기하자, 한순간이지만 자신도 울음이 터질 것만 같았다.

"하지만 아버지, 믿어 주셨으면 좋겠는데 저는 화난 게 아니에요. 그냥 깜짝 놀라서——사실을 알고 싶다고 생각하고 있을 뿐이에요. 저는 아버지, 어머니께 감사하고 있어요. 지금까지 키워 주신 것을."

아버지는 그제야 바싹 마른 입술을 움직였다. "보통은, 어지간한 일이 없으면 자식이 부모한테 '키워 주어서 고맙다'고 말할 리가 없지."

"결혼식 때는 많이들 말하잖아요."

"그야, 그런 의식이니까." 아버지는 병원에서 지급된 환자복 옷자락을 여몄다. "보통은 그런 말은 하지 않아. 부모가 자식을 키우는 건 당연한 일이니까."

신고는 뭔가 재치 있는 말을 하려고 노력했다. 하지만 잘되지 않았다.

"괜찮다, 신고. 그렇게 움츠러들지 마. 네가 사실을 알고 싶다고 생각하는 건 당연한 일이지. 나쁜 짓을 한 게 아니야."

"아버지 ——."

"낮에 네 엄마가 왠지 기운이 없었던 것도 이것 때문이었구나."

"어머니는, 당신 입으로는 도저히 아버지에게 얘기할 수 없다고 하셨어요. 저도 아직 아버지가 병원에 계시는데 이런 얘기를 꺼내려니 좀 ——."

"괜찮아." 생각 외의 힘찬 목소리로, 아버지는 신고를 가로막았다. "그건 네 엄마가 잘못한 거야. 이런 때일수록 더더욱 얘기해야지. 지금 서로 대화를 해 두어야 해."

안도인지 흥분인지 모를 기분에, 신고는 의자 위에서 자신의 몸이 부르르 떨리는 것을 느꼈다.

"실은 말이지, 신고. 나는 내일이라도 네 엄마가 병원에 오면, 너에게 사실을 말해 주자고 상의할 생각이었다. 넌 이제 다 큰 어른이야. 어른이 된 남자에게 이렇게 중요한 일을 숨겨 두어서는 안 되지."

"왜죠?"

"이렇게 됐으니까" 하며 아버지는 새하얀 붕대가 감겨 있는 자신의 수술 자국을 가리켰다.

"그저께 밤, 배가 아파서 참을 수 없게 되었을 때, 난 이대로 죽겠구나 하고 생각했어. 네 엄마가 돌아올 때까지 못 버틸 거라고, 너 하고도 이제 이별이라고 생각했지. 각오를 다졌어. 그리고 그때, 죽을 만큼 아픈 배를 끌어안고 후회했단다. 이렇게 되기 전에 네게 사실을 얘기해 두었어야 했다고 말이야. 이대로 죽는다면, 나는 네게 사실을 숨긴 채 저세상으로 가게 될 거 아니냐. 그건 안 될 일이야. 안 되지. 그런 건 너한테 너무나―― 너무나――."

아버지는 말을 찾아 눈동자를 움직였다.

"비겁하다고 생각했다."

이번에는 재치 있는 말을 생각할 필요는 없었다. 신고는 말했다. "고맙습니다."

아버지는 그제야 아픈 듯이 웃었다. "널 키우게 된 상황은 네 엄마가 너한테 얘기한 대로야. 덧붙일 건 아무것도 없다. 둘이서 계속 비밀을 안고, 친지들에게도 거짓말을 해 왔어. 할아버지와 할머니는 네 출생을 전혀 의심한 적도 없으시지."

"저는 그 말을 듣고 안심했어요."

"그래?" 하며 아버지는 잠시 말문이 막혔다. "넌 착하구나."

신고는 눈을 내리깔았다. 그리고 한 걸음 더 나아가, 셴과 마에스트로와 다른 세계에서 온 D·B들의 이야기까지 고백하고 싶어졌다. 그 말은 혀끝까지 나왔다. 저는 그들을 돕기 위해 진실을 알 필요가 있어요, 아버지――.

하지만 그보다 먼저 아버지가 말을 이었다. "다만 너는, 어머니는 거짓말을 하지는 않았지만, 사실을 전부 얘기한 게 아니라고 느끼고 있지? 그렇지? 내가 너라도 그렇게 느꼈을 거야. 그래서 나한테 묻고 싶은 거지?"

신고는 고개를 끄덕였다. "저는――."

"네 친어머니는" 하고 아버지는 말했다. "모리타 나쓰코라는 사람이야. 널 낳았을 때 스물다섯 살이었지. 네 친아버지는 모리타 씨가 다니던 회사의 상사였던 사람인데, 이름은 아마 야마자키 씨였을 거야. 미안하지만 이름까지는 모르겠구나. 모리타 씨가 가르쳐주지 않았거든. 본인도 언제나 '야마자키 씨'라고 불렀어. 이름을 부른 적은 한 번도 없었다. 그게 내가 보기에는, 굉장히 가엾게 여겨지더구나."

"아버지는 야마자키 씨를 제대로 만나신 적은 없는 거군요."

"없어. 이웃집에 사는 부부라고 생각하고 있었을 때, 오다가다 본 적은 있지. 대개 단정하게 양복을 입고 있었어. 꽤나 멋있는 미남이었단다."

"난봉꾼이니까요!" 하며 신고는 웃었다. 그러니 아버지는 웃지 않았다.

"두 사람 사이에 어떤 문제가 있었는지, 어쨌든 나와 네 엄마는 모리타 씨 쪽의 이야기밖에 듣지 못했으니까. 야마자키 씨에게는 야마자키 씨대로, 아무래도 모리타 씨와 헤어져야 할 사정이 있었던 건지도 모르지. 이것만은 당사자끼리의 문제니까."

아버지가 야마자키라는 남자를 감싸는 것은, 다름 아닌 그 남자의 피를 신고가 물려받았기 때문이다.

"무사히 태어난 널 데리고 나와 네 엄마가 센다이를 떠날 때, 모리타 씨는 고향으로 돌아갈 거라고 말했어. 홋카이도의 아사히카와라더구나. 우리는 그 사람의 신상에 대해서 깊이 물어보지 않았어. 이제는 서로 모르는 사람으로 돌아가는 거니까. 그러니까 그 이상은 알 수 없었어──."

말을 끊고, 아버지는 병실 천장을 보았다.

"알 수 없었다──" 하고 신고는 아버지의 말을 따라서 말했다. "그 이후는요?"

"네 엄마는 네게 거짓말을 했어."

역시.

"도쿄로 돌아온 후, 나와 네 엄마는 모리타 씨를 만난 적이 있다. 두 번 있어. 한 번은 네가 아직 아장아장 걸어 다닐 무렵이었어. 두 번째는 초등학교 1학년 때였지. 그때는, 네 엄마는 모리타 씨를 만나지 않았어. 나 혼자 만나서 얘기했다. 모리타 씨는 우리를 찾을 때 내가 인쇄공이라는 사실만을 단서로 삼고 있었기 때문에, 두 번 다 내 회사로 연락이 왔거든."

아버지가 이야기하기 쉽도록, 신고는 질문했다.

"무슨 목적으로 만나러 왔는데요?"

"첫 번째 때는 네가 건강하게 잘 지내는지 걱정이 돼서 왔다고 했어. 우리는 네가 잘 지낸다고 말하고 그 사람에게 사진을 보여 주었지만, 집으로는 초대하지 않았다. 만난 곳은 도쿄 역 근처의 레스토랑이었던가? 네 엄마는 널 옆집 부인에게 맡기고 나왔어. 두 번째 때에는 모리타 씨가 회사로 왔더라. 그래서 회사 근처 찻집에서 만났어. 처음 때보다 훨씬 짧은 시간이었지."

아버지는 천장을 올려다본 채 눈을 깜박거렸다.

"그 사람은 널 데려가고 싶다고 말했어."

또 '역시'다.

"예전보다 많이 건강해졌고, 살기도 좋아진 것 같더구나. 세련된 옷을 입고 예쁘게 화장을 하고 말이야. 이제 곧 결혼한다고 하더라. 그리고 그 상대가 자기한테 양자로 보낸 아이가 있다는 말을 듣고, 꼭 데려와서 둘이서 같이 키우고 싶다고 말하고 있다는 거야. 나는 거절했어. 마누라한테 이런 얘기를 하는 것도 싫다고 말했지. 미안하지만 당신은 틀렸습니다, 당신은 아기를 양자로 보낸 게 아니에요. 우리는 그런 약속을 한 게 아닙니다. 그 아이는 우리 부부의 자식입니다. 그렇게 말했어."

아버지의 미간에 희미하게 주름이 생겼다.

"그 사람은 울더구나. 하루도 자신의 아이를 잊은 적이 없다면서. 그래서 나는 또 말했단다. 그 아이는 당신의 아이가 아니라고. 그렇게 그 사람을 설득해서 돌려보냈어. 그 사람은 새빨간 눈을 하고, 예쁜 꾸러미를 내밀더니 그것을 너한테 전해 달라고 하더구나. 나는 돌려주고 싶었지만, 그러기도 선에 그 사람은 찻집을 나가 버렸어. 그 후로 만나지 못했단다. 세 번째는 없었어. 그게 마지막이었지."

아버지의 눈가가 점점 붉어졌다.

"나는 그 꾸러미를 집으로 가져갔어. 도중에 버릴까 하는 생각도 들었지만, 전철 안에서 풀어보니 그림책이 두 권 나오더구나. 그러니까 갑자기 버리는 게 망설여져서 말이야. 집에 와서 네 엄마에게 상의했지. 네 엄마는 새파래져서, 그림책을 숨기고 포장지는 버렸어. 나는 그 후 네 엄마가 그 두 권의 그림책을 어떻게 했는지 묻지 않았단다. 불쌍해서 도저히 물어볼 수가 없었거든. 하지만 네 엄마도 버리지는 못했을 거라고 생각해."

"저는 그 그림책을 기억하고 있어요" 하고 신고는 말했다. "아마, 틀림없이 기억하고 있을 거예요."

13

필드는 완전히 바뀌어 있었다.

신고의 꿈속에서, 그동안 눈에 익었던 그 깊은 숲은 사라지고 없었다. 그 대신 경계가 아슬아슬한 곳에 한 채의 집이 거대한 자리를 차지하고 서 있었다.

집——이게?

경계 가장자리에 서서, 신고는 멍하니 그것을 올려다보았다.

하얀 벽. 빨간 지붕. 벽돌로 된 굴뚝. 장식 손잡이가 달린 미늘창이 끼워져 있는 창문. 몇몇 부분을 빼내서 본다면, 그것은 꼭 동화에 나오는 '집' 같다. 하지만 전체적인 모습은 전혀 다르다. 흡사 집의 도깨비, 집이 꾸고 있는 악몽——자유자재로 모습을 바꿀 수 있는 괴물이, 동화의 '집'으로 변신하려다가 실패한 불량품.

집의 하얀 벽과 붉고 뾰족한 지붕에 마치 암세포가 달라붙어, 집의 몇몇 부분이 멋대로 증식하기 시작해 버렸다——고나 할 수 있을 것 같다. 눈에 보이는 부분만 해도 몇 개의 굴뚝이 있는 걸까? 그중 똑바로 서 있는 것은 몇 개나 될까? 이 벽은 어디로 이어져 있을까? 이 문은 어째서 이렇게 일그러져 있는 걸까? 흐늘거리고, 길게 잡아 늘여 곳곳에 매듭을 지어서 거꾸로 뒤집고, 모서리란 모서리에는 온통 돌기가 돋아난 이 건물.

게다가 무섭게도, 신고가 머뭇머뭇 손을 뻗어 가까운 곳에 있던 하얀 벽을 만져 보니, 분명히 하얗게 회칠이 되어 있어야 할 감촉과는 반대로 그것은 조금도 싸늘하지 않고 사람의 피부 같은 온기가 있었다.

——호흡하고 있다.

천천히 숨을 들이쉬고, 숨을 내쉰다. 그때마다 벽이 팽창하거나 수축한다.

그때 등 뒤에서 우유우웅 하는 소리가 들려왔다. 신고는 안심하며 몸을 돌려, 하얀 안개를 가르며 다가오는 바렌 쉽을 발견하고 손을 흔들었다.

셴은 총좌 앞에 서서 한쪽 다리를 난간에 걸치고 팔짱을 끼고 있었다.

"이건 뭐야?" 셴도 놀라고 있다.

"동화 속의 집이야." 신고는 대답했다. "과자로 만들어져 있을지도 모르지."

쉽이 경계 옆에 바싹 다가서자 셴은 가볍게 뛰어내렸다. 마에스트로도 뒷부분 해치를 열고 나온다.

"필드가 바뀌었소이다."

마에스트로는 굵은 팔을 난간에 짚고 이 이상한 건물을 올려다본다. 그러나 그렇게 놀란 것처럼 보이지는 않는다.

"영맨, 무슨 단서를 발견했지요?"

그때 처음으로, 신고는 자신이 두 권의 그림책을 옆구리에 끼고 있다는 사실을 깨달았다. 잠자리에 들어갈 때 베개 밑에 넣어 두었지만 설마 정말 꿈속에까지 가지고 들어올 수 있을 거라고는 생각지도 못했던 것이다.

"이거."

신고는 두 사람에게 그림책을 보여 주었다. 〈빨간 두건〉과 〈헨젤과 그레텔〉. 색깔이 바래고 낡고 오래된 책이지만, 망가지지는 않았다. 어쨌거나 10여 년 동안 계속 벽장 안쪽에 숨겨져 있었으니까.

병실에서 아버지한테 이야기를 듣고, 본가로 돌아가서 어머니에게 묻자 어머니는 곧 모리타 나쓰코가 아버지에게 맡긴 책을 지금도 갖고 있다고 인정했다. 네게 주기는 싫었다, 하지만 버릴 수도 없었다고 말했다. 오랫동안 어머니에게 이 두 권의 그림책은, 어디에 있는지 금방 알 수 있고 손끝으로 만져 보아 그것이 거기에 아직 있다는 것을 확인하는 것도 가능하지만, 남에게는 보여 줄 수 없는 곳에 생긴 종기와도 같은 존재였을 것이다.

"하지만 저는 어릴 때 이 두 권의 책을 읽었어요."

오래된 기억이라서 자세한 부분은 확실하지 않다. 하지만 분명히 이 책의 페이지를 넘기고 이야기를 읽은 기억은 있었다.

"어머니가 숨겨둔 것을 우연히 발견해 버린 거지요. 어째서 벽장 속에 책이 있는 걸까, 하고 이상하게 생각했던 것도 기억나요. 맞아요, 초등학교 1학년인가 2학년 때—— 그러니까 아버지가 그림책을 가지고 돌아온 직후였겠지요."

원래 이 두 편의 동화는 공포와 폭력의 요소를 포함하고 있다. 게다가 그 위에 '눈에 보이지 않도록 숨겨져 있었다'는 사실이 덧붙여져, 신고의 마음에 〈빨간 두건〉과 〈헨젤과 그레텔〉은 불길한 응어리가 되어 남아 있었다. 그래서 이 두 개의 이야기가 더 싫었다.

"이 두 편의 동화는 저와 부모님 사이에만 통용되는 비밀의 키워드였던 거예요. 우리 가족의 터부였던 거죠."

신고는 비틀려서 증식한 집의 괴물을 다시 바라보았다.

"그로거는 이 안에 있는 거군요. 기억을 되찾은 지금이라면, 저는 그로거랑 대결할 수 있을 것 같아요."

"좋아, 바로 그 자세야" 하고 맞장구를 치며 셴이 권총집에서 총을 뺐다. "가자고."

"나는 쉽을 호버링시켜 두지." 마에스트로는 그렇게 말하고 난간 너머로 신고의 어깨를 꽉 잡았다. "영맨, 조심하시오."

건물 윤곽을 따라 잠시 걷다 보니, 어느 모로 보나 '현관' 같은, 양쪽으로 열게 되어 있는 문을 발견할 수 있었다. 청동색의 묵직한 문으로, 중앙에 각각 사자 머리의 노커가 달려 있다. 사자는 둥근 금고리를 물고 있다.

셴은 씩 웃었다. "예의 바르게 노크하고 나서 들어갈까?"

"그렇군. 여기는 우리 집이 아니니까."

신고가 오른쪽 노커로 손을 뻗자 갑자기 그것이 움직이더니 말을 했다.

"오오, 봐라, 이 겁쟁이를."

신고는 깜짝 놀라서 손을 움츠렸다. 문과 똑같은 청동색의 오른쪽 사자 머리가 움직이더니 갈기를 번쩍번쩍 빛내면서 왼쪽 사자 머리에게 말을 걸고 있는 것이었다.

"오오, 이제야 왔나, 이 오갈 데 없는 아이가" 하며 왼쪽 사자 머리가 웃었다. 그리고 두 개의 사자 머리는 중얼거리기 시작했다.

"여기는 네 영혼의 집인데."

"어떻게 그렇게 오랫동안 집을 비워 둘 수가 있지?"

"시간을 낭비했지만."

"잘 왔어, 어서 와."

"잘 왔어, 너의 무덤에."

"시끄러워!" 하고 신고는 일갈했다. "조잘거리지 말고 이 문 열어!"

신고의 큰 소리에 사자 머리의 눈이 금색으로 빛나더니, 으르렁거리는 소리를 내고 이를 드러내며 물어뜯으려고 했다. 하지만 곧바로 눈부신 빛의 탄환이 눈앞에서 튀고, 사자 머리는 고통스러운 목소리를 냈다. 셴이 문을 총으로 쏜 것이다.

"성가셔" 라고 말하면서 셴은 문을 발로 찼다. 그 문은 쉽게 안쪽으로 열렸다.

두 사람이 넓은 현관 쪽 홀에 발을 들여놓자 등 뒤에서 문이 끼익하고 닫혔다. 그게 꽉 닫혔을 때, 1초의 100분의 1 정도의 짧은 시간 동안, 신고는 뒤돌아서 밖으로 도망치고 싶어지는 충동과 싸웠다.

머리 위에는 빌딩 3층 정도 높이의 뻥 뚫린 천장이 펼쳐져 있다. 홀 전체는 육각형이고, 여섯 개의 둥근 기둥이 받치고 있으며, 기둥과 기둥 사이의 길쭉한 벽에는 그림 같은 무늬를 그리는 스테인드글라스가 끼워져 있다.

"밖에서는 이런 스테인드글라스 같은 건 보이지 않았는데" 하고 신고는 중얼거렸다.

"아저씨가 발을 들여놓을 때부터 형태가 생겨나는 거야."

셴은 홀 중앙에 서서 머리 위를 올려다보고 있다. 신고도 마치 방패로 삼듯이 두 권의 그림책을 가슴에 안고 그와 나란히 섰다. 높은 천장 중앙에는 셀 수 없을 정도로 많은 크리스털 파편을 조합한 듯한 호화로운 샹들리에가 늘어져 있다.

"불은 켜져 있지 않군."

그러나 홀은 밝다. 광원은 어디에 있는 걸까? 앞뒤 좌우를 이리저리 둘러보고 있자니, 얼굴에 뭔가가 팔랑팔랑 내려왔다. 눈에 들어간다──.

"위험해."

짧게 말하며, 셴은 머리 위를 올려다본 채 아무렇게나 신고를 밀어냈다. 휘익, 하는 소리가 들렸다. 샹들리에가 떨어진다.

"셴!" 신고는 외쳤다.

셴의 머리 바로 위까지 샹들리에가 다가온다!

그러나 그것은 순식간에 눈앞에서 사라졌다. 셴은 아무 일도 없었던 것처럼 한 손을 허리에 대고 우뚝 서 있다.

신고는 심장이 튀어나가지 않도록, 그림책을 들고 있지 않은 쪽 손으로 입을 꼭 누르고 있었다. 그래도 무릎이 덜덜 떨리는 것만은 막을 수 없었다.

"복도가 생겼어" 하고 셴이 턱짓을 했다.

조금 전까지 스테인드글라스가 있던 정면 벽에 통로가 생겼다. 검게 빛나는 길고 긴 복도, 좌우의 벽에는 수많은 촛대.

셴은 복도로 발을 내디뎠다. 신고도 뒤를 따라가려고 했지만 한 번은 돌아보지 않을 수 없었다.

홀 바닥 위에는 아무것도 없다. 유리 파편 하나도. 그리고 올려다보니 조금 전과 똑같이 높은 곳에 샹들리에가 걸려 있다. 지금은 그게 천천히 흔들리고 있다. 그네처럼. 아니, 실제로 뭔가가 샹들리에 위에 올라타서 흔들고 있는 것이다.

그것은 "케케케" 하고 웃고 있었다. 웃으면서 샹들리에를 흔들며 즐기고 있다. 밑에서 올려다보기만 해서는, 그것의 정체는 보이지 않는다. 하지만 인간이 아닌 것은 확실했다. 다리가 몇 개나 있는 것처럼 보였다.

셴은 복도 중간까지 가 버린 상태였다. 신고는 얼굴의 경련을 느끼며 그를 따라갔다. 복도의 폭은 2미터 정도고, 끝없이 이어져 있다. 좌우는 벽뿐. 문도, 창문도 없다. 앞도 보이지 않는다. 앞에도 뒤에도 그저 복도가 있을 뿐.

"이건 무한 회랑인가……."

신고의 중얼거림에 셴이 앞으로 걸으면서 대답했다. "귀신의 집."

"응?"

"아저씨, 이런 귀신의 집에 들어간 적 있지?"

듣고 보니 생각나는 게 있다. "그러고 보니 도쿄 디즈니랜드의 '헌티드 맨션'이라는 코너랑 비슷해."

"어릴 때 갔어?"

"아니, 아주 최근에."

그렇다, 여자 친구와 갔다. 두 번째 데이트 때였던가.

"그로거는 아저씨의 머릿속에 있는 걸 흉내 내" 하고 셴은 말했다. "그래서 이렇게 되는 거야. 그 '헌티드 맨션'이라는 걸, 아저씨는 별로 좋아하지 않았지?"

"어두운 곳은 안 좋아하거든. 아주 예쁜 놀이 시설이라서 좀 아깝긴 하지만——."

그때 갑자기 발밑의 바닥이 빠졌다.

캄캄했다. 계속해서 떨어져 간다. 바람이 귓가에서 휘잉휘잉 소리를 낸다.

"이번에는 뭐야?"

"내가 아저씨한테 묻고 싶은 말이야!"

긴 구덩이처럼 길쭉한 어둠의 통. 손을 뻗으면 어둠의 벽에 닿을 것 같다. 몹시 차가운 감촉이다. 금속 같다.

그때 갑자기, 신고가 만진 어둠의 벽에 창문이 생겼다. 미늘창이 열리더니, 어머니가 몸을 내밀고 외친다. "신고, 도와줘!"

신고는 몸을 움츠리며 균형을 잃었다. 그래도 사정없이 떨어져 가는 건 계속된다. 그러자 또 다른 곳에 조금 전과 똑같은 창문이 생기고, 미늘창이 튕기듯이 열리더니 그 안에서 또 어머니가 비명을 지른다. "도와줘, 도와줘, 신고, 도와줘!"

"뭐, 뭐, 뭐." 어둠 속을 헤엄치며, 신고는 필사적으로 셴에게 매달리려고 했다. "저건 뭐야? 어째서 어머니가 여기에 있는 거지?"

셴보다 먼저, 또 새롭게 어둠의 벽에 생긴 창문에서 튀어나온 어머니가 대답했다.

"네가 날 버렸으니까 그렇지!"

주위에 온통 셀 수 없을 정도로 많은 창문이 동시에 열렸다. 그 모든 창에서 공포에 얼굴이 굳어진 어머니가 튀어나오는가 싶더니, 신고를 향해 양팔을 내밀고 저마다 외치기 시작했다.

"도와줘! 엄마를 버리지 말아 줘! 그렇게 소중하게 키워 주었는데, 넌 엄마를 배반하는 거니!"

"그만둬어!"

신고는 양팔로 얼굴을 덮으며 외쳤다. 그 외침의 잔향이 사라지기도 전에, 머리부터 차가운 물속으로 첨벙 떨어졌다. 빠른 속도로 가라앉고, 숨이 막히고, 공포에 질린 나머지 어느 쪽이 위인지 아래인지도 판단이 되지 않는다. 닥치는 대로 팔다리를 휘저어 물을 가르고 가까스로 수면으로 튀어나왔을 때는, 질식 직전의 상태였다.

숨을 헐떡이며 둘러보니 거기에는 믿을 수 없는 광경이 펼쳐져 있었다.

주위에는 온통 넓은 바다――희미하게 바다 냄새가 난다. 머리 위는 회색 구름에 덮인 높은 하늘. 그 사이에 신고는 혼자서, 대해의 표류자처럼 우두커니 떠 있다.

그 넓은 바다 한가운데에, 섬이라기보다는 모래톱이라고 해야 할 아주 좁은 육지가 있었다. 마치 바다 위에 비스킷을 한 조각 띄운 것 같다. 그러나 비스킷 위에는 짙은 쥐색으로 반짝거리는, 끝이 구름 속에 파묻혀 있고 눈이 어지러워질 정도로 높은 탑 같은 나선계단이 서 있었다.

그것은 그냥 하나의 나선계단이 아니라 이중으로 되어 있는 한 쌍의 나선계단이었다. 하나는 은백색, 또 하나는 은회색.

"아저씨, 괜찮아?"

셴의 목소리가 들렸다. 신고가 매달리는 듯한 기분으로 둘러보니, 셴은 은회색 나선계단 밑에 있었다. 신고 쪽에서 보면 이중의 나선계단을 사이에 두고 육지 반대쪽이다. 셴은 머리부터 흠뻑 젖어 있었고, 붉은 머리띠도 축 늘어져 있다.

신고는 나선계단을 향해 헤엄쳐 가다가 곧 애써 물을 가르지 않아도 바다의 흐름이 신고를 나선계단 방향으로 흘려보내 주고 있다는 것을 깨달았다. 금세 육지에 도착해, 흠뻑 젖은 셔츠와 바지에서 물을 짜낸다. 그런데 그림책이 눈에 띄지 않는다. 물에 빠졌을 때 놓쳐 버린 모양이다.

신고는 꿀꺽 침을 삼켰다. "우선 이 계단을 올라가야 하는 걸까?"

"그런 것 같군." 셴은 강아지처럼 머리를 흔들어 젖은 머리카락에서 물방울을 털어내고, 머리 위를 올려다보았다. "그건 그렇고 이상하게 생긴 계단이네. 계단의 높이도 굽어진 모양도 완전히 똑같아. 색깔은 좀 다르지만. 이런 걸 두 개 나란히 만든다고 해도 아무런 의미도 없을 것 같은데 말이지."

아니, 그렇지 않다. 처음 보자마자 바로 깨달았어야 했다. 신고는 말했다. "의미는 틀림없이 있어. 하지만 나도 이 모양은, 고등학교 생물 교과서 속에서 본 게 마지막이었지."

"──그게 대체 무슨 얘기야?"

"이건 말이지, DNA의 이중나선 모델이야."

이 나선을 올라가면, 과연 신고는 어디로──누구에게 이르게 될까.

"그로거는 내게 수수께끼를 내고 있는 거로군."

두 사람은 각각의 나선계단을 오르기 시작했다.

14

빙글빙글빙글──오르기 시작한 지 얼마 되지 않아, 신고는 눈이 빙글빙글 돌 것만 같았다. 약간의 공간을 사이에 두고 바로 옆에서 올라가고 있는 셴은, 신고와의 높이가 나선 한 바퀴 이상 차이가 나게 되면 걸음을 멈춘다. 신고가 쫓아오기를 기다렸다가 다시 오르기 시작하는데, 그 발걸음에는 피로도, 두려움도 없다.

"그건 그렇고 긴 계단이네." 셴은 머리 위를 올려다보며 말했다. "끝이 안 보여."

꽤 높은 데까지 올라갔지만, 여전히 끝은 구름 속에 가려져 있다. 신고는 은백색 난간에 기대어 숨을 내쉬었다.

"다리에 쥐가 날 것 같아——."

그때, 바로 위쪽에서 여자아이의 목소리가 났다. "어떡해, 가엾어라."

신고는 깜짝 놀라고, 셴은 재빨리 자세를 가다듬으며 위를 보았다. 그 빨간 두건을 쓴 여자아이. 첫 번째 악몽 속에 나왔을 때와 똑같은 차림새. 금색 곱슬머리와 동그랗고 파란 눈동자.

"완전히 지쳐 버렸구나. 내가 손을 잡아 줄까?"

달콤한 목소리였다. 어딘가 그리운 듯한 울림이 있는 목소리이기도 했다. 누구의 목소리지?

여자아이는 신고에게 손을 뻗는다. 하얗고 가냘프고, 손톱이 매끈매끈하게 빛나고 있다.

셴은 은회색 계단의 난간 옆에서 빈틈없는 눈빛을 하고 있지만, 총은 겨누지 않는다. 이것을 쏘아봤자 의미가 없기 때문이다. 이것도 그로거의 취미, 단순한 공갈에 지나지 않기 때문이다. 신고는 어금니를 꽉 악물고, 일부러 여자아이를 무시하고 나선계단 위쪽을 향해 크게 소리를 질렀다.

"이봐, 그로거! 이런 장난감을 내보낸다 해도 나는 이제 동요하지 않아! 얼른 모습을 나타내는 게 어때?"

"어머나, 왜 이렇게 화를 잘 낸담." 여자아이는 한 손을 입가에 대고 우아하게 웃었다. "무섭네. 꼭 늑대 같아."

"센, 가자." 신고는 여자아이의 옆을 지나 계단을 오르기 시작했다. 하지만 추월했다고 생각한 순간 여자아이는 또 신고의 몇 계단 위로 이동해서 생긋 웃고 있다.

"이런 건 환상이겠지." 옆의 계단을 오르고 있는 센에게, 신고는 발끈해서 말했다. "상대하지 않을 거야, 절대로."

추월했다가는 추월당하고, 추월했다가는 추월당하며 나선계단은 빙글빙글 이어진다. 그리고 몇 번째로 여자아이의 옆을 지나쳐 올라가자, 이번에는 거기에 신고의 아버지가 있었다. 병원의 환자복을 입고 있고, 맨발이다.

"오오, 신고냐?" 아버지의 환상은 계단 한가운데에 걸터앉아 어린 아이처럼 뺨을 괴고 있었다. 그리고 말했다. "발밑을 조심해라."

갑자기 발밑에서 돌풍이 불어 올라오는 것을 느꼈다. 신고는 아래를 보고는 말을 잃었다. 은회색과 은백색, 두 개의 나선 계단이 갑자기 줄사다리처럼 부드러워지며 밑에서부터 점점 말려 올라와, 강한 바람에 흔들리고 끊어지며 사라져 가는 것이다.

"우와!"

신고는 기듯이 계단을 뛰어 올라갔다. 옆 계단에서는 센도 똑같이 달리고 있다. 등 뒤에서는 아버지의 환상이 웃고 있다.

"신고, 나를 두고 갈 거냐? 그럴 거야? 그럴 거야아아아아?"

그 목소리도 바람에 휩쓸려 곧 사라졌다.

"아저씨, 뛰어, 더 빨리 뛰어!"

신고의 다리는 센보다 훨씬 느리고, 초조한 마음과는 다르게 아무리 애써도 무릎이 올라가지 않는다. 아아, 안 돼, 이제 서너 계단 아래까지 사라졌다!

순간, 눈앞에서 그것을 보고 신고는 숨을 삼켰다. 바람 속에서 산산이 부서져 사라지는 나선계단. 그러나 그것은 그냥 파편이 된 것이 아니었다. 은백색 계단은 수많은 뼈로, 은회색 계단은 피보라로 변화하고 있는 것이다. 이 두 개의 계단은 각각 뼈와 피로 되어 있고, 지금 그것들이 순식간에 원재료로 돌아간다——.

신고가 서 있는 계단까지 와서, 바람이 딱 멈추었다. 그리고 두 개의 나선계단의 '사라짐' 역시 멈추었다. 신고는 뚝 잘린 것처럼 사라진 은백색 계단 끝에 혼자 멍하니 서 있었다. 아래에 있는 것은 그 회색 구름뿐. 그렇게 높이 올라왔다는 뜻일까.

갑자기 셴의 놀란 듯한 목소리가 들려왔다. 이번에는 뭔가 하고 필사적으로 둘러보니, 신고보다도 두 바퀴는 위까지 올라가 있던 나선계단을, 셴이 맹렬하게 뛰어 내려온다. 은회색 계단이 이번에는 위에서부터 사라지기 시작한 것이다.

은백색 계단은 그 맨 아랫단에 신고를 걸쳐 놓고, 아무 일도 없는 것처럼 공중에 떠 있다. 신고는 난간으로 달려가 양손을 휘두르며 외쳤다. "이쪽으로 뛰어!"

셴이 신고가 있는 높이까지 뛰어 내려왔을 때는, 위쪽 계단도 그의 바로 뒤까지 사라진 상태였다. 셴은 망설임 없이 펄쩍 뛰었다. 그가 뛰면서 계단을 발로 참과 동시에 그 계단이 사라졌다. 그래서 발판을 찬 발에 힘이 들어가지 않아, 기세를 잃은 셴은 허공에서 발버둥을 치며 균형을 잃었다. 그의 손에서 총이 떨어져, 빙글빙글 돌면서 구름 속으로 떨어져 간다——.

"잡아!"

신고가 몸을 내밀어 한껏 뻗은 오른팔을, 셴의 왼손이 붙잡았다.

신고의 팔꿈치 바로 아래. 셴의 손이 미끄러지다가 신고의 오른쪽 손목 부근에서 가까스로 멈췄다.

"우웃차!"

신고는 왼손으로 난간을 부여잡고 오른손으로 셴을 끌어올리려고 했다. 셴의 두 다리가 하얀 구름 속에서 흔들리고 있다.

"자, 자, 잡고 있——어."

그러나 셴을 돕기는 고사하고, 신고 쪽이 계단 가장자리까지 질질 미끄러져 떨어져 버렸다. 이렇게 가벼운 소년 하나도 끌어올리지 못하다니, 나는 그렇게 약했던 걸까?

"아저씨, 안 돼." 셴은 동요하는 기색도 없이 턱을 들고 신고의 뒤를 가리켰다. "또 왔다고."

한 손으로 난간에 매달리고 한 손으로 셴을 잡은 채, 신고는 그래도 가까스로 고개를 비틀어 등 뒤를 보았다.

또 그 여자아이가 서 있었다. 신고보다 세 단 위에 있는 계단 한가운데에, 악의 없는 얼굴로 우두커니. 불쑥 손을 들어 빨간 두건을 벗자 곱슬머리가 어깨 위로 흘러내렸다.

"오빠, 내가 도와주면 좋겠어?"

"시끄러워!" 하고 신고는 고함쳤다.

여자아이는 활짝 웃었다. "그래, 내가 도와주면 좋겠지. 그럼 손을 빌려줄게."

바구니를 들고 있지 않은 쪽 손이, 하얀 손이, 소녀의 손이 갑자기 꿈틀꿈틀 뻗어오기 시작했다. 빨간 옷의 소매는 그대로 있지만, 끔찍한 농담처럼 손목이 꼿꼿하게 선 채로 한 계단, 두 계단 내려온다.

신고의 온몸에 소름이 돋았다. "그, 그, 그."

"그만둬 줬으면 좋겠어?" 여자아이는 싱글싱글 웃었다.

팔은 신고의 몸을 기어올라 목에 빙글 감겼다. 한 바퀴 돈 손목이 신고의 얼굴 정면에 와서, 손바닥이 얼굴을 슬슬 쓰다듬는다.

"아저씨!" 하고 셴이 날카롭게 불렀다. "잠깐, 미안해!"

동시에 신고의 오른팔이 확 당겨졌다. 몸이 반쯤 계단 가장자리에서 밑으로 튀어나간다. 신고의 목에 감긴 소녀의 손목이 도로 안쪽으로 끌어당기고, 그래서 순간 신고는 팔이 빠지는 줄 알았다.

셴은 허공에서 기세 좋게 몸을 흔들었다. 진자 같은 움직임에, 한순간 나선계단 뒤쪽까지 발이 닿았다. 그 반동에 머리가 다리보다 약간 내려가고 등의 칼이 느슨한 검집에서 반쯤 튀어나온다. 그 찰나, 셴은 오른손으로 칼을 잡아 빼내고, 나선계단 뒤를 참과 동시에 오른손을 휘둘러 계단을 베었다.

질풍이 허공을 찢고, 사악 하는 선명한 소리가 나더니 이 세상의 것이라고는 생각할 수 없는 절규가 울려 퍼졌다. 신고는 셴이 잡아당기고 하얀 손목이 붙드는 바람에, 목이 졸려 질식할 듯 눈앞이 캄캄해졌다.

'죽는다 죽는다 죽는다 ──.'

하고 생각한 다음 순간, 갑자기 자유로워져서 계단에서 떨어지고 있었다. 그리고 떨어져 가는 한순간에 똑똑히 보았다. 한 번 번쩍 빛난 하얀 칼날이 나선계단째 그 소녀를 둘로 절단하고, 잘려서 떨어져 가는 계단에 몸의 반쪽이, 허공에 남은 계단에 또 반쪽이, 그리고 그것들이 모두 허공으로 사라져 간다 ──.

떨어지고, 떨어지고, 떨어지고, 그사이에는 호흡조차 멈춰 구름 속에서 기절할 뻔했지만, 그때 좁아진 시야 바닥에 눈에 익은 양동이 모양의 기체가 미끄러지듯이 나타나고, 정신이 들어 보니 그 갑판 위에 떨어져 있었다.

바렌 쉽이다! 구름 속을 빠른 속도로 나아간다. 난간 저편으로 흘러가는 구름은 마치 급류 같다.

한 호흡 늦게, 신고 바로 옆에 셴이 무릎을 꿇으며 착지했다. 아직도 오른손에 칼을 쥐고 있다. 신고는 아직 떨어진 충격에서 회복하지 못하고 간신히 버둥거리며 몸을 일으켰다가, 거기에서 또 믿을 수 없는 것을 보았다.

총좌의 시트 바로 옆에, 쉽이 일으키는 바람에도 지지 않고 뼈가 와르르 떨어져 내린다. 팔뼈, 다리, 등뼈, 그리고 머리. 나타나자마자 조립되어, 말도 없이 바라보는 신고의 눈앞에서 하나의 해골이 되어 섰다.

셴은 천천히 왼쪽 팔로 칼을 바꿔 쥐고, 쓰러져 있는 신고를 감싸듯이 버티고 섰다.

그러나 해골의 텅 빈 안구는 뚜렷한 의지를 갖고 셴을 쏘아보았다. 그 턱이 움직여 달각달각 소리를 내며 말했다.

"애송이." 그것은 말했다. "방해하지 마라."

"그로거." 셴은 전혀 동요하지 않는다. "이번에는 또 꽤나 시원해졌군그래. 안 추워?"

"너한테는 볼일이 없어."

"이쪽은 있거든."

해골은 달그락하고 고개를 갸웃거리더니 셴 뒤에 있는 신고를 살펴보았다.

"신고." 그것이 불렀다.

신고는 모든 힘이 몸에서 빠져나가 버리는 것을 느꼈다. 저도 모르게 눈을 감았다.

"신고."

다시 한 번 부르는 소리에 눈을 떴을 때는, 해골은 없었다. 어머니의 모습으로 바뀌어 있었다.

"얘, 신고. 엄마를 버리지 말아다오."

거짓말이다. 이건 어머니가 아니다.

신고의 마음의 동요를 그대로 비추듯이 어머니의 모습은 갑자기 흐릿해지더니 다음 순간에는, 이번에는 아버지의 모습으로 바뀌었다.

"넌 우리 자식이 아니야."

이것도 거짓말이다.

"우리는 오랫동안 널 속이고 있었어."

이것도 거짓말이다──아니, 거짓말인가? 속이고 있었던 건 사실이 아닌가?

"신고." 그로거는 다시 어머니로 돌아와, 신고에게 한 발짝 다가갔다.

"이, 이쪽으로 오지 마!" 엎드려 기는 듯한 자세로, 신고는 비명을 질렀다.

어머니는 우는 얼굴이 되었다. 양손으로 얼굴을 가린다.

"신고, 넌 엄마를 사랑하지 않는구나? 친자식처럼 소중하게 키워왔는데, 단지 피가 섞여 있지 않다는 이유만으로 넌 우리를 버릴 거니?"

"넌 어머니가 아니야!"

어머니는 사라졌다. 그리고 눈 깜박할 사이에 이동해서 신고 바로 옆에 나타났다.

"신고." 어머니는 양손을 벌렸다. "부탁이니까 우리를 버리지 말아다오."

셴은 빈틈없이 공격 자세를 취하고 있지만, 전혀 움직이지 않는다. 신고는 다리에 힘이 풀려서 그저 어머니의 환영을 올려다볼 수밖에 없었다.

"넌 친어머니를 만나고 싶은 거지?"

어머니는 말하고, 쓸쓸한 듯이 미소를 띠었다.

"그래? 네 어머니는 이런 여자야."

그러자 눈앞에 비참하게 눈물에 젖은 젊은 여자가 나타났다. 커다란 배를 양손으로 안고, 고개를 숙이고 있다. 빛바랜 입술은 양쪽 끝이 내려가고, 거기에서 신음하는 듯한 목소리가 새어 나온다.

"아아, 어떡하지. 이 아이를 낳으면 내 인생은 끝장이야."

신고는 눈을 크게 떴다. 이 비참한 여자. 이 지칠 대로 지친 여자. 이 불행한 여자. 모리타 나쓰코다.

여자는 싫다는 듯이 고개를 저으며 애절한 눈으로 신고를 보았다.

"아이 따위는 원하지 않았어. 원해서 생긴 아기가 아니야. 내 손으로 죽여 버릴까? 저기, 넌 어떻게 생각해?"

신고는 뒤로 물러났다. 여자는 다가와서 손을 내민다.

"내 배를 만져 봐. 아기가 움직이는 걸 알 수 있으니까. 하지만 난 이 아이를 원하지는 않아. 저기, 얘. 이 아이를 죽여주지 않을래?"

거짓말이다. 신고는 입을 열고 외치려고 했다. 그런데 목소리가 나오지 않는다. 목이 꿀꺽 울릴 뿐이다.

"자, 부탁이야, 이 배를 한 번 만져 봐. 이 아이는 너니까. 이 아이는 바라지도 않았는데 태어난 너니까. 넌 살아 있니? 어째서 살아 있는 거지."

그렇게 하고 싶지 않은데, 그렇게 하려고 하는 게 아닌데, 신고의 오른손이 움직이고 만다. 움직여서 손끝과 손바닥이 여자의 배 쪽으로 다가간다.

"넌 태어나선 안 되었어. 난 바라지도 않았는걸." 여자는 희미하게 웃으며 말했다. "넌 은혜를 모르는 배신자야. 낳아 준 나도, 키워 준 사람들도, 양쪽 다 배신하고 양쪽 다 버리려고 하니까. 이렇게 차가운 인간이, 어째서 살아갈 가치가 있다는 거지?"

신고의 손이 여자의 배에 살짝 닿았다. 마치 그것을 기다리고 있었다는 듯이, 여자의 손이 재빨리 움직여 신고의 손에 겹쳐지더니 세게 눌렀다.

"자, 넌 내 배 속으로 돌아가는 거야. 그리고 모든 건 없었던 일이 되는 거지!"

꽉 눌린 손바닥에서 뭔가가 엄청난 기세로 빨려 나간다——신고의 머릿속에 주마등처럼 어떤 광경이 펼쳐진다. 어릴 때의 추억. 아버지와 캐치볼을 한 것. 어머니에게 야단맞고 울었던 일. 열이 나서 앓아누웠을 때 간호받던 기억. 수험생 시절의 야식. 아버지와 팔씨름을 했다가 이겨 버려서 당황했던 일. 빨려 나간다. 모든 추억이. 신고의 인생이.

"넌 사라지는 거야, 왜냐하면 처음부터 존재하지 않았던 인간이니까! 아무도 바라지 않았던 아기니까!"

여자가 의기양양하게 외쳤다.

몸이 녹는 듯한 현기증 속에서, 그러나 신고는 마음속 깊은 곳에 자신을 움직이는 강한 감정이 생겨나는 것을 느꼈다. 그것은 분노하고, 뜨거워지고, 고함치며 밀려 올라와, 말이 되어 신고의 입에서 터져 나왔다.

"난 아무도 바라지 않은 아기가 아니었어!"

신고는 온몸으로 외쳤다.

"태어나는 생명을 사랑하지 않는 부모가 어디 있어! 난 알고 있어! 난 알아! 왜냐하면, 나는 이제 곧 아버지가 될 거니까!"

여자의 얼굴에, 거의 아픔에 가까울 정도의 경악이 퍼졌다. 그리고 그것은 힘을 잃고, 여자의 모습도 잃었다. 깜박거리고 흔들리나 싶더니 그것은 본래의 모습으로 돌아갔다. 등을 웅크린, 음침해 보이는 자그마한 남자. 뾰족한 턱과 일그러진 입매. 그것은 거품을 물고 눈을 깜박거리며, 어이없이 정체가 드러난 것에 당황해서 쭈뼛쭈뼛 자신을 내려다보고 있다.

그로거의 본체다.

"마에스트로!" 하고 셴이 외쳤다.

그때 처음으로 신고는, 그로거 뒤에 마에스트로가 버티고 서서 총을 겨누고 있다는 것을 깨달았다.

그로거는 몸을 비틀어 순식간에 사람의 형태를 버리고 아메바 같은 물체가 되었다. 그것이 휙 하고 뻗어서 신고를 덮치려고 했을 때, 셴의 칼이 옆으로 달려들며 그것을 둘로 잘라 냈다.

아메바는 허공에 뜨더니, 순간적으로 움켜쥔 두 개의 주먹 모양을 취했다. 마에스트로는 두 다리를 어깨 넓이로 벌리고 서서, 팔을 똑바로 뻗어 제일 먼저 오른쪽 주먹을, 다음으로 왼쪽 주먹을 침착하게 쏘아 떨어뜨렸다. 주먹은 허공에서 굳어지더니 순식간에 축소되기 시작했다. 쪼그라들고 쪼그라들어서 탁구공만 한 크기가 되어, 데굴 데굴 굴러 갑판에 떨어졌다.

"휴우" 하고 셴이 숨을 토했다.

마에스트로가 손에 든 총을 신기한 물건이라도 보는 것처럼 얼굴 앞에 들고 차분하게 바라보고 있었다. "내 총을 쓸 날이 있을 거라고 는 생각지 않았소이다."

셴의 총과 같은 크기와 모양의 총이지만, 마에스트로가 들고 있으 니 왠지 더 작아 보인다.

"미안. 난 떨어뜨려 버렸거든" 하고 셴이 말했다.

"상관없어." 마에스트로는 떫게 웃었다. "월급에서 까면 되지."

두 사람은 그로거를 주워 밀봉상자에 넣었다. 형태도 크기도 아이 스박스 같은 물건이다. 하지만 일단 굳어 버리면 보관과 이동에는 이것으로도 충분하다고 한다.

"아저씨, 잘했어" 하며 셴이 신고의 어깨를 두드렸다. "만일 아저 씨가 그로거의 그 말에 넘어갔다면 녀석은 끝까지 본모습을 나타내지 않았을 거야. 그러면 쏘아도 도망칠 뿐이지."

"그런데" 하고 마에스트로가 굵은 팔로 팔짱을 낀다. "아까 흘려들 을 수 없는 말을 하더군요, 영맨."

신고는 머리를 긁적였다. "그건 거짓말이 아니에요. 저는 정말로 아버지가 될 거거든요. 아니 ── 될 각오가 생겼는지 어떤지, 계속 스스로도 알 수 없었지만, 그 순간에 마음이 정해졌어요."

여자 친구 얘기다. 지금 임신 3개월이다.

"친구 소개로 사귀기 시작했는데, 아직 데이트도 네 번밖에 안 했어요. 저도 그렇지만, 그녀도 결혼을 생각하고 있는지 어떤지 알 수가 없었죠. 그런데 어쩌다 보니 임신을 해 버려서——라고 할까, 임신시켜 버려서 어떻게 해야 하나 고민하고 있었어요."

이런 일로 결혼 상대를 결정하고 자신의 인생을 결정해도 되는 것일까. 그렇게 생각하고 있었던 것이다.

"하지만 그녀의 배 속에 있는 아기는 내 아이예요. 앞으로 태어날 생명이라고요. 그 사실을, 저는 한 번도 제대로 생각해 보려고 하지 않았어요."

자기 자신의 문제가 드러나면서 부모가 되는 것, 부모에게 있어서의 아이, 아이에게 있어서의 부모에 대해서 새삼 생각해 보기 전까지는.

"하지만 그것이 그로거에 대한 비장의 카드도 된 셈이니, 효자 아기라는 건 틀림없을 것이외다."

마에스트로는 기분이 좋다.

"마에스트로, 그런 무책임한 말을 해도 되는 거야?"

"넌 입 다물고 있어."

셉은 하얀 구름 속을 날아간다. 셴의 머리띠가 바람에 나부낀다.

그렇게 가까이서 보고서야 처음으로, 신고는 그 머리띠가 묘하게 누덕누덕 기운 차국투성이라는 것을 깨달았다. 한 장의 긴 천으로 만든 것이 아니라 짧은 천을 덧대어서 길게 만든 것 같다. 수선한 흔적도 있다.

"너한테는 여러 가지로 깜짝 놀랐지만" 하고 신고는 말했다. "자세히 보니까 그것도 특이한 머리띠네."

마에스트로가 약간 의미심장한 표정을 짓고는 아무 말도 하지 않고 조종석으로 되돌아간다. 그가 없어지자 셴은 문제의 머리띠를 고쳐매면서, "직접 만든 거야" 하고 불쑥 대답했다. "원래는 셔츠였어. 빨간 셔츠."

"좋아하는 셔츠였나 보구나."

어머니가 만들어준 것? 그래서 버리지 못하는 걸까. 셴의 어머니—도망 중. 그리고 그는 스스로 원해서 그 어머니를 쫓는 위치를 선택했다.

"내 것이 아니야. 친구의 셔츠였어."

셴은 그렇게 말하고, 잠깐 동안 하얀 구름 저편을 꿰뚫어보는 듯한 눈을 했다.

"제일 친한 친구였는데, '빅 올드 원'의 폭주사고로 죽어 버렸지. 그 녀석의 셔츠야. 죽었을 때 입고 있던. 시설의 선생님이 유품으로 보관해 주었고, 내가 D · B가 되었을 때 머리띠로 다시 만들어 주었어."

그랬던 거냐는 대답마저 삼키고, 신고는 말없이 고개를 끄덕였다.

정부도 쓰러지는 대재앙에서 살아남은 사람들. 신고로서는 상상도 할 수 없을 정도로 혹독한 세계에서 셴은 힘든 인생을 살고 있는 것이다. 신고는 새삼 실감했다.

절대 지지 않고, 무릎을 굽히지 않고.

"나는" 하고 신고는 말했다. "나는 너한테 감사하고 있어."

"안 그래도 돼. 이건 내 일이니까."

"그런 뜻의 감사만이 아니야."

셴이 구해 준 것은 목숨만이 아니다──그런 기분이 든다.

"여러 가지로 고마워. 이제 헤어져야겠네."

신고는 손을 내밀며, 멍하니 있는 셴에게 웃음을 지었다.

"이럴 때는 악수를 하는 거야."

"아, 그래?"

셴의 손은 건조했다.

"난 부모님을 성심껏 모실 거야. 네가 해 준 말, 정말 와 닿았어. 나한테는 지금 부모님이 친부모님이야."

"내가 그런 말을 했던가?" 하고 셴은 시치미를 뗐다.

신고는 웃으며 고개를 저었다. 그리고 아마 두 번 다시 만날 일이 없을 이 기묘한 2인조와 기묘한 소리를 내며 나는 양동이에 대해서 평생 기억하자고 생각했다.

언젠가 자신의 아이에게 들려주기 위해.

D-B틀의 '피로'

DREAM
BUSTER

1

데인 강 하구 기상대의 종이 익숙하고 규칙적인 리듬으로 울리기 시작했다. 세 번 치고는 한 박자 쉬고, 다시 세 번 친다. 전력 공급 정지 30분 전을 알리는 종이다.

노인은 카운터의 판자를 들어 올리고, 의족 끝이 스툴 다리에 걸리지 않도록 주의 깊게 돌아서 안쪽에 있는 창고로 향했다. 그의 불규칙한 걸음걸이에 따라 이음매마다 동판을 붙인 바닥에 의족이 부딪혀 달각달각 소리를 낸다. 곧 종소리가 멈추자, 가게 안에는 달각거리는 소리만이 울렸다. 바깥 도로에서도 사람 목소리는 들리지 않고, 차 소리도 나지 않는다. 희미하게 바람 소리가 나지만, 이 정도의 바람 소리는 이제 귀에 거슬리지 않는다. 익숙해져 버렸다.

홀수일마다 야간 전력 공급 정지령이 시행된 지 슬슬 1년이 된다. 하지만 다운타운 가게의 절반이 문을 닫고, 한때는 낮이나 밤이나 시끌벅적한 소란으로 가득 차 있던 수병(水兵) 거리가 빈집과 가건물투성이가 된 것은, 전력이 끊겼기 때문은 아니다. 대재앙 후로 많은 사람이 이곳을 버리고 떠나 버렸다. 이곳에 있는 한은, 대재앙으로 잃은 많은 것들과 그것이 아직 끝난 게 아니라는 사실을 싫어도 떠올리지 않을 수 없다. 그것은 너무나도 괴로운 일이다.

노인은 대재앙이 일어나기 전부터 이곳에서 가게를 경영했고, 대재앙 후에도 이곳에 남았다. 가게의 위치도 바꾸지 않았다. 다운타운에서 노인 같은 주민은 극히 드물다. 전력 부족에 굴하지 않고 각자 동력이나 광원을 개발해 가며 끈질기게 장사를 하고 있는 음식점 경영자들은, 모두 대재앙 이후에 흘러들어온 신참자들뿐이다.

이곳 미쿠바 시(市)는, 항만도시 중에서는 수도 고리아테에서 가장 멀리 떨어져 있다. 아니, 실은 대재앙의 기점이 된 연구 도시 아스라가 본래 미쿠바 시 북부의 산속에 있었기 때문에, 신연방의 새로운 수도는 거기에서 되도록 먼 곳에 둘 필요가 있었던 것이다. 결국 수도는 미쿠바 시에서 멀리 떨어진 동쪽 땅에 정해졌고, 연구 도시 아스라가 있던 산속은 대재앙의 부정적인 유산을 둘러싸고, 무서운 것을 모르는 D·B와 '롯지'의 연구자들만이 출입할 수 있도록 허가된 금기의 땅이 되었다. 구(舊) 아스라 시에는 지금도 정식 명칭이 주어지지 않았다. '구멍'이나 '제로 지점'이라고 불릴 뿐이다. 지도에도 그 이름으로 실려 있다. 그리고 그곳에는, 지금은 산의 흔적도 없다. 전부 날아가 버렸다. 따라서 24시간 끊임없이 '구멍'에서 넘쳐 나오는 하얀 빛을 감추기 위해, 신연방 정부는 많은 돈을 투자해서 거대한 돔을 지어야 했던 것이다.

이처럼 대재앙이 일어나기 전에는 역사적인 항구도시로 알려져 있던 미쿠바 시는 지금은 '구멍'의 도시, D·B들의 도시로 추락했다. 항구에는 지금도 옛날과 똑같이 화물선이 왕래하지만, 어느 배나 재빨리 짐을 싣고 내리는 작업을 마치고 연료를 보급하면 도망치듯이 항구를 떠나 버린다.

이곳은 변경——지리적인 조건 때문이 아니라 국민들의 마음 상태에 의해 변경된 곳이었다.

노인은 창고의 가장 앞쪽에 있는 선반에서 초 상자를 꺼내, 좁은 가게 안을 돌며 다섯 개의 둥근 테이블과 카운터 여기저기에 놓여 있는 촛대에 꼼꼼한 손놀림으로 초를 세우고 다녔다. 하나의 촛대에는 세 개의 초를 세울 수 있다. 낭비가 없도록 새것과 그저께 쓰고 남은 짧은 초를 잘 섞어서 세팅하고, 빳빳한 앞치마 주머니에서 점화 기구를 꺼내 하나하나 불을 붙인다.

문밖에서 바람이 한층 더 거세게 불어와, 가게 입구의 포장을 난폭하게 뒤흔드는 소리가 들려왔다. 오늘 밤에도 한바탕 불어닥칠 것이다. 마지막으로 달과 별이 떠 있는 평온한 밤하늘을 올려다본 것은 대체 언제 적 일일까, 하고 노인은 생각했다. 12년 전의 그날 이후 완전히 이상해져 버린 이 나라의 기후에, 치유의 징조는 전혀 보이지 않는다.

밤의 어둠 속에서 가게를 열고 있는 동안에는, 노인은 거의 밖에 나가지 않는다. 이 세찬 바람이 머금고 있는, 코끝이 시큰해지는 금속질 냄새가 싫어서다. 약간만 맡아도 머리가 아파진다. '구멍' 속에도 이것과 똑같은 냄새가 가득 차 있다고 한다. 좋다고 그런 곳에 뛰어들어 가는 'D·B'들은 전부 미친 거다.

불을 켜는 작업을 마치자, 노인은 또 절름거리며 카운터 안쪽으로 돌아가 자신을 위한 의자에 앉아서 쇼트 글라스를 하나 꺼냈다. 그의 전용 술을 쇼트 글라스에 정확하게 한 잔 따른다. 첫 손님이 오기 전에 우선 자신의 위장에 알코올을 준다. 그것이 노인의 습관이다. 그 대신 손님이 있는 동안에는 한 방울도 마시지 않는다.

희미하게 탄내가 나고 독특한 쓴맛이 있는 술을 입에 머금고 천천히 맛보고 있자니, 종이 한 번 울렸다. 전력 공급이 정지될 시간이 온 것이다. 노인은 힐끗 머리 위의 채광창을 바라보았다. 어슴푸레한 어둠이 다가와 있다.

출입문이 딸랑, 하고 울렸다. 노인은 시선을 들었다. 정말로 올려다보지 않으면 그쪽을 볼 수는 없다. 이곳은 지하라서 문의 위치가 천장 가까이에 있기 때문이다. 따라서 손님은 이 카운터 옆까지 오려면 폭이 좁고 가파른 나무 계단을 내려와야만 한다. 계단 수는 13개다.

계단 위에 긴 부츠를 신은 다리가 보였다. 다리는 늘씬하게 뻗어 있고, 그 위에 폭이 넓은 가죽 벨트를 두른 날씬한 허리가 있었다. 촛불의 불빛이 닿지 않아서 상반신은 흐릿한 그림자로 보이지만 작업용 점퍼를 입고 있는 것 같다.

"좋은 저녁이에요——라고 말하기에는 아직 이르겠네요."

여자의 목소리였다. 점퍼 소매에서 손이 뻗어 나와 난간을 잡았다. 반지일까. 뭔가가 둔하게 반짝였다.

"영업하죠? 이 가게는 종이 한 번 치는 게 개점 신호라고 들었는데."

"어서 오십시오" 하고 노인은 말했다. 그리고 자신의 쇼트 글라스에 남아 있던 술을 단숨에 들이켰다.

부츠 뒤꿈치가 커다란 소리를 낸다. 여자는 가벼운 발걸음으로 가파른 계단을 내려와, 촛불의 불빛 테두리 속으로 들어왔다.

뾰족한 턱. 길쭉하고 까만 눈동자. 다만 얼굴의 70퍼센트 정도밖에 보이지 않는다. 앞머리가 흘러내려와 오른쪽 눈에서부터 뺨의 절반까지를 덮고 있기 때문이다. 그러나 그래도 충분히 알아볼 수 있는 미모였다. 젊지는 않다. 하지만 젊음이라는 받침대가 없어도 흔들림이 없는, 강한 아름다움이었다.

피부는 거의 황갈색에 가깝다. 촛불의 불빛 탓도 있겠지만, 그것을 빼더라도 상당히 볕에 그을린 것은 확실하다.

여자는 스툴에 가볍게 걸터앉더니 노인을 보고 생긋 웃었다. 이를 드러내지 않는, 한쪽 뺨만 움직여 웃는 웃음.

"술은 뭐가 있나요?"

"다른 가게에 있는 거라면 거의 다 있지요."

"지금 마시고 있던 건 뭔데요?"

눈썰미가 좋은 여자다. 빈 쇼트 글라스에 턱짓을 해 보인다.

"약주요." 노인은 쇼트 글라스를 내려놓았다. "손님에게 내놓을 만한 건 아니오."

"그럼 람즈를 주세요. 쇼트 글라스로."

일반적인 싸구려 술이다. 다운타운에서는 술이라고 쓰고 '람즈'라고 읽는다. 통나무 통 가득 든 순수한 알코올에, 같은 양의 빗물을 섞은 듯한 맛의 술이다.

"물은 필요하시오?"

"나중에 주세요." 여자는 또 한쪽 뺨으로 미소를 지었다.

"여긴 지하수를 쓴다면서요. 굉장히 맛있는 물이라던데. 좋은 우물이 있나 봐요. 그래서 냉장고를 쓸 수 없는 날에도 차가운 요리가 나온다고 들었어요."

노인은 여자를 보았다. 카운터 위로 보이는 여자의 상반신을 관찰했다. 길고 검은 머리카락을 말아 올려 머리 뒤로 묶고 있다. 유리알과 은을 조립한 귀걸이. 편안한 느낌으로 카운터에 올려놓은 두 팔. 아까 난간 부근에서 반짝인 것은 반지가 아니라 팔찌였다. 정교하게 조각되어 있다. 점퍼는 작업용 점퍼와 비슷한 디자인이지만, 더 질좋은 천으로 되어 있는 것 같다.

"처음 보는 얼굴이군요."

여자는 노인이 내민 쇼트 글라스를 받아들고 한 모금 마셨다. 단정한 얼굴에는 아무런 변화도 없지만 희미하게 눈꺼풀이 떨리고 있었다.

"단골로 다니던 가게가 있었는데 최근에 망해 버렸거든요. 자리를 바꿔야겠다고 생각하고 찾다가, 여기가 좋은 가게라는 얘기를 들었어요."

"누구한테 들었소?"

"여러 사람에게서요. 평판이 좋더군요, 여기."

여자는 잔을 들지 않은 쪽 손으로 얼굴 왼쪽에 흘러내린 뒷머리를 걷어 올렸다. 그런 동작을 해도, 오른쪽 눈과 오른쪽 뺨을 덮고 있는 머리카락은 전혀 움직이지 않는다. 일부러 그렇게 세팅한 거라고 노인은 생각했다.

"여기, D·B들이 모이는 가게죠?"

쇼트 글라스를 손가락으로 받친 채, 여자는 물었다. 하지만 더 마시려고는 하지 않는다. 코끝에서도 떨어뜨려 놓았다.

"D·B라는 건 뭐요?"

"어머나, 시치미 떼지 마세요. 모를 리 없잖아요."

"옛날에는 놈들을 안내인, 즉 '시커'라고 불렀지" 하고 노인은 말했다.

여자는 고개를 끄덕였다. "그렇다더군요. 정부 공인의 현상금 사냥꾼이 되면서부터 이름이 바뀌었다고 들었어요."

"어차피 다 그놈이 그놈이오."

"흐음, 그래요?" 하고 여자는 또 웃었다. 다른 표정을 모르는 것 같았다.

자세히 보니 여자의 손끝이 떨리고 있다.

여자 앞에 차가운 우물물을 채운 글라스를 놓고, 노인은 그녀 쪽을 보지 않은 채 말했다.

"그것으로 입을 헹구고 나면 돌아가시오."

여자는 흠칫 놀랐다. "무슨 말씀이시죠?"

"당신, 람즈 따위는 마신 적이 없지요? 제대로 된 인간이 마실 술이 아니니까 당연하오. 무리하지 마시오."

여자의 입가가 움직이자 하얀 이가 엿보였다. 이번에는 웃은 게 아니다. 아랫입술을 깨물고 있다.

"나는——."

"변명은 됐소." 노인은 다시 여자를 향했다. "당신이 어디에서 왔는지, 뭘 하러 왔는지, 촌스러운 질문은 하지 않겠소. 다 당신을 위해서 하는 말이니 얌전히 돌아가시오. 여기는 당신 같은 사람이 올 곳이 아니오."

"어머나, 설교인가요?"

여자가 허세를 부리려고 코끝으로 숨을 내쉬자 카운터 위의 촛불이 흔들렸다. 노인은 입을 다문 채 그녀의 얼굴에서 눈을 떼지 않았다.

"상관없잖아요, 내가 좋아서 온 거니까."

"그럼 나중에 다시 오시오."

"어째서?"

"당신은 옷장을 뒤져서 제일 값싸고 낡은 옷을 입고 왔겠지만, 그 점퍼는 너무 질이 좋고 그 액세서리도 너무 고가요. 징을 박은 가죽 롱부츠는, 여기에서는 암시장에서라도 좀처럼 볼 수 없는 사치품이지."

노인은 가볍게 양손을 들어 올렸다.

"아셨겠지? 당신은 중유통 속에 우유를 떨어뜨린 것처럼 눈에 띄오. 분위기에 어울리지 않는 인간이라고 스스로 선언하며 다니는 거나 마찬가지지. 노상강도를 만나기 전에 집으로 돌아가는 게 당신을 위한 길이오."

여자는 그제야 카운터에 쇼트 글라스를 놓고 자신의 몸을 내려다 보았다.

"하지만……."

"당신은 운이 좋소. 오늘 밤에는 D·B들이 늦게 나올 테지. 미션이 있어서 많은 녀석들이 나갔거든. 지금이라면 아무에게도 들키지 않을 거요. 말이 난 김에 말이지만, 연안 경비 따위에 의존해선 안 되오. 밖으로 나가면 간선도로를 따라 동쪽으로 가서, 지나가는 차에 태워 달라고 하시오. 셔틀버스는 지금쯤 끊겼을 테니까."

여자는 아직도 항변할 재료를 찾는 듯한 얼굴을 하고 있었다. 하지만 한숨을 한 번 쉬고 시선을 들었다.

"내 분장이 그렇게 엉망이었나요?"

"그렇소."

"D·B들은 현상금으로 많은 돈을 벌고 있고, 장비는 중요하니까 그렇게 초라한 옷차림은 하지 않을 줄 알았는데."

"그래요, 다들 초라하지는 않소. 그래도 당신과는 달라요. 여기에 서는 패션도 실용이 제일이니까."

노인은 고개를 저었다.

"게다가 당신은 무장하지 않았소. 제일 먼저 알 수 있는 차이지."

"총이라면 갖고 있어요." 여자는 점퍼 안주머니를 뒤져, 손바닥 안에 쏙 들어가는 소형 권총을 꺼내 보였다.

"작지만 틀림없이 진짜 총이에요."

"그게 도움이 되지 않는 건 아니오. 하지만 이 도시에서 '무장한다' 는 것은 무기를 갖고 있다는 것을 주위 사람 누구라도 한눈에 알 수 있게 한다——는 거요. 숨겨 갖고 있는 것만으로는 아무런 의미도 없소."

여자는 손안의 총을 바라보고, 천천히 그것을 집어넣었다. 그러고 나서 체념한 듯이 미소를 지었다. 지금까지 짓던 꾸며낸 웃음이 아니었다.

"알았어요……. 고마워요."

"별것도 아니오."

"하지만 난 이대로 맥없이 돌아갈 수는 없어요."

여자는 스툴에 고쳐 앉으며 몸을 내밀었다.

"마스터는 친절하신 분 같으니 솔직하게 고백할게요. 실은, 저는 사람을 찾고 있어요."

그녀의 절박한 눈빛을, 그러나 노인은 냉정한 시선으로 마주 보았다.

"아이를 찾고 있어요." 여자는 열을 올리며 말했다. "12년 전에 소식을 알 수 없게 되어서 —— 그때는 다섯 살이었으니까, 지금은 열일곱 살이겠네요. 아니, 생일이 지났으니까 열여덟이에요. 계속 찾고 있었어요. 정말로 계속. 하루도 잊은 적이 없었어요. 그 아이가 아무래도 D · B가 된 모양인데 —— 그만한 나이의, 같은 이름의 D · B가 있다는 정보를 입수했거든요. 그래서 D · B들이 모이는 거리나 항구를 여기저기 찾아다니고 있는 중이에요."

노인은 전혀 표정을 바꾸지 않았다. 자신의 말에 설득력이 부족한 게 아닌가 하고 생각했는지, 어자는 점퍼 안주머니를 뒤져 한 장의 사진을 꺼냈다.

"보세요, 이 아이예요."

여자는 사진을 노인의 눈앞에 들이댄다. 그러나 노인은 받아들지 않았다. 여자는 어쩔 수 없이 그 사진을 카운터 위에 놓고 손가락 끝으로 살며시 눌렀다.

끝 쪽이 누렇게 바랜, 낡은 사진이었다. 물론 컬러사진이었지만 전체적으로 색깔이 바랬다.

공원인지, 주택 정원인지, 초록색 나무에 둘러싸인 잔디 위에서 젊은 여자가 한쪽 무릎을 세우고 앉아 카메라를 향해 방긋 웃고 있다. 그녀는 오른쪽 팔로 남자아이의 어깨를 끌어안고, 왼손으로 그 아이의 작은 왼손 손가락을 쥐고 있다.

남자아이는 멍청한 표정으로 카메라를 보고 있다. 네 살 정도일까. 노란 라운드넥 셔츠에 파란 롬퍼즈[6]. 거의 금색에 가까운, 밝은 아마빛 머리카락. 오른손에 들고 있는 것은 옛날, 그 대재앙 전에 유행한

---

6) 위아래가 붙은 어린아이의 옷.

적이 있는 스타쉽 장난감이다. 노인도 그 장난감을 손자에게 사 준 적이 있었다. 어찌나 졸라 대던지, 그런데 가게를 몇 군데 돌아다녀도 품절이었다. 가까스로 손에 넣었을 때는 이미 유행이 지나 있었다. 손자의 흥미는 이미 다른 새로운 유행으로 옮아가 버렸다.

노인은 사진 속의 아이보다도 젊은 여자 쪽을 보았다. 이 얼굴 위에 대략 12, 3년의 세월을 올려놓고 오른쪽 눈과 뺨 절반을 머리카락으로 덮어 가리면, 지금 카운터 너머로 이쪽을 바라보고 있는 손님의 얼굴이 된다.

"내 아이는 아니에요." 노인의 생각을 꿰뚫어본 것처럼, 여자는 말을 덧붙였다. "친구의 아이예요. 이 아이의 엄마가 내 소꿉친구였거든요. 젊을 때 교활한 남자한테 걸려서──실컷 쥐어짜이고, 임신했더니 버려져서."

여자는 왠지 망설이며 하던 말을 멈췄다가 잠시 후 다시 말했다. "하지만 대신에 칼이라는 멋진 아이를 얻었어요. 나도 굉장히 귀여워했었죠. 친자식처럼."

노인은 사진을 여자 쪽으로 밀었다.

"이 아이는 '대재앙'으로 행방불명이 된 거요?"

"네."

"그런 사연은 이 근처에 얼마든지 있소. 아직도 안부를 알 수 없는 가족을 찾고 있는 건 당신만이 아니오."

여자는 눈을 내리깔았다. "알아요."

"포기하지 못하는 마음은 알지만, 그만두시오. 이런 옛날 사진은 단서가 되지 못하오."

여자는 매달리듯이 빠른 말투로 말했다.

"이름은 칼이라고 해요. 칼이라는 젊은 D·B를 모르세요?"

노인은 그녀의 잔을 집어 들어 내용물을 싱크대 속에 버렸다.

"그 아이가 D·B가 되었다는 건 확실한 정보요?"

"네! 돈도 꽤 많이 썼고 시간도 걸렸지만, 그만한 보람은 있었어요. 틀림없는 정보예요. 이 도시에서 칼이라는 이름의 남자아이를 만났다고——."

"그리고 그 사람은 당신에게, 칼을 찾는 건 그만두라고 하지 않았소?"

여자는 갑자기 풀이 죽었다. 뭔가 말하려다가 입을 다문다.

"그 칼이라는 남자아이는 D·B가 되었으니까 이제 옛날의 그 아이와는 다르다, 그러니까 쫓아다니지 말고 가만히 놔둬라, 이제 죽은 사람이라고 생각해 주는 게 좋다, 그렇게 말하지 않았소?"

여자는 오른쪽 눈을 덮은 머리카락을 한 손으로 눌렀다.

"D·B에는 여러 종류의 녀석들이 있소" 하고 노인은 조용한 말투로 말을 이었다. "오직 일확천금만 노리는 태평스러운 놈도 있지만, 남에게는 알리고 싶지 않은 과거를 갖고 있고, 제대로 된 생활에 등을 돌리지 않으면 살아갈 수 없어서 D·B 같은 위험한 일을 하지 않을 수 없는 놈도 있소. 아시겠소?"

여자는 입을 다문 채 고개를 숙이고 있다.

"이 가게를 걸고 말하건대, 칼이라는 아이도 당신이 찾기를 바라지 않을 거요. 찾기를 바라지 않으니까, 대재앙 이전의 자신과는 다른 인생을 걸어야 하게 된 자신을 누구보다 제대로 이해하고 있겠지. 그래서 그 나이에 D·B를 하고 있는 거요."

"사정이 있어요" 하고 여자는 중얼거렸다.

"있겠지요."

"그게 아니에요. 마스터가 생각하는 듯한 사정이 아니에요. 대재앙 전부터 칼은 불행한 아이였어요. 하지만 그건 그 아이의 책임이 아니에요. 아이 엄마가 잘못이었지요. 그 아이를 키우려고도 하지 않고 양부모에서 양부모에게로 이리저리 보내기만 하고. 그래서 난 그때도 필사적으로 그 아이를 찾아다녔어요. 그 아이를 양자로 삼아서 정식으로 데려오고 싶었어요. 대재앙만 일어나지 않았다면 틀림없이 그렇게 했을 거예요!"

어쨌든 이미 과거의 이야기다. 그러나 노인은 일부러 말했다. "대재앙 이전부터 당신은 그 아이를 찾고 있었소? 그렇다면 소식을 모르고 있었던 거로군. 그렇다면 애초에 그 아이와——그 아이의 어머니는 당신이 상관하지 않기를 바랐던 게 아니겠소? 당신 혼자 멋대로 오기를 부리며 너무 참견을 하고 있는 것은 아니오?"

여자가 머리를 번쩍 들었다. "아니에요!"

텅 빈 가게 안에 그녀의 목소리가 희미하게 반향 되었다. 여자는 자신의 목소리의 메아리에 위협을 받기라도 한 듯, 스툴 위에서 몸을 비틀며 흠칫 돌아보았다.

물론 아무도 없었다.

다시 한 번 노인 쪽을 향했을 때, 여자는 갑자기 늙은 것처럼 보였다.

"칼은 나를 잘 따랐어요." 중얼거리는 목소리가 떨리고 있다. "그 아이는 나를, 하나 아줌마라고 불렀어요. 자기 엄마보다 나를 더 따랐다고요."

노인은 아무 말도 하지 않았다.

"만나면 분명히 날 떠올려 줄 거예요. 그 아이는 나를 기억하지 못할 리 없어요."

고집스럽게 다문 여자의 입술이 떨리는 것을 잠시 바라보고 나서, 노인은 말했다.

"처음 본 손님을 들여놓은 건 내 잘못이었으니, 술값은 됐소. 이만 가시오."

"마스터……."

"이 거리에서도 얼른 떠나시오. 우리 가게뿐만 아니라 어느 가게를 가더라도 마찬가지니, 오래 있어 봐야 소용없어요. 당신이 아무리 격정적으로 눈물을 지으며 신상 이야기를 해도, 아무도 어떤 말도 해주지 않을 거요. 만약 친절한 얼굴을 하고 다가오는 놈이 있더라도 절대 믿어선 안 되오. 여기에서는 당신 같은 타지 사람을 백안시하는 게 보통이니까. 생글생글 웃으며 다가오는 놈은 모두 흑심이 있다고 생각하면 틀림없을 거요."

노인은 여자에게 주었던 잔을 씻기 시작했다. 더 이상 무슨 말을 듣더라도 한마디도 할 생각이 없었다.

여자는 잠시 지친 눈으로 노인을 바라보다가, 이윽고 가볍게 스툴에서 내려서서 몇 개의 동전을 카운터에 놓았다. 그리고 부츠 뒷굽 소리를 울리며 계단을 올라가, 밖으로 나갔다.

바람이 또 가게 앞의 포장을 세게 두드리며 지나갔다. 휘잉휘잉하고 우는 듯한 소리가 났다.

2

"—— 진짜 죽겠네."

셴은 난간에 한쪽 다리를 걸쳐놓고 얼굴에서 고글을 벗고는 머리를 쥐어뜯었다.

"고생만 죽도록 하고, 번 거라고는 하나도 없는 전형적인 케이스잖아."

눈 밑의 어둠 밑바닥에서 수많은 칸델라가 깜박거리며, 바렌 쉽의 목적지인 독(Dock)의 12번 부두의 윤곽을 흐릿하게 떠올라 보이게 한다. 양 사이드인 11, 13번 부두에 다른 쉽의 모습이 보이지 않아 충돌 위험이 없다는 점은 다행스러운 일이다.

바렌 쉽은 바람을 받아 흔들리며 하강하고 있어서, 접안용 닻을 쏘아 내보내기에는 아직 이르다. 좀 더 가까이 가야 한다. 오늘 밤은 홀수일이다. 그래서 전기가 멈추었기 때문에 광량이 적다. 본인은 절대로 인정하지 않지만, 마에스트로는 나이가 있다 보니 밤눈이 잘 안 보이기에 홀수일의 어둠 속에서는 세 번에 한 번은 닻을 잘못 내리고는 한다.

"좀 더 오른쪽. 앞으로 10도!"

조종실로 이어지는 문은 활짝 열려 있다. B 배터리가 다 되어 가고 있어서, 착륙할 때 꼭 필요한 기능 외에는 전부 꺼 두었다. 그럼 어떻게 할까? 큰 소리로 고함치는 것이 최고다.

"너무 많이 갔어, 3도 돌아와!"

목소리보다 먼저, 마에스트로는 닻을 쐈았다. 호버링의 소음과 파도 소리 속에서도 금속 빛깔의 와이어가 하늘을 쉭 가르는 소리가 들린다. 셴은 혀를 찼다. 빗나갔다.

하지만 닻의 와이어가 목표를 빗나가 바다에 떨어지기 전에, 독 쪽에서 작업용 다관절 서브핸드가 재빨리 뻗어와 딱 맞는 타이밍으로 닻의 헤드를 붙잡았다. 그리고 그대로 헤드를 올바르게 독으로 유도한다. 와이어가 팽팽하게 당겨지고, 바렌 쉽 본체의 3도 빗나간 접안 각도도 깨끗하게 수정되었다.

셴은 양손으로 난간을 붙잡고 몸을 반쯤 내밀어 아래를 보았다. 범용(汎用) 파워로더의 노란 기체와 그 조종석에 앉아 있는 리프의 머리가 언뜻 보였다. 파워로더의 다관절 서브핸드는 바렌 쉽의 닻을 고정하고 나자 진로에 방해가 되지 않도록 옆으로 이리저리 피했다.

"고마워, 리프!"

셴이 외치자, 파워로더 위의 리프가 서브핸드를 거두어들이면서 본인의 손을 흔들어 답했다. 바렌 쉽은 느리게 하강해 무사히 독에 접안했다. 푸슈우 하고 맥빠지는 소리를 내며 엔진이 꺼진다. 동시에 기체를 장식하고 있던 불빛도 일제히 꺼졌다.

"이야아, 위험했어, 위험했어. 진짜 아슬아슬했지."

마에스트로가 머리에 밴 땀을 수건으로 닦으며 갑판으로 나왔다.

"1분만 더 있었으면 배터리가 완전히 나갔을 거야. 보조 배터리를 쓰면 손실이 엄청 컸을 테지."

"지금도 노동력 손실이 크다고." 셴은 입을 삐죽거렸다. "그래서 말했잖아? '롯지'의 분석원도 모두 다 쓸 만한 건 아니라고. 그 무도우라는 놈은 식당의 오늘 추천 메뉴가 뭐냐고 물어도 제대로 대답하지 못할 만큼 멍청한 놈이야. 그 녀석이 캐치한 선행파는 처음부터 무시했으면 좋았을 텐데."

마에스트로는 셴을 노려보고는 굵은 목을 이리저리 움직여, 솟아오른 어깨 근육을 위아래로 움직였다. 아무래도 뭉친 근육을 풀고 있는 모양이다.

"오늘 나는 노동을 했지만 넌 노동을 전혀 안 했어. 총좌에서 꾸벅꾸벅 졸고 있었던 주제에 말은 잘하는구나."

"어젯밤에 거의 못 잤으니까 어쩔 수 없잖아."

마에스트로는 눈을 부릅떴다. "호오, 그것참 좋으셨겠군. 대체 무슨 즐거운 일이 있어서 잠을 못 잤나?"

"영감탱이하고는 이제 인연이 없는 즐거움이지." 셴은 일부러 심술궂게 말했다. "마에스트로는 10년 전부터 둘이 자는 거나 혼자 자는 거나 마찬가지니까."

"수면은 중요한 거야."

마에스트로는 껄껄 웃으며 선장용 기록 유닛이 들어 있는 가방을 안고 쉽의 난간을 타고 넘어 독으로 내려갔다.

"뭐, 무슨 짓을 하든 네 자유지만, 아기만은 안고 오지 마라. 애 키우는 건, 나는 너만으로 이미 졸업이야."

셴이 뭔가 대꾸하려 했지만 이미 마에스트로는 걷기 시작한 후였다. 아까 그 파워로더가 바로 옆까지 이동해 있다. 마에스트로는 지나가면서 그 커다란 덩치의 옆구리를 가볍게 때리며, "아까는 고마웠다. 셴이라면 저기 있어. 나중에 '피트'에서 만나자. 내가 한턱내지" 하고 허물없이 말을 걸고는, 큰 걸음으로 쿵쾅거리며 달려 어둠 저편으로 사라졌다.

파워로더가 셴 옆까지 와서 슈루루 하는 매끄러운 동작음을 내며 정지했다.

안전벨트를 풀고, 리프가 내렸다. 오늘은 낮부터 꽤 추웠지만, 그는 늘 그렇듯이 목이 둥글게 파인 셔츠 한 장, 작업용 바지에 고무 밑창의 플랫슈즈 차림이다. 허리에 매단 공구 자루가, 걸으면 철컹철컹 소리를 낸다. 리프는 셴보다 체격이 좋고 어깨 같은 부분도 탄탄하지만, 얼굴은 오히려 여자아이처럼 온화하고 부드러우며 특히 입매의 느낌이 달콤하다. 그래서 당연히 리프는 상당히 인기가 있다. 또한 셴과 비슷한 나이인 것 같지만, 차분하다 보니 좀 더 어른스러워 보인다.

"오늘은 나오는 날이었구나" 하고 셴은 말을 걸었다. 리프는 응응, 하며 고개를 끄덕였다.

"오늘은 무일푼이야. 얘기 들었어?"

리프는 또 고개를 끄덕이고, 마에스트로가 걸어간 방향을 엄지로 가리켜 보였다. 그러고 나서 그 손으로 유창하게 손가락 글씨를 만들었다.

"30분쯤 전에 파커가 잔뜩 화를 내며 '롯지' 지부로 쳐들어갔어."

셴은 양손을 허리에 대고 크게 웃었다.

"그거 좋은데. 파커한테 두세 대 맞고 나면, 아무리 그 사람 좋은 지부장이라도 정신이 번쩍 들어서 도움도 되지 않는 무도우를 해고할 결심이 설 테니까 말이야."

리프도 목을 움츠리며 웃었다. 그렇지만 목소리는 내지 않는다.

"하지만 파커가 돌아와 있다면, 쉽은 어떻게 된 거지? 부두는 비어 있던데."

리프는 또 손가락 글씨를 보여주었다. "접안할 때 접촉 사고를 일으켜서 건조 독으로 올라갔어."

"우하! 그거 파커답지 않은 얘긴데. 파커도 실력이 둔해졌군."

"자기 스스로도 한심했을 거야, 분명히. 그래서 더욱 기분이 나쁜 거지" 하고 리프는 손가락 글씨를 보여 주며, 또 소리 없이 쓴웃음을 지었다.

리프와 셴은 반년쯤 전에 알게 되었다. 리프가 이 다운타운에 흘러들어와, 독에서 일자리를 얻고 일하기 시작한 후에 곧 친구가 되었다. 그래도 아직 셴이 완전히 손가락 글씨를 해독할 수 있는 건 아니지만, 자주 나오는 단어는 정해져 있어서 일상적인 대화라면 이제 불편하지 않았다.

리프는 태어날 때부터 말을 못한 것이 아니라 대재앙이나, 대재앙을 계기로 일어난 구연방국가의 붕괴, 1년 이상에 걸친 내전 속에서 무서운 일을 당해, 그것이 원인이 되어 실어증에 걸린 모양이다. 하기야 그건 '롯지'의 드레크슬러 박사의 의견이지만.

"꼼꼼하게 진찰해 보지 않으면 확실한 건 말할 수 없지만, 손가락 글씨의 어휘가 풍부한 것이나 알아듣는 능력이 높은 것으로 봐서 리프는 실어증이 아닐까 싶어. 그가 말을 할 수 없는 건 목이나 성대가 손상되었기 때문이 아니라, 글자 그대로 말을 잃었기 때문이라는 뜻이야."

그건 고칠 수 있느냐고 묻자, 박사는 대머리가 되어 가는 작은 머리를 갸웃거리며 생각에 잠겼다.

"실어증의 원인은 뇌의 기능장애라고 여겨지고 있는데, 그것이 기량(器量)적인 면에 뿌리를 내리고 있는 것이라면 치료나 수술로 고칠 수 있는 경우도 있어. 하지만 심리적인 요인도 작용하고 있다면 외과적인 치료만으로는 고칠 수 없지. 카운슬링 등의 진료 내과적인 접근이 필요할 거야. 하지만 반대로 리프가 심리적 블록이 원인인 실어증이라면, 치료를 받지 않더라도 어떤 계기로 극적으로 회복되는 일도 있을 수 있는데······."

그러나 실어증뿐만 아니라, 리프에게는 기억장애도 있었다. 2, 3년 전의 일은 확실하게 기억하고 있지만, 그 이전의 일은 백지라고 한다. 어릴 때의 일, 가족에 대한 것, 자기 자신의 출생—— 전혀 기억나지 않는다고 한다.

대재앙 이후, 기억장애를 가진 사람들은 드물지 않다고 드레크슬러 박사는 말한다.

"다들 잊고 싶은 일이 많아서 그래."

다만, 리프의 경우는 그게 실어증과 세트를 이루고 있다는 점이 약간 복잡하다.

"어쨌거나 치료에는 상당한 시간이 걸려. 꼭 좋아질 거라는 보장도 없고."

그렇다면 본인이 괴로워서 견딜 수 없는 게 아닌 한 무리해서 병원에 다닐 필요도 없을 거라고, 셴은 해석했다. 게다가 의사에게 가려면 돈이 든다.

"나한테 보여 주면 요금은 청구하지 않으마."

드레크슬러 박사는 그렇게 말하고 있지만, 공짜보다 비싼 것은 없다. 무엇보다 박사는 '롯지'의 본부에 틀어박혀 있어서 셴이나 다른 D·B들이 늘 드나드는 각지의 지부에는 거의 찾아오지 않는다. 도움을 받으려고 하루 일을 쉬고 시간을 들여 힘들게 수도에 있는 본부까지 나갔는데, 사람들이 실험동물 대신 자기를 실컷 주물럭거려댄다면 리프도 참을 수 없을 것이다. 거기다, 드레크슬러 박사는 지적 호기심으로만 살아가고 있어서 인간적인 공감이나 동정 같은 것을 거의 갖고 있지 않은 사람이다. 가장 위험한 타입의 과학자다. 당연히 마음을 허락할 수 없다.

박사가 묘하게 리프에게 흥미를 가지는 것도 수상하다. 예를 들면 리프의 의식을 전기적으로 변환해서 꺼낸 후, 실어증은 아니지만 교육 정도가 낮다는 등의 이유로 언어 표현 능력이 리프보다 뒤떨어지는 인간에게 전이시키면 무슨 일이 일어날까——와 같은 일을 실험하고 싶어서 들썩들썩하고 있는 건지도 모른다. 놈들, '롯지'의 본부에서는 그런 실험을——은밀하게, 그리고 사소하게나마—— 시작하고 있을 게 틀림없으니까.

대재앙——'프로젝트 나이트메어'의 실패와 빅 올드 원의 폭주사고에 의해 발생한 일찍이 겪어보지 못한 대재앙. 그것에 의해 구연방정부는 쓰러졌다. 뒤를 물려받은 신연방정부는 이제 그런 '인간의 불사화' 실험은 지긋지긋할 것이다. '롯지'가 설립된 것도, 거기에 우수한 과학자들이 모인 것도, 대재앙의 뒤처리를 하기 위해서이지 다른 목적은 없을 터였다.

처음에는. 아직 상처 자국을 생생하게 느낄 때는.

하지만 12년이 지난 지금은, 이제 그런 초기의 목적은 단순한 표면적 방침으로 기능하고 있을 뿐이고, 여기저기에서 본심이 얼굴을 드러내기 시작했다. 높으신 분들은 역시 연구를 진행하고 싶은 것이다. 빅 올드 원은 왜 폭주한 걸까. '프로젝트 나이트메어'는 왜 실패한 것일까. 원인을 알아내야 재발을 막을 수 있다는 명목하에, 조금씩 조금씩 새로운 연구가 진행되고 있다. 결코 보도되지 않고 선전도 없지만, 그런 건 누구나 느끼고 있는 일이다.

실제적인 문제로, D·B들이 이 '테―라'에서 시간적 위상이 다른 '지구'라는 곳으로 도망친 범죄자를 사냥하러 나갈 수 있는 것도, 근원을 따져 보면 '프로젝트 나이트메어'를 위해 개발된 기술 덕분이다. D·B들이 출동하고 귀환할 때마다 새로운 데이터가 모이고, 그것이 또 D·B들의 다음 출동의 안전을 보장하기 위한 연구 재료가 되고, 동시에 '프로젝트 나이트메어'를 되살아나게 하기 위한 자본도 되고 있다.

본래 신연방정부가 D·B에게 많은 상금을 약속하고 있는 것도, 살아 있는 실험 재료인 도망범들에게는 그 상금에 버금가는 가치가 있기 때문이다――.

셴은 코밑을 쓱 문지르고, 머릿속의 밑도 끝도 없는 생각을 옆으로 밀어냈다. 미션에 성공했을 때는 들떠 있어서 괜찮지만, 빈손으로 돌아오면 이렇게 쓸데없는 생각을 하고 만다.

"오늘은 그만 들어가는 거야?"

응, 하고 리프는 고개를 끄덕였다.

"그럼 밥 먹으러 가자. 배고파 죽겠어."

리프는 파워로더 쪽으로 손을 흔들어 보인다. 뒤에 타라는 것이다. 셴은 스텝에 뛰어올랐다.

이 독에는 열세 개의 부두가 있다. 그중 D·B들이 사용하는 고속 접속탐사정의 접안·주차가 허락된 곳은 11, 12, 13번 부두뿐이다. 다른 열 개의 부두는 전국에서 갖가지 짐을 싣고 출입하는 화물선 전용이다.

20여 년 전에 이 독이 건조되었을 당시에는, 부두는 열 개밖에 없었다. 나머지 세 개는 대재앙 후에 증설된 것이다. 육지가 적은 테―라에서는, 해운은 물류의 중심이다. 따라서 선원의 사회적 지위가 몹시 높다. 당연히 그들은 자존심도 높다. 아무리 정부 공인이라고는 해도 근원을 따지자면 무뢰한들뿐인 D·B 따위에게 우리들의 부두를 쓰게 할 수는 없다고 강하게 반대하는 바람에, 곤란해진 '롯지'가 사재를 털어 허겁지겁 부두를 더 만든 것이다.

　따라서 11, 12, 13번 부두가 있는 곳은 원래는 항구 안의 끝 쪽, 오수를 처리하는 시설에서 흘러나온 폐수가 토해져 나오는 물웅덩이 같은 곳이고, 독의 주요 시설에서는 꽤 멀리 떨어져 있다. 그래서 보통은 쉽에서 내리면 고픈 배를 안고 중앙 게이트까지 터벅터벅 걸어가야 한다. 이게 생각보다 꽤 괴롭다. 그래서 파워로더를 얻어 탈 수 있는 것은 몹시 고마운 일이다.

　D·B는 짐을 싣고 내리는 데에 파워로더가 필요할 만한 물건을 가지고 다니지 않는다. 리프가 일하고 있는 곳은 화물선 부두의 작업장 쪽이다. 사실은 담당 장소를 떠나 D·B용 부두에서 파워로더를 타고 다니는 모습을 들키면, 엄청나게 야단맞을지도 모른다. 하지만 오늘은 전력 공급이 정지되는 날이라서 화물용 부두와 작업장은 일몰과 동시에 업무 종료다. 어린아이 하나 없다. 안심해도 된다.

　중앙 게이트 앞까지 오자 리프는 오른쪽으로 돌았다. 바로 앞에 파워로더의 정류·급유를 위한 슬롯이 있다. 모는 사람이 떠나 침묵하고 있는 파워로더가 10여 대 정렬되어 있다. 사람 모양의 파워로더에 섞여, 다족 보행형도 두세 대 세워져 있다. 셴은 이런 모양의 로더가 싫었다. 왠지 모르게 기분 나쁜 스타일이라고 생각한다.

무사히 로더를 슬롯에 넣고 리프가 내리자, 셴은 앞장서서 게이트 쪽으로 걷기 시작했다. 문지기가 있는 노란 캡슐 박스에만 불이 켜져 있다. 목을 쭉 빼고 들여다보니 회색 제복을 입은 아저씨가 꾸벅꾸벅 졸고 있었다.

"배터리가 아깝군" 하고 말하면서, 셴은 목에 건 인식표를 꺼내 게이트의 감시 모니터에 댔다. 삐—하는 소리가 나고 셔터가 시끄럽게 삐걱거리면서 열리기 시작했다.

"아저씨, 칸델라 끄는 건 잊어버리지 않았으면 좋겠는데."

셴이 그렇게 말하고 있는 동안에 아저씨가 눈을 번쩍 떴다. 셴은 웃으면서 셔터를 통과했다.

전력 공급이 정지되는 날에는 가로등도 전부 꺼진다. 그래도 이 독처럼 기능을 정지할 수 없는 시설이나 병원 등은 배터리를 사용해 얼마쯤 광원을 확보하지만, 당연히 그것으로는 충분하지 못하기에 도시 전체는 어둡다. 별은 벌써 몇 년 전부터 제대로 보인 적이 없어서 하늘과 땅의 경계가 확실하지 않다. 그런 어둠이다.

셔터를 빠져나가면 넓은 간선도로가 나온다. 도로도 어둡다. 차는 다니지도 않는다. 셔터가 닫히고 캡슐 박스에서 새어 나온 불빛이 차단되자 셴은 이 자리에서는 유일하고도 작은 광원인, 오른쪽에 뻗어 있는 키 큰 빌딩을 올려다보았다. 독의 소유자인 신연방정부 운송국 미쿠바 지부의 지상 20층 건물——통칭, 미쿠바 타워다.

물론 오늘 밤에는 이 타워도 대부분이 어둠 속에 가라앉아 있다. 각 층의 경계마다 설치되어 있는 야광 페인트의 층수 표시가 엷은 초록색으로 빛나고 있는 것 외에는 2층의 일부에서만 불빛이 보일 뿐이다.

미쿠바 타워의 2층에는 '롯지'의 미쿠바 지부가 사무실을 임대해 들어가 있다. 저것은 그 불빛이다. 지구에서 미션을 마치고 귀환한 D·B의 선장은 즉시 항해 기록 유닛을 들고 가장 가까운 '롯지' 지부에 출두할 의무가 있다. 따라서 D·B가 출동한 날에는, 설령 전력 공급 정지 시간이 지났다 하더라도 '롯지'에는 직원이 대기하고 있는 것이다.

"마에스트로가 늦는데."

수확이 없었던 만큼, 항해 기록에도 봐야 할 사항 따위는 없으니까 보고 작업은 빨리 끝날 것 같은데.

셴이 타워를 바라보며 말하자 리프가 손가락 글씨를 썼다.

"'피트'에서 만나자고 했어."

"영감탱이, 파커가 화를 내며 쳐들어갈 깃을 예상하고 있었나?"

"그럴지도. 어쩌면 말리러 갔을지도 몰라."

있을 법한 일이다. 무선으로 대화를 주고받았을지도 모른다. 어쩌면 그 때문에 그렇게 지부까지 뛰어간 것이리라.

"마에스트로가 파커와 같이 날뛰는 모습을 구경하면 재미있겠지만, 뭐, 난 오늘 밤에는 끼어들지 말아야지."

셴은 길게 기지개를 켜고는 걷기 시작했다.

"얼른 시콜로를 타고 '피트'로 갈까?"

게이트 옆 주차장에는 크고 작은 여러 가지 사이즈의 시콜로가 세워져 있다. 주인이 있는 것도 있고, 독에서 소유하고 있어 누구나 자유롭게 대여할 수 있는 것도 있다. 셴은 바로 얼마 전에 자신의 시콜로를 망가뜨려 버려서, 독의 비품을 빌리기로 했다. 주차장에는 여기저기에 노란 형광 페인트로 표시판이 세워져 있다. 어두컴컴하긴 해도 출입하기에는 불편하진 않다. 셴은 그립 부분에 붕대가 감겨 있는 것을 골랐다. 주차장 로커의 핸들에 인식표를 밀어 넣자 탁, 하는 소리가 나고 열쇠가 풀렸다.

셴이 만나는 D·P들은 '지구' 속의 '일본'이라는 나라 사람들인데, 이 사람들은 왠지 몹시 호기심이 강하다. 자신의 몸에 닥친 일에 겁을 먹으면서도, 조금만 익숙해지면 테—라에 대한 것, 셴 일행의 생활에 대해서 여러 가지를 알고 싶어 한다. 셴도 지장이 없는 정도라면 이것저것 가르쳐준다. 이쪽도 재미있기 때문이다.

시콜로도 그렇다. 일본 사람들도 이것과 똑같은 형태의 인력 이륜차를 타고 다닌다고 하는데, 그것을 '자전거'라고 부른다고 한다. '시콜로'라고 불리는 탈것은 아시아라는 지역의 또 다른 나라에도 있는데, '자전거'와는 전혀 다른 것이라고 한다.

셴도 마에스트로도, 옷차림이야 어찌 되었건 인간으로서의 모습은 D·P들과 다르지 않다. 따라서 D·P들은 더욱 궁금할 것이다. 테—라는 대체 어떤 곳일까, 그곳에서의 생활은 어떤 것일까 하고. 대륙이 작고, 거주 가능한 육지도 적고, 화석연료는 거의 캘 수 없어서 풍력발전이나 수력발전이 주류인 곳——그것만으로도 지구의 일본 사람들에게는 놀라운 일인가 보다. 그것은 매우 경제적인 생활이라고 칭찬받은 적도 있지만, 사실 그 말이 무슨 소리인지 잘 알 수가 없었다.

셴은 D·P들의 뇌에 전기적 환상으로 들어가서, 시종 거기에서 나오지 않는다. 그래서 지구나 일본의 모습을 자신의 눈으로 직접 본 적은 한 번도 없다. 앞으로도 그런 일은 없을 것이다. 불가능하기 때문이다. 그러나 D·P들의 뇌를 통해서 알게 된 지구의, 일본 도시

주민들의 생활은 이 신연방국가 사람들의 생활과 기본적으로는 그렇게 다르지 않다고 생각한다. 무엇보다도 날짜나 시간의 관념이 같고, 사물을 재는 단위에도 비슷한 것이 많다. 물질적인 것도 비슷하다. 맥주나 고속도로, 항공기나 화물선, 발전소 등의 커다란 것에서부터 시콜로나 녹음기, 텔레비전의 시스템, 세면대나 변기의 모양 등 작은 것까지 —— 저쪽은 풍요롭고 사치스럽지만, 이쪽은 가난하고 여러 가지가 낡았기 때문에 수리하거나 만들어서 써야 한다는 차이가 있을 뿐이다.

따라서 이 나라가 아직 풍요로웠을 무렵, 대재앙 이전의, 번영을 구가하던 구연방 시대의 도시라면 훨씬 더 비슷했을 것이다. D · P 중에는 일본 —— 셴이 D · P를 통해서 알게 된 도쿄나 센다이나 나가사키 ——이 속한 지구와 테—라가 단순히 비슷한 게 아니라, 실은 같은 것이라고 말하는 사람도 있다. 패럴렐 월드가 이렇다는 둥 저렇다는 둥. 셴은 제대로 이해할 수 있었던 적이 없다. 다만, D · P와 교류하다 보면, 어쨌거나 같은 인간이구나 —— 라고 느낄 때는 자주 있다. 같은 인간이 만들어내는 사회이고 문명이니까, 자연조건에 좌우되는 점을 빼면 대개는 비슷해질지도 모른다.

리프의 시콜로는 산더미 같은 고철 속에서 주워온 폐품을 수리한 것이다. 색깔은 시원치 않지만 잘 달린다. 리프는 손재주도 좋았다. 그는 그립에 한 손을 대고, "마에스트로가 사 준대"라고 손가락으로 말했다.

"앗싸!"

두 사람이 나란히 달리기 시작하려고 했을 때, 머리 위 어디에선가 빠직, 쩽그랑 —— 하는 소리가 났다.

미쿠바의 다운타운에는 대재앙 이후 한 번도 정리되지 않은 채 방치된, 산더미 같은 기와와 자갈에 파묻히기 시작한 주택이 남아 있는 곳도 있다. 마치 불에 타고 남은 흔적 같은 그런 곳에서는, 한 발짝 걸을 때마다 부서진 유리나 깨진 수지판 등이 밟혀서 시끄러운 소리가 난다.

방금 그 소리는 순간적으로 그것을 연상시켰다.

머리 위——셴과 리프는 짜기라도 한 듯 미쿠바 타워의 검은 그림자를 올려다보았다.

맨 위층이다. 딱 한가운데 창이다. 뭔가가 움직이고 있다. 어둠 속에 희끄무레하게. 사람의 그림자. 머리. 손? 다리? 팔랑거리며 움직이고 있다.

그리고 또, 아까보다도 크고 또렷하게 알아들을 수 있는 소리가 울렸다. 유리가 깨지는 소리다.

그리고 비명이 들렸다.

맨 위층의 창문에서 누군가가 튀어나왔다. 야광 페인트의 약한 빛 속에서, 깨진 유리 조각에 섞여 매달릴 것을 찾아 열심히 팔다리를 움직이고 고개를 쳐들면서, 완만한 호를 그리며 떨어진다. 꺅, 하는 목소리의 잔향이 사라지기도 전에, 그 몸은 땅바닥에 처박혔다.

또 빠직, 쨍그랑하는 소리와 함께, 나머지 유리가 한줄기 비처럼 떨어진 인물의 뒤를 쫓아 떨어져 내린다.

셴도 리프도, 멍하니 입을 벌린 채 그 광경을 바라보고 있었다. 기발한 쇼라도 본 것 같은 기분이었다. 뭐야, 저건?

리프의 손에서 힘이 빠지고, 그의 시콜로가 쓰러졌다. 그 소리에 두 사람 다 펄쩍 뛰며 제정신으로 돌아왔다.

"큰일 났다!"

일제히 달리기 시작했다. 미쿠바 타워 출입구에서도 당황한 사람들이 나온다. 그중에는 마에스트로의 대머리도 섞여 있었다.

3

"이거이거, 놀랐소이다."

벌컥벌컥 람즈를 들이키고 나서, 이제야 살 것 같다는 얼굴로 마에스트로가 말했다.

'피트'는 늦은 저녁을 먹으려는 D·B나 '롯지' 직원들로 이미 만원이었다. 모두 이곳 할아버지의 요리 실력을 잘 알고 있기 때문이다.

셴과 마에스트로는 대재앙 이후에 이 가게의 단골손님이 된 경우다. 밥이 맛있고, 지하 가게라서 바람 소리도 시끄럽지 않다. 굳이 결점을 꼽자면 할아버지가 사용하는 조리 기구가 배터리 대응이 아니어서, 홀수일에는 따뜻한 요리가 보존냄비 하나분밖에 놓여 있지 않아 일찌감치 오지 않으면 먹을 수 없다는 점 정도일 것이다. 그 대신 할아버지는 차가운 냉수를 풀 수 있는 우물을 갖고 있기에 찬 음식은 부족하지 않다.

"떨어져서 죽은 그 남자, 결국 어디의 누구인지 알 수 없었지?"

셴은 입 안 가득 빵을 밀어 넣으면서 물었다. 리프는 '차가워도 맛있다'는 평판의 특제 야채 스튜를 먹고 있다.

"시민증이나 직업증명서를 갖고 있지 않았던 모양이니까. 뿐만 아니라 지갑도 갖고 있지 않았던 모양이야."

우선 인간이고, 남자고, 하얀 셔츠에 검은 바지라는 복장, 신발도 검은 가죽구두를 신고 있었다. 나이는 그렇게 젊지 않다. 미쿠바 타워에서 떨어진 인물에 대해서 당장 알 수 있었던 것은 그 정도였다. 젊지 않다는 것은 관자놀이 근처에 있는 백발이 눈에 띄었기 때문이다. 유감스럽게도 얼굴 생김새는 알 수 없다. 땅바닥에 충돌하면서 심하게 망가져 버렸던 것이다.

"가죽구두를 신고 있었으니까 타지 사람이야" 하고 리프가 스푼을 들고 있지 않은 쪽 손으로 솜씨 좋게 말했다.

"그렇겠지……. '롯지' 연구원이나 직원은 아닐까? 다른 곳에서 연수하려고 와 있었다거나."

"지부장의 이야기로는 아무도 오지 않았다던데."

"상의는 도둑맞아 버렸나? 무엇보다 전력 정지 시간대에 그런 꼭대기 층에서 뭘 하고 있었을까?"

"나는 몰라." 마에스트로는 정색하며 말했다. "연안 순찰대에서도 과연 알아낼 수 있을지 의심스럽군."

"하지만 살인사건이에요" 하고 리프가 손가락 글씨로 말했다.

"연안 순찰대는 전체적으로 의욕이 없으니까" 하고 마에스트로는 말했다. "소문은 예전부터 들었지만, 정말로 쓸모없는 놈들뿐이야. 이번 일만 봐도 잘 알 수 있지. 수도 경찰에서 떨려난 사람이나 문제를 일으킨 경찰이 미쿠바 시로 좌천된다는 소문은 사실일지도 모르지."

"이 도시에서, 그것도 다운타운에서라면 언제 누가 살해되어도 이상하지 않으니까. 치안 따윈 처음부터 지킬 필요가 없다고나 할까."

셴은 우물거리며 말하고, 입속의 음식을 삼키고 나서 헤헤헤, 하고 웃었다.

"하지만 다행이야. 순간 깜짝 놀랐거든. 파커가 미칠 듯이 화를 내며 지부장을 던져 버린 게 아닐까 하고."

마에스트로는 박력 있는 웃음을 지었다.

"사건이 일어나는 게 5분만 더 늦었다면, 내가 무도우를 던져 버렸을 거야."

"그 바보, 자를 수는 없는 거야?"

그때 갑자기 카운터에 나란히 있던 셴 일행의 뒤에서 굵은 팔이 뻗어와 말하고 있는 셴의 어깨를 잡고 마구 흔들었다.

"여전히 위세가 좋군, 애송이. 하지만 쓸데없는 말은 하지 않는 게 좋을 거다."

뺨과 이마에 화려한 흉터가 있는, 몸집이 큰 D·B였다. 이 가게에서는 가끔 얼굴을 볼 때가 있지만 함께 일을 한 적은 없다. 언제 만나도 기름진 땀 냄새가 나는 이런 아저씨와 함께 날아야 한다니, 죽어도 사양이다.

"당신 무도우 편이야? 그렇다면 마음대로 해." 셴은 등을 돌린 채 말했다. "우리는 꼭두각시나 상대하고 있기에는 시간이 아까운 사람들이니까."

흉터 남자는 목을 울리며 껄껄 웃고는, "영감, 빨리 잔과 피처 좀 줘" 하고 잘난 척 턱짓을 하며 가게 노인에게 명령했다. "그리고 테이블 좀 청소해. 기름투성이라 더러워 죽겠군."

"테이블이 더러운 게 아니라 당신이 지금 막 기름으로 더럽히고 있잖아."

셴이 끼어들자, 흉터 남자는 셴의 머리를 움켜잡고는 비틀어 올렸다.

"시끄러운 애송이로군!"

마에스트로가 천천히 울룩불룩한 오른팔을 뻗어 흉터 남자의 손목을 잡았다.

"허락도 없이 내 조수를 만지시면 곤란하외다."

흉터 남자는 입.끝에서 침을 흘리면서 천한 웃음을 지었다. "그야 그렇겠지, 영감. 이 애송이는 당신의 소중하고 소중한 애완동물이니까."

마에스트로는 씩 웃고는 그때까지 왼손에 들고 있던 커다란 글라스를 리프에게 건넸다. 리프가 그것을 받아들자, 마에스트로는 빈 왼손의 다섯 손가락을 하나씩 천천히 꼽으면서 세어 나갔다.

"하나, 둘, 셋──."

도중부터 셴도, 셴 뒤에 있던 나머지 손님들도 함께 소리 내어 세기 시작했다.

"──다섯!"

다섯 번째 손가락마저 꼽아 주먹을 만들자, 마에스트로는 재빨리 스툴 위에서 몸을 비틀며 흉터 남자의 몸통을 쳤다. 한 대! 그것만으로 소리도 없이 흉터 남자는 쓰러졌다.

"헤어스타일이 망가졌잖아." 셴은 머리를 흔들며 고쳐 앉았다. 그리고는 마치 아무 일도 없었다는 듯이 채소를 다지고 있는 가게 노인에게 카운터 너머로 말을 걸었다.

"할아버지, 어떡할까요? 이 녀석, 밖에 버리고 올까요?"

가게의 노인은 눈을 위로 치켜뜨며 셴을 보았다. 하지만 그가 뭔가 말하기도 전에 안쪽 테이블에서 가냘픈 젊은 남자가 머뭇머뭇 나와서, "죄송합니다, 제가 데리고 나가겠습니다" 하고 사과하며, 흰자를 드러내고 쓰러져 있는 흉터 남자 옆에 쪼그리고 앉았다.

"당신, 이 녀석의 파트너?"

"아, 네."

"그럼 이런 일에는 익숙하겠지만, 혼자서 괜찮아? 도와줄까?"

"아뇨, 저 혼자서 어떻게든 해보겠습니다."

남자는 결국 흉터 남자의 멱살을 잡고 끌면서, 힘들게 계단을 올라가 밖으로 나갔다.

"무일푼이라서 다들 신경이 곤두서 있는 거야."

리프가 몰래 카운터 위에 손가락 글씨를 썼다. 셴은 머리의 머리띠를 고쳐 매며 흥, 하고 웃었다.

"그렇다고 일일이 날뛰는 건 어린아이나 하는 짓이라고. 원래 우리가 하는 일은, 크게 요란을 떨며 나가도 빈손으로 돌아올 때가 더 많으니까."

"그래도 셴은 포획 미션도 많이 경험했잖아?"

"많다고 할 정도의 횟수는 아니야. 우리가 맡은 영역은 좁으니까."

셴은 대답하고, 그릇에 턱을 파묻듯이 하며 스튜를 먹고 있는 마에스트로 쪽을 향했다.

"저기, 마에스트로. 오늘 우리가 출장 나간 D·P는 어떤 곳에 살고 있었어?"

마에스트로는 음식을 먹으면서도 솜씨 좋은 발음으로 대답했다. "뉴, 욕."

"나는 그 도시, 처음 봤어. 우리 영역인 '일본'이라는 나라의 도시가 아니었지?"

"아니야." 마에스트로는 눈동자를 천장 쪽으로 향하며 잠시 생각했다. "음, 오늘의 D·P는 합중국 연방이라는 나라의 국민이야. 뉴욕은 그 나라의 최대급 도시지."

셴은 리프에게 말했다. "그 도시에서 말이지, 아주 최근에 큰 전투 같은 게 있어서 꽤 많은 수의 사람들이 죽었나 봐. 도망범들은 그런 재해나 사고 같은 것으로, 약해질 대로 약해져 있는 사람의 마음을 제일 좋아해. 파고들기 쉽거든. 그래서 그 뉴욕인가 하는 곳은 지금 '롯지'에서 지정한 가장 중요한 탐사 지구가 되었어."

리프는 고개를 끄덕였다. 그리고 손가락 글씨를 썼다. "'지구'라는 곳에서도 역시 전쟁이나 전투가 있구나. 내전일까?"

"그렇지는 않은가 봐. 사정은 잘 모르겠지만. 나도 마에스트로도, 그 합중국인가 하는 나라용의 밈 머신은 갖고 있지 않거든. 지원이나 탐사 출동이라면 밈 머신이 없어도 전혀 문제가 될 건 없지만 말이야."

셴은 자신의 오른쪽 귀 뒤를 손가락 끝으로 두드려 보였다.

"여기에 묻혀 있는 밈 머신, 나랑 마에스트로의 밈 머신은 '지구'의 아시아라는 지역에 있는 일본이라는 나라 전용의 사양이야. 실은 밈 머신에도 궁합이 있어서 이 일본 사양의 밈 머신은 적성 타입이 좀처럼 발견되지 않아, '롯지'를 엄청 애먹인 놈이래. 하지만 마에스트로와 나는 우연히 적합했어. 그래서 포획 미션에 대해서는 일본이 우리들의 영역이 된 거지. 하지만 이 일본이라는 나라는 작거든. 그래서 포획 미션이 발생할 확률도 애초에 낮아. 다른 D·B들에 비해 손해 보는 거지."

마에스트로가 아직도 밥을 먹으면서 반대 의견을 말했다. "하지만 일본은 인구가 많다고."

"뭐, 그럴지도 모르겠지만."

"게다가 일본은 구연방 시대의 우리나라와 국정(國情)이 비슷하거든. 그게 도망범들을 끌어당기고 있어."

리프가 고개를 갸웃거렸다.

"국정?"

"문화 수준이 높고 생활도 풍요로운 편이지만, 점점 사람들의 마음이 황폐해져 가고 있어."

셴이 실실 웃었다. "마에스트로, 폼 잡고 딱딱한 말을 쓰네."

"황폐한 사람의 마음이 급격하게 늘어나고 있다――고 바꿔 말할 수도 있지." 마에스트로는 매우 진지하게 말을 이었다. "그것도 도망범들을 끌어당기는 요소야."

"그건 하지만, 합중국인가 하는 나라도 그런 것 같던데. 전에 지부장이 그랬어. 드레크슬러 박사도 이야기한 적이 있었지. 러시아인가 하는 나라도 그렇다고. 그쪽도 큰 나라인가 보던데."

리프는 불쑥 말했다. "사람의 마음이 황폐해지다니――예를 들면 어떤 건데."

빈 그릇을 가게의 노인에게 건네고, 마에스트로는 하얀 천으로 입을 닦았다.

"이유도 없이 사람이 사람을 죽이는 사건이 자주 일어난다―― 는 게 하나의 기준이 되겠지."

"살인사건?"

"그래."

"이유 없이 사람이 사람을 죽이기도 하는 걸까요?" 리프는 여자아이 같은 말씨의 손가락 글씨를 썼다.

"흠. 그럼 바꿔 말하지. 죽인 당사자만 알 수 있는 욕심과 이득을 위해 사람을 죽인다고."

"리프, 그런 데 흥미가 있어?"

셴의 질문에 리프는 약간 눈을 크게 떴다. 그러고 나서 미소를 지으며 고개를 젓는다.

"그렇지 않아. 다만, 아까 그 사건 때문에 좀 생각했을 뿐이야."

"그래? 뭐, 눈앞에서 사람이 추락사하다니, 좀처럼 있는 일이 아니지."

"추락사가 아니야. 그건 엄연한 살인이야" 하고 리프는 썼다. 셴은 약간 턱을 당기며 새삼 리프의 얼굴을 보았다.

"리프, 아까부터 계속, 엄청 단호하게 살인사건이라고 말하는데, 아직 모르는 일이잖아? 자살이나 사고였을지도 모르고."

"자살은 아니겠지. 스스로 뛰어내렸다면 비명 같은 건 지르지 않아" 하고 마에스트로가 옆에서 끼어들었다.

"하지만 ——."

두 사람의 대화를, 리프는 깜짝 놀란 듯한 눈으로 바라보다가 당황해서 손가락 글씨를 썼다. "아니야, 그건 확실히 살인이야. 왜냐하면, 그 남자를 밀어서 떨어뜨린 인간이 있었으니까."

이번에는 셴과 마에스트로가 놀랄 차례였다.

"본 거구나?" 하고 마에스트로가 물었다.

"봤습니다."

"정말이야? 그 거리에서? 야광 페인트의 불빛은 약하고, 빌딩 바깥쪽밖에 비추지 않는데. 밀어서 떨어뜨린 인간이라는 건 ——그 녀석은 창가에 있었을 거 아냐? 거긴 더 캄캄하잖아."

"하지만 보였어. 똑똑히." 리프는 손가락 글씨를 쓰고 나서, 자신의 그 손가락에 시선을 떨어뜨리고 생각에 잠겼다.

"나한테는 안 보였어" 하고 셴은 중얼거렸다. "그 남자가 유리를 깨고 튀어나와서 떨어진 것밖에 보이지 않았다고."

"리프, 그 얘기를, 연안 순찰대원에게 했니?"

리프는 몇 번이나 고개를 끄덕였다. 그리고 손가락 글씨로, "하지만 별로 믿지 않는 것 같았어요" 하고 말을 이었다. "역시 먼 거리인 데다가 어두우니까 보였을 리가 없다고. 하지만 난 정말로 봤어요. 셴에게도 당연히 보였을 줄 알았어요."

사정 청취는 둘이 따로따로 받았기 때문에 —— 의욕이 없는 순찰 대원도 일단 규정만은 지켰던 것이다 —— 그 자리에서는 셴도 리프의 증언 내용을 알 수는 없었다.

"리프는 눈이 좋구나." 셴은 가장 솔직한 감상을 말했다. "몽타주 같은 것을 그리지는 않았어?"

리프는 고개를 젓는다. "순찰대원은 진지하게 듣지 않았다니까. 게다가 손가락 글씨도 통하지 않아서, 일일이 종이에 쓰지 않으면 대화할 수가 없어서 귀찮은 것 같았고."

"아, 그래?"

"어떤 인물이었지?" 마에스트로는 목소리를 낮췄다. "하긴, 아무리 그래도 얼굴까지는 보이지 않았겠지만……."

리프는 갑자기 자신 없는 얼굴이 되어 눈을 내리깔았다. 그리고 천천히, 망설이면서 손가락 글씨로 말했다.

"머리가 —— 길었어요. 여자라고 생각했어요. 작업용 점퍼 같은 것을 입고 있었어요."

셴은 마에스트로와 얼굴을 마주 보았다.

"작업용 점퍼를 입은 머리가 긴 여자라."

마에스트로가 신음하듯이 되풀이한다. 그러자 카운터 너머의 노인이 놀란 듯이 이쪽을 돌아보았다.

"응? 왜 그러시오?"

마에스트로가 묻자, 노인은 무뚝뚝하게 얼굴을 휙 돌리고 테이블석의 손님을 불렀다. 그리고는 막 뜯은 술병을 내민다.

"마시고 남기는 건 질색이오. 이 녀석은 마개를 뜯으면 맥이 빠지는 술이거든."

손님은 기분이 좋아 보였고, 벌써 상당히 취해 있었다. "괜찮아요, 다 마셔 버리지, 뭐."

셴은 코에 주름을 지었다. "공기에서 주정뱅이 냄새가 나."

"슬슬 물러갈 시간이로군." 마에스트로는 스툴에서 미끄러져 내려왔다. "할아버지, 맛있었어요. 얼마죠?"

"잘 먹었습니다."

"내가 사주는 건 리프뿐이다. 네 몫은 급료에서 깔 거야."

"대머리인 주제에 쩨쩨하기까지 하면 천국에 못 가."

가게가 혼잡했기 때문에 마에스트로는 그의 특기인 킥을 날릴 수가 없었다. 셴은 리프와 함께 계단을 올라갔다.

두 소년의 모습이 문 저편으로 사라지는 것을 지켜보고, 가게의 노인이 마에스트로에게 다가왔다. 마에스트로는 잔돈을 주려는 줄 알고 손을 내밀었다. 하지만 노인은 주름투성이의 얼굴에 험악한 표정을 띠고 입을 꾹 다물고 있었다.

"왜 그러십니까?" 하고 마에스트로는 물었다.

"저 남자아이는 당신이 고용한 아이요?"

노인은 귀를 기울이지 않으면 들리지 않을 만큼 작은 목소리로 물었다.

"어느 쪽 말이오? 둘인데. 머리띠를 한 녀석 말이오?"

"그쪽이 아니오."

"리프 말이요? 그 아이는 그냥 아는 아이요. 내 조수가 아니외다."

"이름이 리프요?"

마에스트로는 물끄러미 상대방의 얼굴을 보았다. 그리고 조용히 말했다. "본인은 그렇게 말하고 있소. 이 도시에서는 이름이란 그런 거지요. 할아버지, 이런 이야기야 굳이 이제 와서 내가 말하지 않아도 잘 알고 있잖소."

노인은 갑자기 기세에 눌린 듯이 시선을 내렸다.

"저 리프라는 아이에게 말해 주겠소?"

"뭐라고 말이오?"

"이 가게에 가까이 오지 말라고."

"뭐 신경을 건드리기라도 했소? 저 아이는 착한 아이요."

"본인에게 불만이 있는 게 아니오. 이쪽 사정 때문이지. 그래도 여기는 내 가게니까. 나 좋을 대로 하게 해 주시오."

마에스트로는 아무런 대꾸도 하지 않고 노인의 얼굴을 보았다. 노인은 마에스트로에게서 시선을 돌린 채 빠른 어투로 말을 이었다.

"저 아이만이 아니오. 머리띠를 한 또 다른 아이도. 앞으로 이 가게에 오면 곤란하오."

"할아버지가 만드는 밥이 맛있으니, 둘 다 아쉬워할 텐데." 마에스트로는 그렇게 말하고 카운터에서 떨어졌다. "뭐, 전해 두지요."

마에스트로는 천천히 계단을 올라가, 소리를 내지 않도록 살며시 문을 여닫았다. 뒤에는 손님들의 시끄러운 소리가 남았다. 노인은 카운터 안쪽에서 한동안 입술을 깨물고 있었다.

4

미쿠바 시 일대에서 그나마 상쾌한 기분을 느낄 수 있는 때는 아침 동안이다. 셴은 새벽부터 일어났다. 홀수일의 전력 공급 정지 후에 귀환하면, 쉽의 보수 점검은 다음 날로 미뤄진다. 셴은 꽤 고지식한 편이라 그게 싫었다. 빨리 독으로 가고 싶었다.

마에스트로와 셴은 다운타운의 구(舊)공장 쪽 외곽, 예전에는 공업용수로라고 불리던 도브 강 옆에 있는 낡은 쉽에 살고 있다. 1년쯤 전에 사용 정지 권고를 받고 폐기 처분된 쉽을 사들여 이 동네까지 옮겨 와 고정시킨 다음, 주거용으로 사용할 수 있도록 개조한 것이다. 이 쉽은 원래는 레저용 대형 고속정이었기 때문에, 내부는 3층으로 나뉘어 있고 침실이 세 개, 욕실이 두 개, 라운지도 있고 바 카운터까지 있다. 내장 탱크도 있어서 부엌에서 취사도 할 수 있고, 중앙 계단에 있는 욕실에서는 샤워도 할 수 있다. 다만 화장실에서 볼일을 보고 나면 강물에 흘려보내야 하는 시스템이라서 도브 강 옆을 떠날 수 없다는 단점은 있지만, 예전에는 비좁은 개조 가건물에 마에스트로와 둘이서 공구나 보조 배터리 등과 함께 난잡한 상태로 살고 있었으니까——셴의 방 같은 경우에는 지붕 밑이었다——거기에 비하면 꽤 편하다.

구공장 쪽에는 폐공장을 손질해서 살고 있는 사람들이 적지 않다. D·B는 마에스트로와 셴뿐이다. 그 외에는 모두 고철 가공업에 종사하는 뜨내기들로, 폐공장 안에서 살며 조금씩 고철을 모으고 있다. 그러다 나중에는 자신들이 살고 있는 폐공장 자체까지 해체해서 고철로 만들어 팔 수 있는 건 팔아 버리고, 또 다음 폐공장으로 이사하는 것이다. 그런 의미로는 꽤나 위험한 놈들이다. 다만, 이 동네는 온통 폐공장으로 넘쳐나기 때문에, 당분간은 고철업자들이 셴과 마에스트로의 쉽에 눈독을 들일 걱정은 없다. 게다가 그들은 깨끗한 것을 좋아하고 손재주도 좋아서 수도나 전기 케이블 등을 부지런히 수리해서 쓰기 좋게 만들어 주기 때문에, 이웃으로서는 꽤나 고마운 사람들인 것이다. 그들이 제공해 주는 그런 편리함의 대가로, 셴과 마에스트로는 그들의 신변을 지켜 준다. 말은 그렇게 하지만 별로 대단한 건 아니다. 그냥 그 자리에 있기만 해도 그들에게는 도둑 방지용 파수꾼 같은 도움이 되는 것이다.

셴이 햇빛에 눈을 가늘게 뜨면서 바깥에 있는 공동 수도로 얼굴을 어푸어푸 씻고 있자니, 처분을 기다리며 높이 쌓여 있는 고철의 산 사이를 페그손이 가볍게 빠져나와 이쪽으로 다가오는 모습이 보였다. 팔랑팔랑 손까지 흔들고 있다.

"여어, 여어, 안녕. 당신은 오늘 아침에도 무사히 깨어났군. 세상은 당신이라는 재앙을 하루 더 참아 주기로 한 거야. 하늘의 은총이여, 땅의 자비여. 우선, 안녕, 안녕. 그렇지? 그렇지? 그렇지?"

페그손의 인사는 늘 이런 식이다. 아침부터 웬 주정이냐 싶을 정도로 긴 대사를 토해 낸다.

"무슨 일이야?"

셴은 젖은 앞머리를 쓸어 넘기면서 큰 소리로 대꾸했다. "아침밥은 아직 안 먹었겠지만, 거짓말쟁이 정보원에게 줄 음식은 없어."

"그건 또 차가운 말씀이로군. 나는 간혹 사실이 아닌 말을 할 때가 있을지도 모르지만, 거짓말쟁이는 아니야."

"그럼 뭐야?"

"음유시인이지. 시인의 거짓말은 하나님도 용서하신다고. 그렇지? 그렇지?"

페그손은 오늘 아침에도 늘 그렇듯이 지저분한 옷차림을 하고 있다. 초고성능의 광각탐지기를 몇 개나 갖고 있으니 상당한 보수를 받고 있을 텐데, 옷차림에는 전혀 신경을 쓰지 않는다. 옛날부터 이랬던 걸까.

페그손은 대재앙 이전에는, 엄청난 부자였지만 기계 마니아에겐 도움이라고는 되지 않는, 세상 물정 모르는 도련님이었던 모양이다. 아버지가 구연방정부의 요인이었다는 소문도 있다. 구연방정부가 쓰러지면서 일가는 뿔뿔이 흩어졌고, 재산도 뿔뿔이 흩어졌다. 그러나 페그손은 기계 마니아의 특성을 유감없이 발휘해, 끈질기게 살아남아 정보원 일을 시작했다. 그가 가져오는 정보 중 3분의 1은 꽝, 요컨대 가짜 정보지만 마에스트로는 그의 편을 들 때가 있다.

"페그손은 어쩌면 일부러 거짓말을 하고 있는 게 아닐지도 몰라. 가엾게도 그 남자는 현실과 망상을 구별할 수 없게 된 것뿐일지도 모르지."

셴은 그렇게 동정적인 기분은 들지 않는다. 페그손은 무조건 믿을 수 없다고 생각한다. 그것뿐이다.

"우리는 어제 장시간 출동을 했으니까, 오늘은 나갈 수 없어. 뭔가 정보를 가져왔다 해도 소용없다고."

D·B들이 건강을 해치지 않도록, '롯지'에서는 출동 시간의 누계에 제한을 두고 있다. 48시간마다 18시간까지. 다만, 그것은 D·P의 필드에서의 체제 시간이고, 왕복 시간은 포함되지 않는다. 건강에 영향이 있다면 오히려 '구멍'을 빠져나가 오가는 도중일 거라고, 셴은 생각하지만.

"당신들, 어제 미쿠바 타워에서 살인을 목격했지?"

페그손은 1년 내내 언제나 쓰고 있는 지저분한 탐사 헬멧을 기울이며 셴을 보았다.

"남자 한 명이 맨 꼭대기 층에서 떠밀려 죽었어. 그렇지? 그렇지?"

셴은 고철을 굳혀 만든 발판에서 뛰어내렸다. "살인이라고 확정됐어? 사고도 자살도 아닌?"

"자살 같은 걸 할 녀석이 아니야. 사고도 아니고. 미쿠바 타워의 플렉스 유리는 마에스트로가 몸으로 부딪쳐도 깨지지 않는 물건이니까. 그렇지? 그렇지? 그렇지?"

"죽은 녀석의 신원은 밝혀졌어?"

페그손은 펄쩍펄쩍 뛰며 스텝을 밟았다. "연안 순찰대원이었어."

"뭐라고?"

이 말에는 셴도 큰 소리가 나오고 말았다.

"순찰대원이, 캄캄한 시간에 그런 곳에서 뭘 하고 있었지?"

"비번이었어. 비번이라면 어디에 있든 자유야. 그렇지? 그렇지?"

"그것참, 정말로 그 녀석이 대원이라면 달려온 순찰대에서 금방 알았을 거 아냐? 아니면 그놈들은 자기 동료의 얼굴도 구분을 못하나?"

"부임해 온 지 얼마 안 되었다더군. 아직 연안 순찰 본부에는 얼굴도 내밀지 않았지."

셴은 팔짱을 꼈다. 페그손은 춤추듯이 다리를 바꿔 뛰면서 말했다.

"오늘 아침에 본부에서 발령을 받을 예정이었대. 그렇다면 어젯밤에는 아직 모르는 남이었을 거야. 그렇지? 그렇지? 그렇지?"

"과연, 그렇군요."

마에스트로의 목소리가 났다. 어느새 일어나서 셴의 머리 위, 중앙 갑판에서 매끈매끈한 머리를 내밀고 있다.

"마에스트로, 안녕!" 페그손이 어린아이처럼 손을 흔들었다.

"안녕하시오, 페그손. 사다리가 빠져서 다행이로군."

페그손은 가짜 정보에 화가 난 거친 D·B에게 사다리로 얻어맞고, 그것이 박혀서 목에 걸린 바람에 틈 사이로 머리를 내민 채 살아가던 시기가 있었던 것이다.

"20층에 살해된 남자의 상의가 있었는데." 페그손은 장단을 붙여 가며 말을 이었다. "주머니에 신분증명서가 들어 있었다더군. 지갑에 돈도 남아 있었고. 그런 것을 보면 강도는 아니야. 그렇지? 그렇지?"

"그렇군. 그래서 당신은 뭘 하러 온 거요?"

페그손은 또 스텝을 밟아 알 수 없는 춤을 추면서 말했다. "오늘 아침부터 순찰대 놈들이 마에스트로 당신 얘기를 하고 있어."

"내 얘기를?" 마에스트로는 굵은 손가락으로 자신의 콧등을 눌렀다. "어젯밤 사건의 목격자라면 셴과 리프인데. 나는 유리가 깨지는 소리와 비명을 들었을 뿐이니까."

"사정은 몰라. 하지만 놈들은 당신을 만나고 싶어 해."

"나는 볼일이 없는데."

"이쪽에는 있단 말이다!"

그때 갑자기 마이크를 통해 나온 목소리가 쩌렁쩌렁 울리더니, 페그손 옆에 솟아 있는 고철의 산 뒤에서 연안 순찰대의 순찰정이 등장했다. 4인승의 소형이지만 유선형의 고속정에 소음 엔진이 달려 있고, 게다가 스로틀을 내리면 호버링하는 최신 타입이다. 셴은 실은 이것을 굉장히 탐내고 있다. 언젠가 틈을 보아 훔쳐내고 말겠다며 노리고 있었다.

운전석의 대원은 헬멧과 고글과 장갑, 내열 방탄 슈트로 몸을 감싸고 있어서 노출된 부분이라면 입가뿐이다. 그 입이 웃고 있다.

"어느새 왔대?"

"애송이, 입 닥쳐!" 한층 더 소리를 지르며, "마에스트로! 너를 체포한다! 얌전히 내려와!"

그들이 위세 좋게 떠드는 건 조수석에 탄 대원이 사이드윈도에서 몸을 내밀고 이쪽에 다총신 기관포를 들이대고 있기 때문이다. 괴수 퇴치도 아니고, 마에스트로 한 명을 연행하는 데 이런 걸 가져오는 것만 봐도 이 녀석들이 얼마나 겁쟁이인지를 말해 주고 있다.

"세상에" 하고 마에스트로는 어이없어했다. "어젯밤의 살인사건이라면 나는 어엿한 알리바이가 있소이다. 당신들의 동료라는 피해자가 20층에서 떨어졌을 때, 나는 2층의 '롯지' 지부에 있었소. 지부장도, 무도우도, 파커도 모두 증인이오."

"누가 어젯밤 미쿠바 타워 사건의 용의자라고 했나? 당신의 체포 용의는 별건이다. D·B인 라스 긴을 때려죽였지?"

셴은 눈썹을 찌푸렸다. "라스 긴이 누구야?"

"시치미 떼지 마!"

대신, 페그손이 대답했다. "얼굴이 온통 흉터투성이인 느끼한 남자야. 그렇지? 그렇지? 그렇지?"

그렇다면 어젯밤에 '피트'에서 시비를 걸던 녀석이다.

"분명히 그 녀석이라면 '피트'에서 예의 없는 짓을 하기에 배에 펀치를 먹여 주었소" 하고 마에스트로는 인정했다. "하지만 죽이지는 않았소이다."

"변명은 본부에 가서 느긋하게 들어주지."

운전석의 대원은 마에스트로를 향해 고함칠 수 있는 게 어지간히 기쁜지, 그 기쁨으로 목소리가 뒤집혀 있다.

"라스 긴의 시체는 오늘 새벽, 독 12번 부두의 수면에 둥실둥실 떠 있는 채로 발견됐다! 네놈들의 쉽 바로 옆이야. 어떠냐!"

"어떠냐니, 참." 마에스트로는 턱을 꼬집었다. "내가 순순히 연행에 응하지 않으면, 당신들 그 다총신 기관포를 나한테 쏠 셈이잖소?"

"당연하지!"

"그건 곤란하외다. 이 집은 매우 공들여서 고쳤거든. 구멍투성이가 되면 아깝소이다."

마에스트로는 순순히 내렸다.

"갑자기 체포라니 너무 난폭한 거 아니야?" 마에스트로가 곁을 스쳐 지나갈 때 셴이 말했다.

"걱정하지 마라. 지부장에게 연락해 줘. 변호사를 보내 주겠지."

"알았어."

운전석의 바보 대원이 서둘러 내려서 마에스트로에게 수갑을 채우고 몸을 묶었다. 다총신 기관포는, 이번에는 셴의 머리를 노리고 있다.

"그리고, 셴" 하고, 마에스트로는 당황한 기색도 없이 말했다. "'피트'로 가라. 가서 할아버지랑 얘기를 해 봐. 넌 어젯밤에 할아버지의 기분을 상하게 해서 앞으로 출입이 금지됐어. 그러니 사과하고 와야 한다."

셴에게는 그런 기억이 없다. "뭐라고?"

"어쨌든 가 보면 알아. 신문 대신, 어제 살인사건 피해자의 신원을 알게 되었다는 소식도 가르쳐 줘. 혼자 사는 노인은 그런 토픽에 굶주려 있으니까."

마에스트로는 말은 느긋하게 하지만, 얼굴로 뭔가를 호소하고 있었다. '피트'의 할아버지와 이야기하는 것은 매우 중요한 일이다는 것과 그것을 순찰대원에게 눈치채여서는 안 된다는 것이 셴에게 느껴졌다.

"아, 알았어." 셴은 약속했다.

마에스트로를 태운 순찰정은 부상하면서 방향을 바꿔, 엔진을 작동시켜 소리도 없이 속도를 올리더니 순식간에 멀어져 갔다.

생각난 듯이, 페그손이 손뼉을 치며 기뻐했다. "봐, 봤지? 순찰대는 정말로 마에스트로에게 볼일이 있었던 거야. 오늘은 나, 가짜 정보가 아니었어. 그렇지? 그렇지? 그렇지?"

"그렇군. 마에스트로는 네 정보대로 어엿하게 체포되어 버렸어."

기분 좋은 페그손을 바라보며, 셴은 지긋지긋하다고 생각했다. 이 녀석이 가져오는 정보 세 개 중 하나는 꽝이다. 그리고 나머지 두 개 중 하나는——.

"맞긴 하지만, 너무 늦는단 말이야."

5

노인은 언제나 아침이 되어서야 잠든다. 손님이 있든 없든 하늘이 밝아 올 때까지 깨어 있는 것이다. 그리고 아침노을을 바라보면서 가게 바깥문을 닫고 포장을 접는다.

어젯밤은 소란스러운 밤이었다. 게다가 새벽에 갑자기, 이 가게의 손님이기도 한 라스 긴이라는 D·B —— 마에스트로에게 얻어맞고 뻗어 버린 그 느끼한 남자 —— 녀석의 시체가 독에서 발견되었다는 소식이 날아와, 끈질기게 남아 있던 몇 명의 손님들이 활기를 띠었던 것이다. 하룻밤에 두 건의 살인사건. 이 도시에서도 두 건 연속은 드문 일이다.

아는 사람이 살해되었다는 사실에 손님들은 소란을 떨며 좀처럼 돌아가 주지 않았다. 노인은 말할 수 없는 두근거림과 나쁜 예감을 감추며 바깥의 분위기만 신경 쓰고 있었다.

그리고 간신히 혼자 남게 되어 분위기를 살피러 밖으로 나갔을 때, 나쁜 예감이 적중한 것을 알았다.

'피트'는 반쯤 무너진 빌딩의 지하 1층에 있다. 출입구가 있는 지상 부분은 폐허가 되어 창이란 창은 모조리 깨지고, 창틀 일부가 녹아내렸으며, 실내에는 깨진 콘크리트와 원래는 가구나 생활 비품이었던 쓰레기더미가 여기저기 흩어져 있다.

새벽의 어슴푸레한 빛 속에서, 노인은 그 쓰레기더미가 희미하게 움직이는 것을 보았다.

그는 손에 들고 있던 촛대를 쳐들었다. 그러자 쓰레기 너머로 사람 그림자가 웅크리고 있는 것이 보였다.

"이봐요."

말을 걸자, 그림자는 흔들렸다.

"이봐요, 거기. 얼른 나오시오."

그림자는 또 흔들렸다.

"내 목소리를 잊은 건 아니겠지. 손님은 이제 없소. 하지만 곧 밝아질 거요. 그럼 곧바로 순회 순찰대가 오겠지. 그 전에 가게로 들어오시오."

쓰레기더미의 그늘에서 하얀 얼굴이 나타났다. 갸름한 턱. 콧날이 곧은 단정한 얼굴. 머리카락은 흐트러져 어깨까지 늘어져 있다. 오른쪽 눈과 오른쪽 뺨이 가려져 있는 것은 지난밤과 여전하다.

"마스터" 하고 여자는 쉰 목소리로 말했다. "죄송해요."

"사과하기 전에 먼저 얼른 가게로 들어가시오. 이런 장면을 누군가 본다면 곤란해지니까."

여자는 바닥에 손을 짚고 일어서서, 몸을 질질 끌며 노인 옆까지 다가왔다. 노인은 주의 깊게 주위를 둘러보며 가게 문을 열고 여자를 먼저 밀어 넣은 후 자신도 재빨리 뛰어들었다.

"아래로 내려가 있으시오."

가느다란 창문으로 밖을 살피면서, 노인은 여자에게 말했다.

여자는 지칠 대로 지쳐 있는 것 같았다. 난간에 매달려 가파른 계단을 비틀비틀 내려가다가, 마지막 두세 계단은 무릎에서 힘이 빠졌는지 주르륵 미끄러지며 떨어져 그대로 바닥에 주저앉아 버렸다.

"폐를 끼쳐서 죄송합니다."

여자는 한 손으로 얼굴을 지그시 눌렀다.

"여기밖에 갈 곳이 없어서……. 하지만 가게에는 들어갈 수가 없었어요. 폐를 끼치게 될 테니까요."

"그런 곳에 숨어 있어도 폐가 되는 건 마찬가지요."

노인은 가게로 내려와, 거꾸로 세워서 테이블 위에 올려둔 의자를 하나 내려 여자 옆에 놓았다.

"역시 귀찮은 일에 휘말린 모양이로군."

여자는 힘없이 고개를 끄덕였다. "휘말렸다기보다, 귀찮은 일을 일으켜 버렸어요."

"미쿠바 타워 20층에서 남자를 밀어 떨어뜨렸소. 그렇지?"

여자는 얻어맞은 것처럼 몸을 움찔거리며 얼굴을 들었다. "어떻게 아세요?"

그 기세에 머리카락이 흐트러지고, 처음으로 오른쪽 눈과 오른쪽 뺨이 언뜻 보였다. 노인은 놀랐다. 거기에 검붉은 멍이 퍼져 있었기 때문이다.

여자는 천천히 손으로 머리카락을 매만져 다시 오른쪽 눈과 뺨을 덮었다. 그리고 의자 등받이를 붙잡고 일어서더니 의자에 걸터앉았다.

"이 멍은 태어날 때부터 있던 거예요."

노인은 잠자코 고개를 끄덕였다. 그래도 뭔가 말해 주고 싶어서 작은 목소리로 말했다. "하지만 당신은 미인이오."

여자는 자그맣고 하얀 이를 드러내며 웃었다. 하룻밤 사이에 더 많이 야위고 늙은 것처럼 보였지만, 그 웃는 얼굴에는 화려함이 있었다.

"고마워요."

여자는 한숨을 내쉬고는 말했다. "칼이 저를 절대로 잊지 않을 거라고 생각하는 것도 이 멍이 있기 때문이에요. 이런 얼굴을 한 여자는 그렇게 여기저기 널려 있지 않으니까요."

그녀는 검지로 얼굴 아래의 멍을 살며시 쓰다듬는다.

"칼은 아주 상냥한 아이였어요. 다른 아이들은——아니, 어른들도——제 이 멍을 기분 나쁘게 생각했는데 그 아이는 달랐어요. 걱정해 주었죠. 하나 아줌마, 그거 아프지 않아? 하고요."

노인은 카운터에 등을 기댔다. "그 상냥한 칼을 포기하지 못하고, 내 충고를 무시한 거로군."

여자는 고개를 숙이고, 고개를 끄덕였다. "죄송해요. 사건에 대해서 누구한테 들으셨나요? 텔레비전?"

"여기에서 들었소. 어젯밤의 화제였거든. 당신, 우리 가게를 나간 후에 다른 가게도 돌았지요?"

"네. 세 군데쯤. 가게라고도 부를 수 없을 것 같은, 포장마차 같은 곳도 있었어요."

"대충 알겠소. 그래, 어디에서 그 남자를 만났소?"

"세 번째 가게에서. 한 잔 사겠다며 말을 걸더군요." 여자는 시선을 들었다. "못 보던 얼굴이라면서, 어디에서 왔냐고."

노인은 내뱉었다. "이 도시에는 원래 여자가 드물지."

"네, 그렇게 말하더군요. 자신도 타지에서 왔다, 살풍경한 동네라고. 순찰대원인데, 이제 막 부임해 온 참이라고——."

"뭐라고?" 노인은 눈을 부릅떴다. 저도 모르게 여자의 팔을 잡았다. "정말이오? 신분증명서를 보여 주던가요?"

"아직 발령장이 나오지 않았다면서⋯⋯."

"그럼 거짓말일지도 모르겠군."

"하지만 여기 도시에 대해서는 잘 알고 있었어요. 그는 내가 찾고 있는 아이가 D·B라면, 독에 출입하기 위한 허가증을 받았을 테니 운송국 미쿠바 지부에서 컴퓨터 등록 조회를 하면 금방 알 수 있다고 했어요. 다만 창구에서는 가르쳐주지 않는다, 외부에는 비밀이니까. 몰래 조사하는 게 좋다면서."

"하지만 빌딩은 벌써 닫혀 있는 시간이었을 텐데."

"그러니까, 자신은 순찰대원이니까 타워로 들어가는 열쇠를 갖고 있고 컴퓨터 조회용 코드도 알고 있으니까 괜찮다고 하더라고요. 컴퓨터는 보조 배터리로 가동시킬 수 있다고⋯⋯."

노인은 벽을 노려보며 생각했다.

"그래서, 그가 정말로 열쇠를 갖고 있었소?"

"네. 곧 비상구 문을 열어 주었어요. 엘리베이터가 멈춰 있었기 때문에 20층까지 걸어서 올라가야 했지만요."

노인은 생각했다. 각지의 순찰 본부에는 비상시를 대비한 범용 열쇠가 마련되어 있다. 신연방정부 공공기관의 건물이라면, 기밀을 취급하는 부서가 아닌 한은 거의 어디든지 들어갈 수 있는 편리한 마스터키다. 그 대신 관리는 엄중할 테지만──.

"녀석들의 규율은 느슨하기 짝이 없으니까. 잘만 하면 복제 열쇠를 입수할 수 있을지도 모르지요."

하지만 그런 걸 갖고 있었던 것을 보아 정말로 순찰대원이었을지도 모른다. 그렇다면 큰일이다. 최악의 사태다.

"이름은 물어봤소?"

"티키라고 불러 달라더군요."

여자를 20층까지 데려가자 티키의 태도는 완전히 변했다고 한다. 상의를 벗어 가까이 있던 의자에 걸쳐놓더니, 실실 웃으면서 여자에게 다가왔다. 컴퓨터 근처에는 가까이 가려고 하지도 않았다고 한다.

"그렇게 높은 곳까지 데려가면 내가 도망치는 걸 포기할 거라고 생각했겠죠. 하지만 난 엄청나게 저항했어요. 하지만 한 대 맞고, 힘이 엄청나서 —— 어질어질해져서, 너무 무서웠어요 —— 그래서 총을 꺼내서 ——."

"쐈소?"

"마구잡이로 방아쇠를 당겼을 뿐이니까, 맞지 않았어요. 다만 창문에 맞고 유리에 금이 갔죠."

계속해서 쏘려고 총구를 향하자, 티키는 순간적으로 그녀에게서 떨어져 창가로 달아났다. 여자는 다시 총을 쏘았다. 총기에 익숙하지 않은 여자의 손안에서 총신이 튀어 오르고 탄환은 엉뚱한 방향으로 빗나갔지만, 당황한 티키는 스스로 금이 간 유리창으로 돌격했다.

"달려가서 —— 그의 팔을 잡으려고 했어요. 하지만 이미 늦었어요." 중얼거리고, 여자는 세게 고개를 저었다. "아뇨, 도우려고 하지 않았던 건지도 모르죠. 반대로 그를 떠밀었을지도 몰라요."

어쨌든 그녀가 티키를 믿은 게 실수였다. 노인은 씁쓸한 분노를 어금니로 악물었다.

"만일 그 티키라는 남자가 정말 대원이라면, 아무리 돼먹지 못한 놈들만 모여 있는 순찰대원들이라도 잠자코 있지는 않을 테지. 날도 밝았으니, 온 거리를 이 잡듯이 뒤지고 다닐 거요."

여자는 손톱을 깨물고 있다. 손톱 끝이 깔쭉깔쭉해졌다.

"게다가 당신, 누군가에게 목격됐소" 하고 노인은 말했다. 여자는 눈을 크게 떴다.

"누구한테? 근처에는 아무도 없었어요. 난 계단을 뛰어 내려가서, 들어왔을 때와 똑같이 비상구로 도망쳤어요. 그 남자가 떨어진 곳 주변에 사람들이 모이기 시작했지만 난 반대쪽으로 도망쳤고, 어두웠으니까 아무도 보지 못했을 텐데!"

노인은 고개를 저었다. "그래도 본 사람이 있소. 티키를 밀친 현장을 말이오. 이 귀로 들었으니 틀림없어요. 여기에 온 손님이 말했소. 작업용 점퍼 같은 옷을 입은 머리가 긴 여자를 봤다고."

"그럴 수가……." 여자는 눈썹을 찌푸렸다. "어디에서 보고 있었던 걸까요."

"지상에서 봤다더군."

"내 모습을?"

"보였다고 했소. 밤눈이 밝은——남자였나 보지."

노인은 '소년'이라고 말하려다가 황급히 '남자'라고 바꿔 말한 것이었다.

"어젯밤에는, 순찰대원들이 그 목격 증언을 중요하게 생각하지 않았던 모양이오. 죽은 남자가 동료라는 것을 알기 전이었으니까 의욕이 없었겠지. 하지만 지금은 사정이 다르오."

그 리프인가 하는 소년도, 어쩌면 다시 한 번 증언하게 될지도 모른다고 노인은 생각했다.

"타지 사람인 데다가 여자, 더욱이 그런 옷차림인 당신은 마치 표적이나 마찬가지요. 어슬렁거리다가는 금세 들키고 말 테지. 거기 숨어 있었던 건 그나마 잘한 일이었소."

달리 갈 곳이 없었다고, 여자는 작은 목소리로 되풀이했다.

"어쨌거나 빨리 도망치는 게 좋겠소. 이번에야말로 정말 이 도시를 떠나서, 두 번 다시 가까이 오지 마시오."

"저를 경찰에 넘기지 않을 건가요?"

"그런 짓을 한다고 무슨 도움이 되겠소? 말해 두지만, 놈들은 제대로 된 취조 같은 건 하지 않을 거요. 법률 따윈, 이 도시에서는 단순히 조목별로 써놓은 종이에 지나지 않으니까. 당신은 놈들의 본부 구치소에 붙들려서 놈들의 위안거리가 될 게 뻔하오. 그렇게 된다면 내가 두 발 뻗고 편히 잘 수 있을 것 같소?"

여자는 그제야 자신이 빠진 함정의 깊이를 실감한 모양이다. 눈빛이 어둡게 그늘졌다.

"혹시 당신, 상급 시민 아니오?"

"……네."

"어디에서 왔소? 고리아테?"

"네. 남편은 고리아테의 무역상이에요."

"어쩐지 돈이 많다 했지. 그럼 더욱더 일이 귀찮아질 거요. 순찰대 놈들은 당신의 신병을 방패로 삼아 남편에게서 돈을 뜯어내려고 하겠지. 몸값 말이오. 이곳 순찰대라면 그러고도 남을 위인들이니까. 그런 놈들이란 말이오."

여자는 벼락을 두려워하는 소녀처럼 몸을 움츠렸다.

"그럼……, 이제 어떻게 할까."

노인이 중얼거렸을 때, 가게 출입문을 거칠게 두드리는 소리가 났다. 예의 없는 방문자다. 고함치는 듯한 목소리가 이어진다.

"이봐, 열어! 항만 순찰대다! 할아범, 안에 있지? 이 문을 열어!"

순식간에 창백해진 여자의 팔을 잡아 의자에서 일으켜 세우고, 노인은 그녀를 가게 안쪽으로 밀어 넣었다.

"얼른 그쪽 문으로. 창고요. 빨리 가시오."

여자는 창고 문을 열고, 주위 선반에 꽉 들어차 있는 자잘한 물건들이나 빈틈없이 늘어서 있는 술 상자, 건조식품 봉지를 둘러보고는 당혹스러운 표정을 지었다. 노인은 의족이 시끄러운 소리를 내지 않도록 주의하면서 재빨리 그녀에게 다가가 등을 밀었다.

"더 안쪽이오. 우물이 있소. 봐요, 그 둥근 뚜껑이 우물이오. 뚜껑을 밀어서 열어 봐요."

우물이라고 해도, 겉으로 보기에는 굵은 토관이 지면에서 머리를 내밀고 있는 거나 마찬가지다. 뚜껑은 나무라서 가볍게 밀 수 있다. 안은 캄캄하고, 수면은 보이지 않는다. 둥근 안쪽 면을 따라 녹슬고 가느다란 사다리가 내려져 있을 뿐이다.

"그 사다리로 내려가시오. 꽉 붙잡고, 숨어 있는 거요. 내가 뚜껑을 열 때까지는 무슨 일이 있어도 절대 소리를 내선 안 돼요."

여자는 잔뜩 겁을 먹고 있다. "하지만 물이——."

노인은 가게 쪽을 신경 쓰면서 여자를 힘껏 밀었다. "괜찮소, 뚜껑 바로 안쪽을 붙잡고 있으면 배 부근까지 젖는 정도요. 빠져 죽지는 않아요. 자, 빨리."

여자가 우물 속으로 내려가자 노인은 나무 뚜껑을 원래대로 꼭 덮고, 우물 주위에 곡물 자루를 늘어놓아 눈을 가리고는 창고 문을 꼭 닫고 서둘러 가게 안으로 돌아갔다. 순찰대원들이 문을 덜컹덜컹 흔들고 있다.

"네, 네, 기다리시오, 지금 열 테니."

호흡을 가다듬으면서, 난간에 매달려 천천히 계단을 올라갔다.

"시끄럽군. 대체 무슨 일이오?"

노인이 자물쇠를 열자 문이 난폭하게 열렸다. 하마터면 튕겨 나갈 뻔해서, 노인은 난간에 매달렸다.

"뭐요, 또 당신들이오? 이번에는 무슨 일이시오?"

2인조 순찰대원은 고글을 쓴 채, 총을 들고 계단 아래를 내려다보았다 노인의 심장박동이 가슴 속에서 두근거리며 흐트러지기 시작했다. 여자가 여기에 있다는 것을 눈치챈 걸까? 아니면 누군가가 신고한 것일까?

"할아범, 당신 혼자요?"

"그렇지요. 가게를 닫고 청소를 마치고, 이제 막 자려던 참이었소."

"손님은?"

"이런 시간에 누가 있을 리가 있나?"

꼴사나운 고글 밑으로 튀어나온 코로 흥 하고 코웃음을 치며, 한 대원이 제복 가슴주머니에서 사진을 한 장 꺼냈다.

"이 남자, 어젯밤에 이 가게에 오지 않았소?"

노인은 사진을 손에 들었다. 정확하게 말한다면 사진을 종이에 복사한 것이다. 입자가 거칠다. 하지만 거기에 찍혀 있는 남자의 인상이 나쁜 것은, 그 탓은 아닌 것 같았다.

양쪽 관자놀이에 백발이 눈에 띈다. 그래도 그렇게 나이가 많지는 않다. 쉰은 되지 않았을 것이다. 긴 턱. 끝이 처진 굵은 눈썹. 이목구비는 뚜렷하지만, 입술 끝이 실실거리는 것처럼 일그러져 있다.

이 녀석이 티키일까.

"모르겠는데. 어젯밤에 오지 않았을 뿐만 아니라, 우리 가게 손님도 아니오."

"그렇게 확실하게 단언할 수 있소?"

"우리 가게는 대부분이 단골손님이거든. 게다가 나는 손님들의 얼굴은 우선 잊어버리지 않소. 이래 봬도 장사는 열심히 하니까."

노인은 최대한 온화한 말투를 썼다. 그렇게 해야 자신의 기분도 차분해진다.

두 순찰대원은 고글 너머로 눈을 마주 보았다. 뒤에 있던 대원이 바보 취급하는 것처럼 어깨를 흔들며 말했다.

"이런 지저분한 가게에는 오지 않았을지도 몰라."

노인은 물었다. "이 남자가, 라스 긴을 죽인 범인이오?"

순찰대원은 갑자기 성난 얼굴을 했다. "바보 같은 소리 마! 이 남자는 우리 동료요."

"아아, 당신들의 동료요?"

그럼 역시 이 녀석이 티키인 것이다. 노인은 사진을 내려다보며, 다시 격렬해지는 심장박동을 열심히 달랬다. 그리고 일부러 웃어 보였다.

"그렇다면 더욱더 우리 가게에 올 리가 없지. 우리 손님들은 독의 노동자와 D·B뿐이오."

순찰대원은 그제야 총을 내리고 다시 한 번 가게 안을 한 바퀴 둘러보았다. 계단을 내려오려는 기색은 없다

"라스 긴의 살인범이라면 이미 잡혔소. 그놈이야말로 여기 단골 아닐까? D·B니까 말이야. 덩치가 커다랗고 근육질에 대머리요. 늘 알몸 위에 바로 작업용 멜빵바지를 입고 다니지."

"아아, 마에스트로!"

노인은 정말로 놀랐다. 그러고 보니 어젯밤, 라스 긴과 한바탕 실랑이를 벌였지 않은가.

순찰대원이 실실 웃었다. "할아범도 생각났소? 맞아. 어젯밤 여기에서 싸움이 있었다면서?"

"아아, 내 눈앞에서. 하지만 마에스트로는 라스 긴을 한 대 때렸을 뿐이오. 그걸로 라스 긴은 뻗어 버렸지. 조수인 젊은이가 그 친구를 끌고 나갔소. 싸움이라고 할 정도의 소동은 아니었다오. 게다가 마에스트로는 그 정도 실랑이에 앙심을 품을 남자도 아니고. 그는 분별이 있는 사람이오."

순찰대원은 노인이 깨끗하게 청소한 계단 층계참에 퉷 하고 침을 뱉었다.

"D·B에게 분별이 있을 리가 있나? 놈들은 전부 짐승이야."

"짐승 이하지" 하고 파트너인 대원이 말했다.

"'구멍'을 통해 왔다 갔다 하는 사이에 모두 뇌가 녹아 버린 거야."

못된 꾀만 지어내는, 뇌는 있어도 양심은 없는 너희들보다는 훨씬 낫다고, 노인은 속으로 생각했다.

순찰대원은 다시 한 번 노인의 얼굴에 티키의 사진을 들이댔다. "정말로 본 적이 없소?"

"아아, 없소."

"그럼 여자는 어떻소? 이 도시에 여자는 흔하지 않지. 최근에 이 가게에 낯선 얼굴의 여자 손님이 오지 않았나?"

여기서는 시치미를 뗄 수밖에 없다. "안 왔는데. 그것도 또 별건이오?"

"아니, 이 사건의 용의자요. 피해자를 미쿠바 타워에서 밀어 떨어 뜨리는 현장이 목격됐지."

목이 꿀꺽 울릴 뻔한 것을, 노인은 참았다.

"아무리 드물어도, 여자라는 것만으로는 좀. 독에는 여자 직원도 몇 명 있지요. 좀 더 자세한 특징 같은 건 모르시오? 몽타주 같은 게 있으면 손님한테도 물어볼 수 있는데."

"몽타주는 목격자를 불러서 지금 만들고 있는 중이오. 머리가 긴 여자고, 작업용 점퍼를 입고 있다는 특징은 알고 있지."

"그렇군요. 새겨 두겠소."

자, 볼일은 끝났겠지. 얼른 나가 줘. 노인의 초조한 속마음에는 아랑곳하지 않고, 순찰대원들은 문에서 움직이려고도 하지 않는다. 그뿐만 아니라, 한 사람은 총을 내린 채 유유히 계단을 내려가기 시작 했다.

"아직도 뭐가 더 있소?"

물어도 대답하지 않는다. 노인은 의족을 달그락거리며 쫓아갔다.

"이 가게에서는 아침은 안 내놓나?"

"새벽까지 영업하다 보니 아침에는 팔 것이 없소."

문에 남아 있던 또 한 명의 대원은 무슨 목적이 있는 건지 모르겠지 만, 주먹으로 벽을 똑똑 두드리기 시작했다. 그리고 위에서 큰 소리로 노인에게 말했다.

"아침까지 영업한다면 할아범, 매상은 어떻게 하시오? 어디에 감 춰 놓지? 비밀 금고라도 있소?"

"그런 대단한 물건은 필요 없소. 복대에 넣어서 잠옷 밑에 감고 자지. 그게 제일 안심이 되거든."

대원들은 목소리를 합쳐 웃었다. 노인은 진지한 얼굴로 말을 이었다. "낮이 되면 그 돈을 들고 물건을 사러 간다오. 그날그날 근근이 살아가고 있지. 모아둘 만큼 돈이 남지는 않소."

밑으로 내려간 대원이 창고 문을 열었다. 노인의 심장이 입에서 튀어나올 뻔했다.

"거기는 창고요."

순찰대원은 문 너머로 머리를 들이밀었다. "아무래도 그런 것 같군."

"청소를 안 해서 냄새가 날 거요."

순찰대원은 창고 안으로 들어갔다. 노인은 그 뒤를 쫓았다. 대원은 창고 안에 쌓여 있는 잡다한 물건들을 탐욕스러운 눈빛으로 관찰하고 있다.

"술도 —— 제대로 된 물건은 없군."

박스로 사서 창고에 저장해 둔 것은 '람즈'뿐이다. 좋은 술은 카운터 안쪽의 마룻바닥 밑에 작은 수납고를 만들어 숨겨 둔다. 노인의 약주도 거기에 있고, 이 가게의 하룻밤 매상보다도 비싼 최고급 양조주도 한 병 있다.

만일 이 대원이 좀 더 안쪽으로 들어가려고 한다면 그 수납고를 열 수밖에 없다. 사람의 목숨과는 바꿀 수 없으니.

대원이 한 발짝 더 들어갔다. 곡물 자루가 보인다. 노인은 목이 바짝 마르고, 심장이 갈비뼈를 걷어차며 날뛰는 것을 느꼈다.

술이라면, 더 좋은 게 가게 쪽에 있소 ——.

그렇게 말하려고 했을 때, 대원이 갑자기 이쪽을 향했다. "뭐, 없는 것보다는 낫겠지. 람즈를 한 상자 받아가기로 할까."

그는 말하자마자 팔을 쑥 뻗어 가까이 있던 상자를 집어 들더니 창고를 나갔다. 노인은 안도한 나머지 현기증이 일어날 것 같아서 벽에 손을 짚었다.

"정말로 비밀 금고는 없소?"

출입문에 서 있던 대원이 어느새 가게에 내려와 있었다. 뿐만 아니라 카운터 안쪽, 노인이 사는 방 쪽에서 목소리가 들린다.

"그쪽은 내 침소요. 노인 혼자 사는 방이니 새미있는 거라고는 아무것도 없소."

대원은 총을 옆구리에 끼고 어슬렁어슬렁 가게 쪽으로 돌아왔다. "정말이군. 아무것도 없어."

"다음에 다시 느긋하게 찾으러 오지" 하고 파트너가 상자를 보여주며 말했다. "오늘은 이게 할아범한테 받은 선물이야. 그만 슬슬 가봐야겠군. 이제 겨우 탐문을 시작했을 뿐이니까."

두 사람은 계단을 올라가 출입구 문을 열었다. 노인은 비틀거리지 않도록 조심하며 계단 중간까지 올라가, 거기에서 올려다보았다.

"무슨 일 있으면 연락하시오. 우리에게 협조하는 건 시민의 의무니까."

노인은 잠자코 몇 번이나 고개를 끄덕였다.

"그럼 또 봅시다, 할아범."

"──또 오시오."

딸랑 소리를 내며 문이 닫힌다. 노인은 주저앉고 말았다. 가슴이 두근거리고 숨이 막힐 것만 같았다. 잠시 후 간신히 몸을 일으키고, 기듯이 이동해서 문을 잠근 후 계단을 내려가 창고로 갔다.

"괘, 괘, 괜찮소. 놈들은 돌아갔어요."

노인은 그렇게 말하면서 곡물 자루를 치우고 우물 뚜껑을 열었다. 핏기가 가시고 입술까지 하얘진 여자가 노인을 올려다보았다.

"자, 나오시오."

여자의 몸은 차디차게 식어 있었다. 이곳 우물물은 특별히 차갑다. 급한 마음에 그런 것까지는 미처 생각하지 못했다.

"카운터 안쪽이 내 방이오. 좁고 더럽지만, 우선 몸을 닦고 따뜻하게 해야겠소."

"고마워요. 너무 차가워서 심장마비를 일으킬 것만 같아요."

"미안하오."

"그건 제가 할 말이에요. 게다가 여기에 숨은 건 정답이었잖아요. 그놈들, 서슴없이 쳐들어와서 여기저기 온통 뒤지고 갔죠?"

여자가 걸음을 옮기자 물을 잔뜩 흡수한 바지와 셔츠에서 물이 뚝뚝 떨어졌다. 부츠 속에도 물이 고였는지 걸을 때마다 찰박찰박 소리가 난다.

여자가 카운터 있는 데까지 왔을 때, 또 노크 소리가 났다.

두 사람은 그 자리에 얼어붙고 말았다.

다시 노크. 이번의 노크는 가볍고 조심스럽다.

"할아버지, 안에 있죠?"

젊은 목소리다. 들어본 적이 있다. 순간적으로 노인은 생각했다. 마에스트로의 조수다. 이름이 뭐라고 했더라. 빨간 머리띠를 감은 애송이다.

"할아버지, 미안하지만 급한 일이에요." 목소리는 이어진다. "순찰대 놈들이 왔었죠? 그놈들이라면 이제 가고 없어요. 문 좀 열어줘요. 그놈들한테 무슨 일이라도 당했어요? 괜찮아요?"

노인은 순간 눈을 감았다. 어떻게 할까?

여자가 살며시 노인의 팔을 만졌다. 눈과 표정으로 고개를 끄덕이고는 다시 창고 쪽을 가리킨다.

"숨어 있을게요."

그리고 여자는 물을 뚝뚝 흘리면서, 최대한 서둘러 창고 문 너머로 사라졌다.

노인은 계단을 올라가 입구의 문을 열었다.

생각한 대로 그 소년이었다. 소년은 매끈매끈한 이마에 의아하다는 듯이 주름을 짓고, 노인의 얼굴을 보더니 곧 말했다.

"그놈들 뭘 하러 왔던 거예요? 할아버지, 다친 데 없어요?"

의외의 물음에 노인은 잠시 말이 막혔다. "아? 아아, 괜찮아."

"나도 그놈들이랑 거의 같이 도착했지만, 들키면 귀찮을 것 같아서 숨어서 지켜보고 있었어요. 술을 가지고 나갔죠? 뜯긴 거예요?"

"뭐, 그 정도는 아무것도 아니야."

"그놈들이 소란을 일으키면 당장에라도 뛰어들려고 했는데."

"탐문하러 왔었다. 그뿐이야. 술 한 상자 정도야 싼 거지. 람즈니까."

"그래요?" 소년은 힐끗 가게 쪽으로 시선을 떨어뜨렸다. "실은 나도——."

소년의 시선이 멈췄다. 노인도 고개를 돌려, 소년이 보고 있는 쪽을 내려다보았다.

가게 바닥이 흠뻑 젖어 반짝거리고 있다. 작은 물웅덩이까지 생겨 있다. 여기에서도 잘 보인다.

물방울은 창고 문 앞에서 사라졌다.

소년은 노인의 얼굴을 보았다. "아침부터 우물 청소하세요?"

노인은 대답할 수 없었다.

"저 안쪽에 우물이 있죠? 전에 술을 가지고 나오는 걸 도왔을 때 봤어요."

"아니, 그——."

소년은 중얼거렸다. "물에 젖은 생쥐치고는 커다란 쥐로군요. 우물에 사나요?"

"나는——." 말하려다가 노인은 힘없이 고개를 숙였다. 더 이상 긴장을 견딜 수가 없다. 한계다.

"못 본 것으로 해 주지 않겠니?"

소년은 천천히 양손을 들어 펼쳐 보였다. "난 순찰대가 아닌걸요."

그렇다. D·B다. 그리고 이 아이의 부모나 마찬가지인 마에스트로라면, 노인은 '시커' 시절부터 잘 알고 있다. 살인을 할 만한 인간은 물론 아니고, 곤란에 처해 있는 사람에게는 자발적으로 손을 내민다. 마에스트로는 그런 남자다.

이리저리 흔들리는 노인의 마음을 읽은 것처럼 창고 문이 살짝 열렸다. 흠딱 젖은 여자가 얼굴을 내밀고, 이런 때인데도 불구하고 희망과 기대를 담은 눈으로 이쪽을 쳐다보았다.

소년의 목소리를 들은 것이다.

여자는 천천히 머리를 쓸어 올려 얼굴의 멍을 드러냈다. 채광창에서 비쳐드는 빛을 받아, 소년에게도 그게 보였을 것이다.

하지만 소년은 아무런 특별한 반응도 보이지 않았다. 난간 너머로, 노인은 여자를 타이르듯이 목소리를 낮췄다.

"이 아이는 당신이 찾고 있는 칼이 아닌 모양이오."

여자의 어깨가 축 늘어졌다. 소년은 양손을 내리고 노인의 얼굴을
보더니 말했다.

"칼이 누구예요?"

6

젖은 옷을 벗고 노인이 준 초라한 헌 옷으로 갈아입자, 여자는 갑자
기 지치고 늙고 소모된 것처럼 보였다.

"실은 마에스트로가 할아버지를 꼭 만나라고 해서 온 거예요."
셴은 말했다. 세 사람은 노인이 사는 방 쪽으로 옮긴 상태였다.
노인은 의자에, 여자는 침대 위에. 셴은 좁은 데다 헌 옷투성이인
방 안에서 어떻게든 앉을 곳을 찾아냈다.

"헌 옷을 발견하면 주워오지 않을 수가 없단 말이야. 새 옷 따위를
살 여유가 없으니까" 하고, 노인은 부끄러운 듯이 변명했다.

하지만 헌 옷 중에는 여자 옷이나 아이 옷도 있다. 그래도 셴은
설명을 요구하지 않았다. 게다가 노인은 그 취미 덕분에 여자가 갈아
입을 옷을 조달하는 수고를 덜었다.

"마에스트로는 아까 살인혐의로 체포됐어요. 어젯밤에 여기에서
시비가 붙었던 상대가 살해돼서, 독의 부두에 있는 우리 십 옆에 둥실
둥실 떠 있었대요. 귀찮아 죽겠어."

"그거라면 알고 있어. 라스 긴이지? 아침에 손님들이 난리였어."
노인은 셴의 얼굴을 보며 덧붙였다.

"마에스트로도 고생이 많구나."

셴은 눈썹을 치켜세웠다. "'롯지'에서 곧바로 변호사를 보냈으니까 곧 석방될 것 같긴 한데 말이죠. 순찰대가 마에스트로를 끌고 가려고 왔을 때는 아직 검시도 끝나지 않았으니까요. 사인도 확실히 모르는데 어떻게 용의자를 체포할 마음이 드는 건지, 원. 라스 긴이 술에 취해 바다에 떨어져 익사한 거라면 어쩔 셈인 걸까?"

"어쩌긴 뭘 어쩌겠냐. 모르는 척할 뿐이지."

"그게 이 도시의 순찰대 ── 라는 건가요?"

"그래."

셴은 짧은 한숨을 내뱉고는 여자를 보았다. "그렇다는데. 아줌마도 빨리 도망치지 않으면 위험할 거야. 할아버지의 말은 다 사실이니까."

여자는 고개를 끄덕였다. 머리카락을 다시 정돈했기 때문에 멍은 가려져 있다.

"하지만 모든 얘기를 듣고 나니까 겨우 속이 시원해졌어요. 마에스트로는 어젯밤의 할아버지 태도에 뭔가 눈치챈 게 있었던 거겠죠. 그래서 나한테 빨리 만나러 가라고 한 거고요."

"나도 그렇게 생각해. 네 친구가 미쿠바 타워에서 여자를 목격했다는 얘기를 했을 때, 나는 나도 모르게 흠칫 놀랐거든. 마에스트로는 그걸 놓치지 않았던 거야."

"마에스트로는 괜히 머리를 너무 많이 써서 머리가 홀랑 벗겨진 게 아니니까. 경험도 풍부하고 트러블에는 민감하거든요." 셴은 코끝으로 웃었다. "하지만 말이야. 죽인 상대가 순찰대원이라니, 아줌마 신경 많이 썼는데."

죄송해요, 하고 여자가 작은 목소리로 사과했다.

"어떻게 도망치죠?" 셴은 노인에게 물었다. "하루만 지나면 여러 가지로 손을 쓸 수 있을 텐데. 어두워지면 남들의 이목도 속일 수 있고요."

그건 그렇지만, 어젯밤이 전력 공급 정지일이 아니었다면 애초에 살인사건은 일어나지 않았을지도 모른다.

"할아버지, 하루 더 숨겨줄 거예요?"

"아니, 그건 위험해. 나는 이제 자신이 없다. 낮에는 그나마 괜찮지만, 가게를 열면 손님이 올 거야. 무슨 일이 생길지 전혀 알 수가 없어."

"그렇군. 그렇겠네요." 셴은 천장을 올려다보았다. "숨을 만한 데가 없나……. 하지만 마에스트로가 그렇게 되었으니, 우리 집에도 언제 순찰대가 올지 모른단 말이죠. 놈들이 가택수색 같은 세련된 짓을 할지는 의심스럽지만, 조심해서 나쁠 것도 없고. 어쩌면 심술을 부리려고 올지도 모르니까요. 바렌 쉽도, 오늘 하루 동안은 출동 허가가 내려지지 않을 테니까 독에서 움직일 수도 없어요. 이 아줌마를 독까지 데려가는 건 말도 안 되는 일이고."

"이 사람은 빨리 이 도시에서 나가는 게 좋아." 노인은 여자를 보며 강하게 말했다. "한 시간이라도 빠른 편이 좋아."

"하지만 어떻게?"

노인은 여자에게 물었다. "당신, 헤엄칠 수 있소?"

여자는 의외라는 듯이 눈을 크게 떴다. "네?"

"수영은 잘하느냐고 묻는 거요."

"조금은——하지만."

셴은 노인의 생각을 읽을 수가 없다. "어디를 헤엄치는데요?"

노인은 약간 의기양양한 얼굴을 했다. "우리 우물이지. 그리로 잠수해서 1하크로쯤 헤엄치면 도시 외곽으로 나갈 수 있어. 원래는 대륙횡단철도의 미쿠바 동쪽 역이 있던 곳이지. 거기에서 선로를 따라 반 하크로만 걸어가면 간선도로가 나와. 거기라면 차도 얻어탈 수 있을 거다."

"우물이라니——저 우물?" 셴은 어림짐작으로 창고 방향을 향해 손을 뻗었다.

"그래. 다들 오해하고 있으니까 나도 설명하지 않고 우물이라고 말해 왔지만, 저건 본래 우물이 아니야. 대재앙 이전에는 미쿠바 시 수도의 본관이었지. 도시가 무너졌을 때 수도관도 여기저기에서 끊겨서, 대부분은 망가져 쓸 수 없게 되고 말았지만 말이야. 부분적으로 파이프가 적절히 남아 있어서, 거기에 상수가 고여 남아 있는 거야. 나는 지금껏 그 남은 물을 써 온 거지."

그런 얘기는 처음 듣는다.

여자가 중얼거렸다. "그래서 그 안에 사다리가 있었군요."

"그렇소. 수도 본관이니까 입구는 좁지만, 안에는 굵어지는 곳도 있어요. 그런 곳에는 물도 빠져 있을 테니까 서서 걸어갈 수 있겠지. 1하크로를 통째로 헤엄칠 필요는 없소."

"하지만 반대로, 잠수해야 하는 곳도 있는 거 아닌가?"

"군데군데 그렇지. 내 감으로는, 제일 긴 곳이라도, 그렇지, 200하르 정도일 거야."

셴은 여자의 얼굴을 보았다. 기대감이 사라지고 기가 죽어 있다.

"하지만 할아버지의 감만 믿을 수는 없죠. 실제로 잠수해서 지나가 본 적이 있는 것도 아니잖아요?"

잠수해 보니 앞이 막혀 있더라는 경우도 있을 수 있지 않은가. 하지만 노인은 자신만만하게 고개를 저었다.

　"괜찮아. 잠수해 본 적은 없지만, 나는 수도관이 어떻게 연결돼 있는지 잘 알거든. 잠깐 거기서 좀 비켜 봐."

　셴이 옆으로 비키자, 노인은 헌 옷의 산 밑에 손을 집어넣어 너덜너덜해진 청사진 같은 것을 꺼냈다. 단정하게 접혀 있고, 접힌 부분이 많이 닳아 있다.

　"대재앙 직전의, 미쿠바 시 수도국 배관도야." 노인은 청사진을 펼치면서 말했다. "그게 ―― 대재앙이 있기 보름 전이었나? 이 부근 일대의 수도 본관을 교체하는 공사를 한다고 해서, 설명회가 있었지. 그때 받은 걸 놔둔 게 도움이 되었어."

　청사진에는 빨간 잉크로 적어넣은 글씨가 있었다.

　"내가 쓴 거야" 하고 노인은 설명했다. "잠수할 수는 없지만, 어쨌거나 이 부근은 무너진 집들뿐이니까 지상에서 걸어서 루트를 더듬어 가는 건 어렵지 않을 거다. 자, 이걸 봐라."

　노인은 청사진에 빽빽하게 인쇄된 가느다란 배관도의 왼쪽 아래쯤을 가리켰다.

　"여기가 내 우물이야. 여기에서 본관이 위쪽을 향하고 있었기 때문에, 도중에 부러져도 현재의 부분이 남은 거지. 그리고 이건 이쪽으로 쭉 이어져 있어."

　손가락 끝이 오른쪽으로 배관 도면을 더듬어 간다.

　"출구는 여기야. 이곳이 틀림없어. 이 포인트만은 내가 실제로 몇 번이나 찾아가서 확인했지. 출구 쪽이 어떻게 되어 있는지 알지 못하면, 남은 물을 안심하고 쓸 수 없잖니?"

확실히 그 말이 맞다.

"이 출구 부분은 원래의 미쿠바 역 구내 끝으로 튀어나와 있어. 역은 거의 산산이 부서져서 폐허가 돼 버렸지만, 토대가 약간 남아 있을 거야. 그리고 간선에서 갈라져 들어가는 선로가 있었던 곳인지, 전철의 차량이 굴러다니고 있더구나."

"사람은 살아요?"

"아니, 아무도 살지 않아. 바로 얼마 전에도 다녀왔지만, 생물의 기척도 없었어. 그 대신 부서진 기와나 자갈을 밟고 걸어가다 보면 두개골이나 늑골의 잔해와 마주칠지도 모르지. 하지만 죽은 인간은 나쁜 짓은 더 이상 하지 않으니까 무섭지 않아."

그 말이 맞지만, 여자는 벌써 겁에 질려 있다.

"출구 부근에는 우리 우물과 똑같은 뚜껑을 덮어 두었어. 내가 뚜껑을 만들어서 가져간 거야. 나무 뚜껑이니까 안쪽에서 들어 올리면 쉽게 열릴 거다."

셴은 도면을 들여다보며 상당히 오랫동안 생각했다. 그러고 나서 말했다. "역시 해가 질 때까지 기다리는 게 좋겠는데."

"왜지?"

"출구 부근에 누군가가 앞질러 가서 기다리고 있어야 하니까요. 여기 물, 엄청 차갑잖아요? 갈아입을 옷을 준비해 둬야죠."

"그럼 내가 가져가서 기다리마."

"할아버지는 안 돼요. 오늘 밤에는 평소와 똑같이 가게를 열어 주셔야죠. 안 그러면 순찰대의 눈을 속일 수 없어요."

노인은 턱 끝을 잡고 생각에 잠겼다.

"그런가……."

"그래요. 그리고 아무리 생각해도 산소통이 필요할 것 같아요. 독에서 화물선 배 밑바닥을 잠수 청소할 때 사용하는, 간이 타입의 산소통이면 충분할 거예요. 그 왜, 이 정도 사이즈의." 셴은 양손을 어깨너비 정도로 펼쳐 보였다. "등에 짊어지고, 튜브를 입에 무는 거."

"구할 수 있을까?"

"두 개 정도라면 어떻게든 될 거예요. 그리고 헤드라이트도 있었으면 좋겠는데. 어쨌든 독에서 일하고 있는 친구한테 도와달라고 해야겠어요."

여자는 아무리 봐도 '저는 주눅이 들었습니다'라는 표정으로 도면과 셴과 노인의 얼굴을 번갈아 바라보고 있다가 괴로운 듯이 말했다. "저……, 도저히 무리예요. 수도관 속에서 미아가 되는 게 고작일 거야. 방향치인걸요."

셴은 탄식했다. "누가 아줌마 혼자 가라고 했어?"

"뭐?"

"일의 사정상, 어쩔 수 없잖아. 내가 같이 가 줄게. 그래서 산소통도 두 개 필요한 거라니까."

감사라기보다 어이없다는 듯한 표정이 여자의 얼굴에 떠올랐다.

"두 사람 다, 어째서……, 이렇게 친절하게 대해 주는 거죠?"

노인은 코를 킁, 하고 울렸다. 셴은 선뜻 말했다. "순찰대 바보들이 싫으니까."

여자는 찬찬히 셴의 얼굴을 보고, 그제야 굳어져 있던 뺨을 풀며 미소를 지었다.

"고마워."

"감사하기에는 아직 일러."

셴은 배관도를 집어 들었다.

"그럼 할아버지. 내가 미아가 되지 않도록, 길을 똑똑히 가르쳐 주세요."

해가 질 때까지, 준비는 매끄럽게 진행되었다. 산소통과 헤드라이트도 구했다.

"할아버지가 가게를 열기 전에 출발할 거야."

옷을 입은 채 헤엄치면 부담이 크고 그만큼 쓸데없는 체력을 소모한다. 물이 차가운 건 잘 알고 있지만, 될 수 있는 한 얇은 옷을 입고 가는 게 좋다. 다만, 도중에 걸어야 하는 곳도 있으니 맨발로 갈 수는 없다.

"실제로 해 보면 알겠지만, 어쨌든 튜브를 물고 입으로 숨을 쉬면 돼. 그리고 코로 내뿜는 거야. 알겠지?"

여자의 등에 산소통을 지워 주면서 셴은 설명했다.

"난 헤드라이트를 켜고 있을게. 떨어지지 않도록 바싹 따라오는 건 전혀 어려운 일이 아닐 거야. 할 수 있지, 아줌마?"

"응, 아마." 그래도 여자는 창백해져 있었다.

"이런 도시까지 혼자서 찾아와서, 어디의 누군지도 알 수 없는 남자를 따라 캄캄한 타워 20층까지 올라간 걸 생각해 봐. 그 용기의 반만 있으면 거뜬해."

여자는 뒤집힌 목소리로 웃었다. "그러네."

장비를 떼자, 야윈 몸집의 셴은 쉽게 우물 속으로 내려갈 수 있었다. 숨을 크게 들이쉬고 잠수하자, 배관도에서 본 대로 곧 발이 바닥에 닿고, 거기에서 오른쪽으로 본관이 뻗어 있는 것이 보였다.

뒤따라 우물 안으로 들어온 여자가 바닥에 닿기를 기다려, 그녀가 제대로 산소통을 사용할 수 있는지 확인하고 나서 셴은 헤엄치기 시작했다.

왼손 손등에 유성 잉크로 나아가야 할 배관 루트를 그려 두었다. 직진──첫 번째 모퉁이에서 우회전. 파이프의 굵기에 변화는 없지만, 여기에서부터 완만하게 내려갔다가 다시 올라가면 높이 차이가 있는 곳이 나온다. 거기서 위로 올라가면 본관의 가장 굵은 부분에 도달할 것이다.

셴은 가끔 뒤를 돌아보면서 신중하게 나아갔다. 여자는 열심히 따라오고 있었다. 그건 그렇고 물이 너무 차갑다. 손발 끝의 감각이 없어져 간다.

높이 차이가 있는 곳을 헤엄쳐서 넘어갈 때, 셴은 여자의 손을 잡았다. 힐끗 보니 괴로워 보인다. 서둘러 위로 올라가자, 철벅하는 소리가 나고 캄캄한 곳으로 머리가 튀어나왔다.

"후우!"

튜브를 떼고 심호흡. 여자가 옆에서 머리를 내밀었다. 몸이 얼었는지, 튜브를 잘 떼지 못한다. 셴은 우선 그녀를 파이프의 건조한 곳으로 밀어 올렸다.

여자는 주저앉아서 숨을 헐떡이고 있다.

"여기가 제일 길게 잠수하는 곳이었어. 어려운 곳을 처음부터 지나와 버렸으니까, 앞으로는 훨씬 편할 거야."

셴은 여자의 기운을 북돋워 줄 생각이었지만, 추워서 어금니가 딱딱 소리를 내는 바람에 폼이 나지 않는다. 여자도 떨고 있다.

"가만히 있다간 얼어 버리겠네. 얼른 가자."

하수가 아니라서 다행이었다고 말하자 여자는 덜덜 떨면서 웃었다. 그래, 그렇게 가면 돼, 아줌마.

그들은 파이프 내벽을 한 손으로 더듬으면서, 어둠 속을 헤드라이트로 비추며 나아간다.

"너, 나이는 몇 살이니?" 하고 여자가 물었다. 한기로 덜덜 떨고 있어서, "너너너너, 나나나나이는, 며몇, 살이니?" 하는 식이 된다.

"열여섯." 하고 대답하는 목소리도 "여, 여여여, 열여, 여섯"이 된다.

"칼이랑 같은 나이네."

목소리가 어둠 속에 숙연하게 울린다. 셴은 헤드라이트를 흔들어 오른쪽으로 굽어진다. 여기에서부터 직진, 200하르.

"너처럼 젊은 D·B가 정말로 있구나."

"아줌마."

"왜?"

"이제 포기해."

"······."

"칼이라는 아이는, 이제 이 세상에는 없어."

여자는 잠시 침묵했다가 말했다.

"마스터도 그렇게 말했어. 찾지 말라고."

"나도 같은 충고를 하겠어."

셴은 손등을 보고 루트를 확인했다. 다음 분기점에서 왼쪽. 그리고 또 50하르 정도 잠수한다.

"아줌마, 그 아이를 귀여워했지? 부모 자식처럼 지냈지?"

"응."

"그렇다면 그 아이도 대재앙 이후로 아줌마의 안부가 걱정돼서 찾았을 거야."

"응. 그러니까――."

셴은 상대방을 말을 가로막으며 말을 이었다. "내 말은, 찾을 수 있는 상황에 있다면 말이야."

발소리만이 울린다.

"나는 무엇보다, 아줌마가 얻은 정보는 믿을 수 없다고 생각해. 특히 그 아이가 D · B가 되었다는 거."

"어째서?"

"D · B는 본명 따위는 쓰지 않으니까. 나도 그렇고."

"……그렇구나."

"칼이라는 이름의 D · B가 있었다면, 그건 아마 단순한 우연일 뿐이야."

분기점을 꺾어 다시 물이 가득 차 있는 곳으로 나왔다. 다행히, 이번에는 잠수할 필요가 없을 것 같다.

"자, 그럼 또 용기를 내서 뛰어들어 볼까, 아줌마?"

낮은 온도가 체력을 빼앗아, 여자는 느릿느릿해졌다. 셴은 그녀를 격려하며 잡아끌듯이 앞장서서 나아갔다.

두 사람은 무릎 아래까지 오는 깊이의 물속을 찰박거리며 나아가게 되었다. 고마운 일이다. 이대로 똑바로 가면 출구 직전에 다시 파이프가 내려와 있는 곳이 있을 테지만, 거기는 별로 대단한 거리가 아니다. 100하르 남짓이다. 산소의 잔량은 충분하다.

"아아, 또 잠수해야겠네."

"이게 마지막이야. 힘내."

지칠수록 앞으로 나아가지 못하고, 발버둥을 쳐도 떠오를 뿐이라, 수압 때문에 파이프 천장에 달라붙고 만다. 여자는 종종 그런 상태에 빠졌고, 셴은 그녀를 아래로 잡아당기거나 앞으로 잡아당기느라 상당히 고전했다. 피로와 추위와 숨 막힘으로 인해 몇 번인가 머리가 멍해졌다.

　간신히 또 물이 없는 곳에 도착했지만, 두 사람 다 헉헉거리며 목을 울릴 뿐 한동안은 일어설 수도 없었다.

　"마에스트로는, 익사하기 직전일 때, 의외로, 기분이 좋다고, 말한 적이, 있는데, 영감탱이, 다 거짓말이었어."

　셴은 헐떡이며 욕설을 퍼부었다.

　"마에스트로는 네 가족?"

　"농담하지 마! 그 영감탱이는 새빨간 남이야."

　"하지만 친해 보여."

　"동료니까." 셴은 말하고, 떨면서 코 밑을 문질렀다. "뭐, 어릴 때부터 날 키워 주었지만."

　여자는 떨리는 목소리로 웃었다. "그럼 가족이잖아. 피가 섞였느냐 아니냐보다도 그게 더 소중한 거야."

　두 사람은 각각 양손으로 몸을 문질러 따뜻하게 하면서 말없이 걸었다.

　"이제 다 왔어."

　셴은 몸을 돌려, 걷고 있어도 자꾸 느려지는 여자의 팔을 잡았다.

　"이제——난, 이 도시에 와서는 안 되겠지?"

　"나한테 묻는 거라면, 아직도 그런 것을 확인해야 해? 라고 대답할 거야."

"미안해."

셴의 헤드라이트가 끝없이 이어져 있는 파이프의 어둠 속에 한 줄기 빛을 던진다.

"아줌마."

"왜?"

"그 가게의 할아버지가 왜 그렇게 많은 헌 옷을 모으고 있었는지 알아? 자신이 입을 수 없는 옷까지 산더미처럼 쌓여 있었잖아, 그 방에."

여자 옷도 있었다. 아이 옷도 있었다.

"어째서일까?"

"쓸쓸하기 때문일 거야, 분명히" 하고 셴은 말했다. "그 할아버지 는 대재앙 이전부터 거기에서 가게를 하고 있었대. 하지만 그때는 혼자가 아니었어. 의족도 아니었지. 건강하고 부지런한 사람으로, 가족도 많이 있었어. 마누라도 자식도 손자들도. 소문으로 들었을 뿐이니까 확실하지는 않지만."

잠시 침묵하고 나서 여자는 말했다. "하지만 지금은 혼자구나."

셴은 말을 이었다. "모두 죽어 버린 거야, 분명히. 할아버지 혼자만 남기고. 할아버지가 대재앙으로 잃은 것은 다리만이 아니었어. 훨씬 더 많은 것들을 잃은 거야."

셴의 목소리가 파이프에 반향을 일으켜서 돌아온다.

"그러니까 그 방에는, 원래는 할아버지의 옷 말고는 다 필요 없는 거야. 입을 사람이 아무도 없으니까. 하지만 그러면 너무 쓸쓸해서, 죽을 만큼 쓸쓸해서 견딜 수가 없으니까, 할아버지는 그렇게 헌 옷을 주워 모으고 그 옷들에 둘러싸여 살고 있는 거야."

그 옷들을 입어야 할 가족의 얼굴을 떠올리면서.

"그 가게의 이름은 구멍, 즉 '피트'라고 해."

D·B들이 모이는 '구멍'이다. 차원을 뚫고 생겨나 버린 미지의 무서운 '구멍'에 뛰어들어 갔다가 돌아오는, 목숨 아까운 줄 모르는 놈들이 모이는 또 하나의 '구멍'이다.

"대재앙 이전에는 가게 이름도 달랐대."

"──그래."

"나는 할아버지가, 폭발 지점인 '구멍'과 D·B와 관련지어서 가게 이름을 '피트'로 바꾼 게 아닐까 생각해. 그 가게는 할아버지의 인생에 뚫려 버린 커다란 '구멍' 그 자체인 거지."

사다리가 똑똑히 보이기 시작했다.

"우리들 D·B가 즐겨 그 가게에 모이는 것도, 역시 모두들 각자 커다란 구멍을 안고 있기 때문이야. 인생의 구멍. 마음의 구멍. 그리고 서로가 서로의 구멍 밑바닥은 들여다보지 않기로 하면서, 어떻게든 지내고 있어."

여자가 손으로 얼굴을 닦았다. 그리고 말했다. "나도 그렇게 하는 편이 좋겠구나."

"아마도." 짧게 대답하고 나서 셴은 덧붙였다. "그렇게 해 주었으면 좋겠다는 게 내 의견이야."

두 사람은 그 후로 말없이 걸었다. 이윽고 헤드라이트의 빛의 고리 속에 위쪽으로 이어지는 사다리가 드러났다.

"좋았어, 종점이야" 하며, 셴은 여자에게 웃음을 지었다. "아줌마, 잘해냈네."

지상에서 기다리고 있던 리프도 추운지 몸을 웅크리고 앉아 있었다. 셴의 얼굴을 보자 서둘러 뒤뚱거리며 일어섰다.
   "아, 다행이다. 무사했구나" 하고 손가락으로 쓴다. "산소통은?"
   "충분했어. 고마워."
   "이 아이가 네 친구?"
   방금 올라온 토관 가장자리에 주저앉아 피로에 녹초가 된 상태로도, 여자는 리프의 얼굴을 열심히 바라보고 있었다.
   "리프는 말을——."
   셴이 말하려고 했을 때, 여자가 머리카락을 쓸어 올리고 멍을 보여 주었다. 리프는 순간 눈을 크게 떴지만, 예의를 잃지 않고 여자에게 갈아입을 옷을 건네고는, 한 번 고개를 끄덕이고 나서 등을 돌렸다.
   "아줌마, 이 녀석도 칼은 아니야."
   "응, 그런 것 같아."
   의아한 얼굴을 하는 리프에게 여자는 설명했다.
   "난 사람을 찾으러 왔거든. 상대는, 생이별했을 때는 어린아이였어. 거의 12년 만에 만나는 거니까 어쩌면 나는 그 아이를 알아볼 수 없을지도 몰라. 하지만 그 아이는 분명히 이 얼굴의 멍을 기억하고 있을 테니까 단서가 되겠지."
   잘 알았다는 듯이, 리프는 고개를 끄덕였다.
   "갑자기 보여 줘서 미안해."
   리프는 손가락 글씨로 셴에게 물었다. 셴은 그것을 해석해서 여자에게 전달했다.
   "물이 너무 차가워서 동상에 걸리는 바람에 그렇게 된 건 줄 알았다, 그 멍 아프지는 않느냐고 묻고 있어."

순간, 여자가 헐떡이듯이 손으로 입가를 눌렀다. 눈동자가 흔들리고 있다.

셴과 리프는 얼굴을 마주 보았다.

"괜찮아" 하고 여자는 말했다. "아프지는 않아. 걱정해 줘서, 고마워." 그리고 얼굴을 숙이고는 말했다. "내가 옷을 갈아입는 동안, 둘 다 뒤를 보고 있어 줄래?"

옷을 다 갈아입고 젖은 옷을 사다리 밑에 버리자, 리프가 타고 온 2인승 스쿠터에 시동을 걸었다. 운전석에 리프, 뒷좌석에 여자를 태우고, 셴은 타이어 커버 위에 두 발을 걸치고 짐칸을 붙잡았다.

한때는 역이었던 폐허는 쥐 죽은 듯 조용했다. 슬슬 불기 시작한 바람이, 자갈 더미에서 곰팡이와 녹슨 냄새가 나는 먼지를 피워 올리고는 지나쳐 간다. 쓰러져 있는 전철 차량의 창문이 공허하게 멍하니 하늘을 올려다보고 있다. 다행히 죽은 사람의 뼈와는 마주치지 않았다. 타이어가 삐걱거리며 타고 넘은 자갈 속에 섞여 있었을지도 모르지만.

운이 좋았다. 간선도로로 가까이 가 보니 오가는 차의 불빛이 여럿 보였다.

"우리가 같이 있으면 곤란하니까."

스쿠터를 세우고 여자를 내려놓았다.

"하지만 아줌마가 무사히 차를 잡아탈 때까지는 여기에서 보고 있을게."

"고마워." 여자는 말하고, 계속할 말을 찾다가 다시 한 번 똑같은 말을 되풀이했다.

"정말로 고마워."

여자가 도로 끝에 서서 태워줄 차를 발견할 때까지, 10분 정도밖에 걸리지 않았다. 그 차는 어느 회사의 것인지, 옆에는 회사 이름이 적혀 있었다. 게다가 운전사는 체격 좋은 아줌마. 불평할 수 없을 정도로 안심이 되는 사람이었다.

"가 버렸네" 하고 리프가 손가락 글씨를 썼다.

"정신이 하나도 없다."

"예쁜 사람이었어."

"그래? 나이 많잖아."

리프는 웃는 얼굴이 되었다. "셴, 내가 저 사람의 목격자라는 거, 말하지 않았지."

"그런 걸 일부러 말할 필요는 없잖아."

셴은 리프를 곁눈질로 쳐다보았다.

"하지만, 어땠어? 저 얼굴 맞아? 너 정말로, 그 거리에서 보였단 말이야?"

리프는 좀 생각하고, 고개를 저었다. "지금은 좀 자신이 없어."

"그래?"

"오늘 아침에 순찰 본부에 불려가서 몽타주를 만들어야 했는데, 그쪽에는 손가락 글씨를 아는 대원도 없었고."

"게다가 무능한 놈들뿐이니까."

"죽은 남자도 순찰대원이었다는 얘길 듣고 제대로 할 마음이 없어졌어. 본부 대원들이 그러는데, 죽은 티키라는 남자는 상당히 불량한 대원이었던 모양이야. 그래서 더 제대로 된 몽타주를 만들 수 없었어."

셴은 낄낄거리며 웃었다.

사실은 좀 더 기운차게 웃고 싶었지만 추워서 턱이 덜덜 떨렸다.

"돌아갈까?"

대답 대신, 리프는 시동을 걸었다.

지금은 고물이지만 원래는 호화로운 레저용 쉽이었던 집으로 돌아가 보니, 마에스트로가 옛날에는 브리지였고 지금은 거실로 쓰고 있는 맨 위층 방에 있었다. 책상다리를 하고 앉아, 무릎 사이에 끼운 종이봉투에서 뭔가 정크푸드 같은 것을 꺼내 우적우적 먹고 있다.

"뭐야, 석방됐어?"

"우수한 변호사였어."

"그거 잘됐네. '롯지'에서 어떤 청구서가 올지, 볼 만하겠는데."

마에스트로는 웃지도 않고 턱을 움직이면서 말했다. "나 말고 유력한 용의자가 발견됐거든."

샤워를 하러 가려던 셴은 걸음을 멈추었다. "뭐?"

"어젯밤, 내 펀치를 맞고 뻗은 라스 긴을 데리고 나간 젊은이가 있었지?"

"응. 놈의 조수잖아?"

"그런 모양이지만, 그 녀석이 오늘 아침부터 행방불명이야. 내뺀 모양이지."

셴은 눈을 부릅떴다. "정말이야?"

마에스트로는 계속해서 우적우적 씹으면서 고개를 끄덕인다. "게다가 검시해 보니, 라스 긴은 뒤에서 쏜 총에 머리를 맞은 상태였어. 탄환은 턱 부분에 걸려서 남아 있었지. 실탄이야. 에너지 총이 아니라. 나는 그런 건 안 갖고 있잖아."

"아하."

"하지만 내뺀 조수는 실탄 총을 갖고 있었어. 목격자가 몇 명이나 있었지. 총 마니아였던 모양이더군."

"바보 같군. 보수를 어떻게 나누는가 하는 문제로 실랑이가 벌어진 걸까?"

"본인이 도망쳤으니 알 수 없지."

그렇게 말하고, 마에스트로는 벗겨진 머리를 갸웃거렸다.

"그런데, 마음에 걸려."

"뭐가?"

"너, 모르냐? D·B는 신연방정부의 앞잡이다, 정부의 더러운 일을 맡고 있는 개라며 우리들을 벌레처럼 싫어하는 놈들이 있다는 것 말이야."

셴도 소문으로 들은 적은 있다.

"수도 쪽에서 시작된 반대운동 말이지?"

"그래. 신연방정부가 '롯지'를 만들고 D·B에게 상금을 지불해서 도망범들을 도로 데려오고 있는 건, '프로젝트 나이트메어' 계획을 다시 시작하기 위함이라는군."

셴은 웃음을 터뜨렸다. "그거야 이제 와서 새삼 말할 필요도 없잖아."

D·B는 가는 곳마다 만나는 D·P들에게, 일부러 지구까지 도망범을 붙잡으러 온 것은 그들을 내버려 두었다가 당신들의 세계에 피해를 끼칠 수는 없기 때문——이라고 설명한다. 하지만 그런 것은 이유의 일부에 지나지 않는다. 사실은 신연방정부의 사정으로 도망범을 회수하고 싶은 것이다.

구연방정부의 유산을 물려받기 위해.

"그리고 마에스트로, 도망범을 놔둘 수는 없다는 것도 거짓말은 아니라고. 지구는 피해를 입고 있어. 게다가 만에 하나, 놈들이 터무니없는 힘을 얻어 그쪽에서 공격해 오기라도 한다면 곤란하잖아. 안 그래?"

"그건 그렇지만, 하지만 말이다, 셴. 우리는 도로 데려온 도망범들이 어떻게 되는지 모르지 않냐."

그렇다. 분명히 모른다.

12년 전의 그날, 지구로 도망쳤다고 여겨지는 것은 쉰 명. 그중, 현재까지 스물여덟 명이 포획되었다. 그중 사망자는 열한 명. 나머지 열일곱 명은 어떻게 된 걸까——수도에 있는 '롯지' 본부에 병설된 의료교도소에 수용되어—— 거기에서 어떻게 되는 걸까.

셴은 어깨를 으쓱했다. "나도 약간 의문을 느낄 때는 있어. 특히 최근에는. 하지만 정말로, 놈들을 그냥 내버려 둘 수는 없잖아."

"뭐, 그렇지." 마에스트로는 종이봉투에 손을 집어넣었다. "신연방정부가 구연방정부와 똑같이 바보 같은 잘못만 저지를 거라는 보장도 없고."

"맞아. 게다가 나는, 어머니를 붙잡을 때까지는 무슨 일이 있어도 D · B를 그만두지 않을 거야."

마에스트로는 종이봉투에서 꺼낸 것을 우적우적 씹었다. 아무래도 튀긴 과자인 모양이다. 영감탱이는 스트레스가 쌓이면 단 게 먹고 싶어지는 것이다.

"그래도 뭐, 일부에서는 반대 운동이 한창이야. 그중에서도 제일 과격한 게 '프리커'인가 하는 그룹이야. 막무가내로 '롯지'에 대한 파괴 활동을 기획하거나 D · B를 노린다고 하더군. 이 녀석들은 작년 여름부터 활동이 활발해졌어. 다른 지부에서는 실제로 피해가 생기고 있다는데.”

셴은 물끄러미 마에스트로를 바라보았다.

“흐음.”

“라스 긴을 죽인 그 젊은 조수도 어쩌면 ‘프리커’의 스파이였을지도 몰라. 라스 긴이 내 펀치를 맞고 정신이 없는 것을 기회로 삼아 암살하고 도망친 거지.”

마에스트로는 그렇게 말하고 허공을 바라보았다.

“우리도 조심해야겠어.”

“우선, 지금의 나는 감기에 걸릴까 봐 그게 더 걱정이야.”

셴은 거실을 나갔다. 마에스트로의 목소리가 쫓아왔다. “너, 낮에 어디에 있었나? ‘피트’에는 다녀왔어? 내가 잡혀갔는데 면회하러 오지도 않고, 불효막심한 놈일세.”

“수도관에서 헤엄치고 있었어” 하고 셴은 등을 돌린 채 말했다. “원인을 따지자면 모두 다 마에스트로 탓이라고.”

같은 시간──.

독 직원의 적은 급료로는 이렇게 좋은 집은 빌릴 수 없다. 특히 타지 사람은 괜히 더 미움을 받는다. 하지만 리프는 운이 좋았다. 그와 교대하듯이 미쿠바 시를 떠난 직원이, 자신이 살던 집을 같은 집세로 계약할 수 있도록 집주인에게 교섭해 주었던 것이다.

옛날에는 창고였다는 커다란 건물에 벽을 세워서 공간을 나누고 문을 달았을 뿐인 간소한 건물이다. 부엌도 샤워도 화장실도 공동.

하지만 이곳 창문에서는 항구의 등대가 보인다. 리프는 그것만으로도 충분히 만족이었다.

바다가 좋다. 그래서 창문에 커튼을 친 적이 없다. 이곳은 3층이고, 주위에는 높은 건물이 없어서 누가 들여다볼 걱정도 없다.

셴을 바래다주고 집에 돌아와 동료에게 빌린 스쿠터를 돌려주고, 산소통과 헤드라이트는 내일 아침 일찍 몰래 독의 비품실에 돌려놓을 수 있도록 가방에 숨겼다.

그리고 옷을 갈아입으려고 셔츠를 벗다가, 문득 리프는 손을 멈추었다.

옆구리에 상처가 나 있다.

셴 일행을 기다리기 위해 미쿠바 동쪽 역의 폐허에 갔을 때, 목적지인 토관을 찾아 여기저기 돌아다녔다. 자갈의 산을 넘거나 그 속을 빠져나가기도 했다.

그때, 어쩌다가 상처를 입었을 것이다. 손으로 만져보았다.

피부가 찢어져 있다. 흠칫 놀랐다. 뭔가 뾰족한 것에 매우 세게 긁히기라도 한 걸까.

그런데 옆구리에 닿은 손가락에는 끈적끈적한 기름 같은 게 묻어났다.

그것만이 아니다. 상처에서 뭔가——구리선 같은 것의 끝이 나와 있지 않은가?

리프는 재빨리 방을 가로질러, 주운 폐품을 수리해서 쓰고 있는 스탠드를 켰다. 밝은 불빛이 넘쳐난다. 셔츠를 걷어 올린 채 스탠드로 다가가 밝게 비추면서, 몸을 구부려 얼굴을 가까이 대고 상처를 보았다.

피부 같은 색깔의 찢어진 수지(樹脂)와, 구리선과, 컬러 케이블이 언뜻 보였다.

리프는 얼굴을 들었다. 잠시 숨을 멈추고 굳어졌다. 가만히 ── 움직이지 않고 ── 가만히 ──.

숨을 멈추고 있어도 조금도 괴롭지 않다는 것을 깨달았다.

리프는 다시 한 번 몸을 반으로 접으며 상처를 들여다보았다. 피는 흐르지 않았다.

독에서 다친 사람에게 응급 처치하는 것을 본 적이 있다. 리프의 옆구리에 난 상처는 그때 본, 사람의 몸에 난 상처와는 전혀 다른 것처럼 보였다.

무엇처럼 보이나?

부딪히거나, 떨어뜨리거나, 망가진 기계.

리프는 오싹해져서 창의 커튼을 닫았다. 그 기세가 너무 세서 커튼이 몸에 휘감겼다.

얼음처럼 차가운 의문이 머릿속에서 살며시 기어 나왔다. 그것은 리프의 심장을 움켜쥐었다.

──어떻게 나는, 그렇게 먼 곳에 있는, 캄캄한 어둠 속의 여자를 볼 수 있었을까?

어째서 그렇게 밤눈이 좋은 걸까?

'정말로 보인 거야?'

셴은 그렇게 물었다.

'인간 같지 않은 시력이군.'

순찰대원은 그렇게 말했다.

──나는?

누굴까.

—— 인간이 아닌가?

우두커니 서서, 리프는 다시 호흡을 멈췄다.

멈춰도, 멈춰도 괴로워지지 않는다.

창문 너머 밤의 항구에서, 겁먹은 리프의 마음을 대변하듯이 길게 떨리면서 꼬리를 끄는 고동 소리가 두 번, 탄식하듯이 울리다가 그쳤다.

——2권에 계속

TRUST NO ONE
아무도 믿지 마라
PART A / PART B

팀 레본 외 지음
안현주 옮김

우리는 모두 믿고 싶다.
진실은 여전히 저 너머에 있다는 것을.
X-파일이 다시 열린다.

1993년 9월부터 2002년 5월까지 총 아홉 시즌으로 미국 방송국 폭스(FOX)에서 방영되었던
전설적인 TV 시리즈 〈X-파일〉
두 편의 영화에 이어, 무려 14년만에 재개된 열 번째 시즌으로 다시 돌아온
FBI 요원 폭스 멀더와 데이나 스컬리

TV와 영화에서 밝히지 못한 숨은 에피소드 대 공개!

인간의 얼굴로 가장한 외계인과 괴물, 그림자 정부와 여러 음모가 판치는 어둠 속에서도
스컬리와 멀더의 여행은 계속된다

〈X-Files: Trust No One〉 Part A 7편 / Part B 8편, 총 15편의 X-Files 대 공개!

"아무도 믿지 마라"

[전2권]

차가운 학교의 시간은 멈춘다

이윤정 옮김

츠지무라 미즈키 지음

5시 53분
학교의 시간은 멈춘다

눈이 내리는 어느 겨울날. 수험 준비가 한창인 3학년 2반 학생들은 평소처럼 등교한다.

하지만 그날 학교에 온 사람은 평소에 사이가 좋았던 여덟 사람뿐.

수업 시작종도 울리지 않고 여덟 명 외에는 인기척도 없다. 눈이 많이 와서 휴교가 된 것일까.

돌아가려던 학생들은 학교 문이 열리지 않는다는 사실을 깨닫는다. 창문도 열리지 않고,

심지어는 깨지지도 않는다. 휴대전화는 불통, 그리고 어느 순간 학교 안의 모든 시계가

5시 53분을 가리키며 멈춘다.

혼란에 빠지는 학생들. 갇힌 거나 다름없는 텅 빈 학교 안에서 그들 중 한 사람이 두 달 전에 자살한

급우 이야기를 꺼낸다. 그리고 그들은 이내 깨닫는다.

자신들 중 어느 누구도 자살한 친구의 이름을 기억하지 못한다는 것과

지금 이곳에 있는 자신들이 원래 7명이어야 한다는 사실을……

서루조당

파효

교고쿠 나쓰히코 지음

김소연 옮김

동서고금을 막론하고 모든 종류의 서적이 담겨 있는 묘지.
변해가는 시대 속에서 길을 잃고 헤매는 사람들.
책이라는 묘석 밑에 잠들어 있는 영혼을 애도하기 위해 한 권의 책을 파는 책방. '서루조당'
누군가가 '탐서(探書)'를 위해 조당을 방문할 때, 한 권의 책은 허(虛)에서 참(眞)이 된다.

걸음을 멈추고 바라보니 분명히 기묘한 건물이다. 망대라고 할까, 뭐라고 할까, 최근에는 볼 수 없게
된 마을등대와 비슷하다. 다만 등대보다 훨씬 크다. 책방은 이곳이 틀림없을 것이다. 달리 그 비슷한
건물은 눈에 띄지도 않고, 애초에 삼층짜리 건물도 그리 많지 않다. 그러나 도저히 책방으로는 보이
지 않는다. 그 이전에 점포라는 생각조차 들지 않는다. 나무문은 굳게 닫혀 있고, 처마에는 발이 내려
져 있다. 그 발에는 반지가 한 장 붙어 있다. 가까이 가 보니 한 글자,
조(弔)——, 라고 글씨를 쓴 붓의 자국도 선명하게 남아 있다. 이름은 '서루조당'이라고 한다.

일본 메이지 시대의 책방이 되살아나다! 새로운 시리즈의 시작!
〈백귀야행〉 시리즈의 작가 '교고쿠 나쓰히코'
그가 들려주는 참된 한 마디!

"당신은——어떤 책을 원하십니까."

옮긴이 | 김소연

한국외국어대학교에서 프랑스어를 전공하고, 일본어를 부전공하였다. 현재 출판기획
자 겸 번역자로 활동하고 있으며 옮긴 책으로 다카무라 가오루의 〈리오우〉, 교고쿠
나쓰히코의 〈백귀야행 음, 양〉, 〈우부메의 여름〉, 〈망량의 상자〉, 〈광골의 꿈〉, 〈철서
의 우리〉, 〈무당거미의 이치〉, 〈도불의 연회〉 등 백귀야행 시리즈와 〈서루조당 파
효〉, 〈웃는 이에몬〉, 〈싫은 소설〉, 유메마쿠라 바쿠의 〈음양사〉 시리즈와 하타케나카
메구미의 〈샤바케〉 시리즈, 미야베 미유키의 〈드림 버스터〉, 〈사라진 왕국의 성〉,
〈십자가와 반지의 초상〉, 〈마술은 속삭인다〉, 〈외딴집〉, 〈혼조 후카가와의 기이한 이
야기〉, 〈괴이〉, 〈흔들리는 바위〉, 덴도 아라타의 〈영원의 아이〉 등이 있으며, 독특한
색깔의 일본 문학을 꾸준히 소개, 번역할 계획이다

드림 버스터 1

1판 1쇄 발행 2016년 11월 11일

지은이 미야베 미유키
옮긴이 김소연

발행인 박광운
편집인 박재은

발행처 손안의책
출판등록 2002년 10월 7일 (제307-2015-69호)
주소 서울 성북구 화랑로 214, 102동 601호
전화 02-325-2375 팩스 02-6499-2375
카페 http://cafe.naver.com/bookinhand
이메일 bookinhand@hanmail.net

ISBN 979-11-86572-15-3 04830

* 이 도서의 국립중앙도서관 출판시도서목록(CIP)은 서지정보유통지원시스템 홈페이지
(http://seoji.nl.go.kr)와 국가자료공동목록시스템(http://www.nl.go.kr/kolisnet)에서 이용하실 수
있습니다.(CIP제어번호: CIP2016024260)